Le secret de Ji

Tome 4

Le doyen éternel

Pierre Grimbert

Le secret de Ji

Tome 4

Le doyen éternel

ÉDITIONS FRANCE LOISIRS

Édition du Club France Loisirs,
avec l'autorisation des Éditions Mnémos

Éditions France Loisirs
123, boulevard de Grenelle, Paris
www.franceloisirs.com

ISBN : 2-7441-9401-8

J'ai eu tellement de noms, en deux siècles d'existence, qu'il m'est déjà difficile de me les rappeler tous. À combien s'élèvera leur nombre, dans vingt siècles ? Dans trente ? Dans mille siècles ?

En fait, je me soucie de cela comme d'une peau de margolin. L'important est que j'y sois encore. Le reste n'est que tumulte.

Lorsque j'étais enfant, mes parents m'appelaient Maajo, ou Maako, selon leur humeur. Mon précepteur et les autres domestiques, « messire de Quermond ». Mon premier maître magicien, « l'Économe ». Si j'avais su alors que je traînerais ce surnom ridicule tout au long de mon existence mortelle, je me serais débarrassé plus vite de cet âne barbu et de ses grotesques principes moraux.

Mon second maître m'interpellait rarement ; il m'apostrophait plutôt, avec une prédilection pour le domaine des insultes. Je n'oserais seulement répéter la plupart des termes colorés qu'il utilisait pour me désigner. Mais il est d'usage pour les sorciers spécialistes du Feu d'enseigner l'humilité à leurs disciples. Aussi ai-je supporté ses offenses... jusqu'à ce qu'il n'ait plus rien à m'apprendre. Tout se paye un jour.

À l'académie impériale, on ne m'appelait plus que « Quermond ». J'eus parfois à supporter des sobriquets tels que Quer-mou, Quer-val ou autres stupidités. Le fait que ces étudiants, censés représenter la crème de la jeune génération goranaise, puissent s'amuser de telles idioties me dépassait. Je ne leur opposai que mépris pour me consacrer entièrement à mes études. Au terme de six années d'internat, j'atteignis ainsi mon but en entrant au service direct de l'empereur Mazrel.

Dès lors, et jusqu'à ma soixante-septième année, on ne m'a plus appelé que « votre Excellence ». Dans le cadre officiel, bien sûr. Car en petits comités, beaucoup des courtisans, des gardes et des serviteurs me désignaient en termes moins flatteurs : « le sorcier », « le félon » ou encore « le sournois » me sont souvent revenus aux oreilles.

J'ai toujours détesté les rumeurs. Elles ne font qu'ajouter au tumulte. Heureusement, la magie permet aux plus méritants de s'élever au-dessus de ces bassesses. Et, accessoirement, de châtier ceux qui s'en rendent coupables...

Somme toute, les Goranais ont le cœur bien fragile. Nombreux sont ceux qui se croyaient en sécurité dans le palais impérial, et qui sont morts dans un couloir, au milieu de leurs amis, alors que je les couvais du regard à une distance politiquement correcte. Plus sincère alors était la déférence des survivants à mon égard. Plus empressés, les « votre excellence », les « éminence », empreints de crainte respectueuse.

Tout compte fait... il semble qu'au cours de mon existence humaine, jamais on ne m'a appelé Saat.

À la façon dont débute ma vie divine, je crois qu'il en sera toujours ainsi.

Inlassablement, le Lorelien scrutait l'horizon et n'y voyait que la mer. Il soupira en songeant n'être qu'au début de son voyage. Combien de temps, encore, avant qu'il ne puisse débarquer au royaume marchand ? Six jours ? Huit ? Alors que chaque décan comptait... Alors que chaque retard pouvait précipiter la chute des Hauts-Royaumes.

Incroyable. *La chute des Hauts-Royaumes*, se répéta-t-il intérieurement.

L'homme faisait partie du très estimé corps d'armée de la *Légion Grise*. Les légionnaires, comme les Jelenis et la Garde Royale, dépendaient de l'autorité directe du roi Bondrian. Mais leur spécialité n'était pas celle des armes, du moins, pas uniquement. Les légionnaires travaillaient souvent seuls, et hors des frontières du royaume. Aussi bien en temps de paix qu'en temps de guerre. Et si la Garde Royale assurait la protection du souverain, les Jelenis celle de ses principaux bâtiments, la Légion Grise œuvrait pour la sauvegarde de ses *intérêts*... ce qui impliquait une quête constante d'informations. Qui avait dit *espion* ?

Dans ce domaine, d'une certaine manière, sa mission à La Hacque avait été couronnée de succès.

On n'avait signalé aucun trouble inhabituel aux Bas-Royaumes, et ce, depuis des lunes. Les Yussa menés par Aleb le Ramgrith poursuivaient leur guerre d'expansion au Sud et à l'Ouest, comme ils le faisaient depuis vingt ans. Mais même ces terribles pillards semblaient fatigués par deux décennies de raids. Tous les dirigeants du monde connu avaient pensé qu'ils s'attaqueraient un jour ou l'autre aux Baronnies, mais l'ambition du terrible roi de Griteh semblait s'être essoufflée, elle aussi, avec le temps.

La mission du légionnaire avait donc tous les aspects d'une inspection de routine... Elle s'était pourtant transformée en une course-poursuite désespérée, du port de Yiteh à celui de Mythr, en passant par les steppes ravagées de Quesraba, les rues profondes de Griteh et les avenues caniculaires de La Hacque. Une chasse à l'homme dont il était la cible, et à laquelle il n'avait échappé que de justesse, traqué par les mercenaires plèdes et les marins yérims du roi borgne.

Le Ramgrith cachait bien son jeu. Le légionnaire était allé de découverte en surprise, accumulant les preuves irréfutables qu'Aleb s'apprêtait à monter à l'assaut des Hauts-Royaumes. Et qu'il avait les moyens de l'emporter, si Lorelia et Goran ne s'apprêtaient pas à le recevoir.

Il reporta son regard sur la mer Médiane. Sa goélette était rapide, mais il aurait voulu se convaincre qu'elle l'était *suffisamment*. Pour être au plus vite à destination, d'une part. Mais aussi pour éviter d'être rattrapé. Et lui savait à quel point le Ramgrith en avait les moyens...

L'inaction et le silence de l'équipage lui tapaient sur les nerfs. Tous ces marins faisaient partie de la Légion Grise, à différents niveaux de la hiérarchie. Mais ils étaient éloignés depuis si longtemps de Lorelia qu'ils en étaient devenus étrangers. Entre eux, ils parlaient ramyith. Plusieurs vénéraient Alioss. Il soupçonnait l'un d'eux d'être *daïo*, drogué au venin de serpent daï. Et tous cultivaient d'étranges superstitions, dont celle du monstre noir qui hanterait les eaux sur lesquelles ils voguaient. La raison de leur trouble actuel.

Le légionnaire haussa les épaules et descendit dans sa cabine, pour continuer la transcription de ses notes codées en un rapport digne de ce nom. Mais cela l'ennuya aussi. Il ne pouvait dire *combien* de navires de guerre, galères, grand-voiles, cotres, caraques, galiotes, deux-coques et autres corsaires attendaient dans le port de Mythr. Il ne pouvait détailler par écrit, sans déformer la réalité, quel immense travail d'affrètement étaient en train de réaliser les Yussa et les équipages recrutés sur l'île-bagne de Yérim. Il ne pouvait décrire les troupes mercenaires campant à l'embouchure de l'Aòn, sans utiliser les mots *considérables, impressionnantes, immenses*, autrement qu'à voix haute et en agitant les bras.

Un mystère seulement restait inexpliqué. Comment n'avait-on découvert cela *plus tôt* ? Aleb devait se préparer depuis six lunes au moins. Même en prenant toutes les précautions imaginables, un projet d'une telle ampleur devait obligatoirement filtrer... D'une manière ou d'une autre, Lorelia aurait dû avoir vent de tout cela.

Un cri de terreur retentit soudain sur le pont, aussitôt suivi d'une cavalcade et d'un bruit de plongeon. Le légionnaire se précipita à la huve la plus proche et n'eut que le temps de voir un corps s'enfoncer doucement dans les eaux sombres.

Un corps dont il manquait la moitié inférieure.

L'homme bondit sur sa rapière et s'empressa d'enfiler sa cotte de mailles, sans quitter des yeux la porte ouverte et l'escalier qui menait au pont. Avaient-ils été abordés ? Il n'avait rien entendu. Et la mer était vide. S'agissait-il d'une bagarre entre marins ? Elle n'aurait pas été aussi violente. Un accident ? Une corde trop tendue ?

Mais sur le pont, on se battait. Les hommes d'équipage criaient, hurlaient, imploraient une aide impossible à obtenir. Le légionnaire posa un pied sur la première marche de l'escalier et se raidit aussitôt. Il venait d'entendre la colère de leur agresseur.

Un grondement puissant, profond et hostile. Comme celui d'un ours mâle adulte, amplifié vingt fois. Toute la mer devait résonner de ce cri.

Alors que leur ennemi monstrueux réduisait au silence le dernier des marins, le légionnaire fit volte-face et commença de rassembler ses notes avec un tremblement incontrôlable dans les mains. Mais il cessa avant d'avoir fini.

À quoi lui servirait de cacher ces papiers, puisque s'il mourait, il n'y aurait personne pour les mener à destination ?

Le monstre noir des légendes lui apparut soudain. Il ne vint pas à lui : il *apparut* au milieu de la cabine, comme une tempête se lève sans que rien ne l'ait annoncée. Et le légionnaire sut que jamais Lorelia ne serait prévenue à temps.

Sa dernière pensée fut que cela ne changerait pas grand-chose pour sa majesté Bondrian. Même avertis, les Hauts-Royaumes ne pourraient résister à une armée comptant des démons pour alliés.

Mon vrai nom, je l'ai gagné dans les fosses de Karu.

Je suis le Haut Dyarque. Celui qui a réuni six des plus grandes armées estiennes sous une seule bannière. Celui qui va conquérir les Hauts-Royaumes. Celui qui ne peut mourir, murmure-t-on dans les troupes.

Ils ignorent que c'est déjà fait. J'ai déjà perdu la vie.

Je suis mort sous la montagne de Karu, celle au pied de laquelle mon armée campe en ce moment. À ce stade de mon récit, je me dois de préciser qu'il serait stupide de croire que cette montagne renferme, seule, le gigantesque labyrinthe des dieux noirs. La majeure partie du Jal ne se trouve pas dans notre monde. Les profondeurs de cette montagne en sont simplement le vestibule. Comme doit se trouver, quelque part vers son sommet ou l'un des pics voisins, l'orée des jardins de Dara.

Je ne peux donner la date exacte de ma mort. D'un point de vue philosophique... je suis mort au moment où j'ai tué le prince Vanamel, puis Fer't le Solene, perdant ainsi toute chance de revenir à Dara. Malheureusement, je n'ai compris cela que bien plus tard, alors que j'avais tout le temps pour y réfléchir.

D'un point de vue pratique... mon agonie a duré plus d'un siècle. Un siècle d'obscurité et de silence dans les profondeurs d'un sol maléfique, en compagnie d'un dieu-enfant en constante somnolence. Sombre. L'autre Dyarque.

J'ai puisé dans sa force pour me maintenir en vie, comme seule la magie me le permettait. Étouffant le Feu qui me dévorait en buvant à sa source divine.

Je crois bien, pourtant, avoir trépassé. Je dormais également beaucoup – que faire d'autre, en prison ? Jusqu'au moment où je me suis éveillé avec la certitude d'être mort.

Cela ne m'a pas effrayé. Plutôt intrigué. Même me sachant le plus puissant de tous les magiciens du monde connu, tromper la mort me paraissait impossible. Pourtant, je l'avais fait. Le devais-je aux pouvoirs de Sombre ? À celui du gwele, dont nous étions entourés ?

Quoi qu'il en soit, cela ouvrait de nouvelles perspectives. Dans mes plans, le Temps avait perdu de son importance, pour n'être plus qu'un facteur secondaire. Quel que soit le nombre d'années que nous devions passer dans cette prison, j'avais acquis la certitude d'en sortir un jour. Il me suffisait de m'armer de patience.

Mes premières décades passées dans le labyrinthe, je les avais consacrées à une tentative de cartographie des lieux. Après avoir fui le plus loin possible des fosses et de nos dangereux voisins, après avoir vainement cherché à regagner le Jal'dara par des chemins détournés, mon esprit logique avait repris le dessus et j'avais commencé un repérage minutieux et prudent des secteurs que nous traversions. Malheureusement, cela ne m'était possible que pendant les rares moments de veille de Sombre. Je manquais de force pour le porter longtemps, et ne voulais m'en séparer, ne serait-ce que temporairement, pour rien au monde. Il était à la base de ma survie...

Pendant deux décades entières, je m'étais contenté de suivre une direction que j'imaginais droite, marquant notre passage de signes de piste que j'improvisais à la façon arque. J'admis bientôt, à contrecœur, que la magie du labyrinthe le rendait infini : derrière chaque détour se trouvait un autre couloir, une autre caverne, aux dimensions allant de l'étroit tunnel à des salles rivalisant avec le Palais de Mishra.

Autre signe, nous ne rencontrions plus aucune des noires créatures des fosses, pas même les plus petites. J'acquis peu à peu la conviction qu'il ne fallait espérer de sortie de ce côté. Je résolus donc de faire demi-tour, et connus alors la plus grande déception qu'humain puisse ressentir.

Mes signes de piste avaient disparu. Pas tous : les plus récents étaient toujours en place... mais des autres, il ne restait rien.

Le labyrinthe changeait. Le gwele au puissant récept annihilait toute trace de passage, toute altération, au bout de quelques décans seulement, comme la marée refaçonne sans cesse la plage. Les salles, les couloirs eux-mêmes semblaient différents de mes souvenirs.

J'ai dit que je connus une grande déception. Mais je ne sombrai pas dans le désespoir, comme beaucoup l'eussent fait à ma place. Il était forcément possible *de quitter le labyrinthe, puisque ainsi faisaient les démons. Il me suffisait de m'accrocher à Sombre. De poursuivre son éducation...*

Comme il était facile d'imprégner cet esprit encore vierge de toute influence ! Je lui parlais inlassablement, même dans son sommeil. Je le suivais parfois dans ses rêves, et poursuivais mon discours en l'illustrant de mes propres expériences. Je l'empêchais de s'abandonner à la nostalgie qu'il avait parfois de Dara. Et, au contraire, encourageais ses rancœurs lorsqu'il les manifestait.

Je commençai tout d'abord par des concepts simples. Je savais toujours dépendre de sa puissance pour me maintenir en vie. Il fallait qu'il soit redoutable. Je choisis son nom : Sombre. Celui qui Vainc. Et lui répétai inlassablement.

Je lui appris à haïr les humains. Il devait être invincible et impitoyable. Je lui appris à mépriser Nol, les dieux, le Jal'dara. Je lui appris le goût de la conquête, la volupté de la puissance, la satisfaction du commandement. Je lui appris les joies de la victoire. Enfin, je lui appris à associer tout cela à moi... et rien qu'à moi.

Lui-même me parlait peu. Quelquefois réclamait-il un geste d'affection, en sortant d'un mauvais rêve. Je ne lui accordais qu'avec répugnance. Malgré les apparences, l'enfant n'était rien moins qu'un démon. Il l'était déjà bien avant notre rencontre ; je n'avais fait que le révéler. Quel plaisir aurais-je pu avoir à serrer un démon contre mon flanc ?

Les années passant, Sombre grandit, atteignit la taille d'un jeune homme. Il dormait moins ; parfois restait-il éveillé pendant plusieurs décans. Je jugeais des progrès de sa formation, et corrigeais les points sensibles. Peu à peu, il laissa entrevoir ce qu'allait être sa réelle personnalité.

J'ignore d'où lui vient sa cruauté. Jamais je ne lui ai enseigné cela. Émane-t-elle de mon esprit, à mon insu ? Vient-elle des « autres voix », celles des mortels en quête de nouvelles divinités, et qui se mêlaient à la mienne dans les pensées de Sombre ? Ou a-t-il toujours eu cela en lui ?

À vrai dire, je m'en soucie peu. Ce n'est que tumulte.

Comme mon démon s'éveillait, le labyrinthe se stabilisait. Alors que j'avais toujours mené notre marche, il arrivait à Sombre de choisir subitement une direction, répondant à une impulsion inexplicable. Je le suivais avec espoir et nous franchissions plusieurs salles et couloirs, secs ou humides, plus ou moins malsains, putrides et nauséabonds, comme l'était l'essentiel du labyrinthe. Puis Sombre s'arrêtait aussi brusquement qu'il avait commencé, indécis, et replongeait dans son mutisme.

Ces escapades soudaines se firent de plus en plus fréquentes et de plus en plus longues. J'eus parfois l'impression que nous descendions, mais j'avais eu si souvent cet espoir que je n'osais y croire. Haut et bas sont des notions utiles à l'orientation. Le niveau de notre labyrinthe variait peu, malheureusement.

De nouveau, je plaçai des signes de piste. Et quand une décade fut passée, je nous fis revenir sur nos pas.

Beaucoup des signes avaient disparu. D'autres étaient intacts, et je m'intéressais à ceux-là. Ces tas de pierres, ces marques que je laissais dans les parois et qui persistaient appartenaient, j'en étais sûr, au monde réel, et non pas au Jal'karu.

Je les multipliais, j'en laissais à chaque croisement, chaque tunnel, chaque salle où nous nous engagions. Il me devint bientôt possible de marcher pendant plusieurs décans suivant une piste balisée et persistante, ce que je n'avais pas vu depuis une éternité, me semblait-il.

En suivant les errances de Sombre, en les recoupant avec mes repérages, j'eus enfin le sentiment que nous progressions. Jusqu'au jour où, comme j'avais eu la certitude d'être mort, j'acquis soudain celle d'être sorti du labyrinthe.

Nous étions toujours sous terre. Mais je ne sentais plus le gwele. Je revins sur mes pas d'un bon mille. Mais nous avions franchi une frontière, invisible, surnaturelle. Mes repères eux-mêmes avaient disparu. Nous ne pourrions plus retourner à Karu de cette manière.

Il ne nous fallut que deux jours pour sortir de la montagne. Pour la première fois depuis longtemps, je respirais à l'air libre. À mes côtés, un démon à l'apparence de jeune homme m'était entièrement dévoué. J'étais immortel. Et j'avais des rêves de puissance.

— Mir ?

Le lion ne se manifestait pas. Ispen avança encore d'une soixantaine de pas, puis appela plus fort.

— Mir ? Prad ?

Seul le souffle glacé du vent lui répondit. Ispen contempla les collines enneigées dont elle était entourée, morne horizon seulement brisé par quelques bosquets d'arbres dégarnis. Son fils et le lion tacheté avaient pris cette direction un peu plus de deux décans auparavant et n'en étaient pas revenus.

Prad connaissait pourtant les dangers des escapades solitaires en pays arque – surtout à la saison de la Terre – et s'absentait rarement aussi longtemps. Ce n'en était que plus inquiétant. Savoir le lion en sa compagnie suffisait habituellement à rassurer la femme de Bowbaq, pour la bonne raison que le lion accourait toujours au premier appel. Enfin, il l'avait toujours fait... jusqu'à cette fois.

— PRA-AD ! cria-t-elle à la nature assoupie, les mains en porte-voix.

Aucune réponse. Les pires éventualités commençaient à lui venir à l'esprit. Même les plus invraisemblables, comme celle où Mir lui-même se serait attaqué à son fils. Elle essaya de se raisonner en songeant que le lion était pourtant plus fidèle qu'un chien. Mais alors, pourquoi n'accourait-il pas ?

À moins qu'il ne soit arrivé malheur au lion lui-même. Le fauve, trop coutumier de la compagnie des hommes depuis qu'il vivait aux alentours du clan de l'Érisson, était-il tombé sous les coups de chasseurs étrangers ? Qu'en était-il alors du petit garçon de huit ans, seul et perdu dans l'immensité glaciale ? Pleurait-il sur le cadavre de son ami ? Avait-il cherché à le défendre ?

Ce doute devint bientôt certitude. Mir avait toujours répondu au premier appel. Sauf cette fois. Il était donc mort !

Peut-être même les responsables appartenaient-ils au propre clan d'Ispen. Beaucoup de chasseurs s'étaient plaints de la présence du grand lion autour du village, arguant que sa proximité avait fait fuir une grande partie du gibier. Ils n'avaient cédé qu'à contrecœur à la décision de leur chef. Celui-ci avait rappelé que le gibier avait depuis longtemps déserté les alentours du village, et que Mir les protégeait des grands prédateurs. Mais loin de ces réflexions pleines de sagesse, les hommes de l'Érisson – les plus braillards du monde, selon leurs propres dires – n'avaient vu qu'une chose. Osarok, le chef du clan, était le frère d'Iulane. Sa décision ne pouvait donc être juste.

Ispen regrettait que son village n'abrite aucun erjak, qui puisse faire comprendre aux chasseurs la valeur d'un allié tel que Mir. Elle regrettait d'avoir, cette année encore, quitté le clan de l'Oiseau de Bowbaq pour passer la saison de la Terre à des milles de son bien-aimé. Et plus que tout, elle regrettait d'avoir laissé Prad s'éloigner ainsi.

— MIR ! PRA-AD, appela-t-elle encore, parvenue au sommet d'une colline.

Une brusque poussée la fit tomber paumes dans la neige et une odeur familière envahit ses narines, alors qu'une masse pesante se plaçait au-dessus de son corps. Ispen se retourna sur les coudes et ne put empêcher une énorme langue de lui mouiller tout un côté du visage.

— Mir, tu as fait tomber *maïok* ! gronda un jeune enfant, poussant sans ménagement le lion qui faisait deux fois sa taille. Tu n'as pas mal, maïok ?

— Ça va, *powchi*, répondit Ispen en accueillant son fils dans ses bras. Où étais-tu ? J'étais inquiète !

— On jouait aux Grandes chasses. On t'avait choisie comme proie. Mir et moi, on pourra aller avec païok, l'an prochain. Tu lui diras, hein, quand il viendra ? Tu lui diras ?

— Et Iulane ? demanda la mère, trop soulagée pour se mettre en colère.

Mais elle n'écouta pas les réserves que son fils faisait sur les capacités de sa petite sœur. Cela faisait déjà plus de deux lunes qu'ils étaient séparés de Bowbaq, et chacun trouvait le temps long.

Heureusement, ils n'avaient plus que quelques décades à tenir. Le glacier qui coupait le clan de l'Érisson du reste du monde serait bientôt stabilisé ; alors, les chemins seraient praticables. Et Ispen sourit en anticipant la joie des retrouvailles de la famille, lorsque son bon et gentil géant descendrait la colline, comme il le faisait chaque année, le cœur empli d'amour et la bouche pleine de mots tendres. Elle sourit plus encore en songeant qu'il devait déjà s'y préparer.

J'avais eu beaucoup, beaucoup de temps pour réfléchir à ce que je ferais lorsque nous serions sortis du labyrinthe. Une vingtaine d'années, estimais-je, trompé par les pouvoirs du Jal'karu. Bien plus qu'il n'en fallait pour peaufiner mon plan. Et préciser mes objectifs.

Avec mon allié immortel et ma nouvelle puissance, décuplée par l'influence du gwele, j'allais imposer ma volonté à l'ensemble du monde connu. N'est-ce point là ce que ferait tout homme qui en aurait l'opportunité ? Ceux qui prétendent le contraire sont des idiots ou des menteurs.

J'avais souvent réfléchi à la question. Trois obstacles seulement pouvaient retarder l'avènement de mon règne éternel. Et les dieux représentaient le moindre d'entre eux.

Qu'ils se nomment Mishra, Eurydis ou Hamsa, ils ne pouvaient intervenir directement contre Sombre, je l'avais appris à Dara. Et pourquoi s'en seraient-ils pris à moi ? Les Grands Doyens sont passifs. Leur puissance est incommensurable, mais elle ne s'exprime qu'à travers les mortels. Or, je n'avais rien à craindre des mortels.

Excepté un. L'un des héritiers des sages émissaires serait l'Adversaire. Le seul qui, de toute l'éternité, aurait une chance de triompher de Sombre, Celui qui Vainc. Une chance, seulement. J'allais m'assurer que cela ne puisse jamais arriver.

Enfin, restait l'éventualité de ma propre mort. Je ne pouvais espérer que Sombre me soit toujours acquis, alors qu'en grandissant, il développait une personnalité beaucoup plus complexe qu'il n'avait paru. En toute logique, d'ailleurs : il entendait des milliers d'autres voix que la mienne, et celles-ci laissaient également leur trace dans son esprit. Ma plus grande crainte était qu'il m'échappe quand il serait totalement éveillé, me refusant la force qui me maintenait en vie... là aussi, j'allais m'assurer que cela ne puisse jamais arriver.

Alors que nous descendions les dernières pentes de la montagne, je méditais sur toutes ces choses avec l'espoir que me conférait notre délivrance. Mais j'avais à m'occuper de bien d'autres choses dans l'immédiat...

Il me fallut d'abord trouver où nous étions, ce dont je n'avais qu'un vague soupçon. Nous vécûmes une journée d'errance supplémentaire avant de faire enfin une rencontre. L'homme n'était qu'un chasseur à moitié sauvage, qui s'enfuit dès que nos regards se croisèrent. Mais je n'avais nul besoin de sa coopération. Il me suffisait de l'avoir vu une fois : et ses pensées m'apprirent qu'il était wallatte. Nous étions de l'autre côté du Rideau.

La chance était de mon côté.

Ainsi que je l'avais pressenti, une partie au moins du Jal'dara se nichait dans l'une ou l'autre vallée de ces montagnes. À une décade de cheval de Goran, à peine. Et le Jal'karu commençait dans les profondeurs des mêmes monts que côtoyaient la Sainte-Cité. Quelle ironie ! Les Ithares vantaient les beautés du mont Fleuri depuis des éons, en ignorant qu'en étaient peut-être issus Phrias, Soltan, le Yoos et tous les autres démons !

Mais cela représentait une occasion inespérée. Plusieurs nouvelles idées vinrent se greffer à mon plan, pour s'y fondre totalement. L'établissement de mon règne devait être encore plus facile que prévu. Mon destin était tracé. Il ne me restait plus qu'à réunir une armée.

J'avais choisi depuis longtemps de conquérir le monde à la tête des barbares estiens, parce qu'ils disposaient de troupes innombrables, auxquelles il ne manquait qu'un commandement. Parce que leurs civilisations étaient moins évoluées, et donc plus faciles à manipuler. Et enfin, par goût du défi. Les Hauts-Royaumes étant bel et bien les plus puissants du monde connu, ils en devenaient le principal objet de ma convoitise. Mais je devais davantage faire la preuve de ma supériorité en soumettant ces nations ennemies de l'extérieur. Ce que personne n'avait même jamais osé entreprendre, j'étais, moi, déterminé à l'accomplir.

Les pensées du chasseur wallatte avaient aussi trahi son dégoût pour mon apparence. Je réalisai que, si la mort n'avait aucune prise sur moi, mon corps n'en continuait pas moins de vieillir. Pour éviter d'être constamment fui, moi qui cherchais des alliés, je me résignai à dissimuler mon visage. Utilisant l'une des roches dont se composaient mes signes de piste, dans le labyrinthe, je modelai un Gwelom et lui donnai la forme d'un heaume du type des chevaliers goranais. Par provocation, je le ceignis d'un bandeau noir, à la manière des ennemis déclarés de l'empereur. Après tout... voilà bien ce que j'étais devenu.

Alors que je terminais l'enchantement, dotant mon heaume de pouvoirs qui achevaient d'en faire un objet extraordinaire, je regrettai de ne pas avoir ramené plus de gwele en ce monde. Du peu qui me restait, je devais faire plus tard la garde de mon épée, sans certitude d'utiliser ce trésor de la meilleure façon... Après avoir été entouré du précieux matériau pendant si longtemps, je ne devais conserver de Karu qu'une arme incomplète et un heaume dont le port m'est chaque jour plus pesant.

Toujours accompagné de mon somnolent compagnon, je poursuivis ma route et tombai bientôt sur un village modeste, un de ces hameaux typiquement wallatte et regroupant quatre ou cinq familles en un clan mal défini. C'est à cet endroit que débuta ma conquête.

Je m'imposai facilement en seigneur auprès de ces barbares en changeant un morceau de silex en une pépite d'or. Un tour très facile, en fait, la base de l'apprentissage des spécialistes du Feu. L'élémentaire ne représente-t-il pas la tendance de toute chose à en devenir une autre ? Le seul problème est que la durée de cette transformation est proportionnelle à la puissance du sorcier, c'est-à-dire, pour les plus grands, rarement plus d'un demi-décan.

Mais j'avais moi-même été altéré par les pouvoirs du Jal'karu. Au bout de trois décades, mes silex étaient toujours en or. J'ignore ce qu'il en est advenu par la suite... toujours est-il que ce tour m'aida beaucoup à constituer mon armée, en tout cas jusqu'à ce que les pillages m'aient suffisamment enrichi pour que je cesse d'y avoir recours. Mais j'anticipe.

Je passai trois décades dans ce village, donc, à apprendre les rudiments de la langue wallatte et observer les réactions de Sombre au contact des mortels. Celles-ci me comblèrent. Ainsi que je l'y avais préparé, mon démon n'affichait qu'indifférence, ne ressentait que mépris et en recherchait d'autant mon amitié. C'était parfait. En tout point satisfaisant.

Pour mon retour chez les vivants, je ne connus, en fait, qu'une mauvaise surprise : celle de découvrir que j'avais été enfermé non pas deux décennies, mais bien plus d'un siècle. Cent dix-huit ans exactement. Si je n'avais interrogé les villageois sur le roi wallatte Palbree, l'un des émissaires, j'aurais certainement ignoré cela jusqu'à ma rencontre avec Chebree. Mais j'anticipe encore.

Au bout de trois décades, je proposai à mes hôtes de me suivre et d'embrasser mes projets de conquête. Moi, un inconnu constamment masqué, étranger de surcroît, je leur proposai de quitter leurs familles, leurs foyers, leurs cultures sur quelques promesses de fortune rapide.

Étonnant comme les hommes répondent à l'appel du combat. Bien que les civilisations estiennes soient toutes plus ou moins fondées sur la guerre – comme l'est également le Grand Empire, il est vrai – je ne pensais pas disposer de onze guerriers en moins d'une lune, comme ce fut le cas.

Pourtant, cette première compagnie devait bientôt s'enrichir de dix-sept recrues supplémentaires : une bande de vagabonds bannis de leurs clans, et qui vivaient de petits maraudages le long de la frontière thalitte. J'eus toutefois à imposer ma volonté sur leur chef en titre, mais ses hommes se rangèrent bien vite à mes côtés quand le cœur dudit chef cessa soudain de battre.

Je me laissai porter quelque temps par les initiatives de ces barbares, leur abandonnant le choix des cibles des pillages, sans pour autant relâcher mon autorité. Le bruit de ma puissance et de ma prodigalité se répandit bientôt dans toute la région, et chaque jour des hommes se joignirent à nous, au point qu'il devint impossible d'en tenir un compte exact. Vagabonds, brigands, aventuriers, malandrins, sauvages, paysans, mercenaires, auxquels vinrent bientôt s'ajouter quelques chefs de clan « réguliers » et leurs compagnies hétéroclites.

Si une grande majorité était wallatte, je commandais aussi à quelques Solenes, Thalittes et Sadraques. Mais ils ne représentaient pas une armée. Une telle diversité entraînait de trop fréquentes rixes, que je perdais beaucoup de temps à enrayer, même en usant de méthodes aussi radicales que la carène. Je devais passer à l'étape suivante de mon ascension. Trouver des capitaines. M'allier à des rois. Ne serait-ce que pour simplifier ma logistique.

Ce fut fait avec la reine Chebree, l'arrière-petite-fille de Palbree elle-même. Une fois encore, la chance s'était placée de mon côté. Dona m'avait souri, comme disent les Loreliens. Même dans mes prévisions les plus optimistes, jamais je n'avais espéré trouver un soutien qui serve si bien mes plans.

Dès lors, les choses devinrent plus faciles. Je conservai la responsabilité stratégique de notre expansion, et déléguai le commandement de l'armée à la reine barbare. Je confiai ensuite cette tâche à Gors le Douillet quand il nous rejoignit quelques décades plus tard, et fis de Chebree la Grande Prêtresse de Sombre, afin de hâter la croissance de mon démon.

Je pus alors me consacrer à un tout autre problème. Celui de l'Adversaire. Un siècle étant passé, les sages avaient dû avoir trois ou quatre générations de descendants. Je ne pouvais prendre le risque, même dérisoire, que l'un d'eux défît Sombre et m'enlève l'immortalité. Il me fallait les anéantir jusqu'au dernier.

Sombre était malheureusement loin de sa maturité, et donc incapable de s'acquitter seul de cette tâche. Il eut déjà beaucoup de mal à nommer et à localiser chacun de ces héritiers ; une lune après cet effort, il en ressentait encore la fatigue.

Mais la liste que nous avions établie me suffisait amplement. J'envoyais un messager à Goran, avec pour mission de proposer aux Züu le « jugement » de cent huit personnes. Il en revint accompagné d'un Judicateur tout à la fois curieux et méfiant, Zamerine, que j'ai depuis intégré à mon commandement.

Nous traitâmes l'affaire en moins d'un décan. Je payai l'intégralité de la somme réclamée par l'assassin, et acceptai même de faire convoyer l'imposante masse d'or jusqu'à l'île de Zuïa. Le Judicateur emporta la liste et les exécutions commencèrent.

Dans l'ensemble, je n'eus pas à regretter cette transaction. Les tueurs rouges atteignirent un peu plus de neuf cibles sur dix, en moyenne. Bien plus que je n'avais espéré.

Malheureusement, je ne peux plus envoyer Sombre nous débarrasser des quelques survivants. Regroupés, ils sont sur la défensive. Si l'un d'eux est l'Adversaire, l'affronter à travers un avatar est trop risqué. Si ce combat a lieu, c'est en personne que Sombre devra y participer.

Mais cette probabilité est tellement mince que ce souci n'en est pas vraiment un. Quand preuve sera faite qu'aucun des héritiers n'est l'Adversaire, ou quand enfin les rescapés auront été exterminés, il ne me restera qu'une seule véritable crainte. Celle qu'un jour, Sombre me refuse la force qui me maintient en vie.

La chance a jusqu'alors été de mon côté, mais je n'ai pas le tempérament d'un joueur.

J'ai porté le nom de l'Économe. Je suis prévoyant.

Il existe toujours une solution.

Livre VIII

Jal'dara
Jal'karu

Yan tendit une main tremblante devant son visage et contempla *l'autre monde* à travers ses doigts. Il paraissait tellement proche... S'il n'y avait eu cette étrange impression de le voir à travers de l'eau, l'illusion aurait été parfaite.

Il avança le bras et ne ressentit rien. Dans l'obscurité trompe-l'œil, il se demanda s'il n'était pas encore trop loin de l'arche. Alors, il fit lentement un pas en avant.

Et fut au Jal'dara.

Il sentit le crissement de l'herbe grasse sous ses chausses. Des effluves variés vinrent chatouiller son odorat de façon agréable. Un air différent caressait son visage. Moins sec, plus chaud que celui qu'il respirait l'instant d'avant encore. Il était au Jal'dara.

Un torrent d'émotions diverses l'envahit, dans lequel il s'efforça de faire le tri. En vain. Sa joie était inexplicable. Cette perception exaltante de sa propre vie était indicible. L'extase relayée par chacun de ses sens était indescriptible. Le secret de l'envoûtement n'appartenait qu'aux dieux. Il était au Jal'dara.

Cette euphorie dura quelques instants, pendant lesquels il oublia jusqu'à son nom. Le bonheur que les héritiers devinaient depuis un siècle, en contemplant ce paysage à travers la porte, Yan le vivait pleinement.

À tel point que, possédé par son allégresse, il n'osait esquisser le moindre geste de peur de rompre le charme. Il était au Jal'dara.

Il dut faire appel à toute sa volonté pour se rappeler son nom. Et pourquoi il était venu. Des bribes de souvenirs s'immiscèrent dans ses pensées, et il s'y accrocha avant qu'elles ne s'enfuient encore. Le visage d'une jeune femme. Une caverne immergée. Un guerrier tout en noir. Des ombres rouges et menaçantes. Des gens, quelques noms. Corenn. Norine. Grigán. Boubac ? *Bowbaq*. Rey. Maz Lena ? Non, Lana.

Léti.

Tout lui revint en bloc. Les héritiers. L'île Ji. Les portes. Les Züu. Saat. Usul. Les Hauts-Royaumes, le val Guerrier. Ses amis, en danger dans la forêt du pays d'Oo. La Guivre. Il devait se hâter. Ils attendaient son aide. Vite, vite.

Mais seule une partie de son esprit parvenait à raisonner. L'autre semblait définitivement perdue à la béatitude, et même faire quelques pas dans la vallée demanda beaucoup d'efforts au jeune homme.

Il ressentait une forte envie de dormir. Un pressentiment lui disait que le sommeil devait l'aider à reprendre ses esprits. Mais il ne pouvait pas dormir maintenant. Pourquoi, au fait ? Ah ! oui. Parce que Léti était en danger. Il devait faire quelque chose. Quoi, déjà ?

Mais plus il avançait, plus il avait sommeil. Son émerveillement l'avait étourdi, grisé, et sa mémoire fuyait de nouveau. Il fallait dormir. Ensuite, il irait mieux. Sa fatigue fut bientôt le principal sujet de ses pensées ; il refusa pourtant de s'y abandonner, pour une raison qui se faisait de plus en plus vague. Pourquoi ne pas dormir, après tout ?

Une main se posa sur son épaule, et Yan se retourna lentement pour découvrir Nol l'Étrange, tel qu'il était peint sur un tableau qu'il avait vu... Où était-ce, déjà ? Il ne s'en souvenait plus.

Le fait qu'il se trouve de nouveau face à un dieu ne l'émut guère plus qu'il ne l'était déjà. Il avait sommeil. Il savait avoir un message pour l'éternel. Une demande importante. Mais tout ce qu'il pouvait faire, c'était sourire en s'enivrant plus encore à chaque respiration.

— Je suis le Gardien de la porte de Dara, annonça Nol avec bienveillance. Quel est Celui qui t'envoie ?

La question s'imposant dans l'esprit de Yan dissipa un peu du brouillard qui menaçait de le couvrir. Et répondre à l'Étrange en devint une nécessité plus impérieuse encore que celle de dormir. Un des pouvoirs du dieu ? Yan ne comprit même pas d'où lui venait la réponse. Il eut l'impression que Nol l'extrayait des profondeurs de son esprit.

— Celui qui Sait, prononça-t-il d'une voix pâteuse.

— Usul, commenta l'éternel. Un bon garçon, en définitive. Peut-être trop puissant. La clairvoyance est toujours un fardeau. Mais personne ne choisit les siens...

Yan acquiesça aux commentaires du dieu sans en comprendre un mot. La gentillesse de Nol l'exaltait. Son ivresse était passée à un niveau supérieur, celui où l'esprit et les sens sont désaccordés. Il aurait pu s'agenouiller dans l'herbe et se croire encore debout. Il avait toujours sommeil, et son corps finirait par l'y faire sombrer. Ses pensées s'en étaient détachées. Elles erraient dans la nuit, sur la colline, le long du paysage derrière Nol l'Étrange.

— La porte ! lança-t-il soudain, dans un simple murmure, alors que tout son esprit voulait crier. Mes amis ! ajouta-t-il en pointant une direction.

Nol suivit son regard et son expression bienveillante disparut un instant pour laisser place à l'inquiétude. Une vision de vingt pas de haut troublait l'harmonie de la vallée de Dara. Un aperçu de la forêt du pays d'Oo, où quelques mortels se défendaient tant bien que mal contre la Guivre.

Nol commença de remonter la colline qui menait à la porte, mais Yan le rattrapa bientôt, puis le dépassa. Ce mirage l'avait suffisamment dégrisé pour qu'il se rappelle l'urgence de la situation. Un relief le masqua à ses amis pendant un court moment. Quand il l'eut dépassé, la Guivre était partie.

L'instant d'après, Nol était à ses côtés, face à la porte et à ses amis. L'éternel avait retrouvé son sourire.

— Bienvenue, déclara-t-il en tendant la main à travers la porte. Bienvenue chez vous.

Usul frémit dans sa caverne de l'île Sacrée des Guoris. Il restait trois ans avant l'arrivée de son prochain visiteur, mais le dieu l'attendait déjà. Et pour tromper son ennui, il cherchait sous quelle apparence il allait l'accueillir. Pourquoi pas sous sa forme véritable, après tout ?

Il savait pourquoi, bien sûr. La vue de son aspect faisait succomber la plupart des mortels qui y étaient confrontés. Or, Usul tenait à en laisser une majorité en vie.

Observer les humains était sa seule distraction. Particulièrement, ceux à qui il avait livré une partie de son savoir... les seuls à même de *modifier* l'avenir.

Son dernier visiteur avait été des plus intéressants. Usul avait consacré une partie de son immense attention à suivre chacun de ses faits et gestes, réfléchissant, spéculant, imaginant leurs conséquences sur l'avenir, triant parmi l'immense foison des probabilités. Malheureusement, le temps passant, des constantes se dégageaient inévitablement. Et, de nouveau, Usul savait. Le futur se mettait en place.

La bataille du mont Fleuri aurait bien lieu. Elle entraînerait chaos, bouleversements et mutations pour la majorité des mortels du monde connu. Mais cela ne distrayait nullement le dieu. Ce n'était que fureur des hommes, qu'il avait prédit depuis longtemps.

Son attention s'était reportée sur l'issue du conflit. Son dernier visiteur avait une chance infime de donner la victoire aux Hauts-Royaumes. Même dérisoire, cette possibilité n'en créait pas moins une incertitude dans l'avenir. Voilà ce qu'Usul se plaisait à observer.

Malheureusement, les agissements du mortel lui étaient inconnus depuis qu'il avait franchi la porte du Jal'dara. Le seul endroit où le pouvoir des dieux était inopérant. Quoi que l'humain y fasse, Usul ne l'apprendrait qu'à son retour.

S'il en revenait toutefois...

Et le dieu improvisait une nouvelle forme. Et il attendait, et attendait encore...

Léti se réveilla la première. De peu, car Grigán la rejoignit peu après qu'elle se fut levée, et qu'elle eut parcouru quelques pas dans l'herbe douce de la vallée de Dara.

Ils avaient dormi dans cette herbe. La veille encore, ils se trouvaient dans la forêt du pays d'Oo, serrés les uns contre les autres pour lutter contre le froid sec qui tombait des arbres. Ils avaient affronté la Guivre, gardienne de la porte de l'écorcier. Et ils avaient franchi cette même porte, entraînés par un autre Gardien. Un dieu. Nol l'Étrange, comme ils l'avaient toujours nommé. Celui qui Enseigne, comme le leur avait appris le journal de Maz Achem.

Maintenant, elle contemplait le paysage enchanteur de *l'autre monde*. Le paradis que les héritiers admiraient depuis plus d'un siècle avec une mélancolie inexplicable... tant qu'on n'y avait pas posé le pied.

La vallée ne recelait rien d'extraordinaire en soi, si l'on exceptait le fait que le temps s'y écoulait différemment du reste du monde, et qu'elle semblait ne pas connaître d'autres saisons que celle de l'Eau. Non, le ravissement qui s'était emparé d'eux provenait d'ailleurs. De partout en même temps. Une sorte de magie. Un envoûtement. Comme si leurs sens s'étaient trouvés décuplés, pour accueillir un millier de sensations agréables. Une ivresse sans nausée.

Léti se frotta les yeux pour lutter contre un vertige subsistant. Dormir lui avait fait beaucoup de bien.

Elle ressentait toujours une certaine allégresse, mais l'envoûtement semblait, à son tour, assoupi. À moins qu'elle ne s'y soit habituée pendant son sommeil... Mais peu importait l'explication.

Une fois que tous avaient franchi la porte, Nol ne leur avait pas laissé beaucoup de temps pour s'extasier et exalter leur réussite. L'Étrange avait suggéré qu'ils s'allongent et dorment. Sur l'instant, personne n'en avait eu l'envie. Léti ne se rappelait même pas s'être assise. Pourtant, à l'aube de ce jour nouveau, les héritiers reposaient tous sur un tendre matelas de verdure, s'éveillant doucement à la caresse des premiers rayons du soleil. Avaient-ils cédé à l'envoûtement ? Aux pouvoirs de Nol ? À cette question, elle ne pouvait pas mieux répondre.

Grigán se tenait à quelques pas devant elle, plissant les yeux en portant son regard vers le fond de la vallée. Bien que l'on ne puisse vraiment parler de fond : le Jal'dara ressemblait davantage à une plaine habillée de quelques reliefs, cernée par des murailles plus ou moins lointaines. On ne pouvait même affirmer que la vallée était entièrement fermée. Elle pouvait très bien s'étendre sur plusieurs dizaines de lieues.

— Vous voyez quelque chose ? demanda-t-elle à son maître d'armes.

— Beaucoup d'oiseaux. Des margolins. Des dorsdebout, quelques fouisseurs. Un cerf balancier, là-bas, près des lubilliers. Et tout au bout, des enfants.

— Où ça ? bondit la jeune femme.

Léti suivit du regard la direction indiquée par le guerrier. Tout d'abord, elle ne vit rien. Puis, guidée par les explications de Grigán, elle discerna quelques contours plus sombres sur le paysage verdoyant. Comment le guerrier pouvait-il assurer qu'il s'agissait d'enfants ? Léti avait même du mal à reconnaître des formes humaines, dans ces taches éloignées.

— Par tous les dieux, quelle cuite ! commenta derrière eux la voix de Rey. J'ai tellement mal au crâne... J'ai l'impression d'avoir été frappé par Bowbaq toute la nuit !

— Je t'assure que non, intervint aussitôt une voix forte, mais qui modulait sur un ton embarrassé. Jamais je ne te frapperai, ami Rey !

— Je sais bien, gros ours, c'est une plaisanterie. Ah, je ne m'y ferai jamais ! conclut l'acteur avec une fausse résignation.

Léti se retourna pour contempler ses amis. Le géant Bowbaq, les surpassant tous en force et en gentillesse, alors penché sur le corps toujours endormi du petit singe Ifio. Rey le Lorelien, tour à tour charmant et agaçant. Maz Lana, la dévouée prêtresse d'Eurydis, dont tous avaient deviné les amours secrètes avec l'acteur.

Grigán, le guerrier ramgrith à qui chacun devait plusieurs fois la vie. Grigán, qui lui avait appris l'art du combat. Grigán, atteint d'une maladie dont chaque crise était plus dangereuse que la précédente... et à laquelle on ne connaissait pas de remède.

Corenn, sa tante au second degré, membre du Conseil permanent du Matriarcat de Kaul. Corenn, dont l'intelligence avait permis de percer nombre des secrets des sages. Corenn, sans qui ils ne seraient jamais parvenus au Jal'dara. Bien que l'on puisse dire la même chose de chacun d'eux...

Yan, enfin. Le jeune homme était le dernier à se redresser sur le tapis d'herbe et regarder autour de lui, vaguement hébété et clignant des yeux comme un bébé. Il croisa son regard et sourit chaleureusement.

Yan, dont Corenn vantait les pouvoirs magiques. Yan, son plus vieil ami. Yan, qu'elle aimait depuis si longtemps, qu'il lui semblait inutile d'en faire part au jeune homme. S'il ne venait pas à elle... c'est qu'il ne l'aimait pas. Quoi d'autre ?

Étrangement, cette pensée ne lui porta pas un coup au cœur, comme cela advenait d'ordinaire. Était-ce le fait des pouvoirs du Jal'dara ? L'ivresse dans laquelle ils baignaient encore devait atténuer toutes les douleurs...

— Tante Corenn, cet endroit est *dangereux*, s'entendit-elle prononcer très sérieusement.

— Je ressens la même chose, acquiesça la Mère, le visage grave. J'ignore de quoi il s'agit.

— Le Jal nous fait oublier, intervint Lana, soudain inspirée. J'ai le sentiment que... que mes souvenirs sont très lointains. Pourtant, certains d'entre eux ne remontent qu'à la veille. Comment est-ce possible ?

— Cet endroit agit comme une drogue, suggéra Rey. Voilà pourquoi j'ai aussi mal au crâne. Les herbes ne m'ont jamais réussi.

— C'est pire encore, reprit la Maz, pourtant toujours souriante. Si nous restons ici trop longtemps, nous oublierons jusqu'à nos noms. J'en ai le pressentiment. Nous... *disparaîtrons*.

Les quatre hommes du groupe échangèrent quelques regards étonnés.

— J'ai l'impression que ce phénomène a plus d'effet sur les femmes, commenta Grigán, sans savoir quoi en penser.

— Question de sensibilité ? se vexa Léti. Les hommes sont trop stupides.

— Apparemment, les choses ne vont pas si mal que ça, nota le guerrier devant la vivacité de la jeune femme. Nos ancêtres ont vécu ici plus de deux lunes et n'en ont gardé aucune séquelle. Nous aurons besoin de bien moins de temps que ça. Alors, ne nous créons pas des soucis supplémentaires.

Corenn acquiesça, en espérant que les choses soient aussi simples que Grigán les avait décrites. Ils ignoraient, en vérité, s'ils pouvaient trouver de l'aide au Jal'dara. Et ce qu'ils auraient à faire pour l'obtenir.

Ils s'étaient plus ou moins attendus à la visite de Nol, mais l'Étrange se faisait désirer. Pourtant, les héritiers n'osaient s'aventurer plus avant dans le Jal'dara. En partie, par crainte des dangers inattendus que cet endroit pouvait receler. Mais surtout par *respect*. Chacun rechignait à fouler le sol sacré du berceau des dieux, sans d'abord y avoir été invité par le maître des lieux.

Rey suggéra qu'ils profitent de ce temps libre pour déjeuner, et ils s'installèrent en cercle, assis dans l'herbe, maîtrisant la curiosité qui les poussait à l'exploration. Lana disposa quelques-unes de leurs victuailles sur une couverture, mais en contemplant les divers morceaux de pain, les fruits séchés, le lard fumé et les œufs, tous réalisèrent qu'ils n'avaient pas vraiment faim.

Grigán conseilla de manger malgré tout et chacun se força à avaler quelque chose, difficilement et sans plaisir car tous les aliments paraissaient indigestes. L'idée d'une infusion de *cozé* lancée par Corenn fut, en revanche, accueillie avec enthousiasme. Mais après une décime d'essais infructueux, les héritiers durent se rendre à l'évidence : il était impossible d'allumer un feu au Jal'dara.

— Arkane de Junine a pourtant été brûlé, s'étonna Bowbaq en s'escrimant sur le briquet à silex.

— C'était au Jal'karu, rappela Yan avec candeur. Quelque part sous nos pieds. Les choses y sont sûrement différentes.

Ses compagnons portèrent aussitôt leur regard au sol, comme s'ils pouvaient y voir les fosses aux démons citées par Achem. Bien sûr, il n'en était rien. Leur réflexe suivant fut de chercher, le long des murailles dorées cerclant la vallée, une faille ou une tache sombre trahissant l'entrée d'une quelconque galerie souterraine. Mais de cela, il n'y avait pas plus que de margolin volant.

Après Rey, Yan et Grigán, Bowbaq renonça également à allumer un feu. Pour seule boisson, ils durent se contenter d'eau tiède puisée dans leurs gourdes et plus insipide que jamais. Enfin, alors qu'ils buvaient lentement et sans plaisir, Corenn renversa une bonne pinte du liquide sur le sol, sous les regards intrigués de ses compagnons. Elle passa sa main dans l'herbe après quelques instants puis retourna un peu de terre du bout de son pied.

— C'est sec, annonça-t-elle très calmement.

Grigán tenta lui-même l'expérience, Léti et Rey confirmant après lui que le sol ne gardait aucune trace d'humidité.

— J'ignore pourquoi, mais ça me dérange, commenta le guerrier. Comment est-ce possible ? Il ne fait pas chaud à ce point-là.

— Nous avons déjà vu des choses bien plus étranges, rappela la Mère. Les jardins semblent se... *régénérer*. Ils reprennent leur forme, si vous préférez. Je m'en suis douté, en voyant que l'endroit où nous avons dormi n'en gardait aucune trace.

— Très pratique, commenta Rey avec un sourire en coin. Cet endroit reste toujours propre. Immuable. Le rêve suprême de ma grand-mère.

— Je doute que cela ait été conçu en ce sens, tempéra Corenn. En tout cas, cela explique peut-être pourquoi nous ne ressentons ni faim, ni soif, ni froid... Ce pouvoir semble déteindre sur nous.

— J'ai tout de même mal au crâne, rappela l'acteur avec une grimace. Ce n'est pas parfaitement efficace.

— Pas encore. Mais si nous restions deux lunes ? Trois ? Jusqu'à quel point serions-nous modifiés ?

— Nous deviendrons des *Gweloms*, répondit Lana, la voix pâteuse. Comme nos ancêtres. Avec une longévité accrue... et une stérilité partielle.

— Nous sommes *déjà* des Gweloms, rappela Léti. Les émissaires ont eu peu de descendants. Et ces derniers n'en ont pas eu beaucoup plus.

— Sauf Bowbaq, qui cache bien son jeu, intervint Rey avec un clin d'œil égrillard à l'intention du géant. N'est-ce pas, mon ami ?

— Je ne cache rien du tout, s'excusa l'intéressé en rougissant sous sa barbe blonde.

— Et en fait de longévité accrue, je trouve que l'espérance de vie des héritiers a connu une chute pour le moins spectaculaire, poursuivit Rey avec un cynisme morbide.

Personne n'apprécia la plaisanterie. L'acteur lui-même ne la trouvait pas drôle.

— L'euphorie se dissipe, remarqua Corenn. Notre mémoire revient. Nous sommes de nouveau capables de souffrance.

— Je la ressens toujours, annonça Lana en souriant malgré elle. Tout est tellement beau, ici...

Les héritiers contemplèrent la Maz avec une envie mêlée d'embarras.

— Je... je crois que ça pourrait me revenir, si je me laissais aller, avertit Yan. J'ai l'impression que ça fonctionne par cycles.

— Nous allons tous nous surveiller, décida Grigán. Dès que l'un de nous sent qu'il commence à perdre la tête, qu'il prévienne les autres. Maz Lana, ça va aller ?

— Oui... oui, Grigán, répéta-t-elle langoureusement. Je vais parfaitement bien. Tout est si beau, ici, répéta-t-elle sans originalité.

Le guerrier médita quelques instants sur la santé de la Maz, mais au-delà de son apathie, Lana semblait se maîtriser. Perdre du temps en précautions pouvait aggraver les choses...

— Mettons-nous en route, ordonna-t-il subitement. Marcher nous fera du bien. Et j'en ai assez d'attendre le bon vouloir des dieux. Allons voir à quoi ressemble cette vallée !

Les héritiers n'allèrent pas bien loin dans leur exploration. Lana désirait contempler de plus près la porte du Jal, qu'ils n'avaient qu'entr'aperçue la nuit précédente. Elle fut donc leur première destination, à deux cents pas à peine de l'endroit qui avait accueilli leur sommeil.

Elle n'était ni plus grande, ni plus large que celles qu'ils avaient déjà pu voir : la porte de Ji, celle de la forêt d'Oo, et l'Arche Sohonne pour le seul Grigán. Pourtant, alors qu'ils en étaient encore à plus de cent pas, des différences s'imposèrent. La porte était de loin la plus belle. Et la plus intrigante.

Comme tout le Jal'dara, elle avait quelque chose de commun et d'extraordinaire en même temps. On sentait en elle le même envoûtement qui émanait de tous les points de la vallée. Un pouvoir qui n'était perceptible, pour les autres portes, qu'à l'instant de leur ouverture, mais qui, ici, sourdait constamment.

C'est en approchant jusqu'à son pied qu'ils remarquèrent ses nombreuses autres particularités.

— Comment avons-nous pu manquer cela cette nuit ! s'exclamait la Maz, enthousiaste. Étions-nous envoûtés au point d'être aveugles ?

— La porte était « ouverte », expliqua Corenn, non moins émue. En pareil cas, les motifs sont invisibles... Dire que nous aurions pu passer à côté de cela !

Comme ses compagnons, Bowbaq contemplait les motifs ornant l'intérieur de l'arche. Lui avait seulement remarqué que l'ouvrage était entièrement taillé dans un bloc de marbre unique, ce qui en faisait probablement le plus lourd objet jamais façonné. Il avait également noté que les motifs couraient à l'intérieur *et* à l'extérieur de la porte, la différenciant ainsi de ses semblables. Mais, ne voyant pas là-dedans de quoi se mettre dans un tel état de fébrilité, il se décida finalement à poser la question à Lana.

— Les couleurs, Bowbaq ! répondit la Maz passionnée. Ne vois-tu pas ? Les motifs sont *colorés* !

— Je les vois, amie Lana, assura-t-il. C'est très joli, ajouta-t-il poliment, sans avoir compris encore en quoi cet ornement basé sur sept ou huit teintes primaires méritait tant d'émerveillement.

— C'est bien plus que joli ! reprit la prêtresse. Ces couleurs sont la clef de la langue ethèque !

Bowbaq implora Corenn du regard, et la Mère comprit que le géant avait besoin d'une meilleure explication. Tous ses compagnons écoutèrent celle-ci avec attention.

— Les motifs de toutes les autres portes sont usés, rappela Corenn. Effacés par les millénaires. Heureusement, cela ne semble pas altérer leur magie... mais personne n'a jamais pu leur trouver une logique. Nous avons toujours pensé qu'ils représentaient plus qu'une simple décoration. Maz Achem, le premier, leur avait trouvé une ressemblance avec la langue ethèque. Mais cette dernière est elle-même très mal connue, et les portes sont bien plus anciennes que les quelques vestiges que nous possédons de leur civilisation.

— Nous ne savons rien des Ethèques, interrompit Rey. Deux ou trois ruines, quelques tablettes éparses aux quatre coins du monde... Peut-être même n'ont-ils jamais existé.

— Ces preuves me semblent suffisantes. Ils *ont* existé. De là à prétendre qu'ils représentaient le *premier peuple*... C'est un autre débat. Quoi qu'il en soit, même en utilisant les maigres connaissances que nous avons de leur alphabet, il n'a jamais été possible de traduire les textes des portes.

» Ces motifs sont intacts, affirma la Mère en désignant l'intérieur de l'arche. Pas seulement bien dessinés : ils sont colorés. Observez de quelle manière... Ici, trois dessins rouges, un bleu, un vert. Ici, plus loin : les mêmes, dans les mêmes couleurs. Ici : quatre verts, deux jaunes.

— Comme les dés ithares, nota Rey, spécialiste de la question.

— Peut-être. Pourquoi pas ? Regardez comment sont disposées les teintes, et vous comprendrez qu'il ne peut s'agir d'une simple décoration. *La couleur est un élément indispensable de l'alphabet ethèque.*

— Lana, vous pouvez traduire les inscriptions ? demanda Grigán sans se leurrer sur la réponse.

— Malheureusement non, répondit la Maz, toujours enjouée. Je n'ai pas étudié cette langue. Et même si c'était le cas, il faudrait trouver comment sont utilisées les teintes. Changent-elles une syllabe en une autre ? Influent-elles sur le sens du mot ? C'est un travail de plusieurs années, Grigán. Sans assurance de réussite.

Le guerrier se rembrunit et leva les yeux vers le haut de la voûte, comme pour y lire la solution. Mais l'arche devait garder ses secrets.

— Vous croyez que les autres portes étaient également colorées ? demanda Yan.

— Oui, répondit Lana, en même temps que Corenn annonçait « probablement pas ».

— *Vérité arque, mensonge jez*, cita Rey avec amusement, évitant ainsi à ses amies un long débat stérile. Je me demande quand même ce que tout cela raconte, ajouta-t-il en contemplant les motifs colorés. Peut-être une histoire drôle ?

— Bien sûr, railla Grigán. Des types ont taillé un bout de montagne pour raconter celle du roi qui cherchait son trône. Ou celle du Lorelien qui voulait emprunter une demi-terce, ajouta-t-il avec malice.

— Je préfère celle-ci, répliqua l'acteur sans se démonter : c'est un Ramgrith, un Junéen et un Goranais qui vont au Grand Temple. Le Junéen entre et...

Yan n'attendit pas la fin de l'histoire qu'il connaissait déjà, Rey la servant à la moindre occasion. Il fit lentement le tour de l'impressionnant édifice, en s'interrogeant sur les moyens qu'il avait fallu mettre en œuvre pour parvenir à ce résultat. Combien de temps ? Quelle part de magie ?

Combien d'hommes ? Peut-être aucun.

— Qui a bien pu construire les portes ? demanda-t-il en rejoignant ses amis, sans vraiment attendre de réponse à une question qu'ils se posaient depuis deux lunes.

— Et pourquoi ? renchérit Léti. Pourquoi, après tout, permettre aux humains de venir au Jal'dara ?

La jeune femme n'avait pas encore terminé sa phrase qu'un léger sifflement retentissait pour se muer en vacarme assourdissant. Grigán et Rey quittèrent l'arche, puis s'en éloignèrent d'une bonne dizaine de pas avec leurs compagnons.

— Que se passe-t-il ? demanda Bowbaq avec inquiétude. Pourquoi la porte s'ouvre-t-elle ?

— Je ne sais pas, lui répondit Lana dégrisée, sans quitter des yeux le point lumineux qui venait d'apparaître entre les piliers.

Mais celui-ci n'envahit pas toute la hauteur de l'arche, comme ils l'avaient toujours vu faire. La magie de la porte se manifestait... mais aucun passage ne devait s'ouvrir.

Alors que tous contemplaient le prodige, Yan lui tourna le dos et observa les environs. Il ne lui fallut que quelques instants pour trouver ce qu'il cherchait.

— Nol, prévint-il en tirant Grigán par son gilet. Il approche.

Les héritiers se retournèrent et s'apprêtèrent à rencontrer le Doyen du Jal'dara. Tout comme leurs ancêtres, avant eux. Tout comme Saat, en son temps.

Sombre est en son temple et jouit de sa puissance divine. Le dieu chasse. Il est Celui qui Vainc.

Une rumeur prétend que le bâtiment, une fois achevé, pourrait contenir les crânes des quatre-vingt mille esclaves ayant participé à sa construction. La rumeur s'est faite persistante. Cent vingt mille voix la crient chaque jour dans l'esprit du démon. Alors, Sombre commence à compter.

Il bondit dans les couloirs, franchit les murs, lance ses griffes et fait claquer ses crocs. Il épargne toutefois la tête de ses victimes, même si leur agonie en est d'autant allongée. Il déchire, écorche, brise et arrache. Et chaque trophée vient s'ajouter aux piles déjà immenses qui s'élèvent le long des murs.

Mais les choses sont trop lentes. Il lui reste énormément de place. Et plus encore de colère. Le dieu souffre, et entend communiquer sa souffrance.

Il s'est enfin libéré du sommeil. Mais sa puissance a également cessé de croître. Le dieu a atteint sa maturité. Il est *abouti*. Enrageante frustration.

Il ne grandit plus. N'est plus altéré qu'à petites touches, selon la fantaisie des mortels. Mais sa conscience est parfaitement éveillée. Et Sombre sait maintenant que ses pouvoirs n'égaleront jamais ceux des Grands Doyens, ses frères et sœurs. Pour cela, il aurait fallu qu'il reste au Jal plus longtemps. Mais il fut parmi les hommes *avant* d'être né des hommes. Le dieu est un prématuré.

Il ne peut pas lire l'avenir, comme Ekmis, Usul, Quarm Y'lor ou les Ondines. Il ne peut pas se transporter à distance ; tout juste y matérialiser un *avatar*, à peine une ombre de lui-même. Il ne peut pas changer le climat, faire trembler les montagnes, assécher les fleuves ou déchaîner la mer, comme Hamsa, Éi, Lirtl', Phrias et tellement d'autres.

Il ne peut ni *créer*, ni *procréer*. Aucune plante ne naîtra jamais de son esprit. Aucun animal ne le représentera dans la nature, comme Mishra engendra l'ours, et Jeth le margolin. Aucune figure légendaire ne naîtra de sa semence, car le dieu n'en a point.

Sombre peut seulement *entendre*. Mais tous les dieux en sont capables. Il peut *inspirer* les mortels. Mais cela ne le distrait, ni ne l'intéresse.

Enfin, il peut *combattre*. Et en cela... il est le plus grand.

Il est Celui qui Vainc, de par la volonté des hommes. Là s'arrêtent ses pouvoirs. Alors Sombre combat. Et triomphe. Terrasse. Conquiert. Détruit.

Son temple a l'odeur de la montagne de Karu. L'obscurité y est presque semblable. Sombre s'y sent bien, ou plutôt, il s'y sent moins mal qu'ailleurs. Il n'en sort plus que très rarement. Il entend les hommes, rumine sur son destin, converse avec son ami. Et chasse.

C'est devenu son seul plaisir. Le dieu a pris goût aux cérémonies d'exécution organisées en son nom... et dont il est également le principal acteur. Mais elles restent trop rares. Et l'attente est longue.

Saat a trouvé une solution, comme toujours. Il est un ami précieux. Le seul, en fait. Parfois, le dieu songe qu'il est également responsable de la faiblesse de ses pouvoirs. Sombre n'est pas naïf. Mais du plus loin qu'il se souvienne, il a vécu avec cette amitié. Il n'imagine pas qu'il puisse en être autrement.

Son ami. Ils sont les Dyarques. Deux têtes sous une seule couronne.

Saat a eu l'idée de ces chasses dans le temple. Régulièrement, il fait enfermer des hommes dans ce qu'ils appellent le *Mausolée*. Aucun n'en ressort jamais.

Ce sont rarement des esclaves. Le jeu en serait moins amusant. Sombre préfère chasser des guerriers.

Prisonniers goranais, Wallattes indésirables, renégats, lâches, traîtres... peu importe. Ces notions le dépassent. L'important est qu'ils courent dans son labyrinthe. Qu'ils essaient de se défendre. Que leur terreur et leur souffrance soient tangibles.

La divinité est mortellement ennuyeuse. En attendant de rencontrer son véritable Adversaire, Sombre se distrait. Et des hurlements d'agonie résonnent dans les ténèbres de son temple. Au pied de la montagne de Karu.

Nol gravissait tranquillement la petite colline qui supportait la porte de marbre. Les héritiers, muets, ne pouvaient détacher leurs yeux de celui en qui ils plaçaient tant d'espoirs. Celui qui avait *vécu* avec leurs ancêtres. Celui qui, vraisemblablement, veillait sur les enfants du Jal'dara. Celui qui avait vu grandir tous les dieux de l'humanité, et qui verrait également l'avènement de tous les autres. Le Doyen éternel.

Le portrait qu'en avait fait un peintre junéen, un siècle plus tôt, était tout à la fois ressemblant et lointain. Les héritiers devaient plus tard comprendre que Nol leur était apparu différent à chacun. Un seul corps, mais plusieurs apparences...

Bowbaq le vit grand, et Lana petit. Corenn l'imaginait ridé, Grigán l'affirma entre deux âges. Ils devaient le décrire courbé et droit, maigre et bien portant, chauve et grisonnant, pâle et hâlé... Les contradictions étaient pires encore en ce qui concernait ses vêtements. Rey devait jurer l'avoir vu nu. Mais ses compagnons citaient qui un pagne, qui une toge, une robe ou une tunique. Bien sûr, ils ne prirent conscience de leurs différences de perception que bien plus tard, alors que le sujet tombait par hasard dans la conversation. Et toute tentative d'explication devait les ramener à l'envoûtement du Jal.

Seul le regard de l'éternel Gardien fit l'unanimité. Alors qu'il franchissait, le plus simplement du monde, les derniers pas le séparant de ses visiteurs, ces derniers se sentirent gagnés par sa bienveillance... et sa mélancolie. Yan se rappela quelques-uns des mots du dieu, lors de leur première rencontre. Nol avait dit : « la clairvoyance est toujours un fardeau. Mais personne ne choisit les siens... » Quelles pouvaient être les préoccupations d'un tel individu ? Les mortels étaient-ils seulement à même de les comprendre ?

— Bienvenue chez vous, annonça l'éternel avec douceur, se rendant auprès de chacun pour effleurer de qui la joue, la main ou l'épaule, en guise de salut.

Instinctivement, Grigán, Rey et Léti lui répondirent de la même manière. Les autres n'osaient bouger, alors que l'Étrange les gratifiait de son toucher divin pour la deuxième fois en deux jours.

Ils s'étaient plus ou moins attendu à une sensation particulière, chaleur, picotements, magnétisme ou autres appréciations. Mais il n'y eut rien de tout cela. Rien d'autre que le contact agréable d'un geste empreint de tendresse.

Rey s'éclaircit la gorge et fit un pas vers leur hôte, sous les regards suppliants de ses compagnons, affolés à l'idée que l'acteur puisse commettre un impair aux conséquences inimaginables.

— Excusez-moi, heu... Nol, n'est-ce pas ? Pourquoi nous saluer avec « bienvenue chez vous » ? Et pas « bienvenue au Jal'dara », ou quelque chose dans le genre ?

— N'estimez-vous pas être ici chez vous ? répondit l'Étrange avec un sourire sans malice.

— Maître... bafouilla Corenn, profondément troublée par cette rencontre... pardon, votre Excellence... divine... heu... Mère Eurydis, comment s'adresse-t-on à un *dieu* ?

— Le nom de chaque être vaut plus que tous ses titres, la rassura-t-il avec douceur. Usez simplement du mien.

Derrière Grigán, Lana éclata en sanglots, et Rey la rejoignit pour la bercer dans ses bras. La Maz s'y abandonna complètement, pleurant à chaudes larmes sur la poitrine de l'acteur.

— Tout va bien, répétait-il pour la réconforter. Pourquoi pleurez-vous ? Tout va bien, Lana.

— C'est... c'est comme un rêve, chuchota la Maz entre deux sanglots. Ces paroles... elles font partie de l'âge d'Ys, Reyan. C'est trop beau. Tout est trop beau. Oh ! pourquoi les hommes sont-ils ainsi... conclut-elle en pleurant de plus belle.

Sensible à l'émotion de la Maz, Léti sentit également quelques larmes perler le long de ses joues, et Bowbaq lui-même y vit plus trouble que de coutume. Pendant cet échange, Nol n'avait pas bougé d'un pouce. Par la suite, les héritiers devaient souvent remarquer la passivité de l'éternel, lors de leurs débats. Il pouvait rester souriant et immobile, les mains jointes devant la poitrine, sans même qu'aucun signe ne vienne confirmer qu'il suivait la conversation.

— Nol... reprit Corenn en s'efforçant de maîtriser sa voix, autant que le flot de ses émotions. Savez-vous qui nous sommes ?

— Les hommes ne m'ont pas donné le pouvoir de la clairvoyance... annonça le Doyen pour seule réponse. Est-ce important ? s'enquit-il doucement, devant l'expression déçue de Corenn.

— Nous allons vous surprendre, intervint Grigán, trop heureux de pouvoir en remontrer à un dieu. *Nous sommes les héritiers des sages de l'île Ji.*

Nol l'Étrange perdit son sourire et dévisagea chacun des mortels qui lui faisaient face. Yan aurait juré avoir vu une ride apparaître sur le front du Gardien. Et ses yeux exprimaient plus que jamais la mélancolie.

Il fallut un demi-décan à Corenn pour raconter, sans trop entrer dans les détails, ce qu'avait été le destin des sages et de leurs descendants depuis qu'ils avaient croisé la route de Nol. Un demi-décan seulement, pour résumer la vie de deux cents personnes appartenant à quatre générations différentes. Un récit volontairement court, et qui s'achevait sur une note sinistre : celle des Züu, de Saat et de la guerre qui menaçait les civilisations humaines les plus avancées.

Cela permit au moins aux héritiers de s'accoutumer à la présence du Doyen, si ce n'est de s'y familiariser. Après un démarrage laborieux, Corenn avait retrouvé tous ses talents d'orateur, et sa narration était redevenue claire, aisée et précise. Elle avait captivé l'éternel aussi bien que ses compagnons, pourtant eux-mêmes acteurs de l'histoire. Elle avait retracé leur quête pas à pas, marquant régulièrement des pauses dans l'espoir que Nol manifeste approbations, démentis ou éclaircissements. Mais l'intéressé était resté muet jusqu'à la fin. Attentif, mais désespérément passif.

Enfin, Corenn s'était tue. Son récit avait rejoint le moment de leur entrée au Jal'dara. Nol savait presque tout de la quête des héritiers. Alors, ceux-ci attendaient, angoissés, un signe quelconque du dieu. Un espoir. L'aide qu'ils étaient venus chercher, sans certitude de la trouver. Et Nol médita longuement, en fixant le sol où ils étaient assis.

— Avec quelques petits changements, cette histoire pourrait faire un conte assez original, lança Rey pour briser ce trop lourd silence.

Mais les héritiers n'avaient pas le cœur à rire. Toute leur attention était consacrée au Doyen et à ses réactions. Et celles-ci se faisaient attendre.

— Ainsi... Saat n'est pas mort dans la troisième fosse, commenta-t-il enfin, presque pour lui-même. Exceptionnel. Étrange destin que celui de cet homme...

— Vous voulez dire que... vous ignoriez cela *aussi* ! bondit Rey, un peu plus fort qu'il ne l'aurait voulu. Pardonnez-moi... reprit-il plus doucement. Mais n'êtes-vous pas censé disposer de pouvoirs immenses ? Comme, de pouvoir toucher n'importe qui, n'importe où ?

— Je ne suis qu'un Gardien, Reyan le Jeune, répondit l'intéressé sans rancœur. Je protège ma porte et le domaine qui l'abrite. Mes pouvoirs ne servent que cette fonction.

— Vous êtes aussi Celui qui Enseigne, rappela Lana. Vous êtes plus qu'un Gardien.

— Peut-être. Mais je n'en tire aucune puissance supplémentaire. Qu'en ferais-je, d'ailleurs ?

— Vous pourriez nous aider à arrêter Saat, proposa Léti.

— Je ne puis intervenir dans le monde des mortels, refusa Nol avec douceur.

— Mais vous le faites depuis toujours ! s'emporta Grigán, que cette passivité commençait à exaspérer. Tous nos ancêtres sont venus ici à votre demande ! Et leurs vies en ont été changées à jamais !

— Je regrette sincèrement, affirma l'Étrange, sans que son regard perde sa lueur bienveillante.

— Vous le *regrettez* ? Séhane de Junine a eu la nuque brisée par un démon envoyé par Saat. Et vous, assis dans l'herbe douce, vous *regrettez* ? Vous nous refusez votre aide ?

— Je ne puis rien faire, répéta Nol sans s'émouvoir. Pendant leur séjour au Jal'dara, les dieux n'ont aucune influence sur le reste du monde. Même le Doyen de cette vallée ne peut se soustraire à la règle...

— La belle affaire ! s'emporta Grigán en se levant. Allez faire un petit tour dehors, alors ! Essayez un peu de réparer vos erreurs ! Car tout cela, c'est de *votre faute*, conclut-il en désignant l'éternel d'un doigt accusateur.

— Maître Grigán... asseyez-vous près de moi, je vous en prie, implora Corenn.

Comme ses compagnons, la Mère était surprise et embarrassée par la soudaine colère du guerrier. La passivité et l'impuissance de Nol étaient certes frustrantes, mais n'excusaient pas un tel comportement. Grigán avait-il oublié à qui ils avaient affaire, et où ils se trouvaient ? L'envoûtement du Jal lui faisait-il perdre la tête ?

Elle imagina un instant que le guerrier pourrait devenir violent. Puis se reprocha cette pensée. Grigán était susceptible, taciturne et ombrageux, c'était entendu. Mais elle le savait aussi attentionné, respectueux et fidèle en amitié. Il avait le sens de l'honneur et celui du sacrifice. Jamais, même dans la plus noire des ivresses, il ne pourrait donner le premier coup.

Par contre, la Mère ne répondait de rien si le guerrier les estimait en danger. Et tout le problème était là. Nol étant le Gardien du Jal'dara, il avait probablement les moyens de les en chasser. En imaginant l'Étrange se muant en un monstre tel que Reexyyl le Léviathan ou la Guivre du pays d'Oo, Corenn se leva à son tour pour tenter d'apaiser le guerrier qui faisait nerveusement les cent pas.

— Dans votre monde, je ne puis que visiter vos rois, s'excusa le Doyen. Comprenez-vous ? Là se limitent mes pouvoirs. J'ignore ce qu'il adviendrait, si j'essayais d'agir autrement. En fait... *je ne le pourrais pas.* Ça m'est impossible. Comprenez-vous ? répéta Nol, incapable de mieux s'expliquer sur ce fait qui mettait en cause sa propre origine.

— *De votre faute !* s'entêta le guerrier, titubant maladroitement pour échapper à l'étreinte de Corenn.

— Grigán, Nol ne peut rien faire ! tenta d'expliquer Lana. Il est prisonnier du Jal ! Comme Usul de sa caverne !

Bowbaq se leva pour prêter main-forte à la Mère, alors qu'il devenait évident que le guerrier n'était pas dans son état normal, au point de peiner à se tenir debout. Il s'effondra presque dans les bras du géant, la main crispée sur la poignée de sa lame courbe, comme si son arme pouvait l'aider à lutter contre le mal qui le rongeait.

Les héritiers reconnurent enfin de quoi il s'agissait. La maladie de Farik, que Grigán avait contracté au Beau Pays, mordu par plusieurs dizaines de rats vampires.

C'était sa quatrième crise. Chacune ayant été plus terrible que la précédente, les effets de celle-ci ne pouvaient être que des plus redoutables.

Comme ses visiteurs, Nol vint se placer près du corps inanimé du guerrier. Yan étudia le visage de l'Étrange en espérant y trouver un réconfort, une moue rassurante. Mais il ne put y déchiffrer la moindre expression.

La mort pouvait-elle frapper dans le berceau des dieux ?

Grigán était glacé et affreusement, terriblement pâle.

Les héritiers avaient observé, angoissés, sa température chuter pendant presque une décime. Elle s'était enfin stabilisée. Mais si bas...

À la franche-ferme de Semilia, ils avaient placé le guerrier au plus près de la cheminée. Mais aucun feu ne prenait au Jal'dara, et les couvertures pouvaient être insuffisantes. Alors, en désespoir de cause, ils se relayèrent pour s'allonger auprès de leur ami et essayer de lui communiquer un peu de leur chaleur.

L'opération se déroula dans une atmosphère de plus en plus tragique. Léti serra le guerrier de toutes ses forces et eut l'impression de s'agripper à un cadavre. Elle céda rapidement la place à Bowbaq, qui refusa de bouger pendant plus d'un décan, malgré le froid qui le gagnait.

— Vous ne pouvez vraiment rien faire pour lui ? implora Léti, la lèvre tremblante.

— S'il peut guérir, alors le Jal'dara y pourvoira, assura Nol en souriant. Gardez espoir.

La jeune femme tourna le dos à l'éternel et dénicha un briquet à silex dans leurs sacs. Elle fit jaillir une bonne centaine d'étincelles sans obtenir la moindre flamme, puis s'abandonna au chagrin, sourde aux paroles consolatrices de Lana et de Corenn.

Nol ne semblait pas vouloir les quitter. Pourtant, son attention était ailleurs. Le Gardien ne cessait de fixer le fond de la vallée, là où quelques formes indistinctes déambulaient sans but apparent. Les enfants dieux.

— Pourquoi ne les rejoignez-vous pas ? demanda Rey, à qui cela n'avait pas échappé. On peut se débrouiller sans vous.

Nol jeta un œil au corps de Grigán, puis à la porte dont il était le Gardien. Il se pencha vers l'acteur pour lui parler à voix basse.

— Personne ne doit mourir au Jal'dara, annonça-t-il avec franchise. Si cela s'avérait inévitable, vous auriez à partir *avant*.

Rey dévisagea l'éternel, acquiesça puis décida de fouiller tous les sacs pour voir *si, vraiment*, il ne restait que de l'eau. À ce moment, il aurait donné tout son trésor pour une bouteille de n'importe quel mauvais vin.

Bredouille, il songea un instant à aller relayer Yan auprès de Grigán, mais le jeune homme venait juste de prendre son tour. Alors, il revint auprès de Nol et de Corenn. L'Étrange avait repris son observation muette.

— Vous avez peur qu'ils se battent entre eux, ou quoi ? railla l'acteur, frustré par leur impuissance.

— Je crains que l'un d'eux ne vienne voir votre ami, répondit le dieu sans détour. Tous les enfants sont impressionnables, poursuivit-il en plongeant son regard dans celui de Corenn. Ceux-ci le sont *mille fois* plus.

La Mère se rappela le poème de Romerij qu'ils avaient trouvé dans la tour Profonde. « Homme ou dieu, même naïveté ». Quelles conséquences la vue du corps malade de Grigán pourrait-elle avoir sur l'esprit des dieux naissants ? Peut-être oublieraient-ils. Peut-être pas.

Elle eut envie de poser des questions sur leurs ancêtres, Tiramis, Yon, et surtout Saat. Mais n'en fit rien. Pour cela, ils attendraient que Grigán soit guéri. Ils mèneraient leur quête *ensemble*, jusqu'au bout. Ou pas du tout.

Le soir vint sans que le guerrier ne présente de signe d'amélioration. Yan observa le soleil se coucher derrière les montagnes avec une certaine appréhension : au Jal'dara, le temps passait cinq fois plus vite. Ils avaient perdu quatre jours de leurs vies, alors que le temps jouait contre eux.

Quelque chose dans cette réflexion le fit réagir. Comment le soleil pouvait-il se lever cinq fois dans le monde des humains, et une fois seulement au Jal'dara, dans le même laps de temps ? Seul le maître des lieux pouvait fournir une réponse à cette question.

— Le Jal'dara n'est pas dans votre monde, expliqua le doyen. Peut-être pourriez-vous le rejoindre, en gravissant ces montagnes. Mais vous passeriez alors à une autre réalité. Les saisons, par exemple, n'ont aucune influence de ce côté. Alors que l'autre versant est constamment sous la neige.

— Mais le soleil ? s'entêta Yan, jugeant cette interprétation insuffisante. Les cycles du soleil ?

— Ce soleil n'est pas le même que celui des mortels. Ce soleil est issu de votre esprit. Au fil des siècles, les humains ont imaginé qu'il faisait toujours beau au paradis. Alors, il en est ainsi.

— Ainsi, toute la vallée serait issue de la seule foi ? demanda Lana, qui n'avait rien perdu de la conversation. Mais... mais comment...

Cette révélation était riche de tellement d'implications que la Maz fut près de basculer de nouveau dans l'ivresse. Les humains auraient engendré le Jal'dara ? Ils auraient donc également donné naissance à tous les dieux... Mais alors... si les éternels n'étaient pas à l'origine de la création, d'où venaient les humains ? Quel était le premier peuple ?

— Les Ethèques ? songea-t-elle soudain à voix haute. Que sont les Ethèques ? Qu'est-il inscrit sur les portes ?

Le Gardien hésita un instant avant de répondre.

— Je l'ignore, répondit-il avec une voix aux accents de nostalgie. Ma propre existence m'est mystérieuse...

Ce fut la seule fois, pendant leur séjour au Jal'dara, que les héritiers eurent le sentiment que Nol éludait volontairement une question. Mais n'était-il pas, lui-même, plus petit que le mystère de la prime origine ?

Le crépuscule avait été de longue durée, mais il avait fini par céder la place à la nuit. Une nuit des plus belles, certes, parfumée et étoilée comme dans l'inspiration des poètes. Mais également une nuit *fraîche*. Probablement beaucoup moins que sur l'autre versant des montagnes : mais assez pour rendre plus soucieux encore les héritiers quant à la santé de Grigán.

Léti finissait son tour de veille aux côtés du guerrier. Pour oublier le contact froid, si froid du corps de leur ami, elle contemplait les étoiles. Et n'en reconnaissait aucune. Où étaient-ils donc ? Qu'allaient-ils devenir ?

La nuit du Jal'dara n'accueillait pas de lune. Mais la jeune femme était incapable de se souvenir si elle devait être *reine* ou *mendiante*, à cette époque. Le Jal'dara avait-il commencé à les altérer ? Effaçant leurs souvenirs, leurs personnalités, puis, peut-être, leurs personnes ?

Il s'agissait d'une simple intuition. Mais Léti s'était persuadée que s'ils y séjournaient trop longtemps, le Jal les ferait disparaître. Les mortels n'y avaient pas leur place. L'endroit reprendrait sa forme en effaçant les intrus. Étrange et puissante magie...

Cette idée lui en donna une autre. Elle était prête à tout tenter pour sauver Grigán, et il lui était justement apparu l'un de ces plans un peu fous, auxquels on ne songe qu'en approchant du seuil du désespoir. Aussi quitta-t-elle son inconfortable position, soulagée d'être aussitôt remplacée par Rey, et se mit en quête de Yan.

Le jeune homme dissertait avec Nol, Lana et Corenn des étrangetés du Jal. Il faudrait longtemps avant qu'ils n'épuisent le sujet, songea-t-elle en s'approchant. Mais celui-ci devait également l'intéresser.

— ... n'avons sommeil, expliquait la Mère. Le Jal semble figer nos organes, nos muscles, et nous mettre à l'abri de tout besoin physique. Même la faim nous est épargnée ! J'ai encore en bouche le goût du pain que nous avons mangé à l'aube.

— Vous allez probablement mettre plusieurs jours à le digérer, précisa Nol. Les pouvoirs de conservation du Jal s'exercent sur chaque objet qui s'y abrite. Et la nourriture ne fait pas exception...

— Ce pain m'avait paru terriblement difficile à mâcher, avoua Lana.

— Mais alors... comment expliquer que ces jardins aient cette apparence ? demanda Corenn. Je veux dire, personne ne s'occupe d'y tailler les vignes, par exemple, n'est-ce pas ? Comment se fait-il qu'il n'en soit pas poussé partout ici, puisque même les plantes ne peuvent y mourir ?

— C'est malheureusement faux, corrigea Nol. Ce qui n'appartient pas au Jal y est en danger, tout autant que dans le monde des humains.

— Mais le reste ? insista la Mère. Nous avons vu des cerfs balanciers. Même s'il n'en naît qu'un tous les dix siècles, ils devraient être des milliers !

— Parfois, il y en a autant, répondit Nol avec une expression rêveuse. Les réalités sont trompeuses... Le Jal change selon la fantaisie des mortels. Par exemple, vos esprits conjugués ont créé ce bosquet de lubilliers. Mais dans dix millénaires, cette variété aura peut-être disparu de la surface du monde. Les lubilliers seront remplacés par une nouvelle espèce. Ou par une fontaine. Ou un animal. Ou même rien du tout. Comme le choisira l'imagination commune de l'humanité.

— J'ignorais jusqu'à l'existence du Jal'dara, interrompit Léti. Comment aurais-je pu en imaginer le paysage ?

La jeune femme n'avait pas oublié le service qu'elle voulait demander à Yan. Mais cette conversation se rapportait, elle en était sûre, à ses propres angoisses. Le Jal'dara les effaçait. Elle voulait savoir pourquoi.

— Comment l'esprit des hommes peut-il dessiner si précisément un lieu dont ils n'ont aucune conscience ? renchérit Corenn.

Le Doyen eut un nouveau sourire, celui qu'il affichait, de toute évidence, lorsqu'il endossait le rôle de Celui qui Enseigne. Rôle qu'il semblait préférer à celui de Gardien.

— Les mortels ont toujours eu conscience de cet endroit. Dans leurs rêves, dans leurs religions, dans leurs arts. Dans le premier sourire des bébés, et l'ultime soupir des mourants. Dans vos pleurs et dans vos rires. Le Jal'dara est continuellement en mue. Chaque génération humaine y laisse son empreinte. Et pourtant, sous ses différents aspects... il est toujours le même.

— Voilà pourquoi il efface nos traces, raisonna Corenn. L'herbe se redresse derrière notre passage. La terre boit et reste sèche. Nous ne sommes ici que des intrus, conclut-elle avec tristesse. Les humains n'ont pas leur place au Jal'dara.

— Cela peut aller loin, remarqua Yan, qui avait parfaitement saisi la notion. Les sacs que nous avons laissés sur l'herbe n'ont rien à y faire. Ils ne *devraient pas* être là. Peut-être y a-t-il un risque qu'ils disparaissent ?

Nol examina les paquetages que les héritiers avaient amassés à quelque distance.

— Cela prendrait longtemps, concéda-t-il avec une moue appréciatrice. Si ces objets vous sont de quelque valeur, déplacez-les de temps à autre. Vos ancêtres n'avaient pratiquement rien perdu, précisa-t-il en se voulant rassurant.

Les héritiers étaient atterrés. Nol ne venait-il pas de confirmer une de leurs craintes ? La nonchalance du dieu était surprenante. N'aurait-il pu les prévenir de cela *avant* ? Sur combien de choses importantes, encore, attendait-il d'être questionné ?

— Longtemps, *comment* ? trouva la force de demander Lana. Plusieurs lunes ?

— Je l'ignore, avoua l'éternel. C'est très variable.

— Comment cet endroit peut-il être *conservateur* et *destructeur* en même temps ? réfléchit Corenn. C'est paradoxal.

— Les mortels l'ont fait ainsi, énonça Nol pour toute réponse.

Léti jugea la conversation terminée. L'issue en était plus qu'inquiétante pour Grigán qui, elle le savait maintenant, affrontait un nouveau danger en plus de sa maladie : celui de disparaître de la mémoire du Jal'dara.

La jeune femme attrapa Yan par la main et l'entraîna à l'écart de Nol et de Corenn. Elle ne voulait pas qu'ils puissent entendre sa demande. Et n'avait nul besoin qu'on les mette en garde sur l'utilisation de la *magie* au Jal'dara.

Elle était parfaitement au courant de tout cela.

Une fois encore, une compagnie de Goranais avait réussi à franchir les lignes du val Guerrier, et faisait route vers le sud dans l'espoir de couper les têtes des chefs de l'armée barbare. Gors'a'min Lu Wallos, roi suzerain des clans wallattes, ruminait de noires pensées en songeant aux incapables à qui il avait confié la responsabilité du front.

Sa propension à infliger la douleur lui avait valu le surnom du « Douillet ». Gors détestait cela. C'était trop tortueux pour son esprit simple. Il eut mieux aimé qu'on l'appelle tout net : Gors le Sadique. Et en songeant à la passoire qu'était cette prétendue frontière du val Guerrier, il se jura d'entretenir sa réputation sur le dos des coupables. Pour lors, ils attendaient le passage des Goranais, embusqués à l'embouchure du Col'w'yr, sous un froid à faire tomber les dents d'un Tuzéen.

Gors songea soudain que la compagnie des *chardonniers* comprenait quelques Tuzéens, justement. Vérifier la véracité de ce dicton pourrait être amusant et, en tout cas, lui ferait passer le temps. Cela faisait presque deux jours qu'ils attendaient les Goranais, et le barbare *détestait* attendre. Chaque décan d'inaction passé le poussait dans une colère sourde qui remontait à la moindre occasion. Ses subordonnés ne le savaient que trop, et évitaient de rester à portée de la fameuse hache à deux mains du géant wallatte... ce qui avait le don de l'agacer plus encore.

Pour oublier sa hargne et le froid, Gors buvait et buvait encore, attendant qu'enfin ses sentinelles donnent l'alerte. Il avait toujours considéré ces missions d'interception comme de véritables corvées. Au moins, quand ils attaquaient un village, tout se déroulait sans attente. Ils rasaient le bourg, enrôlaient ceux qui voulaient l'être, et disposaient des autres selon les besoins du moment : esclaves, concubines ou sacrifices religieux, leur dieu devenant de plus en plus exigeant. Malades, enfants et vieillards étaient toujours éliminés, bien sûr. Le Haut Dyarque faisait toujours les choses consciencieusement.

— *Misérable sorcier*, marmonna Gors, la voix pâteuse.

Quelque chose avait échappé au barbare. Six lunes plus tôt, lui et son allié se lançaient à la conquête des territoires estiens. Depuis, Gors s'était fait supplanter à plusieurs reprises. Par Saat, tout d'abord. Par Chebree, autrefois sa vassale, maintenant la putain qui se proclamait Emaz et lui volait la couronne en s'offrant au Dyarque.

Et par Zamerine, maintenant. Ce maudit Zü avait obtenu le titre de stratège général, repoussant Gors au rang de chef de guerre dans la hiérarchie de leur armée. Zamerine l'avait *envoyé* à cette corvée. S'il se gelait les fesses à côté du fleuve, c'était de la faute de ce maudit porteur de dague au visage peint.

Le géant tenta de chasser sa rancune en déracinant des arbres, sans qu'aucun de ses hommes n'ose le rappeler à plus de discrétion. Le pire était qu'il ne pouvait rien faire d'autre qu'attendre. Où qu'il prenne ses informations, Saat ne se trompait jamais. Une compagnie de Goranais descendait *obligatoirement* vers eux. Ils devaient l'intercepter pour éviter que les Hauts-Royaumes aient vent de leur véritable projet. Mais, par Celui qui Vainc, pourquoi devaient-ils être aussi *longs* ?

Comme répondant à sa prière, une sentinelle thalitte déboula dans le camp provisoire, essoufflée par une course de plusieurs milles. Gors poussa sans ménagement le capitaine warkal qui commençait à l'interroger et toisa l'homme qu'il dominait de plus de trois pieds.

— Parle. Où sont-ils ?

Le Thalitte ne put qu'indiquer une direction, trop essoufflé encore pour parler.

— Combien ? À quelle distance ?

— Soixante, pas plus, répondit la sentinelle en s'étouffant. À deux lieues, peut-être.

Gors remercia l'homme d'une claque dans le dos, virile et sonore, qui l'envoya à terre en lui coupant la respiration. Le barbare le laissa sur place et rit de l'entendre suffoquer pitoyablement.

— En place ! ordonna-t-il en frappant deux fois dans ses mains, comme s'ils s'apprêtaient à donner une nouvelle représentation d'une pièce familière.

Bien sûr, tout avait été préparé pour accueillir les Goranais. Pour cette mission, Zamerine avait confié quatre compagnies à Gors, bien plus qu'il n'en fallait. Mais le Zü détestait laisser la moindre chance à ses adversaires, et il fallait bien occuper les hommes en attendant la fin des travaux.

Gors disposait donc de cent quatre-vingts *chardonniers*, de cent trente archers warkals, et de plus de deux cents guerriers de sa compagnie fétiche, celle des *barbus*. À peine un centième des effectifs de leur armée. Mais les grandes conquêtes seraient pour plus tard. Cette bataille serait une répétition.

Elle débuta sous les meilleurs auspices. Gors rit sous cape en observant les éclaireurs goranais s'avancer dans le faible courant du Col'w'yr. Ils les laissèrent passer sans rien tenter. Ces hommes seraient arrêtés une lieue plus loin, par les chardonniers aux poignards dentés que le roi barbare avait placés à dessein.

Les Wallattes patientèrent encore une décime dans le silence le plus parfait, mais les éclaireurs goranais étaient déjà loin. Fatigués, pressés par le temps, ces hommes avaient traversé les rangs de cinq cents guerriers sans en voir un seul. Erreur que leurs compatriotes allaient payer de leur vie...

Les Goranais apparurent enfin et s'avancèrent dans le fleuve avec une nervosité évidente. La cavalerie ne se prêtant pas aux missions d'infiltration, aucun d'eux n'était monté. Ces hommes projetaient probablement de se séparer avant Wallos, songea Gors avec un sourire cruel. Peut-être même juste après avoir traversé le fleuve.

Ils ne devaient jamais en avoir l'occasion.

Les Warkals lâchèrent leurs traits mortels un peu plus tôt que prévu, trop tôt même. Gors lâcha un juron et se promit de casser personnellement le crâne du capitaine des archers. Il les avait placés sur l'autre rive, de manière qu'ils abattent les Goranais dans le dos, et poussent ainsi les survivants à se précipiter contre les haches des *barbus*. Mais un tiers des soldats du Grand Empire, encore trop proche de la rive, revint sur ses pas pour courir au-devant des archers.

Gors bondit de derrière un tronc de lénostore et fit danser sa hache, traçant de sombres sillons dans les rangs des fuyards. *Là*, il était le meilleur. *Là*, personne ne viendrait le supplanter. Ni Chebree, ni Dyree, ni Zamerine. Ni même Saat. Le géant libéra toute sa hargne et les corps démembrés s'empilèrent à ses pieds comme autant de preuves de sa force brutale.

Ce fut très vite fini. Les chardonniers placés en cordon autour de la zone devaient se charger des rescapés, fuyards éventuels ayant miraculeusement échappé aux haches des barbus.

Gors posa son regard sur l'autre rive et découvrit que les archers n'avaient pu se défaire de tous leurs adversaires... bien qu'il ne s'agisse que d'une question de temps. Avec un sourire féroce, le géant bondit dans le fleuve glacé et courut aussi vite que lui permettait l'obstacle, hurlant et faisant tournoyer sa hache monstrueuse au-dessus de lui.

Immédiatement, ses hommes lui emboîtèrent le pas. Gors fut pris d'une joie sauvage à se savoir une fois encore dans le camp des vainqueurs. Que lui importaient les intrigues de la cour de Saat ? *Là* était sa vraie place. Sur un champ de bataille, il restait le maître.

En posant le pied sur l'autre rive du Col'w'yr, il regretta seulement ne pas être déjà à la fin de l'hiver. Quand, à la tête de l'armée tout entière, il réduirait en cendres la Sainte-Cité.

Yan suivait son amie avec curiosité. Il arrivait souvent à Léti, quand ils étaient plus jeunes, de l'entraîner à l'écart des autres gamins pour lui confier l'une ou l'autre cachotterie, ces aveux se finissant généralement en fous rires... Mais cette nuit, personne n'avait le cœur à la plaisanterie. Lui moins que quiconque.

Usul avait prédit que Grigán mourrait avant un an. Certes, l'avenir se modifiait lorsqu'il était révélé, le dieu trouvant sa distraction dans les efforts désespérés des mortels à lutter contre leur destin. Mais Yan ne voyait en aucune manière comment il pourrait influer sur la guérison du guerrier. Et cela lui torturait l'esprit depuis leur départ du Beau-Pays, trois décades plus tôt. Trois décades pendant lesquelles Grigán avait subi *quatre* crises de la maladie de Farik. Plus dangereuses chaque fois.

Yan savait, mais était impuissant. Et il en ressentait de la culpabilité. Voilà pourquoi il devait accueillir l'idée de Léti comme une bouffée d'espoir. Voilà pourquoi il allait oublier toute prudence.

— Il fait trop froid, annonça la jeune femme quand ils furent assez loin. Grigán est glacé. Nous devons faire du feu.

— On ne peut pas, objecta Yan, surpris de l'entêtement de son amie. Nous avons essayé toute la journée !

— Je sais. Je ne pense pas à ce genre de feu. Tu crois que tu pourrais en allumer un par... magie ? chuchota-t-elle en plongeant son regard dans le sien.

Yan prit peu de temps pour réfléchir. Tout ce qui pouvait aider Grigán, il était prêt à le tenter.

— Peut-être... Oui, assura-t-il finalement, une profonde résolution dans les yeux.

— Tout est étrange, ici, rappela Léti. C'est sûrement dangereux. On va peut-être profaner quelque chose, s'attirer la colère de Nol et de ma tante.

— Je sais, répondit Yan en souriant, amusé malgré lui par cette idée. J'ai l'habitude.

— Mais si on ne fait rien, Grigán...

La jeune femme se rembrunit, son regard se brouilla. Instinctivement, Yan posa une main consolatrice sur son bras, et Léti se blottit contre sa poitrine en retenant ses pleurs.

— Ça n'arrivera pas, assura le jeune homme. Grigán va guérir, répéta-t-il plusieurs fois, déterminé à user de ses pouvoirs jusqu'à la réussite ou l'épuisement complet.

À cet instant, les Kauliens réalisèrent qu'ils n'avaient jamais été aussi proches, depuis leur départ du Matriarcat. Léti fit un pas en arrière, sans lâcher les mains de son ami, et ils se contemplèrent en silence.

La jeune femme portait l'habit noir en cuir d'acchor offert par Grigán, et qu'elle n'avait plus quitté depuis. Léti y avait apporté quelques améliorations. Point tant au niveau de l'efficacité, l'agencement des mailles, des clous et des plaques de métal conçu par le guerrier ramgrith étant le fruit d'une réflexion de longue expérience. Léti avait simplement ajouté une touche féminine à cette tenue de combattant, en l'ajustant, la cintrant, la doublant d'une chemise en étoffe de far, et en faisant des torsades des nombreux lacets qui en pendaient.

Elle portait également des bottes loreliennes qu'elle avait cirées pour leur donner la même teinte que son habit... et ses cheveux sombres qu'elle laissait tomber librement, à l'image de sa personnalité.

Surtout, Léti ne se séparait jamais de la rapière offerte par Rey, avec laquelle elle avait combattu des pirates romins, les rats vampires du Beau-Pays et tué un Zü. Elle ne quittait pas non plus le poignard qui l'avait vu égorger un tueur rouge à Lorelia.

Léti était devenue une *guerrière*, songea Yan avec admiration. Maîtresse de son destin. Fière et courageuse. Révoltée et passionnée.

Pourtant, ses yeux imploraient un soutien. Et à son cou pendait l'opale au papier doré. Le cadeau et la confession du jeune homme, fait au Château-Brisé de Junine. Léti avait une faiblesse...

Elle lui rendait son regard avec autant d'émotion. En trois lunes, Yan s'était endurci physiquement, même si lui-même n'en avait pas conscience. Ses cheveux plus longs et la mèche blanche qui lui balayait le front donnaient l'impression d'une certaine assurance, celle-là même que Léti avait admiré en Rey à leur première rencontre. Le soleil de la mer Médiane avait doré sa peau et éclairci ses yeux, l'éloignant un peu plus encore du type kaulien.

Le jeune homme avait changé de vêtements dans chacun des royaumes qu'ils avaient traversés, si bien qu'ils ne trahissaient pas son origine. Dans la forêt d'Oo, il s'abritait sous un épais cotteron tenu de leurs amis bateleurs. Il l'avait échangé, à leur arrivée au Jal'dara, contre un pourpoint junéen couvert par une chemise lorelienne qu'il laissait ouverte la plupart du temps. À la nuit tombante, il avait ajouté une houppelande ithare, avant de l'ôter pour en couvrir Grigán. Le seul vêtement kaulien qu'il ait conservé était un pantalon de travail épais et solide, resserré par des lacets à la taille et aux chevilles et tombant bas sur des chausses guories. Étrange mélange, néanmoins harmonieux : si Yan n'avait pas l'élégance de Rey, il était parfaitement à l'aise et Léti trouvait ce bien-être réconfortant.

Tout comme elle, il avait perdu de sa naïveté. Ce qu'ils avaient vécu et les secrets dont ils étaient dépositaires les avaient brutalement jetés dans le monde des adultes, des responsabilités, des décisions difficiles et de la souffrance. Pourtant, Yan ne s'était pas blasé. Il était toujours l'ami sensible et prévenant qui veillait sur elle depuis leur plus jeune âge.

Il avait quitté Eza pour la suivre. Il s'était rendu à Berce au milieu des tueurs züu. Il lui avait sauvé la vie sur l'île Ji. Il était descendu dans la caverne d'Usul. Il avait franchi la porte du Jal'dara. Il s'apprêtait de nouveau à prendre des risques pour sauver leur ami. Sans jamais s'en glorifier, ni manifester de regrets. Alors qu'il n'était pas même l'un des héritiers de Ji, et qu'il aurait pu rester étranger à toute l'histoire.

Léti n'y tint plus. Elle ignorait totalement quels pouvaient être les sentiments du jeune homme à son égard ; elle avait été trop souvent déçue, depuis le jour de la Promesse. Mais ce qu'elle ressentait à cet instant était trop fort.

Elle leva la tête vers Yan et lui vola un baiser. Puis enfouit sa tête au creux de son épaule. Elle aurait voulu ne plus jamais bouger.

Pétrifié par la surprise, le jeune homme fit le même vœu sans le savoir. Ils restèrent ainsi quelques instants, à la fois heureux et honteux de l'être. Et se séparèrent à regret.

Ils n'avaient pas le droit de s'abandonner à eux-mêmes. Pas encore. Pas tant que leur quête ne serait pas achevée.

Mais ils y avaient trouvé une motivation supplémentaire.

Yan essayait de maîtriser ses émotions et de réduire les battements de son cœur. Corenn l'avait déjà mis en garde ; il ne fallait en aucun cas se servir de la magie avec un esprit troublé. La Mère n'avait cité que la colère, la souffrance et l'ivresse, mais Yan devinait qu'il aurait de gros ennuis s'il faisait appel à sa Volonté à ce moment, juste après que Léti l'eut embrassé.

Elle l'avait embrassé ! Était-ce dû à l'influence du Jal'dara, qui semblait décupler les émotions ? À un simple besoin d'affection ? Ou à l'expression d'un sentiment véritable, équivalent à celui qu'il ressentait, lui, depuis toujours ? *Léti l'aimait-elle ?*

Il se blâma en avisant qu'il ne pouvait songer à autre chose. Quoi qu'il se soit passé, la jeune femme attendait de lui un miracle. Et il était bien déterminé à le lui offrir.

Il ne traînait aucune branche morte au Jal'dara. Pour leurs tentatives précédentes, les héritiers avaient essayé d'enflammer quelques feuilles d'herbe-lune, suffisamment épaisses pour alimenter raisonnablement un petit foyer. Léti avait essayé de brûler une tunique déchirée, sans plus de succès. Yan se concentra sur le problème. Sur quoi allait-il appliquer sa magie ? Il décida finalement que le meilleur combustible avait toujours été le bois. Le seul à même de fournir des flammes assez fortes pour réchauffer Grigán.

Enhardi par ses expériences récentes, il n'hésita qu'un instant avant de casser quelques branches basses d'un *buisson généreux*, hors de vue de ses compagnons... et surtout de Nol le Gardien.

Ce faisant, il eut l'impression de commettre un premier sacrilège. Les branches n'étaient pas plus épaisses qu'un doigt, et il peina pourtant à les briser, d'autant qu'il rechignait à se servir de son glaive. Le Jal'dara refusait d'être déformé. Les humains y étaient plus importuns que jamais.

Pour tranquilliser sa conscience, Yan songea que le buisson reprendrait sa forme exacte avant peu de temps. Et Nol semblait peu inquiet des dégradations que ses visiteurs pouvaient causer aux jardins, ceux-ci se réparant d'eux-mêmes. Il en irait tout autrement si les héritiers s'attaquaient à la porte ou aux enfants dieux... mais cela était impensable.

Par respect pour ces mêmes enfants, qui n'avaient probablement jamais côtoyé de feu, Yan s'installa hors de vue du fond de la vallée. En cas de réussite, il leur suffirait de transporter Grigán jusque-là. Et il *devait* réussir.

Il s'assit en tailleur dans l'herbe fraîche, baignant dans la douce lueur des étoiles et les effluves agréables des jardins. *Cet endroit est réellement beau*, songea-t-il en espérant ne pas succomber à une nouvelle crise d'euphorie. Pour éviter tout risque, il porta sans plus tarder son regard sur les brindilles et amorça sa concentration.

Il perdit l'usage de tous ses sens, un à un, suivant un processus maintenant familier. Le goût, d'abord. Puis l'odorat, et ensuite le toucher. Yan n'eut plus conscience de son propre corps. Son ouïe diminua progressivement, comme s'il était au centre d'une immense sphère dont la taille se réduisait. Enfin, ultime étape, sa vue se brouilla et disparut. Cela prit peu de temps, moins qu'il n'en faut à un homme pour s'endormir. Mais Yan avait atteint un tel niveau de conscience qu'il pouvait discerner chaque phase de sa concentration.

Le noir. Un battement de cœur. Puis l'image. Des sphères illuminées, flottant dans l'obscurité. Les *essences sublimes* des brindilles arrachées au buisson. Leur représentation spirituelle, qu'un petit nombre d'élus pouvait seul percevoir. La preuve de l'énorme potentiel de sa Volonté.

La plupart des magiciens lançaient des sorts comme se fait la cuisine. « En appliquant une force ici, j'obtiendrai cela. » Yan avait une telle sensibilité quant aux ingrédients que rien, en théorie, ne lui était impossible. *En théorie.* À condition que son esprit trouve en son corps suffisamment de force pour répondre à sa Volonté, s'il ne voulait pas succomber à la langueur en retour du sort.

Mais pour lors, Yan ne pensait à tout cela que distraitement, comme à une leçon cent fois apprise. Dans son monde fictif, il s'approchait de l'une des sphères. Et avait peine à croire à sa découverte.

Chaque chose pouvait se définir comme une association imaginaire de cinq composantes : la Terre, qui symbolisait l'aspect physique, le Vent, l'aspect spirituel, l'Eau qui différenciait les vivants des objets inanimés, et le Feu qui représentait la tendance de toute chose à se transformer.

Le cinquième élémentaire n'était pas le plus complexe – le Vent avait ce privilège – mais c'était de loin le plus méconnu. Corenn le nommait *récept*. Il représentait la sensibilité d'une chose à la magie. Il était dit que plus une chose avait été l'objet de l'attention humaine, plus son récept était fort, et plus il était facile d'y appliquer sa Volonté.

Dans la représentation de *l'essence sublime*, le récept n'était autre que la sphère contenant les quatre autres composantes. Plus la paroi de la sphère était épaisse, et plus l'objet résistait à la magie. Plus elle était faible, et plus l'objet était sensible.

Les sphères des brindilles étaient inexistantes ou presque. À peine dessinées. *Par la magie, avec peu d'efforts, on pouvait en faire pratiquement n'importe quoi.*

Cela expliquait beaucoup de choses. Si tous les éléments du Jal'dara avaient les mêmes propriétés, cela expliquait vraiment beaucoup, beaucoup de choses. De la malléabilité des jardins jusqu'à la création des dieux.

Yan sut maîtriser son émotion. Lui qui portait le surnom de Curieux était bien conscient d'avoir percé l'un des plus grands secrets au monde, et ne pouvait que s'en réjouir. Mais il remit cela à plus tard. Il avait une mission à accomplir.

Il altéra la composante Terre de quelques brindilles en attisant le Feu qu'elles avaient en elles. Ce faisant, il savait toucher à la magie noire. Deuxième sacrilège. À moins qu'avoir percé le secret du Jal'dara n'en fut un également ? Troisième sacrilège. Mais il pourrait vivre avec ça. Si Grigán guérissait, il n'éprouverait aucun regret.

L'importance du récept des brindilles fit que son esprit n'eut pas à puiser beaucoup de force dans son corps. Aussi émergea-t-il de sa concentration avec une langueur à peine sensible. Sa vision de l'essence sublime, ses réflexions et la mise en œuvre de son sort n'avaient duré que quelques instants. Pourtant, comme chaque fois, Yan eut l'impression d'émerger d'un long sommeil.

Devant lui, quelques brindilles fumaient. Plusieurs rougirent. Enfin, elles s'embrasèrent.

Yan contempla les flammes en songeant à la puissance enivrante du Jal'dara. En cet endroit, même le magicien le plus médiocre avait autant de pouvoirs qu'un dieu.

Les réactions ne se firent pas attendre. Soit que la lueur fut visible de la colline, soit que Léti se soit chargée de prévenir tout le monde, soit encore que Nol ait *su*, d'une manière ou d'une autre... Yan vit tout le monde accourir, excepté Grigán, et Bowbaq qui ne cessa de veiller le guerrier.

Le sourire reconnaissant de sa jeune amie suffit à peine à faire taire la crainte qu'il avait de la réaction de l'éternel. Mais celui-ci ne devait pas montrer plus d'émoi qu'il ne l'avait fait jusqu'alors.

— Vous êtes magicien, commenta-t-il sobrement. J'aurais dû vous mettre en garde.

— En garde contre quoi ? demanda Corenn, réjouie et contrariée en même temps.

La Mère savait que ce feu pouvait aider à sauver Grigán. Elle savait aussi que Yan avait pris un risque énorme, même si le résultat semblait lui donner raison.

— En garde contre vous-même. C'est après avoir utilisé la magie dans les jardins que Saat a perdu la raison. Cette connaissance était trop forte pour lui.

— *Quelle* connaissance ? demanda la Mère, adressant la question tout à la fois à Nol et à Yan.

— Le récept du Jal'dara est immense, répondit le jeune homme. On peut faire ce qu'on veut de n'importe quoi ! Je veux dire... sans effort ! C'est comme de la matière brute...

— Est-ce là ce que l'on nomme le *gwele* ? demanda Lana, se remémorant le journal de Maz Achem.

Nol ne répondit pas tout de suite. Les héritiers comprirent que le Doyen cherchait à deviner leurs intentions. Mais le dieu n'avait pas ce pouvoir.

— Vous ne pourrez en emporter, prévint-il avec gravité. En tant que Gardien... je dois y veiller.

Ses visiteurs échangèrent des regards intrigués. Rey gratta la terre du bout de sa botte en cherchant en quoi elle pouvait avoir de la valeur, à part comme souvenir.

— Je vais chercher Grigán, décida Léti.

La conversation qui s'annonçait ne l'intéressait guère. D'évidence, elle était du ressort des magiciens. Aux yeux de la jeune femme, le plus important dans l'immédiat était d'installer le guerrier près des flammes.

— Et qu'en est-il des *Gweloms* ? poursuivit la Maz.

— Les êtres et les choses soumis à l'influence du gwele, énonça l'éternel sur un ton didactique. Ou un objet *abouti*.

— Qu'est-ce que c'est que ce baragouin ? interrompit Rey, qui détestait être hors du coup. Corenn, ça vous dit quelque chose ?

— J'ai besoin d'y réfléchir, annonça la Mère. Donnez-moi quelques instants.

Elle fut amusée de voir le silence qui s'installa aussitôt sa requête énoncée, mais ce recueillement lui était apparu nécessaire. Devant l'avalanche de révélations qu'ils connaissaient depuis leur arrivée au

Jal'dara, il était temps pour les héritiers de faire le tri dans leurs conséquences. Surtout quand celles-ci semblaient directement liées à Saat.

— Tout le Jal'dara est fait de gwele, annonça-t-elle bientôt. C'est bien cela, Nol ? Chaque plante, chaque rocher, chaque livre de terre et même, je suppose, chaque animal, a cette propriété particulière : celle d'être *considérablement* sensible à la magie. En fait, ils ne pourraient même être plus sensibles... Exact ?

— Mais encore ? insista l'acteur, devant l'acquiescement du Doyen. En pratique ?

— Par exemple, nous pourrions transformer toute cette montagne en or, imagina la Mère en devinant où toucher le Lorelien. Ou la couvrir de fleurs avec une seule graine.

— Et le gwele s'infiltre en nous, renchérit Yan, très exalté. Voilà comment nous devenons des Gweloms. Plus résistants, moins fertiles.

— Et cette histoire d'objet *abouti* ?

— On le dit d'un objet sur lequel la magie n'a plus aucun effet, expliqua Corenn. Mais je n'en ai jamais rencontré.

— Les dieux... les dieux sont aboutis, songea soudain Lana. Quand ils cessent de grandir, plus rien ne peut les modifier. Voilà pourquoi Usul est prisonnier à jamais de sa caverne, s'anima la Maz. Voilà pourquoi vous êtes Gardien. Voilà même pourquoi vous êtes éternel... Oh ! par la Sage...

— Le Jal'dara est-il abouti ? demanda Yan.

— Non, répondit le Doyen. Moi seul le suis, ainsi que la porte. Le reste varie selon les aspirations des mortels.

— Mais les enfants ?

— Ils partent quand ils sont nés des hommes. C'est la condition de leur aboutissement.

— Mais Usul, par exemple ? intervint Rey. Il n'est pas descendu tout seul dans sa caverne, quand même ?

Nol eut un léger sourire, de ceux que l'on présente à des élèves trop faibles devant une leçon pourtant simple.

— Les mortels ont créé un dieu dans cette caverne. Usul a grandi à chacune de vos générations. Quand il fut abouti, la caverne était sienne, comme s'il en avait toujours été.

— Mais comment... Comment...

Tous, ils avaient des questions à poser, mais ne savaient de quelle manière les formuler pour obtenir une réponse claire, et sans que celle-ci en appelle dix, vingt, cent autres.

Le retour de Léti et de Bowbaq, chargé de Grigán, créa une diversion qui devait leur permettre d'y réfléchir. Ils installèrent le guerrier au plus près des flammes et de leur agréable chaleur, ainsi qu'Ifio, depuis la veille sous le coup du sommeil consécutif à l'ivresse. C'est alors qu'ils remarquèrent l'étrange phénomène.

— Il n'y a pas de braises, murmura Bowbaq.

Personne n'osa énoncer le « c'est impossible » qui leur venait tous à l'esprit. Après ce qu'ils avaient entendus, plus jamais ils ne devaient juger quelque chose *impossible*.

— Le bois ne brûle pas, constata Rey.

— Mais le feu s'éteint, se renfrogna Léti. Ces damnées branches se reforment. Yan, tu peux...

— Je vais le faire, annonça Corenn, désireuse d'aider Grigán au moins autant que ses compagnons, et curieuse de constater le pouvoir du gwele par elle-même.

Les flammes connurent soudain un regain d'activité et Corenn émergea de sa concentration le regard pétillant, à son tour enivrée par le formidable potentiel du Jal'dara. Elle comprenait mieux ce qui avait pu arriver à Saat. Comment le sorcier, probablement ambitieux, était devenu fou en découvrant cette inépuisable puissance.

Nol la contemplait avec une moue étrange. De désapprobation, imagina la Mère. Mais peut-être s'agissait-il seulement de curiosité...

— Pourquoi répondre à toutes nos questions ? demanda-t-elle soudain. Ce savoir est si dangereux... Pourquoi le dispenser ainsi ?

— Ne suis-je point Celui qui Enseigne ? répondit l'éternel avec bienveillance. Il m'appartient de répondre à toutes les questions. Les mortels devront accepter toutes les vérités avant de parvenir à l'Harmonie.

— L'Harmonie ? tressaillit Lana. L'âge d'Ys ?

— Ainsi le nommait l'enfant Eurydis, commenta Nol sobrement.

La Maz voulut poser une autre question, mais elle resta sans voix. La mention de l'âge d'Ys touchait au plus profond de ses croyances. Le but ultime des Emaz et du Grand Temple. La finalité de la quête universelle de la Morale. Savoir, Tolérance, Paix. Toute la Création vivant dans le respect et pour l'amour des autres.

— Est-ce la raison des réunions des sages, tous les deux siècles ?

— Quand dix générations humaines sont passées, corrigea le Doyen.

— Est-ce pour cela? répéta Lana, transportée. *Œuvrez-vous à l'âge d'Ys ?*

— Je dois le faire, répondit Nol, signifiant ainsi qu'il répondait à un commandement plus impérieux que sa propre volonté. Je montre les enfants dieux aux mortels, puis les renvoie à la réalité. Le destin de l'humanité ne dépend que de l'usage qu'elle fait de cette connaissance...

— Certains créent des religions, réfléchit Corenn à voix haute. Moralistes... ou démonistes.

— Et d'autres choisissent de cacher ce secret, intervint Bowbaq en songeant à leurs ancêtres. Ce serait trop dangereux de tout dire maintenant, décida le géant avec une compréhension intuitive. Trop... *impoli*.

La Mère eut un regard pour la forme inanimée de Grigán, masquée par les flammes dansantes. Le guerrier aurait sûrement son opinion à ce sujet. Mère Eurydis, quand allait-il donc se réveiller? songea-t-elle avec frustration.

— Voilà pourquoi vous avez été si accueillant, devina Yan. Vous enseignez à qui le désire.

— Il est pourtant rare que des mortels me rendent visite d'eux-mêmes, avoua le Doyen. Que vous soyez les envoyés d'Usul m'étonnait. Mais je reçois assez souvent des élèves de Luree ou d'Eurydis. Comelk fut l'un d'eux, ajouta-t-il soudain, à l'intention de Lana.

— Comelk ! Le fils du roi Li'ut ! répéta la Maz, subjuguée par cette révélation.

Combien d'hommes saints de l'histoire du monde étaient-ils venus au Jal'dara ? Et combien de tyrans, de despotes, de prêtres des dieux noirs ? L'histoire de l'humanité s'était écrite dans ces jardins...

Tout à ces réflexions, Lana ne remarqua pas tout de suite l'expression de surprise qui venait de se peindre sur le visage de ses compagnons. Ils observaient un point dans son dos. Malgré leurs expressions tendues, la Maz trouva le courage de se retourner, lentement, s'attendant à mille choses mais pas à ce qu'elle découvrit.

Un enfant. Un garçon de six ou sept ans, nu, propre comme au sortir de la rivière. Un des futurs dieux de l'humanité.

Il avait plongé son regard dans le feu dansant et paraissait fasciné. Sa contemplation dura quelques instants, pendant lesquels personne n'osa bouger.

Il inclina soudain son visage parfait vers Nol et tendit un doigt maladroit vers les flammes.

— Karu ! clama-t-il en souriant, comme attendant une récompense pour avoir deviné.

Le *Tol'karu*. C'est ainsi que Saat avait baptisé son palais. Les guerriers wallattes prononçaient *Tolt'k'aru*, qui pouvait se traduire par : *la forteresse nuisible*.

Zamerine ignorait s'il s'agissait d'un fait exprès, ou si Saat disposait d'une chance peu commune. Mais le Tol'karu se trouvait être un lieu mythique des superstitions estiennes. En lui donnant vie, leur maître avait encore accru son prestige auprès de l'armée barbare. Il semblait ne jamais connaître l'échec...

Le judicateur attendait cet homme à la fois craint et admiré. Pour la troisième fois cette décade, le Haut Dyarque lui avait donné rendez-vous dans le vestibule du Tol'karu et se faisait désirer.

Seul le « fils » de Saat était autorisé à circuler librement dans le palais. Les autres, Chebree, Gors le Douillet, quelques capitaines et lui-même ne pouvaient entrer qu'en compagnie du maître. Alors, Zamerine prenait patience et méditait.

D'un seul regard courroucé, il rappela à une meilleure attitude l'un des messagers de son escorte qui s'était adossé à un mur avec une certaine nonchalance. Le Zü se redressa aussitôt, inquiet à l'idée que le judicateur pourrait lui envoyer Dyree pour cette seule faute. Le jeune assistant de Zamerine avait, dans les rangs mêmes des assassins, une réputation de tueur exceptionnel et impitoyable. Il en faisait assez souvent la preuve dans les arènes.

À contempler ainsi les deux hommes composant son escorte, Zamerine chercha à deviner l'issue éventuelle d'un combat les opposant aux *gladores* gardant l'entrée du Tol'karu. Les guerriers d'élite, portant dague à l'épaule, succomberaient-ils aux *hati* empoisonnées des messagers ?

Cette question resterait sans réponse. Le judicateur n'était pas disposé à diminuer ses effectifs pour un simple caprice dicté par la curiosité. Et, moins encore, il n'était pas prêt à risquer la colère de Saat... pour finir le cœur broyé par une terrible magie noire. Si le

Zü s'était muni de cette escorte, c'était bien pour lutter contre la peur que le Haut Dyarque lui inspirait.

Il reporta son attention sur les détails de construction du Tol'karu. Il avait fallu moins d'une lune à leurs esclaves pour l'élever, et la finition s'en ressentait, forcément. Les pierres étaient inégales, grossières et loin d'être toujours bien agencées. Sans travaux d'entretien, le bâtiment ne tiendrait pas plus d'un siècle, ce qui était ridicule par rapport à sa taille. Il semblait inconcevable de construire un palais de trente pièces pour qu'il s'écroule au bout de quelques décennies... c'était, pourtant, ce qu'ils avaient fait. Somme toute, le Tol'karu n'était qu'un campement temporaire qu'ils abandonneraient à la fin de la saison froide.

À deux cents pas à peine, le temple de Sombre – les guerriers l'appelaient le *Mausolée* – était trois fois plus large, et deux fois plus haut. Zamerine estimait qu'il tiendrait beaucoup plus longtemps, en partie grâce à sa forme pyramidale. Mais surtout, parce qu'un dieu y habitait vraiment.

Sombre errait dans les couloirs du labyrinthe et se nourrissait de la peur des hommes. Les esclaves, les guerriers, tout le monde le pensait. Mais Zamerine le *savait*. Depuis la première apparition du dieu, dans les arènes à peine achevées, il savait que ledit « fils » de Saat n'était autre que Celui qui Vainc. Le démon au nom duquel ils guerroyaient se trouvait dans leurs rangs. Et faisait peu de différence entre ses alliés et ses ennemis.

Cette pensée obsédait le Zü plus qu'il ne l'aurait voulu, au point de le rendre nerveux quand il s'y perdait, comme alors. Il sursauta quand la porte du vestibule s'ouvrit, et s'exhorta à recouvrer sa contenance pour accueillir son maître.

Mais Saat lui avait réservé une nouvelle surprise. Le passage ouvert révéla une nouvelle paire de gladores, ceux qui suivaient le Haut Dyarque dans tous ses déplacements. Et marchant fièrement au milieu de cette escorte : un enfant de sept ou huit ans, sale, malingre et les vêtements en désordre. Un des cinquante gamins que Saat avait fait enlever et mener au camp, sans en donner les raisons, comme d'habitude. À en juger par son teint gris, celui-ci était un Solene, probablement capturé lors des dernières incursions de leur armée à l'est de Wallos. Il s'arrêta en face de Zamerine et le contempla d'étrange façon, les poings sur les hanches, laissant le judicateur perplexe indécis sur la conduite à tenir.

— Alors ! protesta l'enfant. On ne salue plus son maître, mon petit Zü-zü ?

Zamerine écarquilla les yeux et plongea son regard dans celui du gamin qui l'abordait avec tant de familiarité. Sa voix était fluette, et sa posture maladroite... mais son regard ne trompait pas.

Le judicateur mit un genou au sol et inclina la tête en signe de soumission, aussitôt imité par ses serviteurs. L'enfant tapota son crâne chauve comme pour flatter un chien fidèle. Jamais Saat n'avait touché Zamerine, avant ce jour. Jamais le Zü n'avait pu lire une expression derrière le heaume du Haut Dyarque. Pourtant, il ne douta pas un instant de se trouver en sa présence. *L'esprit de son maître était dans le corps de l'enfant.*

— C'est bon, relevez-vous, railla le gamin. Vous allez salir votre belle tunique rouge, et me faire honte sur le chantier.

— Vous voulez aller au chantier ? s'étonna le Zü.

— Bien sûr. C'est bien de cela que nous allions parler, non ? Et j'ai envie de me dégourdir les jambes, ajouta l'enfant avec un petit rire cynique.

Zamerine emboîta le pas au petit Solene encadré de ses deux gladores. Les gardes ne semblaient pas étonnés le moins du monde. Les autres compagnies prétendaient que leur efficacité résultait d'une exceptionnelle stupidité. Était-ce à ce point, qu'ils acceptent tous les ordres sans se poser la moindre question ? Le judicateur en avait des dizaines. D'où Saat tenait-il ce pouvoir ? Comment fonctionnait-il ? Avait-il l'intention de conserver ce corps ? *Où se trouvait le sien ?*

— Maître, comment... Comment... amorça-t-il alors qu'ils sortaient du Tol'karu.

— Ne cherchez pas, l'interrompit l'enfant. C'est trop compliqué pour vous. Et trop effrayant, ajouta-t-il en se retournant, avec un sourire mauvais.

Zamerine se le tint pour dit. À la réflexion, il ne tenait pas à être plus impliqué encore dans cette sorcellerie. Il se souvenait en avoir déjà fait l'expérience, quand Saat avait volé son corps pour l'obliger à lui remettre sa *hati*. Le Zü s'était vu, impuissant, agir à l'encontre de sa volonté. Conscient de tous ses gestes, mais sans aucun contrôle sur eux. Était-ce là ce que ressentait le petit Solene ? Cette torture était pire encore que celle de la carène, songea-t-il avec une gêne inexplicable.

Zamerine se prit à regretter sa propre intelligence. Des apôtres, il était le seul à connaître la véritable identité de Sombre. Le seul à réaliser la folie latente de leur maître. Et cette connaissance le faisait parfois douter... aussi s'acharnait-il au travail, pour s'empêcher d'y réfléchir. Son salut résidait dans l'obéissance aveugle.

Ils franchirent un nouveau cordon de gladores et s'avancèrent vers la montagne, traversant un paysage désolé. Sur plusieurs milliers de pas, les travaux avaient détruit toute végétation, probablement pour quelques décennies. Les bosquets de lénostores et d'écorciers, les futaies sauvages, les buissons de goyoles avaient fait place à une véritable ville, plus grande déjà que ne l'était la répugnante Wallos.

La colonne menée par l'enfant possédé dépassa le Mausolée de Sombre, puis les arènes du Nouvel Ordre. Elle franchit une enceinte démesurée, parcourut deux cents pas de terrain découvert et s'engagea entre les quarante « baraquements » des esclaves.

Même le froid ne parvenait pas à en tuer l'odeur. Des relents d'urine, de sueur et de putréfaction. La plupart des gardes postés à l'entrée des bâtisses portaient des écharpes leur couvrant la bouche et le nez, et Zamerine ne les en blâmait pas. Le simple fait de traverser cette zone lui soulevait le cœur. Il se consola en songeant qu'ils pourraient raser le tout avant quelques lunes, alors qu'il ne resterait plus un seul esclave en vie.

Des quatre-vingt mille prisonniers dont ils disposaient au début des travaux, il en restait moins de cinquante mille, répartis en quatre équipes tournant sur autant de chantiers. Le prioritaire restait celui du forage de la montagne. Le deuxième regroupait les travaux secondaires : le transport et la taille des pierres extraites, puis l'élévation des divers bâtiments de la ville neuve.

La troisième équipe, dont la gestion était la plus complexe, s'acquittait des nombreuses corvées générées par une telle concentration humaine. Parmi celles-ci, le creusage de charniers toujours plus profonds. Mais elle était également chargée de toutes les tâches concernant la cuisine, l'entretien des écuries et des latrines, et des autres travaux d'équipement indispensables à la bonne marche de l'armée de quarante mille hommes qui campait à quelques lieues de distance.

Enfin le dernier quart, réservé à la religion, se déroulait dans les baraquements. Les dévotions devaient obligatoirement s'adresser à Celui qui Vainc, bien entendu. Les prisonniers y dormaient beaucoup plus qu'ils ne priaient, mais Saat s'était déclaré satisfait si les esclaves songeaient à Sombre au moins une fois par jour. Ce qui était le cas.

— Chaque équipe travaille sept décans et se repose pendant deux, expliquait Zamerine, qui était à l'origine de cette organisation. Le dernier décan servant à l'inventaire et au convoi des hommes. Ainsi, les chantiers ne connaissent qu'une interruption par jour. Et la rotation gêne les tentatives d'évasion.

— Je sais tout cela, Zamerine, annonça l'enfant d'un ton blasé. Vous radotez en vieillissant, ajouta-t-il, amusé.

Ils dépassèrent enfin le dernier des baraquements et s'engagèrent sur le chemin en pente douce menant à la montagne. À la vue du judicateur et des gladores, les contremaîtres faisaient s'arrêter, avec force coups de fouet, les colonnes de misérables qui charriaient des paniers de gravats. Tous craignaient les inspections de Zamerine, annonciatrices d'imminentes cérémonies d'exécutions.

L'enfant possédé s'approcha d'un des esclaves et choisit un morceau de roche dans son chargement. Il le huma quelques instants, les yeux fermés, puis le remit en place avec une déception visible. Ils reprirent leur progression sans que Zamerine ose l'interroger encore.

— Gors répand des rumeurs, annonça soudain le Zü, croyant s'attirer ainsi les bonnes grâces de son maître.

— Il ne trahira pas, certifia l'enfant.

— Il est instable. Sans cesse enivré. Au bord du Col'w'yr, il a fait pendre le capitaine warkal.

— J'approuve cet acte. Cet homme avait failli.

— Il est trop instable, répéta le Zü.

L'enfant s'arrêta soudain et dévisagea le judicateur, une expression courroucée sur le visage.

— Ma nouvelle apparence vous donne trop d'assurance à mon goût, jugea-t-il. Depuis quand contestez-vous mes décisions ? Le Douillet m'est utile parce qu'il est le roi de ces dégénérés, et qu'il m'est plus facile de les commander lorsqu'il est à mes côtés. Vous pouvez comprendre cela, j'espère ?

— Bien sûr, maître, s'inclina le Zü avec une certaine frustration.

Ils gagnèrent l'entrée de la carrière sans plus dire un mot et s'engagèrent sous la montagne, par le même chemin que leur armée aurait à emprunter pour partir à l'assaut des Hauts-Royaumes.

— Mon tunnel, murmura Saat d'une voix émue. Le labyrinthe.

— Les travaux avancent beaucoup plus vite que prévu, annonça Zamerine en espérant ne pas essuyer d'autres sarcasmes. Certaines galeries naturelles sont si larges qu'elles nous font parfois gagner plusieurs centaines de pas. Bien sûr, nous modifions régulièrement le plan de forage pour les récupérer à notre compte... Vous aviez raison, conclut le Zü avec admiration. Cette montagne est trouée de part en part.

— Plus encore, même, murmura l'enfant en caressant la pierre avec nostalgie. Plus encore... Ailleurs...

Il eut un étrange hoquet et, l'espace d'un instant, Zamerine put lire de la terreur dans le regard de Saat. Ou plutôt, dans celui du gamin solene dont il avait volé le corps.

— ... dammnnéé... récept ! cracha-t-il avec difficulté, râlant et avalant ses mots...paaas... bon ! Trooop...

Le Zü, interdit, regarda l'esprit de son maître se débattre dans un corps d'enfant. Le Solene poussa un dernier cri de rage qui ne pouvait émaner que de Saat. Puis l'enfant observa autour de lui, hébété, s'assit à même le sol et se mit à pleurer.

Les gladores semblaient avoir été prévenus de cette éventualité. Ils emmenèrent l'enfant sans dire un mot, en laissant Zamerine sous la montagne, au milieu des colonnes d'esclaves, s'interroger sur les projets secrets de son maître.

L'enfant dieu était fasciné par les flammes. Il les désigna à Nol d'un geste innocent.

— Karu ! clama-t-il en souriant, comme attendant une récompense pour avoir deviné.

Aucun des héritiers n'osait bouger. Les écrits de Maz Achem et les mises en garde de Nol étaient clairs : les enfants du Jal'dara étaient les plus impressionnables qui soient. Ils pouvaient tout oublier d'un événement, comme y accorder cent fois plus d'importance que souhaitable.

Le Doyen rejoignit son protégé auprès des flammes et l'en détourna doucement en le tenant par les épaules. L'enfant lui prit la main et ils s'éloignèrent hors de vue des héritiers.

— Je ne l'ai pas entendu approcher, avoua Léti quand ils furent seuls. Depuis combien de temps était-il là ?

— Pas longtemps, assura Bowbaq. Juste avant, il n'y avait rien. C'est comme s'il était apparu d'un coup.

— C'est peut-être le cas, remarqua Rey. Peut-être que les dieux poussent dans le jardin comme des champignons, ajouta-t-il en riant.

Ils interrompirent cette discussion alors que Nol revenait déjà. Si le Doyen était contrarié, il n'en montra rien. Il reprit sa place dans le cercle comme si la scène n'avait pas eu lieu.

— Alors ? demanda Yan, culpabilisant parce qu'il était à l'origine du feu. Est-ce que c'est grave ?

— Je ne crois pas. En fait, c'est impossible à dire. La simple vue des flammes ne devrait pas l'attirer vers les fosses... Mais j'ai déjà vu des choses plus bénignes avoir une influence décisive sur une personnalité.

Yan accueillit cette nouvelle comme un nouveau poids sur sa conscience. Indirectement, il avait agi sur l'esprit de l'enfant dieu. Peut-être cela n'avait-il aucune importance... il aurait aimé en avoir la certitude.

— A-t-il compris de quoi nous parlions ? interrogea Corenn.

— C'est peu probable, les enfants n'écoutent guère que les esprits. Ils accordent, par contre, beaucoup d'importance aux gestes. Si une telle rencontre devait se reproduire, n'adoptez aucune attitude qui pourrait sembler menaçante. Dans votre propre intérêt... tout autant que dans celui de l'humanité, ajouta le Doyen avec gravité.

— Pourquoi ? demanda Rey, enjoué. Le p'tit gars se transformerait en un monstre sanguinaire, quelque chose comme ça ?

— Quelque chose comme ça, confirma Nol très sérieusement. Frappez l'un des enfants et il est fort probable qu'il vous emmènera dans les fosses. Sans que ni l'un, ni l'autre ne puissiez en remonter.

— Qu'en est-il de ces fosses, au juste ? intervint Lana. Qu'y a-t-il exactement au Jal'karu ?

Nol fixa le visage de la Maz sans répondre. La prêtresse eut l'intuition d'avoir commis un impair.

— Mieux vaut ne pas prononcer ce mot au Jal'dara, prévint le Doyen. Ici, nous disons : « les fosses ».

— Mais... que sont-elles ? insista Léti. Nos ancêtres y sont descendus. Saat aussi. Que s'est-il passé là-bas ?

— Attendons que Grigán soit rétabli pour ces questions, proposa Corenn.

Elle n'eut pas besoin d'en expliquer les raisons. Malgré la curiosité qui les dévorait, les héritiers désiraient plus que tout achever leur quête en compagnie du guerrier. S'ils avaient survécu jusqu'alors, c'était en grande partie grâce à lui. Leur patience témoignerait de leur reconnaissance à son égard.

Un autre sujet préoccupait la Mère. La soudaine apparition de l'enfant les avait interrompus dans une discussion des plus intéressantes. Où ils méditaient sur les pouvoirs du gwele et la façon dont les éternels grandissaient. Quand les dieux *naissaient des hommes*.

— La magie et la religion se rejoignent ici, annonça Corenn, songeuse. Au Jal'dara.

— De quoi parlez-vous ? demanda Lana.

— De *foi* et de *Volonté*, répondit la Mère, cherchant elle-même à mieux comprendre des concepts aussi abstraits. Il semble qu'elles fonctionnent de la même manière. La foi des mortels est comme l'expression d'une puissante Volonté, précisa-t-elle, agissant sur des enfants au récept si grand qu'ils ne pourraient être plus sensibles à la magie. Lorsqu'ils ont été tellement influencés qu'ils en sont aboutis, ils sont véritablement des dieux et quittent le Jal'dara.

— Et qu'en est-il des prêtres, alors ? demanda Rey. Suivant cette explication, les magiciens auraient plus d'influence sur les éternels que les Maz eux-mêmes.

— Ce n'est pas le plus important, rappela Lana. Le culte d'Eurydis est une religion moraliste. Notre but n'est pas d'être entendus de la Sage, mais de faire respecter ses Vertus.

— Vous êtes vraiment charmante, commenta l'acteur avec sincérité.

La Maz rougit comme une enfant et rendit un regard tendre à l'homme qui la courtisait. C'est à peine si elle entendit la remarque de Nol.

— Les prêtres sont très importants, au contraire, expliquait le doyen. Les enfants entendent les esprits, mais ils n'écoutent pas. Le pouvoir de répétition des prières est tout aussi important que celui de la magie. Sans ses Maz, Eurydis serait toujours en train d'errer dans ces jardins.

— Peut-être la foi des prêtres a-t-elle fait du gwele ce qu'il est, proposa Yan. *Plus une chose est objet d'attention, plus son récept est fort...*

— C'est trop compliqué pour moi, avoua Bowbaq.

— Je comprends mieux une chose, annonça Corenn. Dans la tour Profonde de Romine, lorsque nous invoquions Eurydis pour repousser les spectres, j'avais eu plus de réussite en joignant ma Volonté à mes appels. La Volonté et la foi sont décidément liées...

— C'est trop compliqué pour moi aussi, déclara Léti, que ces considérations spirituelles ennuyaient.

— Mais comment la seule invocation de la déesse peut-elle être si efficace ? remarqua Rey. *Quels sont les réels pouvoirs des dieux ?* demanda-t-il soudain, fébrile à l'idée qu'il puisse obtenir une réponse.

Le Doyen prit son temps pour la fournir. Il semblait, en tout cas, avoir déjà été confronté à cette question... car son explication, au vu de la complexité du sujet, fut aussi claire que possible.

— Les dieux *inspirent* les mortels. Enfants, ils ne peuvent qu'entendre. Aboutis, ils savent écouter. Et à ceux qui leur parlent, les dieux inspirent les mêmes traits de caractère, la même personnalité dont les humains les ont crédités.

— J'ai vu des prêtres véreux louer l'honnêteté, contesta Rey. Et, pour autant que je sache, ils sont toujours restés véreux.

— Ce qui est en soi une preuve de leur duplicité, expliqua Nol. Comment un dieu aurait-il pu leur inspirer une plus grande honnêteté, si ces hommes ne croyaient pas à son existence ?

— Ça commence à se mélanger dans ma tête, annonça Rey en louchant et en tirant la langue. Sauf votre respect, je crois qu'après tout, je me soucie de tout ça comme d'une peau de margolin.

— Mais pourquoi l'invocation d'Eurydis a-t-elle repoussé les spectres ? insista Yan qui, jusque-là, suivait encore.

— Il existe une répulsion naturelle entre les enfants de Dara et ceux des fosses, expliqua sobrement le Doyen.

— Mais sur certains des spectres, cela n'avait aucun effet, rappela Corenn en songeant aux sirènes démoniaques.

— Ces revenants devaient être moins primaires que les autres. Vous ont-ils parlé ?

— Oui.

— Voilà l'explication. Aucun être doué de réflexion n'est foncièrement bon ou mauvais. Sa conscience l'emmène seulement plus ou moins loin entre ces deux pôles.

— Même vous ? demanda Léti.

— Bien sûr, confirma Nol avec gravité. Même moi. En tant que Celui qui Enseigne, je me dois de répondre à vos questions avec bienveillance. Mais en tant que Gardien... rien ne saurait m'émouvoir. Et cette mienne mission est prioritaire.

Rey soupira en faisant des vœux pour que Grigán se réveille au plus vite. Dans le cas contraire, les héritiers allaient être chassés du Jal'dara par un Doyen éternel impitoyable.

Le terrible roi des Ramgriths arpentait le port de Mythr avec une nervosité croissante. Le moindre prétexte lui était bon pour la manifester. En fait, peu des capitaines de son armada devaient échapper à ses reproches, même si ceux-ci étaient, le plus souvent, sans fondement.

Aleb Ier, dit le Borgne, roi de Griteh, de La Hacque et des territoires de l'Aòn, chef des mercenaires yussa et grand amiral de la *flotte rouge*, était anxieux car il devait embarquer au point du jour. Et il *détestait* chaque journée passée en mer. *Et abhorrait* sa destination.

Si son allié n'avait menacé de rompre leur pacte, jamais il n'aurait quitté sa selle, qu'il préférait même à son trône. Mais le Haut Dyarque avait manifesté la volonté d'une ultime rencontre avant l'assaut des Hauts-Royaumes. Aux yeux d'Aleb, Saat le Goranais était trop tatillon, trop soucieux de détails futiles. Il allait mettre plus de temps à préparer cette guerre qu'à la mener. Les Ramgriths – et surtout les Yussa – avaient une tout autre manière de procéder.

Il quitta la trirème avec un regard méprisant pour son équipage et passa au navire suivant, un grand-voile au mât d'écorcier, pour la suite de son inspection. Il avait vu tellement de bateaux, depuis l'aube, qu'il en avait perdu le compte. Les deux clercs qui le suivaient pouvaient lui fournir ce renseignement en un instant, mais leur babil l'ennuyait également. Aleb se fichait totalement de savoir les noms et histoires de ces embarcations. Seuls comptaient le nombre d'hommes qu'ils pouvaient emmener... et la quantité d'or qu'ils pouvaient rapporter.

L'or. Quand Saat le sorcier lui avait envoyé huit cents livres du précieux métal, Aleb avait cherché le piège. Pourquoi ce Goranais renégat, exilé derrière le Rideau à plusieurs centaines de milles de La Hacque, lui faisait-il allégeance ? Curieux de connaître la provenance de ces richesses, le roi ramgrith l'avait tout de même reçu. Et les deux hommes s'étaient alliés pour la plus ambitieuse des campagnes de conquête jamais entreprises. Aleb avait peu à y investir, et c'était ce qui l'avait décidé. Sa part du marché se résumait à la constitution d'une flotte. Griteh n'en possédait aucune, mais La Hacque et Mythr, sur lesquelles il avait étendu son règne depuis plus d'une décennie, lui permirent de rassembler la moitié des soixante et un grands navires qu'il inspectait alors, et la plupart des bâtiments de taille inférieure. Il avait recruté des équipages à Yérim, soustrayant au Grand Empire les plus redoutés de leurs criminels. Enfin, il avait mis en chantier plusieurs galères, caraques et galiotes, et volé quelques autres jusque dans les eaux de Yiteh. Tout cela en moins d'un an. Sans avoir lui-même passé la moindre journée en mer.

De son côté, Saat devait lever une armée et mener à terme un certain projet de forage... De prime abord, un chantier inconcevable, même pour l'homme le plus déterminé du monde. Mais le Haut Dyarque n'était pas seulement patient, imaginatif et résolu. Il était également *sorcier*. Et, dans l'esprit du superstitieux roi de Griteh, il n'y avait aucune limite aux pouvoirs de la magie.

Le Goranais s'assurait également qu'aucun espion ne renseigne les Hauts-Royaumes. Aleb ignorait totalement comment il s'y prenait, mais le secret de ses préparatifs n'avait pas encore filtré. Les Yérims parlaient d'un monstre noir et à la forme changeante, hantant le canal de Mythr et les esprits des marins à la recherche de leurs secrets. On avait retrouvé plusieurs bateaux fantômes, promenant au gré des courants des cadavres horriblement démembrés. Le roi ramgrith préférait y voir l'œuvre d'un *sagre* particulièrement affamé, qu'une manifestation des pouvoirs de Saat. Dans le cas contraire... il lui faudrait plutôt appeler son allié, son *maître*, et cette idée portait atteinte à sa fierté.

Lassé, il abrégea la visite du grand-voile et conclut ainsi l'inspection de l'*armada rouge* des Bas-Royaumes.

Paradoxalement, il lui tardait maintenant de faire route vers l'autre continent et d'entamer la traversée de l'immense désert connu sous le nom de *mer de Sable*. Plus vite il serait à Wallos, et plus vite il en aurait fini.

Son voyage ne devait pas dépasser deux décades. Lui et son allié allaient mettre au point les derniers détails du plan. Et surtout, fixer la date de son exécution.

Aleb l'espérait au plus tard éloignée de deux lunes. Sa flotte était constituée. Ses équipages étaient au complet. À l'affrètement, il ne manquait que les denrées périssables, que l'on ne chargerait qu'au dernier moment. Et les quinze mille Yussa qui campaient à l'embouchure de l'Aòn n'attendaient que son ordre pour embarquer et mettre Lorelia à sac.

Il pressa le pas pour rejoindre son grand-voile personnel, suivi trois pas en retrait par une cour d'une douzaine de personnes. Le roi ramgrith désirait se retirer seul, dans son immense cabine, avec ses soucis. Le temps ne passait pas assez vite pour lui. Il détestait naviguer. Les pouvoirs de son allié l'effrayaient secrètement. Enfin, cette journée de marche avait réveillé la douleur de sa jambe, pourtant blessée vingt ans plus tôt... et lui rappelait la frustration de n'avoir jamais pu s'en venger sur le responsable, ce damné Grigán de la tribu Derkel.

Aleb avait besoin d'un peu de réconfort. Lucide, il admettait la vérité : au fil des ans, le roi de Griteh était devenu *daïo*, drogué au venin de serpent daï. Incapable de se passer pendant plus d'une journée de ses vertus euphorisantes, et d'humeur exécrable quand il n'était pas sous son effet.

Mais cette dépendance lui importait peu. Pour la deuxième fois, il allait rencontrer le sorcier goranais. Et il avait vraiment besoin d'un peu de réconfort.

Grigán rêvait. Du moins, l'espérait-il, car il n'avait aucune envie de vivre à nouveau l'épisode qui avait bouleversé sa vie à jamais.

Il se voyait à cheval, au sommet d'une colline, et espérait être mort ou endormi. Il faisait nuit; derrière lui, trente cavaliers de sa tribu attendaient ses ordres, mais il ne bougeait pas. Il contemplait un village quesrade en train de brûler.

Des enfants étaient massacrés. Des femmes forcées hurlaient de désespoir et de douleur. Des hommes se faisaient torturer de la pire façon. Tous innocents. De ce village, rien ne devait survivre, pas même les animaux, égorgés par les plus fous des hommes du prince Aleb. Et Grigán ne faisait rien. Il était impuissant à agir.

Sur ce spectacle errait une image, comme un chaste brouillard masquant les scènes les plus terribles. Le visage d'une femme brune, au teint hâlé et aux yeux bleus, les lèvres minces figées sur un éternel sourire. Une femme typiquement ramgrithe. Une femme à qui il s'était promis.

— *Héline*... murmura-t-il dans son sommeil.

Mais la femme ne lui répondait pas. Son sourire était immuable. C'était le seul souvenir qu'il gardait d'elle. Avant qu'il ne quitte définitivement les Hauts-Royaumes.

Il l'avait abandonnée. Le mot résonna dans son esprit, comme porté par l'écho des falaises d'Argos. *Abandonnée. Abandonnée. Abandonnée.*

La rage s'empara du guerrier et il voulut agir, là-haut sur la colline, descendre vers le village et se porter au secours des Quesrades innocents. Mais il était paralysé. Il sentait la respiration de son cheval, le froid de la nuit, sa lame courbe pesant sur sa cuisse. Mais son corps refusait de bouger. Rien de tout cela n'était réel. Ce n'était qu'un souvenir.

Abandonnée. Un autre visage de femme vint errer sur les lieux du carnage. Moins jeune, moins enthousiaste. Non ramgrith. Mais tout aussi aimable et souriant. Et *vivant.* Corenn.

Abandonnée. Jamais plus. *Abandonnée.* Non !

Le guerrier se débattit avec ses souvenirs des morts et ses responsabilités envers les vivants. Il eut l'impression de mener le combat le plus difficile de sa vie. Il devinait qu'en le perdant, il n'aurait jamais plus l'occasion d'en mener d'autres. De toutes ses forces, il se concentra sur l'image de Corenn, et sur la peur qu'il avait *d'abandonner* encore.

Peut-être était-ce cela, la Volonté dont parlaient les magiciens. Il eut l'impression de lutter des journées entières. Puisant de la force dans les images du passé pour mieux les chasser au plus loin de lui. Exhortant son sens du sacrifice à un tel point, qu'il se persuada qu'il ne pouvait mourir ainsi, vainement et sans profit pour quiconque. Sa disparition ne pourrait être *qu'utile.* C'était la seule manière de racheter ses fautes. La seule façon d'oublier sa complicité dans la tuerie quesrade, et l'abandon des personnes chères qui avaient foi en lui.

Ce fut une certitude. Il ne pouvait continuer à dormir ainsi. La mort attendrait. Il avait bien plus pressé à faire.

Dans son sommeil, il ouvrit les yeux. Et découvrit le ciel du Jal'dara.

— Bougre de paresseux ! clama Rey, allègre. Voilà deux jours que vous vous la coulez douce !

Le réveil de Grigán causa un vif soulagement chez les héritiers, même s'il avait été annoncé par une amélioration de son état. Après la première nuit d'angoisse, pendant laquelle Yan et Corenn avaient entretenu un feu d'origine magique, une journée plus calme avait suivi, où le guerrier avait montré un visage plus reposé.

Nol s'était montré assez confiant dans le prochain rétablissement du malade pour abandonner ses visiteurs pendant plusieurs décans. À l'aube de leur troisième jour dans le Jal'dara, alors que s'achevait une nouvelle nuit de veille, le Doyen n'était toujours pas revenu. Bien que Grigán semblât hors de danger, ses compagnons attendaient avec impatience qu'il reprenne enfin conscience... et Rey avait eu la joie d'être le héraut de la bonne nouvelle.

Comme après chaque crise surmontée, les héritiers manifestèrent leur joie en rivalisant de plaisanteries et taquineries en tout genre. Seul, le héros du moment était d'humeur mélancolique, sans pouvoir l'expliquer. Mais il faisait des efforts pour participer à la joie de ses amis, et chacun savait qu'après une courte convalescence, le guerrier redoublerait d'énergie au point de leur en faire honte.

— Vous avez appris quelque chose? demanda-t-il avec intérêt, entre deux échanges joyeux.

— Pas grand-chose, répondit Rey avec une grimace négligente. La création des dieux, les pouvoirs du Jal'dara, les fondements de la religion... la routine, quoi.

Corenn fournit un résumé plus sérieux et détaillé des informations qu'ils avaient obtenues auprès de Nol, et s'efforça de répondre aux multiples questions du guerrier, frustré d'avoir manqué d'aussi importantes discussions. Il fut touché par l'attention qu'avaient eue ses amis de l'attendre pour interroger Nol sur leurs ancêtres et Saat en particulier. Mais leur curiosité en était d'autant excitée. Ce jour encore, Celui qui Enseigne allait avoir beaucoup de réponses à fournir.

— A-t-il dit quand il reviendrait? demanda Grigán quand Corenn eut fini son récit.

— Non, affirma Léti avec enjouement, manifestement heureuse de la guérison de son maître d'armes. Il n'est même pas dit qu'il revienne, en fait.

— Nous a-t-il interdit de le rejoindre?

— Non plus, lança Rey en bondissant sur ses pieds. Allons-nous enfin bouger d'ici?

Le guerrier observa ses compagnons. L'inaction leur pesait à tous. Depuis le palais de Sapone, à Romine, ils n'avaient pas passé deux nuits de suite dans le même endroit. En restant coincés près de la porte ethèque, au bord du Jal'dara, ils avaient l'impression de piétiner dans leur quête.

— On bouge, décida-t-il, malgré la faiblesse qui le dominait encore. Où sont mes bottes ?

Aux protestations de Corenn mentionnant le repos nécessaire qu'il avait besoin de prendre, Grigán ne répondit que par des sourires, ce qui réussit à désarmer la Mère, peu habituée à de telles réactions de la part du guerrier. Elle renonça finalement à le raisonner et rassembla son paquetage, finalement pressée, elle aussi, d'aller au bout du mystère.

C'est confiants et déterminés que les héritiers prirent la direction du fond de la vallée, à l'apogée de leur troisième jour dans le Jal'dara. Pour les autres mortels, il s'était écoulé presque deux décades.

Grigán les fit s'arrêter au bord d'une rivière peu profonde, à l'eau aussi claire que son cours était tranquille. Suivant son expérience, qui commandait de toujours se préparer à l'imprévu, il rassembla leurs gourdes et entreprit de remplir celles qui le nécessitaient.

— Vous ne garderez pas de cette eau-là, prévint Rey, vaguement moqueur. Elle aura disparu avant la nuit.

Le fait est que le phénomène fut même beaucoup plus rapide : à peine le guerrier avait-il rebouché l'un des récipients, qu'il se faisait soudain beaucoup plus léger. Yan trempa un bras entier dans l'onde pure et le montra au guerrier qui ne put que constater le prodige : il ressortait sec.

— Je déteste ça, marmonna Grigán en rangeant les gourdes. On pourrait mourir de soif au bord de cette rivière.

— Ça ne me plaît pas non plus, annonça très sincèrement Bowbaq.

Il se pencha, ramassa Ifio et la replaça sur son épaule. Depuis son réveil, la petite mimastin n'avait osé quitter cette confortable position, effrayée par la magie de l'endroit qu'elle était apparemment à même de percevoir. Elle s'était pourtant précipitée à la rivière, pour y boire longuement sans comprendre le mystère de cette eau fantôme qui disparaissait au fur et à mesure qu'elle l'engloutissait. Tout juste avait-elle le temps de lui rafraîchir la gorge...

— Nous ne ressentons aucune soif ici, expliqua Lana au guerrier. Ni faim, ni sommeil, ni fatigue.

— Sauf vous, qui êtes vieux, railla l'acteur. Je plaisante, je plaisante. Vous avez été malade, il est normal que vous traîniez.

— Je *traîne* ? Mais je vous attends ! releva le guerrier en entrant dans le jeu du Lorelien.

Ils rirent, mais chacun savait que Grigán revenait de loin. S'ils ne s'étaient trouvés au Jal'dara, cette dernière crise aurait sûrement emporté le guerrier. Mais dans ces conditions... peut-être était-il guéri ? Peut-être le pouvoir du gwele avait-il complètement effacé sa maladie ?

Yan espérait de tout cœur qu'il en fut ainsi. Que la prophétie d'Usul s'avère erronée. Que l'avenir décrit par Celui qui Sait ait été altéré par leur séjour dans le berceau des dieux.

Mais seulement *cette partie* de l'avenir. Le dieu omniscient avait aussi prédit son Union avec Léti. Et ce futur-là, Yan ne souhaitait en aucun cas le voir modifié. Surtout depuis cet instant magique, deux nuits plus tôt, où ils s'étaient enfin embrassés.

Les héritiers se remirent en route avec un émoi grandissant. Les arbres qu'ils contemplaient, les fleurs qu'ils respiraient, les oiseaux et les insectes chanteurs qui les berçaient d'un concert improvisé, étaient les mêmes que l'on pouvait trouver dans diverses contrées du monde des mortels. Mais ils ne se trouvaient *pas* dans le monde des mortels. Et les éléments d'origine commune qui composaient les jardins de Dara étaient empreints d'une beauté indicible, éternelle et fugace à la fois, sensible même lorsqu'on n'y prenait garde.

Le pouvoir du gwele, se rappela Corenn. Il engendrait une certaine euphorie lorsqu'on s'y abandonnait. Heureusement, après trois jours d'accoutumance, les héritiers étaient à même de résister à l'ivresse des sens qui les menaçait à chaque pas.

Alors qu'ils s'avançaient dans la vallée, ils en perdirent de vue le fond. Le paysage était tout en collines, en bosquets et en pics de faible hauteur mangés par la végétation. Seule la porte, imposante, majestueuse avec ses vingt pas de hauteur, pouvait témoigner de leur progression en tant que repère. Si bien que, ne voyant pas vraiment où ils allaient, les héritiers ne virent pas non plus Nol venir à leur rencontre.

— Bienvenue chez vous, salua le Doyen suivant sa formule propre. Vous êtes guéri, ajouta-t-il à l'adresse de Grigán. C'est une bonne chose.

Le guerrier songea qu'il n'était pas guéri, simplement pour avoir échappé à une nouvelle crise. Mais il avait déjà été assez grossier avec l'éternel pour ne pas le contredire encore.

— Nol, heu... marmonna-t-il, gêné de devoir faire des excuses devant ses amis. Vous savez, près de la porte, quand je vous ai dit, heu...

— N'ayez pas d'inquiétude. Même les plus violents des mots sont, somme toute, inoffensifs. Et vous n'aviez pas tous vos esprits.

— Voilà. Merci, souffla Grigán, éminemment soulagé.

— Nous venons vous poser nos dernières questions, intervint Corenn pour changer de sujet. Ensuite, nous partirons.

— Voulez-vous voir les enfants ? proposa subitement le Doyen.

Les héritiers s'interrogèrent du regard, surpris par cette offre. Nol ne les avait pas habitués à de telles initiatives.

— J'en serais ravie, avoua enfin Lana, en espérant ne pas embarrasser ses compagnons.

Mais les héritiers partageaient son sentiment. Ils en étaient si près qu'ils ne pouvaient ignorer cette chance. Une occasion unique de comprendre ce qu'avaient vécu leurs ancêtres. Et matière à satisfaire leur curiosité.

— C'est d'accord, décida Grigán. Guidez-nous.

Le premier des enfants dieux qu'ils rencontrèrent était une blonde fillette âgée de trois ans – en apparence, en tout cas. Elle était accroupie dans l'herbe, son attention tout entière consacrée à un quelconque insecte en excursion. Elle releva seulement la tête au passage du Doyen et de ses hôtes, sans s'en émouvoir plus avant.

Comme elle affichait un sourire passif, les héritiers lui rendirent naturellement, et Léti et Rey allèrent même jusqu'à lui adresser un petit salut de la main, comme ils l'avaient fait sur l'île Ji. Mais ces civilités n'eurent aucun effet sur la fillette, qui reprit son observation dès que la colonne fut passée.

— Ils ne semblent pas si impressionnables que ça, commenta Rey, un peu déçu par ce premier contact.

— Vous vous méprenez en les imaginant curieux de tout. En fait, vous réaliserez qu'ils ne perçoivent même pas votre présence, la plupart du temps. Mais si cela devait arriver... si vous avez le sentiment que l'un d'eux vous suit du regard, je vous recommande d'observer la plus parfaite passivité. Les émotions déclenchées par les réactions des mortels sont toujours démesurées. Il se peut même que l'un d'eux vous adresse la parole. Ne lui répondez pas, même si cela vous semble anodin. L'instant d'après, il aura oublié sa question.

— Quelle est donc la langue des dieux ? bondit soudain Lana, que la dernière remarque de Nol avait fait réagir. Je veux dire, vous nous parlez en *ithare* !

— Vous préférez une autre langue ? Étant donné que vous tous la maîtrisez...

— Non, non ! Mais comment la connaissez-vous ? insista Lana, tout en réalisant le ridicule d'une telle question adressée à un dieu.

— *Nous naissons de l'esprit des hommes*, rappela le Doyen avec simplicité. Et si je ne puis plus écouter les pensées des mortels, au moins m'ont-elles bercé pendant très longtemps.

Bowbaq tapa doucement sur l'épaule de Yan et lui désigna, sans oser parler, une forme endormie masquée aux deux tiers par un saule de burak. Il s'agissait d'une autre fillette, brune cette fois, recroquevillée sur elle-même et sommeillant dans la plus parfaite innocence.

— À quoi les enfants s'occupent-ils ? demanda Yan, en s'attendant à une réponse hautement philosophique sur les responsabilités des dieux naissants.

— Ils dorment beaucoup. Ils errent parfois quelques jours, sans but précis. Puis ils s'endorment de nouveau. N'importe où, n'importe quand.

— Ils ne jouent pas ? s'étonna Léti.

La jeune femme avait peine à croire qu'autant d'enfants réunis, fussent-ils d'essence divine, ne fassent pas plus de bruit qu'il y en avait place des Cavaliers à Lorelia.

— Oh ! Non. Pas au sens où vous l'entendez. Il arrive à certains de rire, pourtant... mais pour des raisons connues d'eux seuls. Et ils ne se groupent pas facilement. À part les plus petits, peut-être, si l'on considère que deux enfants dormant côte à côte forment un rassemblement.

— Sont-ils malheureux ? demanda Lana, que ces détails sur la vie au Jal'dara rendaient mélancolique.

Nol réduisit son allure, pensif, puis s'arrêta et se tourna vers la Maz.

— C'est la première fois que cette question m'est posée, annonça-t-il avec gravité. De toute éternité. Ça n'était pas arrivé depuis longtemps... Je dois y réfléchir.

Le Doyen reprit sa marche et les héritiers lui emboîtèrent le pas. Il semblait que Nol n'entendait pas donner de réponse le jour même. Chacun manifesta son approbation à Lana, par un sourire ou un petit signe d'admiration. La Maz n'estimait pas mériter autant d'honneurs. Il semblait inconcevable que personne n'ait jamais posé cette question.

Ils dépassèrent une nouvelle fillette, puis un garçonnet, puis deux autres encore, tous endormis dans la plus parfaite sérénité. Après en avoir croisé autant, les héritiers pouvaient témoigner que les enfants dieux n'avaient aucun type physique particulier. Ils étaient tout aussi bien blonds que bruns, roux, châtains, noirs ou même blancs, comme ils le virent par la suite. Leur couleur de peau variait du rose pâle aux tons les plus foncés de la création. Quelques-uns, rares, semblaient originaires des Hauts ou des Bas-Royaumes, ou encore des territoires estiens. Mais pour la plupart, cette appréciation était impossible à faire, et aucune dominante ne s'en dégageait.

— Combien y en a-t-il ? demanda Corenn à l'esprit pratique.

— Leur nombre varie selon les aspirations des mortels, répondit sobrement le Doyen. Il ne vous servirait à rien de les compter. Vous recommenceriez dix fois sans jamais trouver le même résultat.

— Et les plus grands ? Les presque-dieux, non loin d'être *aboutis* ?

— Vous ne les verrez pas. Quand des mortels visitent les jardins, ils se cachent, avoua Nol sans donner son opinion sur le sujet.

Ils parvinrent aux abords d'une clairière de grande envergure, qui aurait probablement pu accueillir le Château-Brisé de Junine dans son intégralité. Mais elle était seulement habillée d'un bosquet de grands arbres aux feuillages fournis et d'une espèce inconnue, situé plus ou moins en son centre. Plusieurs des enfants dormaient à l'ombre de ces branches ; Grigán en compta six.

— Mais d'où viennent-ils ? songea le guerrier à voix haute. D'où viennent ces gosses ?

— Peut-être sont-ils *réellement* des enfants-dieux, proposa Léti. Je veux dire, avec des parents-dieux.

— L'immortalité rend stérile, rappela Yan.

— *Partiellement*. Ce sont peut-être des... demi-dieux, alors. Avec un parent humain, imagina la jeune femme.

— Nol, pouvez-vous répondre à cette question ? demanda Corenn, alors que le Doyen s'engageait vers l'autre côté de la clairière.

— Non, je regrette. Comme je l'ai déjà dit, ma propre existence m'est mystérieuse. Lorsqu'un enfant paraît ici, c'est comme s'il avait toujours été là.

Ils s'arrêtèrent alors qu'un autre garçonnet leur coupait la route, pour se diriger gauchement vers une mare couverte de nénuphars en pièce montée. Yan observa l'enfant dieu entrer dans l'eau avec force clapotis.

— Vous n'avez pas peur qu'il se noie ? demanda-t-il, bien que devinant la réponse.

— Rien de ce qui se trouve dans le Jal'dara ne peut leur causer du tort, expliqua le Doyen. Le danger ne peut venir que de visiteurs étrangers... ou plutôt, de leurs agissements.

— Mais... ils sont bien immortels, n'est-ce pas ? vérifia Rey. Je veux dire, en supposant que quelqu'un soit assez fou pour ça, on ne pourrait même pas les blesser avec une épée ?

— Vous ne pourriez les atteindre physiquement, confirma Nol sans ralentir l'allure. Il s'agit d'une autre sorte de danger. Vous risqueriez de les guider vers les fosses.

Le Doyen ne s'était pas même retourné pour répondre. Les héritiers commençaient à se demander où il pouvait bien les mener, la clairière paraissant être le centre de ces jardins. Ils le laissèrent prendre quelque distance.

Une odeur particulière vint soudain exciter leurs sens. D'abord de faibles effluves, puis un relent désagréable qui laissa rapidement place à de véritables émanations fétides, tranchant nettement avec les arômes parfumés embaumant les jardins. Ceux qui étaient allés au fond de la bibliothèque de Romine lui trouvèrent un petit côté familier... rappelant de désagréables souvenirs.

— Voilà, indiqua Nol en indiquant un point du sol qu'ils ne voyaient pas encore. C'est là que sont descendus vos ancêtres. Les fosses.

C'est en courant que les héritiers franchirent les derniers pas.

Nol était penché sur une dénivellation d'environ deux pas, aux parois tapissées de l'omniprésente herbe grasse des jardins. Il indiqua l'objet de son attention mais les héritiers l'avaient déjà trouvé et ne pouvaient en détacher les yeux. Comme si un monstre quelconque devait émerger de la zone d'ombre enfin révélée.

Le fond de la cuvette abritait un trou, ou plutôt, l'entrée probable d'une galerie, rocailleuse et à demi masquée par la végétation qui la surplombait. Manifestement, l'odeur fétide qui régnait en ces lieux en tirait sa provenance. Lana toussa à plusieurs reprises et finit par se couvrir le nez d'une étoffe.

— Cette trouée de cinq pieds à peine serait l'entrée du Jal'karu ? demanda Rey, sceptique. Ce trou à margolin, le grand portail des fosses aux démons ?

— La troisième seulement, précisa Nol sur un ton modérateur. Je vous rappelle qu'il faut éviter de prononcer certains noms dans les jardins... dans votre intérêt, autant que dans celui des enfants. Et tout particulièrement en cet endroit.

— C'est dangereux ? s'enquit Bowbaq, peu rassuré. Ou seulement *impoli* ?

— C'est dangereux. Nul ne sait quelle créature peut répondre à votre appel. Peut-être même qu'il en est déjà remonté jusqu'ici, qui n'attendent qu'une nouvelle invocation pour faire leur apparition.

Léti et Rey échangèrent un regard complice et se précipitèrent dans la cuvette pour tenter de discerner un mouvement dans les ténèbres. Baignant dans la sérénité de Dara depuis trois jours, ils en avaient oublié toute prudence.

— Léti, remonte, demanda Corenn d'une voix blanche, sans parvenir à se faire obéir.

— Combien de fosses y a-t-il ? demanda Lana, alors qu'un vent d'excitation traversait le groupe des héritiers.

— Huit. Je suppose qu'elles ne sont, en fait, qu'autant d'entrées à un même endroit. Mais vos ancêtres ont emprunté celle-ci.

Grigán empoigna sa lame courbe et descendit à son tour dans la cuvette, avant de se frayer une place entre l'acteur et la jeune femme pour scruter les ténèbres. Mais on ne pouvait pas y discerner grand-chose.

Un air chargé du relent méphitique émanait du tunnel en agressant les sens. La galerie semblait descendre en pente douce, mais la seule manière de s'en assurer était de s'y aventurer sur quelques pas, ce que le guerrier n'était pas prêt à faire encore. Le passage n'avait guère plus de cinq pieds de hauteur, comme Rey l'avait estimé, pour une largeur plus faible encore. Si Nol disait la vérité, comme il l'avait fait jusqu'alors, leurs ancêtres s'étaient engagés sous terre accroupis et en file indienne. De quoi effrayer même les plus braves.

— Reyan, venez, implora Lana, voyant que l'acteur s'attardait au mépris du danger.

— Toi aussi, Léti, ordonna Corenn. Ça suffit. Maître Grigán ? demanda-t-elle, sur un ton plus doux.

Les trois combattants du groupe interrompirent leur observation à contrecœur et rejoignirent leurs amis, au grand soulagement de ces derniers. Grigán planta sa lame courbe dans le sol et s'y assit avec souplesse, s'orientant de manière à ne pas perdre de vue l'entrée du Jal'karu.

— Alors, annonça-t-il avec entrain. Allons-nous enfin connaître l'histoire de ce maudit Saat l'Économe ?

Nol s'assit en tailleur en face du guerrier, et ses compagnons s'empressèrent de fermer le cercle, le cœur battant d'émotion. Le Doyen allait redonner vie à leurs ancêtres.

La reine Chebree observait la concentration des deux voyantes avec une admiration doublée d'un certain agacement. Il s'agissait de deux Thalittes, mère et fille d'après la rumeur, mais il était difficile de la croire fondée tellement les deux femmes étaient âgées et dissemblables. Elles paraissaient même lutter contre toute coordination : alors qu'elles se balançaient d'avant en arrière, au-dessus de la table basse, l'une s'éloignait toujours pendant que l'autre approchait.

Chebree patientait en se rassurant sur leurs compétences. Les deux Thalittes étaient réputées jusqu'à Wallos, et ce bien avant la guerre. La reine barbare, Emaz du dieu Sombre, favorite du Haut Dyarque, avait dépensé beaucoup d'or pour les trouver et les amener jusqu'à elle. Mais enfin elle pouvait jouir de leurs dons. Enfin, elle allait avoir les réponses aux questions qui obnubilaient ses pensées.

Les voyantes se lancèrent dans un chant qui était plus une prière, incompréhensible à cause de la discordance des deux femmes. Chebree savait que ce chant était destiné à attirer l'attention des dieux, et ne doutait pas un instant, au vu du vacarme produit, qu'il eut l'effet escompté. Même les plus endormis des éternels ne pourraient faire la sourde oreille à une telle cacophonie.

La reine barbare songea que, peut-être, Sombre était lui aussi à l'écoute, et cette pensée la réconforta. Elle était l'Emaz officielle, la grande prêtresse, le chef du culte de Celui qui Vainc. Le dieu ne pourrait qu'être attentif à ses questions.

La voyante de gauche termina son couplet, imitée par sa parente quelques fausses notes plus tard. Elles se munirent chacune de quatre dés d'ivoire peints, qu'elles coincèrent entre leurs pouces avec une dextérité développée par l'habitude.

La divination par les dés ithares. Voilà peut-être ce qui avait fait la célébrité des voyantes thalittes. Cette méthode était tellement méconnue, à l'est du Rideau, qu'elle en était presque mythique. Et tout ce qui provenait des Hauts-Royaumes, exotique et mystérieux, était objet de convoitise et de fascination.

— Vous pouvez maintenant poser votre question, annonça la voyante de droite, devinant que la reine hésitait sur la marche à suivre. Choisissez bien ! La première réponse donnée par les dés est toujours la plus juste. Les *démons*, ajouta-t-elle avec emphase, se mêlent toujours de brouiller les suivantes.

Chebree fronça les sourcils et se concentra sur son problème. Depuis l'apparition de Sombre dans les arènes du Nouvel Ordre, elle avait une telle foi dans le surnaturel qu'elle décida de ne poser qu'une seule et unique question, afin de ne pas être trompée par les suivantes. Elle pourrait toujours renouveler l'expérience le lendemain, et le jour d'après encore.

— Porterai-je un enfant du Haut Dyarque ? demanda-t-elle en essayant de maîtriser sa tension.

Les voyantes lâchèrent leurs dés et les petits cubes d'ivoire s'entrechoquèrent et rebondirent plusieurs fois sur la table, avant de se stabiliser. Chebree se demanda, l'espace d'un instant, ce qu'il advenait lorsqu'un dé tombait ou cassait pendant ces manipulations. Mais rien de tel n'arriva, aussi chassa-t-elle cette idée derrière ses préoccupations.

Les vieilles thalittes inclinèrent la tête sur les objets en posant les mains sur leurs genoux. Chebree remarqua qu'elles avaient exécuté ce geste exactement en même temps. Et c'est toujours en parfaite harmonie qu'elles relevèrent les yeux vers la reine impatiente.

— Trois triangles, annonça l'une.

— Et le Feu, annonça l'autre.

— *Vous porterez cet enfant*, déclarèrent-elles en chœur.

Le cœur de Chebree battait à tout rompre, mais elle avait l'esprit assez clair encore pour s'étonner du changement soudain de comportement des deux voyantes. Elle se pencha sur la table basse et contempla ces dés étranges, qu'elle voyait pour la première fois.

Les deux femmes avaient obtenu le même résultat.

Cela même ne semblait guère les émouvoir. Elles ramassèrent les objets pour une autre demande et parurent, dès lors, perdre leur coordination.

— Je n'ai plus de question, annonça la reine après un long moment de silence, passé à contempler les visages des voyantes mystérieuses.

Qu'aurait-elle bien pu demander d'autre ? Du moment que son vœu devait se réaliser, ce n'était plus alors qu'une question de patience. Elle aurait un enfant de Saat et s'attirerait ainsi sa reconnaissance éternelle. Du moins, suffisamment longtemps pour qu'elle partage de droit la charge et les privilèges du Haut Dyarque.

Dès lors, il ne lui resterait plus qu'à attendre que le vieillard goranais quitte ce monde en lui léguant sa couronne. Enfin, elle pourrait oublier le contact froid, si froid de la peau ridée à l'odeur de terre et de mort.

Les héritiers attendaient, le cœur battant, que Nol leur livre les derniers secrets de leurs ancêtres. Mais le Doyen ne semblait pas pressé de parler, et se contentait de leur rendre son habituel regard bienveillant au-dessus d'un sourire paisible. Comme s'ils avaient tout le temps devant eux !

Corenn remarqua que, si Nol était Celui qui Enseigne, son savoir devait être quémandé. Les héritiers n'obtiendraient leurs réponses qu'en posant les bonnes questions, ce qui les obligeait à réfléchir et faire des suppositions. Il s'agissait certainement d'une bonne méthode de progression pour les élèves... mais selon l'avis de la Mère, elle était surtout due à la passivité du Doyen.

Malgré l'envie qui la brûlait de passer directement aux questions importantes, elle décida d'amener Nol à leur raconter l'intégralité de l'aventure de leurs ancêtres, pour s'assurer qu'ils ne passent pas à côté d'une information importante. Cela n'allait pas être facile. Mais Corenn avait de la patience. Et de la volonté.

— Qu'ont fait les sages à leur arrivée ? amorça-t-elle judicieusement, reprenant là où le journal de Maz Achem s'arrêtait. Ont-ils, comme nous, subi les effets de l'euphorie ?

Le Doyen perdit un peu de son sourire. La Mère devait comprendre pourquoi l'instant d'après. Elle venait déjà d'aborder un point sensible.

— Tous les mortels connaissent une extase des sens en pénétrant les jardins, expliqua Nol. Dans le cas contraire, mon rôle est de les en chasser. Quiconque ne s'émerveille pas de la beauté de cet endroit n'a pas sa place parmi les enfants dieux, ajouta-t-il en prenant les héritiers à partie.

— Mais nos ancêtres ont tous réussi cette « épreuve », n'est-ce pas ?

Le Doyen se rembrunit plus encore, ce qui, pour Nol l'Impassible, se traduisait par une légère inclinaison des sourcils.

— Là est peut-être mon erreur, annonça-t-il, hésitant. J'avoue avoir eu le sentiment que Saat simulait l'euphorie en singeant ses compagnons. Mais je ne puis lire dans les esprits, et jamais homme n'avait agi de cette manière. Il fallait qu'il soit tout à la fois faux, rusé et opportuniste... Or, les rois devaient me dépêcher les plus sages parmi les plus sages. Je lui ai donc laissé le bénéfice du doute.

— Voilà en effet ce qui s'appelle une belle erreur, commenta Rey avec cynisme. Nul n'est décidément parfait.

— Rien ne prouve que Saat ait simulé, précisa Lana, soucieuse de défendre le Doyen qui avait vu grandir Eurydis.

— Rien ne prouve qu'il ne l'ait pas fait, renchérit Grigán à son tour. Nous savons de quoi il est capable. Les assassinats de Séhane, de Humeline, de Xan et des autres héritiers sont autant de preuves de sa bassesse.

— Dire que nous parlons d'un homme qui a rencontré nos ancêtres ! songea Léti, pour la centième fois depuis le début de leur quête.

— Saat a-t-il fait quelque chose de répréhensible cette nuit-là ? reprit Corenn.

— Non, assura le Doyen. Comme les autres, il s'est allongé dans l'herbe pour dormir. Le jour suivant, il ne semblait ni hostile, ni agressif, aussi ai-je oublié mes craintes.

— Qu'avez-vous fait alors ? Vous leur avez montré les enfants ?

— Pas tout de suite. Je leur ai d'abord présenté les autres sages. Ceux que vous appelez les Estiens.

— Palbree et Fer't, confirma Lana, selon les indications du journal d'Achem.

— Deux sages seulement, confirma Nol à regret. La Guivre du pays d'Oo avait tué les six autres. Seuls Sole et Wallos s'en trouvaient représentés au Jal'dara.

— Wallos, répéta Rey en claquant des doigts. Saat aurait-il pu contracter une quelconque alliance avec l'émissaire wallatte ?

— À vrai dire, l'un et l'autre ne s'appréciaient guère, révéla le Doyen. Le roi Palbree ne semblait souffrir que le prince Vanamel. J'ai cru comprendre que Saat et Vanamel eux-mêmes se portaient peu d'estime, la présence du conseiller ayant été imposée par l'empereur goranais à son fils.

— Voilà qui est nouveau, nota Grigán. Saat avait-il, en fait, un seul ami parmi nos ancêtres ?

Les héritiers guettèrent la réponse de Nol avec anxiété. Personne ne voulait s'entendre dire que son aïeul avait une part de responsabilité dans leurs malheurs.

— Je l'ignore, annonça enfin le Doyen. Je ne l'ai jamais vu se fâcher avec quiconque. Mais il fuyait la compagnie de ses semblables, c'est un fait.

— Trêve de nostalgie, lança Rey en perdant patience. Enfin, que s'est-il passé, au juste ? D'où Saat tire-t-il ses pouvoirs ? Qu'ont fait nos ancêtres dans ce trou puant ?

— Mais... je ne sais pas, annonça Nol en hochant la tête, surpris et véritablement désolé de la méprise de ses visiteurs. Tout cela s'est produit dans les fosses. J'ignore évidemment tout de cet endroit...

Les héritiers restèrent sans voix. Avaient-ils choisi d'affronter tous ces risques, la traversée des royaumes estiens et du pays d'Oo, la confrontation avec la Guivre, la dangereuse influence du gwele, pour un si piètre résultat ? Pour ne rien apprendre sur les motivations et l'origine des pouvoirs de l'homme qui œuvrait à leur perte ? Pour n'en rien tirer qui puisse faire obstacle à ses projets ?

— Vous connaissez une partie de l'histoire, rappela Corenn. Saat a perdu la raison après avoir reconnu la puissance du gwele. Que pouvez-vous nous dire à ce sujet ?

— Peu de choses, je le crains. Tout comme vous, il était... il est magicien. Il m'a posé les mêmes questions que vous. Et il est parvenu aux mêmes conclusions, *plus vite* encore que vous ne l'avez fait. Plus vite que n'importe qui, d'ailleurs, depuis que les mortels visitent les jardins.

Yan songea que les héritiers disposaient pourtant d'indices, tels que le poème de Romerij ou les révélations d'Usul. S'ils en doutaient encore, ce qui n'était pas le cas, ils venaient d'en avoir la confirmation : Saat était intelligent. *Redoutablement* intelligent.

— Il est devenu fou à cause de ça ? interrompit Bowbaq.

— Plutôt *obsédé*. Alors que la plupart des autres sages débattaient de la conduite à tenir quant au secret du Jal'dara, Saat ne s'intéressait plus qu'au gwele. Il passait tout son temps à modeler des Gweloms : armes, bijoux, métaux précieux et autres, qui reprenaient invariablement leur forme au bout de quelques décans.

— Et il ne s'est pas découragé ? s'étonna Léti.

— Non. Il avouait franchement vouloir étudier les propriétés du gwele pour perfectionner son art. J'ignore s'il était déjà un magicien doué avant d'arriver ici. Mais il l'était assurément, à la fin de son séjour... Jamais mortel n'avait autant altéré les jardins.

— Vous le laissiez faire ? s'étonna Lana.

— De la même manière que je vous ai laissé faire du feu. Je suis Celui qui Enseigne, de par la volonté des hommes. Chaque visiteur est libre d'agir à sa guise au Jal'dara... tant qu'il ne nuit pas aux enfants ou à la porte.

— Vous nous avez pourtant interdit beaucoup de choses, rappela Rey. Comme de prononcer certains noms...

— Il s'agit de *conseils*. Je ne puis vous interdire quoi que ce soit. Pour la simple raison, que je ne puis prévenir quoi que ce soit. Malheureusement...

La voix du Doyen trahissait ses regrets. Les héritiers ne s'y trompèrent pas. Peu de tragédies pouvaient ainsi persécuter la conscience de l'Éternel Gardien.

— Saat a agressé l'un des enfants, n'est-ce pas ? devina Corenn.

Nol acquiesça lentement, comme portant le poids de ce crime à la place de son auteur.

— Il a profané son esprit, révéla-t-il avec gravité. *Il a essayé sa magie sur un enfant dieu.*

Corenn essayait de remettre de l'ordre dans ses idées. Le Doyen, si laconique jusqu'alors, s'était lancé dans un récit des plus détaillés sur ce drame aux conséquences démesurées. Et la vérité était plus effrayante encore que ce à quoi ils s'étaient préparés.

Saat avait très vite compris l'intérêt que l'on pouvait tirer du gwele. La matière brute, au *récept* immense, pouvait être modelée sous n'importe quelle forme, nantie elle-même de pouvoirs magiques. Ainsi le Goranais avait commencé de rassembler quelques livres du précieux élément, avec l'intention d'en rapporter dans le monde des mortels...

Le Gardien l'avait alors prévenu qu'il ne pouvait laisser ses visiteurs emporter quoi que ce soit. Des Gweloms légendaires tels que l'épée de Moccaret, la conque prolixe, la corde à trois bouts de Frugisse ou encore le Yalyal n'avaient pu être arrachés au sol du Jal'dara qu'à l'occasion d'exceptionnels concours de circonstances. Seuls les enfants dieux pouvaient de bon droit emporter du gwele en quittant les jardins. Et peu usaient de ce privilège.

Difficile de deviner quelles furent alors les pensées de Saat, après que Nol lui eut fait ces révélations. Voulait-il juger de la puissance de sa magie ? De ses chances d'obtenir une faveur ? Désirait-il satisfaire sa curiosité ? Ou avait-il déjà un plan bien plus retors ? Toujours est-il *qu'il lança son esprit dans celui d'un des enfants.*

Comme le Doyen l'avait expliqué aux héritiers, les dieux grandissants finissaient par s'habituer à la présence des mortels dans les jardins, c'est-à-dire qu'il leur était plus facile de la percevoir. Dès lors, il se pouvait même qu'ils leur adressent directement la parole. Au siècle dernier, c'était arrivé à Tiramis, à Fer't le Solene, à Moboq et... à Saat.

Les mots de ces dieux naïfs n'étaient guère originaux. Lorsqu'ils n'étaient pas dans cette langue inconnue des mortels et que l'on supposait l'idiome ethèque, il ne s'agissait que de variations autour d'une simple requête : « Parle-moi. »

Mais ces enfants étaient des plus impressionnables, et les réponses qu'on leur faisait pouvaient avoir des conséquences graves. Aussi, Nol demandait à tous ses visiteurs de respecter un certain mutisme... bien qu'il n'ait aucun moyen d'empêcher une transgression. Ni même, le droit de la sanctionner : le fait de donner la réplique aux dieux ne pouvait être considéré comme une violence à leur encontre. Le Doyen ne faisait que conseiller la passivité aux sages, pour éviter ce que Corenn nomma une « catastrophe théologique ».

Or, un enfant s'était adressé à Saat. À plusieurs reprises. Et, non content de lui avoir répondu chaque fois, le sorcier s'était introduit au plus profond de son esprit. Profanant cette conscience encore vierge par ses pensées impures, et la transformant de manière irrémédiable.

Il fallait parfois des centaines de millénaires avant que le brouhaha des pensées humaines ne parvienne à s'infiltrer dans le sommeil d'un enfant dieu. Par sa proximité physique et la puissance de sa Volonté, Saat avait réduit ce délai à quelques jours. Et il eut peut-être fait bien pire, si Nol ne s'en était aperçu à temps.

L'enfant avait été *influencé*. En une nuit seulement, il grandit à la taille d'un garçonnet de six ans, alors qu'il paraissait jusqu'alors âgé de quatre.

Le nouveau dieu avait aussi acquis ses noms. Ceux que lui donneraient les générations successives des mortels, mais que Nol connut dès ce moment comme s'il les avait toujours sus. Et le premier d'entre eux serait Sombre.

Le Doyen ne pouvait lire l'avenir. Il ignorait quand aurait lieu l'avènement de ce nouveau dieu. Il ignorait ce que seraient ses vertus. Il ignorait de quelle façon Sombre pourrait *inspirer* les mortels. Mais une évolution rapide était toujours un mauvais présage.

Seuls les démons grandissaient si vite.

Nol ne livra pas le nom de Sombre au sorcier. C'eut été augmenter son emprise sur l'enfant perverti. Il avertit Saat qu'en continuant à altérer son esprit, il le pousserait vers les fosses. Cela n'effraya guère le Goranais qui, au contraire, poursuivit son « expérience » avec un intérêt redoublé.

Des dissensions commencèrent à l'opposer aux autres émissaires. En particulier, au prince Vanamel, dont il ignorait les ordres avec un mépris affiché. Si ces querelles avaient débouché sur une violence physique, le Gardien aurait pu utiliser ce prétexte pour chasser les indésirables. Mais il n'en fut rien. Ces conflits eurent pour seul résultat d'aggraver les choses.

Trop de mauvais sentiments avaient été exprimés dans les jardins. Jalousie, malveillance, vénalité, orgueil, colère... Si près des fosses. *Trop près* des fosses. C'était inévitable. Les créatures de Karu finirent par se réveiller.

Certaines remontèrent à la surface et haranguèrent les sages réunis. Elles promettaient richesses et puissance à qui les accompagnerait en bas. *Un piège grossier*, jugèrent la plupart des mortels. Malheureusement, tous les émissaires n'étaient pas aussi avisés...

Deux d'entre eux finirent par suivre Lloïol, un lutin harpiste, par le passage même que Nol avait montré aux héritiers. Palbree le Wallatte et le prince Vanamel avaient cédé à la plus basse convoitise, là où même Saat l'Ambitieux avait fait preuve de bon sens.

On ne les avait pas revus le lendemain, ni le jour suivant, pas plus que le lutin qui les avait entraînés. Les créatures des fosses semblaient être retournées au sommeil.

À l'aube du troisième jour, le sage Moboq avait avancé l'idée d'une expédition de secours, à laquelle s'étaient rangés massivement les ancêtres des héritiers. Aucun d'eux ne voulait avoir la mort de Palbree et de Vanamel sur la conscience, même si les deux hommes, après les nombreux avertissements qu'ils avaient reçus, semblaient avoir mérité leur sort. Saat s'était gardé de participer aux débats, mais, quand la décision avait été prise de descendre, il n'avait émis aucun regret ni désaccord. Sans doute la curiosité l'avait-elle poussé à se ranger à l'avis de la majorité.

Contre l'avis de Nol, les émissaires s'étaient donc aventurés dans le pays des démons, disparaissant l'un après l'autre par l'entrée dite de la troisième fosse. Saat, Vez de Jezeba et Fer't le Solene ne devaient jamais en remonter. Palbree seul put être sauvé par les sages, mais le roi wallatte se montra de la plus basse ingratitude.

L'aventure avait eu une autre terrible conséquence. Comme Nol l'avait craint, Sombre s'était retiré à Karu pour ne plus en revenir. Lorsqu'il l'avait vu emboîter le pas au groupe des mortels, le Doyen n'avait pu s'empêcher d'interroger le dieu sur ses raisons. Sa seule réponse avait été celle que donnent tous les enfants en quittant les jardins : « Ils m'appellent. » À moins que ce ne fût... « *Il m'appelle.* »

Nol ne savait rien d'autre. Pour tout le monde, avant sa réapparition, Saat était mort dans les fosses.

Le mystère de la survie du sorcier, de sa puissance et de sa détermination à exterminer les héritiers restait donc entier.

— Nous avons fait tout ça pour *rien*, commenta Rey alors qu'ils méditaient sur les révélations du Doyen. Nous n'en savons pas plus maintenant qu'il y a trois jours, ajouta-t-il avec une mauvaise foi volontaire. J'étais sûr que ce n'était pas une bonne idée. Il fallait aller à Wallos.

— Cette visite à Dara n'a pas rempli toutes nos espérances, concéda Corenn sur un ton apaisant. Mais nous avons tout de même progressé...

— Vraiment ? Quelque chose a dû m'échapper ! Nous ne connaissons rien des projets de Saat, ni des raisons qu'il a de nous pourchasser. Je ne vois pas là-dedans matière à réjouissance !

— Erreur. Nous savons très bien ce qu'il veut, rappela Grigán. *Soumettre les Hauts-Royaumes.* Et vous ne gagnerez rien à vous laisser aller à la colère, de Kercyan. Nous sommes tous au moins aussi dépités que vous.

Le fait est que les héritiers présentaient triste figure. Des membres du petit groupe assis dans l'herbe, seul Nol affichait son habituel sourire bienveillant, qui ne signifiait rien en particulier. Aussi glissaient-ils peu à peu dans une certaine morosité.

Chacun attendait, sans grand espoir, que Corenn pose une nouvelle question suffisamment pertinente pour les lancer sur un aspect encore inabordé du mystère. Mais le Doyen n'avait plus rien à leur apprendre. Aussi se creusaient-ils la tête en vain, en quête d'alternatives qui n'existaient pas.

— Sombre est-il toujours au... dans les fosses ? demanda Lana, sans savoir ce qu'elle ferait de la réponse.

— Je l'ignore. Lorsqu'un enfant quitte les jardins, il échappe définitivement à ma conscience. Il en va de même pour les fosses.

— En supposant que Sombre soit *abouti*, aurait-il pu emmener Saat avec lui ? suggéra Yan.

— C'est peu probable. Voyez les presque-dieux des jardins : ils fuient votre présence. Même si Sombre avait pu évoluer si vite, ce qui est difficile à croire, il ne se serait pas embarrassé de la compagnie d'un mortel. D'autant plus qu'il n'est jamais remonté dans les jardins... ce qui le condamne à devenir un démon.

Bowbaq et Grigán n'échangèrent qu'un regard, avant que le géant ne traduise leurs pensées.

— Le Mog'lur, murmura-t-il dans sa barbe, comme si le seul fait de prononcer ce nom pouvait matérialiser son porteur.

— Le démon guerrier de Junine, ajouta Grigán sur un ton grave. Il a tué la reine Séhane. Il est sous le contrôle de Saat.

— C'est impossible, réfuta Nol. Aucun dieu ne pourrait rester si longtemps sous le contrôle d'un mortel. Même lié par le plus puissant des pactes.

— Sombre a évolué de façon très singulière, rappela Corenn. Placé sous la seule influence de Saat, pendant de nombreuses années. Cela s'était-il déjà produit ?

Le Doyen réfléchit longuement avant de répondre.

— Non, finit-il par avouer. C'est la première fois. Vous avez raison.

— Il a pu modeler l'enfant à volonté, reprit la Mère, effrayée par sa propre idée. Lui attribuer son nom, sa personnalité, ses pouvoirs, que sais-je encore... Éduquant le dieu comme son propre fils. Au point de le placer entièrement sous son contrôle.

— Même le plus puissant des sorciers ne pourrait faire cela, contesta Nol, que cette théorie ébranlait pourtant. Un esprit unique ne peut seul amener un dieu à maturité. Nous naissons toujours d'une multitude.

— Mais... intervint Lana. Dans les fosses, Sombre pouvait entendre d'autres voix, n'est-ce pas? *L'ensemble des pensées humaines*, disiez-vous, dont les enfants retiennent quelques bribes pendant leur sommeil. Il aurait donc pu évoluer normalement...

— Admettons une fois pour toutes que Sombre est le Mog'lur, sans chercher à finasser, décida soudain Grigán. Pour ma part, j'en suis convaincu.

— *Nous sommes traqués par un dieu!* songea Bowbaq à voix haute, le regard perdu dans ses souvenirs.

— Un simple démon, corrigea Grigán, seul à y voir une différence notable. Et il n'est pas invincible : nous l'avons déjà repoussé.

— *Repoussé*, oui... Mais quelles chances avons-nous réellement? demanda Rey. Comment triompher d'un dieu?

— Ce n'est encore qu'une théorie, rappela Corenn, soucieuse de ménager le moral du groupe. Jusqu'à preuve du contraire, Saat est seul à la tête du complot.

— Mais cela expliquerait beaucoup de choses, intervint Léti. L'immortalité de Saat, par exemple. Il la tient certainement de Sombre. Il l'a obligé à lui donner!

— Aucun dieu n'a ce pouvoir, démentit le Doyen. L'invulnérabilité est envisageable. Ou la jeunesse éternelle, ou la pureté du corps. Mais en aucun cas les trois à la fois. *Aucun être ne peut donner plus qu'il ne possède lui-même.*

— Le sorcier est donc mortel, conclut Rey en insistant sur ce dernier mot.

— Et invulnérable, rappela Yan, craignant que l'acteur ne suggère une expédition punitive, qui ne serait somme toute qu'un suicide.

— Mais pourquoi donc s'en prendre à nous ? interrompit Lana, angoissée par cette injustice toujours inexpliquée.

La Maz les ramenait au problème qui les avait poussés dans cette quête. S'il s'agissait au début d'une seule question de survie, les enjeux n'avaient depuis cessé de croître, et représentaient alors rien moins que le destin des Hauts-Royaumes. Sidérés par leurs découvertes successives, les héritiers en avaient presque oublié le danger menaçant leurs propres existences...

— Je ne crois plus à la théorie de la vengeance, annonça Grigán, brisant ainsi le silence qui s'installait.

Il n'eut pas besoin de s'expliquer. D'après ce qu'ils avaient appris de Saat, il ne semblait pas dans le caractère du Goranais de commanditer plusieurs dizaines d'assassinats pour le seul mobile d'un orgueil bafoué. L'Économe avait été bourgeois du Grand Empire, courtisan et conspirateur. Ses actes servaient la raison, et non pas les sentiments.

— Quel dommage que vous n'ayez pas interrogé nos ancêtres, lorsqu'ils sont remontés des fosses ! commenta Léti pour la troisième fois.

Le Doyen ne répéta pas la réponse qu'il avait déjà donnée. La curiosité ne faisait pas partie de ses sentiments, ce que les mortels avaient peine à comprendre. Les enfants avaient pleuré quand les sages étaient remontés, et Nol avait agi en conséquence. Il avait ouvert les portes et les émissaires avaient quitté les jardins.

— Saat craint quelque chose, résuma Rey. Il *nous* craint. Mais, par tous les dieux et leurs put... par tous les dieux, *de quoi s'agit-il* ?

— Le journal de Maz Achem en parle vaguement, rappela Yan. Un passage parle des héritiers.

— C'est trop vague, soupira Léti. Même ma tante n'y a rien compris.

— Relisons-le, proposa Corenn. À la lumière de nos nouvelles connaissances, il nous paraîtra peut-être plus clair.

Lana s'empara donc des feuillets sur lesquels elle avait recopié les écrits de son ancêtre puisque, fidèle à la promesse faite à son père, elle avait brûlé ledit journal quelques jours plus tôt. Et la Maz fit une lecture à voix haute des paragraphes concernés.

« ... *À leur tour, Reyan de Kercyan, Moboq d'Arkarie et Rafa Derkel eurent des héritiers. Comment expliquer, après toutes ces années d'angoisse, le ravissement qui s'emparait de nous, à l'annonce de chacune de ces naissances ? Plus loin que la joie personnelle d'assurer nos descendances, nous nous réjouissions de donner* une chance *à l'humanité d'atteindre un jour l'âge d'Ys. L'Harmonie de Nol. Même dans un millier de siècles.*

Si Vanamel et Palbree n'étaient descendus à Karu, s'ils n'avaient rencontré les Ondines... nous aurions ignoré notre responsabilité. Et il en eut été mieux ainsi, le poids du secret du Jal'dara étant déjà suffisamment lourd à porter. Mais puisque nous savions... nous ne pouvions qu'exulter à l'avènement de la génération suivante. »

— Ça n'est pas plus clair pour moi aujourd'hui, commenta Bowbaq, dans l'espoir que quelqu'un lui fournisse une explication.

Mais personne ne vint en aide au géant. Tous les regards étaient tournés vers Nol, dont l'expression avait subitement changé, au point de lui faire perdre son éternel sourire. Le Doyen regardait ses visiteurs avec un œil nouveau. Étonné, vaguement admiratif.

— Vos ancêtres ont vu les Ondines, répéta-t-il d'une voix monocorde.

Il n'ajouta rien. Celui qui Enseigne ne faisait que répondre à des questions. Même lorsque le sujet semblait l'intéresser au plus haut point, comme c'était alors le cas.

— Qu'est-ce que c'est ? finit par demander Léti, agacée malgré elle.

— Ce sont des créatures du plus profond des fosses. Elles possèdent les Vérités sur l'avenir.

— Un genre d'Usul local ? plaisanta Rey.

— Leur pouvoir est bien plus grand, poursuivit Nol très sérieusement. Usul est Celui qui Sait. Les Ondines détiennent les Vérités.

— La nuance m'échappe, marmonna Grigán. Pourriez-vous être plus clair ?

— L'avenir que décrivent Usul et les autres dieux nantis de prescience peut être altéré de diverses manières, par exemple, lorsqu'il est connu de l'un de ses acteurs. Les Vérités n'entendent pas de conditions. Chaque fait annoncé par les Ondines se vérifiera, quoi qu'il advienne.

— Et nos ancêtres ont entendu une de ces révélations, conclut Corenn. Dont nous ignorons presque tout, si ce n'est qu'elle a un rapport avec nos naissances et l'âge d'Ys.

Yan éprouva une compassion tardive pour les sages du siècle dernier. Lui connaissait les tourments du savoir inhumain. Quel terrible secret les ancêtres de ses amis avaient-ils porté ?

Ils avaient toujours cru qu'il s'agissait du seul secret de Ji. Mais le fardeau des sages avait été double. Et Saat avait pu tirer parti de l'un, comme de l'autre.

— Comprenez-vous cette référence à l'Harmonie ? s'enquit Lana avec espoir.

— Cela n'est pas en mon pouvoir. Il semble que vos existences soient, d'une manière ou d'une autre, liées à son avènement.

— Mais comment ? demanda Léti. *Que devons-nous faire ?*

— Nos ancêtres seuls le savaient, répondit Grigán.

— Ainsi que les Ondines, ajouta Lana.

— Et Saat, aussi... renchérit Bowbaq.

Yan se leva et parcourut les quelques pas qui le séparaient de l'entrée de la troisième fosse. Une idée lui trottait en tête depuis un moment, mais il voulait en peser le pour et le contre avant de la proposer à ses amis.

Quand enfin il se décida à parler, ce fut presque timidement, comme à l'époque où il craignait de se faire renvoyer par Grigán à chaque mauvais pas.

— Quelqu'un d'autre peut nous renseigner. S'il est toujours là-dessous... On pourrait essayer d'appeler le *lutin* ?

Sa suggestion ne déclencha pas le débat auquel il s'était attendu. En avisant les visages méditatifs de Corenn et de Grigán, Yan comprit qu'il n'en manquait pas beaucoup pour que son idée soit acceptée.

Quelques notes de harpe s'élevèrent soudain de la fosse, à point nommé pour mettre un terme à leur hésitation. Une voix nasillarde accompagna bientôt cet air d'un grotesque chant improvisé.

— *Ne cherchez plus, chers inconnus !*
Je suis ici depuis le début !

L'or. La mer. L'armada rouge. Griteh. Mythr. Les Yussa. Le venin des serpents daï. L'or. Grigán Derkel. Le Haut Dyarque. Le plan. L'or.

Les pensées de l'humain tournaient autour d'un petit nombre de constantes seulement, et Sombre les identifia sans difficulté. L'esprit visité était incohérent, désordonné et, sur certains sujets, irrationnel. L'homme pouvait être endormi, malade, drogué ou fou. Ou tout cela à la fois, peut-être. Sombre reconnut là leur allié dans les Bas-Royaumes, le roi ramgrith Aleb le Borgne, naviguant vers la mer de Sable afin de rencontrer les apôtres et de mettre au point les derniers détails de leur campagne militaire.

Le dieu noir visita ensuite l'esprit de chaque membre de l'équipage, espérant y trouver un traître ou un espion lui permettant de laisser libre cours à sa rage. Mais il n'en fut rien. Le contraire eut été étonnant, sur le grand-voile personnel d'Aleb... Frustré, Sombre consacra deux battements à visiter quatre autres navires des alentours, sans plus de succès. Leur secret était bien gardé, les Hauts-Royaumes ne le découvriraient que trop tard. Mais le démon s'ennuyait...

Il projeta son ombre au val Guerrier et étudia les mouvements des troupes goranaises. Depuis quelques jours, des compagnies loreliennes venaient grossir leurs rangs au point de rivaliser en nombre avec les formations du Grand Empire. Les deux armées les plus puissantes des Hauts-Royaumes seraient bientôt réunies au bord de l'océan, se préparant doucement à une bataille qu'elles estimaient devoir se dérouler bien après le jour de l'Eau. Dans l'esprit des maréchaux goranais, la défaite n'était même pas envisageable.

Ils faisaient pourtant erreur. La guerre commencerait quelques décades plus tôt, à plusieurs dizaines de milles, frappant au point le plus sensible des Hauts-Royaumes : la Sainte-Cité d'Ith. Défendue par une garnison si faible qu'elle en était ridicule – à peine plus de cinq cents hommes – la ville devait être le point de départ de l'invasion wallatte.

Deux choses seulement seraient à même de l'enrayer. D'une part, l'intervention de la flotte lorelienne, et de l'autre, une réaction prompte de l'armée alliée cantonnant au val. Mais ni l'une, ni l'autre ne devaient survenir...

Aleb le Borgne se chargerait de brûler les navires du royaume marchand dans le port même de l'orgueilleuse Lorelia. La surprise serait totale : depuis quelques lunes, Sombre veillait à exterminer tous ceux qui avaient vent du secret. Et il agirait de même pour les troupes du val Guerrier... ignorantes du sort de la Sainte-Cité, elles seraient massacrées au bord de l'océan, prises à revers par l'armée combinée des Wallattes et des Yussa.

En survolant les trente mille et quelques soldats campant dans le val, Sombre songea que la coalition barbare aurait même pu l'emporter dans un affrontement direct. Mais son ami en avait jugé autrement... et son ami ne se trompait jamais.

Pourtant, il tardait déjà au démon de se lancer au plus fort de la bataille. Il voulait combattre, frapper, vaincre et tuer sans relâche. Abattre lui-même les colonnes du Grand Temple. Marcher dans ses ruines fumantes en écoutant les râles d'agonie des Maz. Et marquer ainsi l'avènement de son ère. Le Nouvel Ordre.

Mais Sombre ne pouvait qu'anticiper ce moment, et attendre, attendre *encore*, comme il le ferait toute l'éternité.

La plupart de ses frères, il le savait, trompaient leur ennui en observant les mortels. Sombre n'y voyait aucun intérêt. Il était Celui qui Vainc : sa seule distraction était le combat... et sa seule joie, *l'anéantissement* de ses adversaires.

L'un d'entre eux en particulier. Celui qui, de toute l'éternité, aurait une chance de le défaire. Celui que Sombre se languissait de voir mourir, d'une manière ou d'une autre.

Par habitude, il se mit en quête des esprits de ses ennemis. Mais il en avait perdu toute trace depuis qu'ils étaient entrés au Jal. Le démon avait beau parcourir le monde dans tous les sens, il ne trouvait toujours que deux des héritiers des sages émissaires. Et ceux-là étaient loin de représenter un danger, pour l'instant tout au moins : des enfants, descendants à la cinquième génération de Moboq du clan de l'Oiseau.

Plus que tout, Sombre désirait les broyer, les déchiqueter, leur arracher la tête. Mais Saat s'y était toujours opposé. L'un d'eux pouvait être l'Adversaire, et mieux valait alors le rencontrer en personne, plutôt qu'à travers un avatar. L'expérience du Château-Brisé avait prouvé la vulnérabilité de telles matérialisations du démon, même si sa puissance actuelle était bien supérieure à celle de cette époque.

Pourtant, sûr de sa force, Sombre ne pouvait croire aux dangers d'un tel affrontement. Il respecterait la volonté et les conseils de Saat, certes... mais pour la seule raison qu'il en avait toujours été ainsi. Parce que Sombre n'imaginait même pas qu'il puisse en être autrement.

Alors, frustré par des impératifs qui échappaient à sa compréhension, le démon faisait danser son ombre autour des enfants arques. Imaginant de quelle manière il déchirerait leurs petits corps mortels, quand ses ennemis quitteraient le Jal, et qu'il leur volerait le nom de l'Adversaire.

Nol et les héritiers s'approchèrent précautionneusement de la cuvette abritant l'entrée de la troisième fosse. S'il n'y avait eu l'insolite air de harpe qui s'en élevait toujours, ils auraient presque douté d'avoir entendu parler. Mais quelqu'un se dissimulait bel et bien dans le tunnel étroit et nauséabond. Un être à la voix nasillarde, au rire acide et qui semblait prendre plaisir à jouer faux de son instrument.

— Lloïol ? demanda le Doyen, en indiquant à ses visiteurs de rester à l'écart.

— *Ton meilleur ami, Nol !*

Eh oui, c'est moi Lloïol !

— Bienvenue chez toi, Lloïol. Mais nous ne pourrons converser que si tu sors.

La torture de la harpe cessa soudain, rendant sa quiétude à cette partie du Jal'dara. Le silence régna pendant quelques instants et semblait devoir s'éterniser.

— Les démons peuvent sortir des fosses ? chuchota Lana, sincèrement étonnée.

— Tous ne sont pas des démons, expliqua le Doyen. Quelques-uns des enfants hésitent longuement entre les fosses et les jardins, suivant les aspirations changeantes des mortels. Ils passent indifféremment d'un monde à l'autre jusqu'à ce que leur destin soit fixé.

— Le lutin fait aussi partie des enfants ? demanda Léti.

— Autrefois, oui. Lloïol est presque abouti, comme il ne manquera pas de vous l'expliquer. Son apparence évolue depuis plusieurs millénaires, déjà. Il devrait quitter le Jal avant quelques siècles.

— Alors, les lutins sont aussi des dieux, commenta Bowbaq en intégrant naturellement ce fait à ses croyances personnelles.

— D'une certaine manière... mais leurs pouvoirs ne sont pas comparables. Comme de nombreuses créatures du Jal, ils appartiennent à une... classe intermédiaire, située entre les mortels et les dieux. Vous les nommez parfois les *Grotesques.*

— Ce *Grotesque*-là ne semble pas vouloir se montrer, commenta Rey, impatient. Et en quoi est-ce si important ? On pourrait très bien l'interroger d'ici !

— S'il refuse de monter, c'est qu'il est sous l'emprise des fosses, expliqua le Doyen. Dans ce cas, mieux vaut pour vous ne pas l'écouter. Ne répétez pas l'erreur de Vanamel et Palbree.

— Et s'il vient ?

— Vous pourrez alors lui faire confiance. Tout au moins, pendant tout le temps qu'il sera dans les jardins. Mais à vrai dire, je doute qu'il en soit capable... cela fait si longtemps...

— J'irais bien chercher ce fauteur de troubles, susurra Grigán en tapotant sa lame.

— N'en faites rien, recommanda Nol. Vous ne voyez qu'un simple trou dans le sol, mais il s'agit bel et bien d'un passage vers un autre monde, *le pays des démons.* Y parcourir trois pas seulement pourrait vous coûter la vie.

— C'est ainsi partout où nous allons, plaisanta Rey.

— Le danger ne vient pas seulement des créatures. Tout acte de violence commis dans les fosses empêche son auteur de remonter à Dara. En malmenant Lloïol, vous vous condamneriez. Par le même principe, si Lloïol manque à venir, c'est qu'il est coupable d'au moins un forfait.

Sur cette dernière réplique, les héritiers reprirent l'observation du tunnel en espérant discerner un mouvement dans les ténèbres. La soudaine exclamation de voix qui en surgit les surprit tous.

— *Par ma musique, je n'ai rien fait!*

Quiconque m'accuse devra le prouver!

— *Pourquoi ne pas sortir, pour nous en conter?* reprit Rey en entrant dans le jeu du lutin.

— *La lumière par trop m'effraie.*

Restez, à la nuit je sortirai.

— Il parle toujours comme ça? interrogea Grigán. Par Alioss, c'est agaçant!

— Les mortels l'ont fait ainsi, répondit Nol selon sa formule consacrée, qui n'apaisa en rien le guerrier.

— Que pensez-vous de sa proposition? demanda Corenn. Peut-on lui faire confiance?

— Vous ne le pourrez vraiment que lorsqu'il aura mis les pieds sur cette herbe. Si vous choisissez d'attendre, je vous conseille de ne rien écouter de ce qu'il pourra dire jusque-là.

La Mère consulta Grigán, mais ils n'avaient guère d'autre choix que de souffrir les caprices du lutin. La décision fut facile à prendre.

— Nous attendrons la nuit, messire Lloïol, cria-t-elle en direction du tunnel. Mais ne nous faites pas défaut.

Je suis penchée sur un trou à essayer de m'attirer les bonnes grâces d'un lutin, songea Corenn avec un remarquable détachement. Fallait-il que leur situation soit critique !

Les mises en garde de Nol étaient certainement avisées, mais les héritiers n'eurent, heureusement, pas le loisir d'en juger. Dès le rendez-vous pris avec le lutin, celui-ci ne prononça plus un mot, se rappelant occasionnellement au souvenir des humains par quelques morceaux de harpe tout en fausses notes.

Bientôt, le Doyen prit congé de ses visiteurs, non sans leur avoir répété ses nombreuses recommandations quant au respect des enfants et aux dangers des fosses. Les héritiers eux-mêmes montrèrent des signes de lassitude, ou plutôt d'ennui, puisque les pouvoirs du Jal les mettaient à l'abri de toute fatigue.

Après un trop court moment de calme, Rey proposa une promenade à Lana et la Maz se laissa entraîner en rougissant. Léti se leva alors et détailla le paysage jusqu'à l'horizon proche des montagnes. Désignant un point qu'elle jugeait intéressant, elle n'eut aucun mal à convaincre Yan de l'accompagner pour une excursion dans cette direction. Elle fit poliment la même offre au reste de ses amis et, tout aussi poliment, ceux-ci déclinèrent l'invitation. Ainsi les trois aînés du groupe restèrent-ils seuls auprès de l'entrée de la fosse, patientant en silence en goûtant cette trêve largement méritée.

Ce moment de quiétude fut pourtant troublé quelques instants par la course d'un garçonnet et d'une fillette à moins de dix pas de Grigán, de Corenn et de Bowbaq. Ils passèrent sans les voir, souriant et échangeant quelques mots aigus dans une langue connue des seuls dieux. Les héritiers les regardèrent s'éloigner avec une certaine mélancolie.

— *Powch ol gass'e lor metuït*, murmura Bowbaq. Ma famille me manque, reprit-il, doublement gêné.

Le géant troublé s'était exprimé dans sa langue natale, ce qu'il considérait comme une impolitesse vis-à-vis de Corenn qui ne maîtrisait pas l'idiome arque. Mais la Mère connaissait suffisamment le Nordique pour ne nourrir aucun doute quant à sa sincérité.

— Tu la reverras bientôt, Bowbaq, assura Grigán avec moins d'assurance qu'il n'aurait voulu.

Cela ne suffit pas à apaiser le géant, qui ne pouvait détacher ses yeux des enfants dieux déambulant. Comme comprenant sa tristesse, Ifio plaça ses deux bras malingres autour de l'énorme tête hirsute et barbue.

— Je suis sûr qu'ils vont tous bien, ajouta Corenn avec douceur.

Car là était le vrai problème. Bowbaq chercha du réconfort dans les yeux de la Mère... mais on ne pouvait faire mentir un regard.

— Nous ne pourrons pas échapper à Saat, constata le géant avec tristesse. Les Züu finiront par nous retrouver. Ou la Guilde. Ou le Mog'lur... Tu es fort, ami Grigán, ajouta-t-il pour épargner la fierté du guerrier. Mais aucun humain ne peut battre un Mog'lur. C'est impossible.

— Il existe forcément une solution, affirma Corenn. Saat n'aurait pas tenté d'exterminer les héritiers s'il n'avait craint quelque chose. Il nous faut seulement trouver *quoi*.

Ils reportèrent leur attention vers le fond de la cuvette, l'entrée de la fosse, où leurs ancêtres s'étaient engagés presque cent vingt ans auparavant. En espérant que les clefs leur viendraient de l'endroit même où s'étaient nouées les intrigues.

Lana se voyait glisser peu à peu vers l'ivresse du Jal'dara, une fois encore. La beauté des jardins était telle que l'on y succombait dès que l'on cessait d'y prendre garde. La Maz conservait heureusement un certain contrôle sur cette euphorie naissante, même si elle échouait à en attribuer l'origine aux pouvoirs du gwele ou... à ceux de Rey.

D'évidence, l'acteur usait de tout son charme pour lui plaire, riant, plaisantant, complimentant et taquinant sans trêve. Rien ne semblait trop ridicule au Lorelien, dans la mission qu'il s'était assignée de la distraire. Il fit d'abord semblant de s'endormir entre deux enfants dieux, au grand émoi de la Maz. Puis il tenta d'engager la conversation avec tous les animaux qu'ils croisèrent, dans une parodie innocente de leur ami Bowbaq. Il alla même jusqu'à imiter sur plus de trente pas la démarche nonchalante d'un cerf balancier peu farouche. Oui, d'évidence, Rey poursuivait sa cour et tentait de la séduire. Et elle se devait d'admettre qu'il y parvenait fort bien...

Pour éviter de succomber trop vite, elle ne l'encourageait que de sourires, se détournant adroitement à chaque tentative de baiser. L'acteur n'était pas dupe et multipliait les pitreries, feignant l'indifférence alors que la sincérité de son affection crevait les yeux. Ce jeu leur plaisait beaucoup. Pour la première fois depuis de trop nombreuses et longues journées, ils étaient prêts d'oublier Saat et leurs ennuis.

Mais comme toute bonne chose, ce repos devait prendre fin. Avisant qu'un enfant brun les observait avec insistance, Rey reprit sa contenance et ils passèrent devant le dieu en silence, calmement, sans que ce dernier fasse autre chose que les suivre du regard. Le temps parut long à Rey et à Lana avant qu'ils n'échappent enfin à sa vue.

— Celui-là ne sera pas un dieu marrant, plaisanta Rey avec un petit sifflet admiratif. La dernière fois que j'ai vu des yeux aussi gros, c'était sur un crapaud baleinier.

— Les enfants ne choisissent pas, Reyan, répliqua la Maz avec une certaine tristesse. Nous, les humains, faisons d'eux ce qu'ils sont.

— Je suis curieux de rencontrer les idiots qui peuvent imaginer de telles créatures, commenta l'acteur. Un dieu avec des gros yeux. Ça rime à quoi ?

La question n'attendait pas vraiment de réponse, et Lana n'en donna pas. Cet épisode avait quelque peu terni la magie du moment, pour les ramener à des pensées plus mélancoliques.

— Pensez-vous que nous devons avoir pitié de Sombre ? demanda soudain la Maz.

— Certainement pas ! Pardonner au monstre qui a tué Séhane ? Et des dizaines d'autres personnes, probablement ? On ne gracie pas les démons. On les *chasse*.

— Mais il n'était qu'un enfant... sans Saat, il aurait pu évoluer autrement...

— Et peut-être pas. Il s'est adressé à Saat parce que leurs esprits correspondaient. Avant même que le sorcier ne « profane sa conscience », comme dit Nol, Sombre était *destiné* à devenir un démon. Par Eurydis, ne vous tourmentez pas, Lana ! Croyez-vous vraiment que cela ait une importance ?

— *Toute chose* est importante, Reyan, répondit l'intéressée avec gravité. Tout être est digne de respect et de pardon. Le plus vil fut-il.

L'acteur n'insista pas. Lana était Maz et solidement attachée à ses principes. Cela agaçait parfois le Lorelien... mais il l'admirait, pour les mêmes raisons. Lui qui venait d'un royaume où la plus considérée des valeurs était la *richesse*, nourrissait de plus en plus d'estime à l'égard d'une femme dont les préoccupations n'étaient que grandes causes.

Sa réflexion fut interrompue par Lana elle-même, soudain prise d'un rire naturel qu'elle s'efforçait de contenir.

— Vous me trouvez très désappointé, commenta l'acteur en feignant la colère. Vous boudez mes pitreries, et vous moquez de mes réflexions sérieuses.

— Pardonnez-moi, implora-t-elle en plaidant d'un sourire. Réalisez-vous que vous venez de jurer par la Sage, *devant moi, au milieu du Jal'dara* ?

Rey n'eut aucun mal à se rappeler ses propres paroles, prononcées sans réfléchir au cours d'une discussion dominée par les sentiments. Il ne trouva rien à répondre.

— C'est la première fois que je vous vois rougir, le taquina Lana.

— Continuez à me sourire ainsi et mon teint ne retrouvera jamais sa couleur, enchaîna l'intéressé. Prêtresse, vous faites brûler mon âme.

Ce fut au tour de la Maz de ne savoir que répondre. Rey avait une telle assurance, se jouait des mots avec une telle facilité, qu'elle songea qu'il ferait un professeur remarquable... s'il parvenait à dominer son goût pour la provocation. Elle admirait également son courage, sa prévenance – qu'il tentait de faire oublier par son arrogance – et sa fougue imprévisible qui semblait pouvoir venir à bout de toutes les difficultés, par l'humour à défaut d'autres solutions.

— Reyan... croyez-vous en la déesse ?

— Il faudrait être obtus pour nier *ici* l'existence des dieux.

— Non, je veux dire... Croyez-vous en *Eurydis* ? En son enseignement ? répéta la Maz pour mieux marquer la gravité de sa question.

L'acteur attendit un instant avant de répondre.

— Si les trois Vertus de la Sage peuvent amener l'humanité à vous ressembler, alors elles n'ont pas plus d'ardent défenseur que moi, annonça-t-il avec emphase.

La Maz se remit en chemin avec une joie affichée. Elle avait espéré cela de tout cœur. Dès cet instant, l'avenir lui apparut sous de meilleurs auspices. Tout était désormais possible. *Envisageable*.

— Pourquoi cette question ? minauda Rey, qui avait pourtant parfaitement saisi.

— Et bien, je, heu... Il était important pour moi de savoir si, heu... je... C'était *nécessaire*, pour, heu...

Lana se sentit soudain complètement idiote. Il lui était impossible d'avouer de vive voix qu'elle ne pourrait aimer un incroyant. Mais il lui était également impossible de mentir !

Rey sentit son trouble et l'attira auprès de lui avec tendresse. D'un baiser, il mit fin aux bredouillements de la Maz.

— Reyan, je...

— Ne pourriez-vous enfin m'appeler Rey ?

Ils s'embrassèrent de nouveau. L'ivresse, l'euphorie causée par le gwele, s'empara d'eux au fur et à mesure qu'ils s'abandonnaient l'un à l'autre. Une idée répandue veut que plus rien d'autre n'existe au monde, lorsqu'un homme et une femme vivent ce moment. Au Jal'dara, cette impression était centuplée. L'esprit troublé, ils n'étaient plus qu'amour.

Et désir.

Rey entraîna Lana dans une rivière peu profonde qui devait les masquer aux regards des enfants. Et ils firent l'amour dans une onde magique dont l'eau ne laissait pas de trace. Sous le soleil imaginaire du berceau des dieux.

— J'ai l'impression qu'on va manquer quelque chose, annonça Yan, alors que Léti avançait d'un pas ferme en direction de la falaise. On aurait peut-être dû rester avec les autres.

— Grigán viendra nous chercher si besoin, objecta la jeune femme. Nous écoutons Nol depuis l'aube, j'avais envie de bouger un peu ! Pas toi ?

— Si, assura le jeune homme, à moitié convaincu seulement.

Se retrouver seul avec Léti lui plaisait beaucoup, mais il s'était davantage représenté cette balade comme une promenade romantique que comme une randonnée à flanc de montagne. La jeune femme aux effets guerriers était toujours au moins deux pas devant lui et se souciait peu de vérifier s'il la suivait. Léti cherchait *réellement* à rejoindre un point précis du Jal'dara.

Yan leva les yeux vers leur destination supposée, mais il en voyait moins encore qu'au début de leur marche. Son amie était convaincue que les rides de la montagne dissimulaient un plateau, à soixante pas de hauteur environ. C'était là-bas qu'elle espérait pouvoir se rendre. Mais dans l'esprit du jeune homme, ce relief était bien incertain. Selon lui, dans ce terrain accidenté, ils risquaient surtout de glisser et chuter sur quelques dizaines de pas. Mais il suivait Léti sans regret, comme il l'avait toujours fait... car même les expériences les plus navrantes lui semblaient dignes d'intérêt en sa compagnie.

Ils furent pourtant bientôt forcés de s'arrêter, parvenus au pied des premières grandes murailles. Léti chercha, frustrée, un chemin susceptible de les emmener plus haut. Mais elle n'en trouva aucun sur plus de cent pas de longueur. Elle n'entendait pas renoncer pour autant.

— Nous sommes déjà très haut, la consola Yan, en admirant les jardins qu'ils surplombaient de trente pas.

Ils avaient atteint cette altitude en grimpant sur les premiers contreforts, s'aidant des arbustes et de la végétation vivace qui y avaient pris position. Alors à découvert, ils avaient du Jal'dara un panorama supérieur encore à celui qu'offrait le point de vue de la porte. Celle-ci paraissait même moins imposante, à cette distance, bien que les héritiers sachent à quoi s'en tenir à son sujet.

La clairière principale des jardins leur apparaissait parfaitement ; si bien même qu'ils pouvaient y reconnaître les formes assises de Grigán, de Bowbaq et de Corenn, non loin de sa périphérie. Ils aperçurent Nol à quelque distance, errant paisiblement entre des enfants endormis ou prêts de l'être. Le Doyen se penchait parfois vers l'un ou l'autre, lui murmurant quelques mots que, bien sûr, ils n'entendaient pas.

— Est-ce que tu vois Rey et Lana ? demanda Léti.

Yan scruta les jardins de son mieux, fouillant l'ombre des arbres, les chemins entrelacés et les pics rocailleux. En vain.

— Non, avoua-t-il. Où sont-ils ?

— Je ne sais pas, annonça son amie, se désintéressant aussitôt de la question. Sûrement plus loin.

Elle reporta son attention sur la falaise. Son impuissance à satisfaire sa curiosité la contrariait sans qu'elle parvienne à se faire une raison. Il y avait quelque chose sur le plateau, elle en était presque certaine. Elle avait vu... comme un mouvement. Ne pouvoir s'en assurer lui causait une vive frustration.

Comme Yan était toujours perdu dans la contemplation des jardins, elle n'y tint plus et décida de se lancer à l'escalade, à mains nues puisqu'elle ne disposait de rien d'autre. *Pied ferme. Main sûre.*

Mais elle dut abandonner dès la première prise. À peine y avait-elle basculé son poids, que la roche s'effritait comme un pain de sel trop sec. Alors qu'au seul toucher, elle semblait plus dure que le meilleur acier...

La magie du Jal'dara était aussi gardienne de ses frontières. Même avec le meilleur matériel d'escalade, un humain ne pourrait franchir ces murailles. Elles s'y déroberaient inlassablement, pour reprendre forme et consistance à l'instant suivant. *Les mortels ne pouvaient altérer les jardins*, se souvint la jeune femme.

— Léti... appela Yan d'une voix enjouée. Viens voir !

Elle le rejoignit et observa la direction qu'il lui indiquait. Il lui fallut quelques instants pour trouver l'objet de son intérêt, mais ne put ensuite en détacher les yeux.

— Un presque-dieu ! murmura-t-elle. Qu'il est grand !

Yan acquiesça en cherchant à mieux discerner l'adolescent qu'il avait aperçu d'assez loin, presque de l'autre côté de la vallée. À cette distance, on ne pouvait pas même deviner s'il s'agissait d'un homme ou d'une femme. Et il était encore loin de la maturité... mais Nol mis à part, celui-ci était le plus âgé qu'il leur avait été donné de voir.

Ils l'espionnèrent quelques instants, conscients de la chance qui était leur de contempler l'un des prochains dieux issu du Jal'dara. Le gwele amplifia leur émotion et ils cédèrent bientôt à une légère euphorie. Enhardi, Yan prit la main de son amie et ils restèrent ainsi, silencieux, souriants, à admirer cet endroit d'où tout malheur semblait banni.

Une voix enfantine vint soudain troubler leur quiétude. Tournant la tête, ils découvrirent une fillette qui les désignait gauchement, avec la même expression joyeuse qu'avait l'enfant découvrant le feu.

— Quoi ? fit Léti gentiment, en succombant à un réflexe.

La fillette répéta sa phrase en riant et se dandinant, sans que ses mots soient plus compréhensibles. Léti se souvint enfin des recommandations de Nol à ce sujet et lâcha la main de Yan avant de se tenir parfaitement immobile, comme le jeune homme le faisait déjà.

L'enfant dieu leur adressa de nouveau ce qui semblait être une question, puis franchit la distance qui les séparait en titubant. Léti craignit qu'elle ne fixe son attention sur ses armes mais la fillette se tint simplement devant eux, souriant alternativement à l'un et à l'autre.

Yan se sentait très mal à l'aise. Il ne put s'empêcher de penser à Saat en train de violer l'esprit de Sombre. Curieux paradoxe, songea-t-il : l'extrême sensibilité de ces enfants en faisait les créatures les plus fragiles au monde... jusqu'à ce qu'elles en deviennent les plus puissantes. Et le jeune homme ne voulait faire le moindre geste susceptible d'influencer cette évolution.

La fillette attrapa deux de ses doigts et il se laissa faire docilement, espérant qu'elle se lasserait vite de ce petit jeu comme Nol l'avait assuré. Mais elle conserva cette main dans la sienne, attrapant de la même manière celle de Léti, pour les joindre comme elles l'étaient à son arrivée. Elle recula ensuite pour juger du résultat et leva les bras en riant, satisfaite de son œuvre.

Yan était certain que l'on pouvait entendre les battements de son cœur dans tout le Jal'dara. Il osa faire glisser son regard jusqu'au visage de Léti, et y lut l'allégresse, la passion, l'enthousiasme qu'il ressentait lui-même. Cet instant leur assurait une complicité éternelle. Leur amour devait-il suivre le même chemin...

Usul avait prédit que Yan prendrait Léti en Union avant qu'une année se soit écoulée. Le jeune homme hésitait à qualifier le geste de l'enfant dieu de cérémonie d'Union, mais l'euphorie aidant, jamais il n'avait eu autant de foi dans cette prophétie.

Machinalement, il y associa *l'autre* prophétie, beaucoup moins heureuse car annonçant la mort prochaine de Grigán. Son bonheur retomba quelque peu et il reporta son attention sur la fillette, pressé malgré tout de la voir s'éloigner afin qu'il puisse de nouveau agir normalement... c'est-à-dire, comme il en mourait d'envie, embrasser son aimée.

Mais l'apprentie déesse avait d'autres projets. Si elle avait perdu tout intérêt pour les épris, elle n'en quittait pas les lieux pour autant, absorbée dans la contemplation d'un point situé haut, très haut au-dessus de leurs têtes. Après un certain temps de ce manège, Léti n'y tint plus et se tourna lentement en cherchant à retrouver le plateau qui avait été son but.

Des bruits s'y firent entendre, raclements, petits éboulements, pierres chahutées, et d'autres qu'ils ne purent identifier... mais qui ne pouvaient avoir une cause naturelle.

— *Dragon* ! hurla l'enfant en désignant ce point, hurlant et dansant comme à l'approche d'une fête réjouissante.

Yan et Léti se retournèrent tout à fait et scrutèrent la paroi avec émotion. Malgré l'importance du vacarme, singulier en ces lieux, ils ne parvenaient pas à en définir la provenance.

Jusqu'au moment où l'extrémité d'une aile griffue et membranée se dessina sur le relief de la montagne. Ils n'en virent que trois pieds de long, mais les couleurs vertes, fauves et brunes du saurien légendaire devaient les marquer à tout jamais.

L'apparition ne dura qu'un instant... puis les bruits cessèrent et le calme revint sur les hauteurs masquées aux regards. Mais pas dans les esprits des humains.

Léti était presque décidée à questionner la jeune déesse, mais celle-ci avait, bien entendu, disparu au moment où ils souhaitaient sa présence. D'un signe, Yan lui fit signe qu'il valait mieux s'éloigner, et elle le suivit sans protester.

— Un dragon ! Tu te rends compte ? *Il y a un dragon au Jal'dara !*

— Peut-être même plusieurs, commenta le jeune homme. Et d'autres créatures, aussi. Nous avons bien rendez-vous avec un lutin ! expliqua-t-il, autant pour lui-même que pour son amie. Après tout, les dieux n'ont pas tous forme humaine...

— Mais un monstre tel qu'un *dragon* ! Au milieu de tous ces enfants !

— Il était certainement un enfant *lui aussi*, proposa Yan en hâtant le pas. Et nous n'avons rien à craindre des créatures des jardins. Par contre... s'il en est de même taille, là-dessous...

Il n'eut pas besoin de poursuivre. Léti avait compris et accéléra l'allure à son tour. Ils devaient s'assurer que leurs amis n'étaient pas trop près de la troisième fosse.

Les deux jeunes Kauliens arrivèrent près de leurs amis rouges et essoufflés, mais ils se détendirent vite en voyant que tout était en bon ordre. Ils avaient affronté tellement de dangers, au cours de leur quête, qu'ils avaient appris à se tenir constamment sur leurs gardes, et tellement de revers, qu'ils ne voulaient négliger aucune éventualité. Retrouver tout le monde sain, sauf et reposé les soulagea de quelques craintes.

Rey et Lana étaient déjà revenus. Bien qu'assez naïf en ce domaine, Yan ne manqua pas de remarquer la tendresse nouvelle qui réunissait l'acteur et la prêtresse, et se demanda s'ils avaient été, eux aussi, plus ou moins unis par un enfant dieu. Il évita pourtant de poser cette question beaucoup trop personnelle à son goût. Lui-même n'avait guère envie de partager le moment privilégié qu'il avait vécu avec Léti ; pas avant quelque temps, en tout cas. Aussi se réjouit-il de voir la jeune femme éviter cet épisode dans son récit.

À la description du dragon, Bowbaq rentra un peu plus encore la tête dans les épaules, comme cédant au poids de la petite Ifio alors perchée sur son crâne. Depuis qu'il avait mis le pied sur l'île Ji, le géant avait côtoyé beaucoup de choses extraordinaires... plus qu'il ne l'aurait voulu, en fait. Oh ! il n'éprouvait aucun regret quant à leur quête : en tant qu'ami et père de famille, il était de son devoir d'essayer d'arrêter la main des assassins. Mais s'il parvenait un jour à retrouver une vie normale... sa vision du monde, elle, ne serait jamais plus la même. Et Bowbaq se méfiait de tout changement dans ses habitudes.

Corenn avoua ne pas être très surprise. Tout comme Lana, qui croyait depuis longtemps en l'existence des dragons, le Livre de la Sage faisant état de la lutte d'Eurydis contre les huit sauriens de Xétame. Grigán fut, en revanche, très curieux de tous les détails, et resta longtemps le regard fixé dans la direction indiquée par Léti, espérant avoir la même chance que son élève.

Quant à Rey, il fut aussi enthousiaste qu'ironique, à son habitude. Comme ses compagnons, il considérait la découverte d'importance, mais semblait avoir trop de choses à l'esprit pour s'en soucier vraiment. Yan ne put trouver ce qui pouvait être *plus important* que la preuve de l'existence des dragons.

— Le Jal'dara doit avoir une tout autre allure, sans visiteurs, commenta l'acteur. Des dragons dans le ciel, des lutins dans les trous, des fées sous les arbres, pourquoi pas ? Je me demande ce qu'on trouverait dans les rivières, conclut-il avec un clin d'œil à l'intention de Lana.

La Maz lui rendit son sourire avec toutefois un regard grondeur pour le moqueur. Rey eut le bon goût de ne pas en rajouter.

Bien qu'il leur reste peu de temps avant la nuit, les héritiers se trouvaient quelque peu désœuvrés. Ne ressentant ni faim, ni soif, ni aucune autre dépendance physique, ils devaient cette fois encore sauter le repas, en espérant ne pas en subir les conséquences lorsqu'ils quitteraient le Jal'dara.

Chacun mourait d'envie de poser les premières questions au lutin, qui manifestait ponctuellement sa présence par quelques fausses notes de harpe. Mais Nol avait été clair : Lloïol ne serait digne de confiance qu'une fois sur le sol des jardins. Aussi les héritiers prenaient-ils leur mal en patience, en regardant le soleil décliner sur l'horizon.

Au crépuscule, le Doyen revint se joindre à eux, à leur grande satisfaction. Même si la neutralité de Nol était quelque peu déroutante – car engendrant certaines difficultés – l'éternel n'en avait pas moins l'esprit bienveillant et, plus que tout, une immense patience. Si sa connaissance s'était étendue au Jal'karu, cela aurait résolu beaucoup des problèmes des héritiers. Il se présentait en tout cas comme un excellent intermédiaire entre eux et le lutin.

Les morceaux de harpe se firent de moins en moins fréquents, au fur et à mesure que le ciel s'obscurcissait. Corenn craignit que le lutin ne revienne sur sa promesse et l'enjoignit plusieurs fois à les rejoindre, en usant de tout son art diplomatique. Mais les motivations d'une telle créature échappaient à son entendement.

— Il fait encore trop clair, annonça la voix nasillarde. Mes yeux sont fragiles, vous ne voudriez pas les blesser ?

— Certes non, messire Lloïol, assura la Mère. Nous patienterons. Mais ne tardez pas trop.

— Enfin, il se décide à parler normalement, glissa Grigán à Rey, en aparté. Je compte sur vous pour ne pas l'encourager à remettre ça.

— *J'ai entendu, ami Grigán.*

Point de rimes pour le profane.

— Vraiment très amusant, commenta le guerrier en se tournant vers Nol.

— Il a peur, annonça le Doyen, mais c'est bon signe. Je crois maintenant qu'il s'apprête réellement à remonter.

Encouragés par cette remarque, les héritiers firent silence et attendirent, impatients, sous la clarté naissante des étoiles. Il régnait alors une telle impression de tranquillité, qu'il était difficile de croire qu'ils s'apprêtaient à entendre un récit avec la violence pour fil conducteur.

— On dirait une chasse à l'arydelle, plaisanta Rey, décidément très en forme.

— Chut ! lui demandèrent simultanément trois ou quatre voix.

Après un temps qui leur parut infiniment long, l'intérieur du tunnel connut enfin quelque mouvement. La harpe émit une plainte aiguë, alors que les cordes s'accrochaient probablement à une quelconque aspérité. Ceux dont l'ouïe était la meilleure purent entendre quelques pas légers se rapprocher. Et un visage grotesque fit une apparition soudaine dans la faible clarté de la nuit.

— On est venu nombreux, à ce que je vois, apprécia la créature. Tant de monde pour un lutin dont vous avez dit tant de mal !

— Venez parmi nous, messire Lloïol, invita Corenn. Nous serons plus à l'aise pour converser.

— J'en ai bien l'intention. Mais je dois d'abord vous mettre au fait d'un des aspects de la personnalité des lutins, que vous ignorez peut-être. Nous sommes *très susceptibles* quant à notre apparence. Si l'un de vous avait l'extrême indélicatesse de faire la moindre remarque à ce sujet, je me verrais dans l'obligation de vous quitter. À bon entendeur...

— C'est parfaitement clair, assura la Mère. Rejoignez-nous, messire.

— Ça commence bien, grogna Grigán à mi-voix. Vous disiez qu'il avait peur ?

Nol n'eut pas le temps de répondre, comme Lloïol sortait de son trou et se présentait dans son intégralité. Les héritiers comprirent alors les raisons de cet avertissement.

Le lutin avait le corps d'un enfant de huit ans, en plus voûté et moins robuste. La minceur de ses membres faisait s'interroger sur leur efficacité, tant il semblait impossible qu'ils suffisent à le porter. Surtout en regard de la tête de l'étrange créature : disproportionnée, elle représentait bien un quart de sa hauteur. Et certaines parties de son visage, démesurées, faisaient inévitablement penser aux moins convenables des masques ithares : le nez, la moustache et les oreilles, en particulier, méritaient d'être mentionnés en tant que phénomènes.

Le lutin portait une tunique complète, qui avait peut-être été verte au millénaire précédent. Mais elle était alors, comme le reste de son corps, maculée d'une argile sombre et poisseuse qui se craquelait et s'effritait aux endroits les plus secs. À tel point qu'il était difficile de distinguer le capuce couvrant son crâne des quelques mèches filasse et répugnantes qui lui tombaient dans la nuque. Oui, Lloïol était, selon les critères humains, réellement très laid.

Avec une agilité surprenante, il bondit auprès des héritiers et leur fit face fièrement, les poings sur les hanches. Grigán remarqua que le poignard qu'il portait à la ceinture était parfaitement entretenu... à l'inverse de la harpe maintenue par une corde grossière, et qui était dans un état lamentable.

— Ainsi, lança la créature, en dévoilant une dentition aussi imparfaite qu'à l'odeur nauséabonde, à ce qu'il paraît, mes services vous sont indispensables ? Sachez déjà qu'en plus de mes dons pour la musique, les mortels m'ont donné celui du commerce. *Tout se paye en ce monde.*

Le prix demandé par Lloïol s'avéra heureusement raisonnable. Comme il l'expliqua aux héritiers, le lutin était destiné à habiter le bois d'Ehec, depuis qu'une peuplade installée à son orée avait commencé à nourrir cette croyance. Mais, alors même que la créature était presque à maturité, la population de la bourgade avait été complètement décimée par une épidémie de fièvre du fort-épice.

À son niveau d'évolution, Lloïol ne pouvait plus subir d'altérations majeures. Oublié, inconnu, perdu pour les hommes, aucun esprit ne pouvait aider à achever sa création... Le lutin se voyait donc prisonnier du Jal, avec peu d'espoir de s'épanouir un jour parmi les mortels.

Pour prix de ses services, Lloïol demandait que chacun des héritiers raconte, au moins une fois l'an, la légende du lutin harpiste du bois d'Ehec. Ces évocations devaient permettre, à la longue, qu'il finisse de *naître des hommes*.

— Et pas question de m'escroquer, conclut-il avec de petits coups de tête en direction de Rey, qu'il avait reconnu pour Lorelien. Je finirai bien par quitter cet endroit, un jour ou l'autre. Dès lors, malheur à ceux qui m'auront dupé ! La mémoire des lutins est infaillible.

— De telles pensées vont te ramener dans les fosses, avertit Nol.

— Oh ! Ma vengeance ne sera pas violence. Je n'envisage rien d'autre que quelques farces sans gravité... Rien n'est tout à fait bon ou mauvais, n'est-ce pas, ami Nol ?

Le Doyen ne répondit pas. Yan se souvint avoir entendu les mêmes paroles de la bouche du Gardien. Ces deux-là conversaient probablement depuis longtemps, et le lutin prenait un plaisir évident à railler l'impassible Nol.

— Votre offre me paraît équitable, messire Lloïol, décida Corenn. Nous ferons ainsi qu'il a été dit, à condition toutefois que vos services méritent vraiment notre engagement.

— Ils le méritent, soyez-en sûrs, affirma le lutin en bondissant aux pieds de la Mère. Je sais *tout* de l'aventure de vos ancêtres dans les fosses. Je les y ai accompagnés de bout en bout.

Les héritiers se concertèrent du regard. Se pouvait-il que leur quête aboutisse enfin ? Nol avait assuré que Lloïol ne mentirait pas tant qu'il serait dans les jardins. Le lutin pouvait donc, vraisemblablement, apporter les quelques explications qui leur faisaient défaut. À l'idée de voir enfin le mystère résolu, le cœur de Corenn se mit à battre la chamade.

D'un instant à l'autre, ils allaient connaître la vérité.

Et savoir si Saat pouvait être vaincu.

— Comment savez-vous de quoi il est question ? se défia Grigán.

Lloïol gratifia le guerrier d'une œillade mauvaise et se munit de sa harpe sans prétendre donner de réponse. L'instrument était une création originale, un assemblage brinquebalant de racines tordues, de lanières de cuir et de cordes de différentes factures. Pourtant, le lutin feignit de l'accorder comme s'il s'agissait de l'authentique lyre de Moës. Enfin satisfait, il en tira quelques – fausses – notes à l'intention de Grigán.

« *Point n'est besoin d'être malin !*
Vous en parlez depuis ce matin !
Messire, ne soyez pas chagrin :
Vous ne pourrez gagner contre un lutin ! »

Discrètement, Corenn fit signe au guerrier de passer outre l'offense, ce que Grigán eut beaucoup de mal à faire. Comme Lloïol persistait à le défier du regard, il finit par lui tourner le dos et s'éloigner de quelques pas, ravalant son irritation en se concentrant sur leurs objectifs. Quand le Grotesque aurait confié tous ses secrets, il serait toujours temps de lui manifester sa façon de penser.

— Commençons-nous ? proposa Corenn en s'asseyant dans l'herbe, rapidement imitée par les autres. Au tout début, si vous le voulez bien.

— Assurément. J'ai justement mis la journée à profit pour composer une ballade ; le récit ne vous en sera que plus agréable. Ainsi... commença-t-il en pinçant son instrument.

« *Douze sages étaient dans les jardins*
Dix prudents, et deux malins
Le prince dans les fosses m'a suivi
Le roi aussi, qu'il soit maudit !
Parole donnée ne... »

— Messire Lloïol, interrompit Corenn. Je ne doute pas de votre talent, mais j'ai peur qu'une telle forme de narration nous prive d'aspects importants de l'histoire. Ne pourriez-vous poser votre harpe, et simplement converser ?

— Écrire cette ballade m'a demandé beaucoup d'efforts, bouda le lutin.

— Messire Lloïol, nous sommes trop pressés de voir notre curiosité satisfaite. Tenez-vous-en à un simple récit, et je promets de répandre votre nom dans toutes les provinces du Matriarcat.

Les yeux du lutin brillèrent, comme la Mère lui faisait cette offre. Il contempla sa harpe à regret, avant de s'en défaire sur ses jambes croisées.

— D'accord. Que voulez-vous savoir ?

— Pourquoi avoir entraîné Vanamel et Palbree dans les fosses ?

— En aucun cas je ne les ai *entraînés*, s'insurgea le lutin. Nous avions conclu un marché, ainsi que nous venons de le faire. Et, au bout du compte, j'en fus pour mes frais. Jamais le roi wallatte n'a respecté sa promesse.

— Et quelle était la vôtre ? s'enquit Grigán.

— Mener ces hommes au lac aux Murmures. Leur permettre de rencontrer les Ondines, détentrices des Vérités. Quiconque se voit révéler l'avenir y gagne richesse et puissance, s'il sait se montrer malin... voilà quelle était mon offre.

Richesse et puissance, songea Yan. Oui, peut-être... en s'appuyant sur une moralité douteuse. Lui qui connaissait l'imminence de la guerre entre les Hauts-Royaumes et la coalition estienne aurait effectivement pu en tirer profit... s'il avait abandonné ses amis, trahi son peuple et ignoré ainsi ses principes les plus fondamentaux. À quel genre d'hommes appartenaient donc Vanamel et Palbree ?

— Au bout de trois jours, vous n'étiez pas remontés, poursuivit Corenn. C'est alors que les autres sages sont partis à votre recherche. Que s'était-il passé ?

— Rien. Nous étions en route, c'est tout.

— Les fosses sont donc si profondes ? s'étonna la Mère.

Le lutin la dévisagea comme pour juger de son sérieux. Pour lui qui ne connaissait que cet univers, la question paraissait réellement absurde.

— Elles sont *infinies* ! s'exclama-t-il en pinçant quelques cordes. Et toujours en mouvement ! Quiconque s'enfonce dans le Jal'karu s'y perd, obligatoirement. Ce n'est pas de ma faute.

— N'oublie pas qu'il faut éviter de prononcer certains noms ici, demanda Nol.

— Mais pourquoi vous justifier ? intervint Rey, à qui la remarque n'avait pas échappé. Qui vous accuse ?

— Le prince Vanamel m'accusait. Il se plaignait de la longueur du voyage. Selon lui, je n'étais pas un guide assez compétent. Il avait tort. Peu en savent autant que moi sur le labyrinthe et ses mouvances. En fait, nous étions vraiment très proches du but, quand les autres nous ont rejoints.

— Comment ont-ils pu vous retrouver ? s'étonna Léti. Comment même ont-ils pu vous *rattraper* ?

— Question de longueur de jambe, peut-être, chuchota Rey à l'oreille de Lana.

La Maz n'osa sourire, de peur de vexer le lutin susceptible. Il avait été très clair à ce sujet...

— Le labyrinthe a dû s'ouvrir devant eux, proposa l'intéressé, fournissant ainsi une explication plus obscure que la question.

— Qu'est-ce que c'est que cette histoire, encore ? s'impatienta Grigán. Que voulez-vous dire ?

— Il y a une chose que vous ne semblez pas comprendre, constata le lutin. Le labyrinthe des fosses est loin, très loin d'avoir l'immuabilité du Jal'dara. C'est même tout le contraire : a-t-on quitté un couloir, qu'en revenant sur ses pas on trouve une salle. Suit-on le cours d'une rivière, que soudain elle s'arrête et disparaît sans laisser de trace. Là-dessous, conclut-il en désignant le sol, c'est le *chaos*. Vos ancêtres n'ont eu aucune peine à nous retrouver, bien, parfait. *Je dis* que le labyrinthe s'est ouvert devant eux.

Corenn attendit un signe de Grigán, et le guerrier lui indiqua de continuer. Leur quête comportait tant d'éléments surnaturels qu'ils avaient souvent dû accepter les choses les plus étranges sans pouvoir les vérifier. Cette fois ne serait qu'une s'ajoutant aux autres...

— Y avait-il un enfant parmi eux ? reprit la Mère.

— *Sombre*, bien sûr, annonça le lutin, fier de ce petit effet. Il ne s'éloignait pas du sorcier de plus de deux pas. Comment aurait-il pu en être autrement ? Les dieux s'attachent toujours aux humains dont ils sont issus.

— Comment se portaient les autres ?

— À merveille, je pense. Le labyrinthe les ayant accueillis, ses... *occupants* les avaient épargnés. Même les moins « hospitaliers ». Soit dit en passant, le retour fut beaucoup plus difficile. Comme vous le savez, le Jez fut tué et le Junéen perdit un bras... Jamais je n'avais vu de *tarasque* aussi grosse ! J'ai bien cru qu'ils allaient tous y rester. S'il n'y avait eu...

— N'anticipons pas, rappela Corenn, tendue. Qu'ont fait les sages en se retrouvant ?

— Ils se sont disputés, bien sûr. Que voulez-vous que des mortels fassent au Jal'karu ? Ils ont discuté pour savoir s'il valait mieux remonter, ou rencontrer les Ondines. La plupart préféraient regagner les jardins, y compris le prince Vanamel, lassé par ces trois jours de marche. Seul le roi Palbree désirait poursuivre. Et Saat s'est finalement rangé à son avis. C'est là que le ton a commencé à monter. Le prince Vanamel s'est emporté et a menacé Saat d'une accusation officielle de haute trahison. Comme le sorcier ne répondait pas, le prince a tourné sa colère contre Sombre, dont il jugeait le regard *incommodant* et irrespectueux. Vous êtes sûrs de ne pas préférer entendre ma ballade ? Je suis particulièrement fier de ce passage...

— Non ! s'écrièrent plusieurs voix à l'unisson.

— Les plus grands artistes sont toujours incompris ! Enfin, plus ça allait, plus le Goranais perdait son calme. Jusqu'au moment où ses yeux se sont révulsés et qu'il s'est écroulé tout d'un bloc, raide mort. Le sorcier n'avait pas bougé d'un pouce, mais tout le monde s'interrogeait sur sa responsabilité dans l'événement... et sur celle du démon qui s'accrochait à son bras.

» Profitant de la confusion, Saat a annoncé aller voir les Ondines, et nous nous sommes éloignés, avec Palbree et Sombre, alors que les autres hésitaient encore. Nous n'avons pas été séparés longtemps, en fait : le lac se trouvait à moins de trente pas de là. Le labyrinthe s'était ouvert devant nous...

» Pendant que Palbree appelait les autres, le sorcier fut pris par les Ondines qui tentèrent de l'emmener sous la surface. Les autres arrivèrent juste à temps pour le sauver, mais plusieurs furent brûlés à leur contact, dont un qui vous ressemblait, messire tout-en-noir. Votre ancêtre, sûrement ?

» Enfin, les choses s'arrangèrent, et quand ils furent tous à l'abri sur les rives, les Ondines dévoilèrent une Vérité. Nous voici au moment que vous allez préférer, annonça Lloïol. Je voudrais qu'à cet instant, vous renouveliez votre engagement.

Tendus, le cœur battant d'émoi, les héritiers assurèrent au lutin qu'ils l'invoqueraient au moins une fois l'an afin d'achever sa création. Cette promesse ne leur coûtait pas grand-chose. Si le renseignement s'avérait sans valeur, ils n'auraient que peu d'années devant eux...

— Parfait, jugea Lloïol, satisfait. Vous allez pouvoir juger de l'infaillible mémoire des lutins. Voici ce que dirent les Ondines à propos de Sombre : « Celui-là sera puissant. Le plus grand démon vivant parmi les mortels. Il en tuera des milliers. » Plusieurs de vos ancêtres ont alors reproché cette situation à Saat, qui ne daigna pas leur répondre. Mais les Ondines n'avaient pas terminé : « De toute l'éternité, seul *un* mortel aura *une* chance de le vaincre. Celui-ci sera issu de vos lignées et portera le nom de l'Adversaire. De sa victoire dépendra l'avènement de l'Harmonie. » C'est tout. Qu'en dites-vous ?

Les héritiers n'avaient rien, et tout à dire à la fois. Corenn voulait se réjouir de cette esquisse d'espoir, mais n'y parvenait pas. Grigán songea à l'ironie de cette situation qui avait vu son ancêtre risquer sa vie pour sauver celle de Saat. Bowbaq ressassait ses souvenirs du Mog'lur du Château-Brisé, essayant d'accepter le fait qu'il avait frappé le plus dangereux des démons. Rey se disait que la malédiction des sages était pire encore qu'il l'avait toujours cru. Lana ne rêvait qu'à l'Harmonie, l'âge d'Ys du culte de la Sage, but ultime de la quête universelle de la Morale. Et Léti n'avait de pensées que pour Yan, qui partageait leurs tourments de son plein gré. Jamais la non-appartenance du jeune homme aux héritiers n'avait été aussi flagrante.

— Les Ondines ont-elles dit autre chose ? demanda Corenn d'une voix blanche.

— Non. Quelques-uns de vos ancêtres tentèrent bien de les questionner, mais ils n'obtinrent aucune réponse. Alors, comme ils recommençaient à discuter, Sombre s'est soudain éloigné du groupe. Je sais, *moi*, ce qui lui a pris à ce moment. J'ai déjà connu ça. Quand le labyrinthe vous appelle, vous ne pouvez rien faire d'autre que vous y enfoncer...

» Saat l'a rattrapé en courant, mais comme il n'osait pas le brusquer, il s'est contenté de le suivre docilement jusqu'à disparaître de notre vue. Le nommé Fer't lui a conseillé de l'abandonner et de repartir avec eux pour les jardins. Comme le sorcier ne répondait pas, le Solene nous a demandés de l'attendre et s'est lancé sur ses traces. Nous l'avons entendu crier et, une fois sur place, nous n'avons retrouvé que son cadavre. De Saat et de son démon, il n'y avait plus trace.

» Comme Palbree devait vivre pour s'acquitter de sa part de marché, je l'ai guidé jusqu'aux jardins, sauvant les autres par la même occasion. Le retour s'est malheureusement moins bien passé que l'aller... Enfin, la plupart sont quand même remontés entiers, n'est-ce pas ?

Léti songea aux terribles secrets pesant sur les épaules de leurs ancêtres, aux déshonneurs, aux afflictions qui en résultèrent à leur retour parmi les humains. Entiers, oui. Mais à jamais tourmentés par leurs mémoires et consciences.

— Comment Saat est-il sorti des fosses ? demanda Yan.

— Cela ne fait pas partie de notre accord, bondit Lloïol. Je n'ai jamais prétendu avoir cette connaissance.

— Vous le savez, ou pas ? s'impatienta Grigán.

— Je ne sais pas, mais vous ne saurez m'en tenir rigueur ! Il n'était question que de vos ancêtres, et j'ai parfaitement respecté ma part du marché.

— Cela n'a guère d'importance, de toute façon, jugea Corenn. Nous connaissons l'essentiel.

Ils se turent quelques instants pour réfléchir. Leur situation ne s'était pas vraiment améliorée. Au contraire, ils semblaient désormais avoir plus d'ennemis et de responsabilités.

— Alors, que faisons-nous ? demanda Rey avec un sourire en coin. Qui allons-nous affronter en premier ? Le démon, le sorcier, les Züu ou l'armée barbare ?

— Que voulez-vous que nous fassions ? rétorqua Grigán, résigné. Vous avez entendu. Il ne s'agit plus seulement de nos seules existences. Mais de celles de plusieurs milliers de gens.

— Nous devons arrêter Sombre, confirma Lana, troublée. Si l'un de nous... si l'un de nous est cet Adversaire... Il faudra qu'il...

Ils acquiescèrent en silence, sans que la Maz ait besoin d'achever sa phrase. Enfin, ils savaient *pourquoi* les héritiers avaient été pourchassés. Saat ne voulait laisser aucune chance à l'Adversaire, la meilleure manière étant d'empêcher que ce dernier et son démon se rencontrent un jour. Le sorcier avait-il déjà réussi ?

— Nous ne pourrons pas vivre sans savoir, décida le guerrier. Je vais descendre dans les fosses et arracher la vérité à ces Ondines de malheur.

— Je viens aussi, avertit Léti, le regard farouche.

— Vous ne devriez pas, commenta Nol en secouant la tête. Vous risquez d'y perdre bien plus que la vie.

— Eurydis veille sur nous, assura Lana avec une foi plus forte que jamais.

— Et l'union a toujours fait notre force, renchérit Corenn avec courage. Ne nous blâmez pas, Nol. Aucun autre choix ne s'offre à nous.

Ils en étaient tous conscients. Saat n'abandonnerait jamais la poursuite, aussi l'affrontement était-il inévitable. Ne valait-il pas mieux, en ce cas, mettre toutes les chances de leur côté en s'informant sur l'identité de l'Adversaire ?

Personne ne soulevant d'objection, Corenn reprit la parole. Son ton était dur, presque sévère ; c'était celui qu'elle employait pour les décisions les plus impopulaires du Conseil permanent de Kaul, lorsqu'elle les annonçait dans les provinces du Matriarcat. Mais la Mère n'avait, cette fois, qu'une personne à convaincre... et il s'agissait d'elle-même.

— Les dernières réponses sont juste là, sous nos pieds, résuma-t-elle sobrement. Nous n'avons pas fait tout ce chemin pour hésiter si près du but. Si nos ancêtres ont survécu aux fosses, alors... nous le pourrons peut-être aussi.

Malgré les réticences de Nol, les héritiers s'en tinrent à leur projet, et la conversation ne tourna plus alors que sur les préparatifs de l'expédition. Il fallut d'abord convaincre Lloïol de se faire leur guide, le lutin exigeant un nouvel accord pour ce service supplémentaire. Après une âpre négociation, menée de concert par Rey et Corenn, les humains obtinrent gain de cause en promettant de faire élever une statue du lutin à l'orée de son bois.

Ils déterminèrent ensuite le moment du départ. Grigán désirait agir au plus vite, comme le temps jouait contre eux et que rien ne les retenait davantage au Jal'dara. Mais Lloïol jugea préférable de différer leur départ jusqu'à l'apogée du lendemain, soutenant que les conditions y seraient meilleures. D'après le lutin, c'était lorsque le soleil brillait haut que les démons étaient au plus profond de leur sommeil. Et il fallait laisser se rendormir ceux que l'animation inhabituelle des jardins avait éveillés...

Une fois ces détails réglés, ainsi que quelques autres, Lloïol regagna enfin la troisième fosse, non sans avoir gratifié les héritiers de quelques strophes d'adieu improvisées. Le Doyen ne cacha pas sa déception en voyant le Grotesque disparaître dans le tunnel étroit et empuanti. Il profita néanmoins de cette absence pour faire quelques ultimes recommandations à ses visiteurs.

— Vous pouvez croire en tous les éléments de son récit, annonça-t-il tristement. Les dieux ne peuvent mentir dans les jardins, et Lloïol était sincère même dans ses promesses. Mais une fois dans les fosses, restez sur vos gardes, et méfiez-vous de tout ce qu'il pourra dire ou faire. Vous n'aurez plus affaire à la même créature.

Corenn acquiesça, témoignant qu'elle tiendrait compte de ce conseil. La nuit et le début de la journée suivante allaient leur sembler affreusement longues, en partie parce qu'ils ne ressentaient nul sommeil. Mais surtout parce que leur prochaine étape serait – et de loin – la plus fantastique de leur voyage...

— Très déconcertant, tout de même, commenta Lana, que le simple fait de descendre de quelques pas sous les jardins ait autant de conséquences.

— Le *gwele*, répondit Nol, très sérieusement. Le gwele des fosses est différent de celui qui nous entoure. Les jardins sont structurés, composés, immuables. La Loi y règne. Les fosses... elles sont instables et chaotiques. Leur gwele est noir et malodorant ; il a l'apparence de la simple glaise, mais c'est bien de cette boue que naissent les démons des hommes. Ne vous y trompez pas : vous vous apprêtez à descendre en un autre monde. Un autre univers.

— Simplement en passant par ce trou ? plaisanta Rey.

— Exactement. Mais votre voyage sera autant spirituel que physique. Comme le gwele des jardins exacerbe les plus beaux sentiments et mène à l'euphorie, celui des fosses a un effet exactement inverse. Méditez sur le sort de Saat...

— Je croyais que vous ne saviez rien des fosses ? lança Léti, de plus en plus impressionnée par le discours du Doyen.

— Je ne sais rien de ce qui s'y déroule, expliqua Nol avec douceur. Mais leur nature m'est parfaitement familière. Ne sont-elles point le reflet maléfique des jardins ?

Il se tut un instant, alors que ses visiteurs méditaient sur sa réponse, avant de reprendre :

— Après tout, le Jal n'est entier qu'avec Dara *et* Karu. Leurs enfants s'affrontent depuis la nuit des temps, mais aucun camp ne pourrait exister sans l'autre. Et il en sera ainsi jusqu'à l'avènement de l'Harmonie... ou de son contraire.

Son contraire. Si aucun des héritiers n'était l'Adversaire, ou si l'élu échouait dans sa tâche, l'ère nouvelle appartiendrait sans doute possible à Saat et à une armée de démons.

Comme il était prévisible, l'attente jusqu'au moment convenu par Lloïol et Grigán fut longue, très longue. Nol les avait quittés peu après le départ du lutin, et les héritiers désœuvrés n'avaient pas poursuivi longtemps l'importante conversation qui les tenait en haleine depuis l'aube. Tout avait été dit, ou presque, et il leur faudrait du temps pour étudier la portée de ces révélations.

Bien qu'ils ne ressentent aucune fatigue, altérés qu'ils étaient par les pouvoirs du gwele, Grigán suggéra qu'ils essaient malgré tout de trouver le sommeil. Le Jal'karu ne leur offrirait sans doute pas le même avantage, alors qu'ils auraient probablement besoin de toutes leurs forces. Aussi, n'ayant rien de mieux à faire dans cette obscurité, les héritiers s'allongèrent-ils dans l'herbe douce à distance respectable de la troisième fosse.

Rey s'installa près de Lana, comme si de rien n'était, et Léti – à qui cela n'avait pas échappé – en fit autant auprès de Yan, au grand bonheur du jeune homme. Ils n'échangèrent aucune parole ; en fait, plus personne ne parlait. Mais ce moment qu'ils passèrent main dans la main, à contempler des étoiles qui n'existaient qu'en ce lieu, fut plus expressif que n'importe quel long discours.

Pour sa part, Rey n'avait d'yeux que pour Lana... sans que la Maz ne s'en aperçoive, puisqu'elle était parvenue à s'endormir malgré le torrent d'émotions qui bouillonnait dans son esprit. Bowbaq s'assoupit également assez vite, poussant même l'obéissance jusqu'à ronfler bruyamment et faire naître ainsi quelques sourires. Enfin, Corenn lançait de fréquents regards à Grigán qui reposait, immobile et tendu, la main à proximité de sa lame courbe. Le guerrier se préparait à ses prochains combats...

Bien qu'ils aient volontairement évité le sujet, dans l'esprit de tous, l'Adversaire ne pouvait être que le vétéran ramgrith. Lui-même se faisait pareille réflexion, sans que cette idée lui plaise pour autant. Mais comment pouvait-il en être autrement ? Si les héritiers devaient désigner un champion dans leurs rangs, tous choisiraient le fier Grigán. N'était-il pas, et de loin, leur meilleur combattant ? Ainsi que le doyen du groupe, depuis la mort de la reine Séhane...

Toute à ces pensées, Corenn finit pourtant par s'endormir à l'instar de ses compagnons. L'aube devait les trouver détendus et déterminés... et ignorants du fait qu'ils venaient de vivre leur dernière nuit au Jal'dara.

Corenn eut la surprise, en s'éveillant, de trouver un petit garçon de trois ans – en apparence – blotti contre son flanc. Malgré ses efforts de discrétion, la Mère tira l'enfant de son sommeil en voulant se redresser. Le dieu se frotta les yeux, les ouvrit d'un quart, sourit aux humains et s'éloigna en titubant, en un spectacle attendrissant.

— Jamais homme n'a quitté aussi noblement le lit d'une femme, commenta Rey qui avait assisté au spectacle. Dame Corenn, faites attention à ne pas faire de jaloux, ajouta-t-il en désignant Grigán d'un signe de tête.

La Mère eut une moue faussement grondeuse à l'adresse du Lorelien polisson. Rey n'avait aucune pudeur, quant à se mêler de ce qui ne le regardait pas. Mais cela faisant tout son charme, pouvait-on vraiment l'en blâmer ?

— As-tu rêvé, ma tante ? lui demanda Léti en venant à sa rencontre. J'ai passé une excellente nuit.

— Moi aussi, répondit Corenn sans hésiter. En effet... je me sens bien. Reposée.

La Mère se souvint de rêves étranges, d'impressions agréables et fugaces, mêlées à certains événements de sa vie... et à d'autres lieux, personnes ou situations dont elle n'avait aucune connaissance, mais qu'elle avait pourtant vus très précisément. Qu'avaient-ils vécu, au juste ?

Une idée lui vint, qui l'emplit de crainte et d'excitation en même temps. Était-il possible qu'ils aient, comme les enfants dieux dans leur sommeil, perçu *l'inconscient* de l'humanité ? Avaient-ils été influencés ? De quelle manière ?

Nol n'ayant fait aucun avertissement à ce sujet, l'expérience n'était probablement pas dangereuse. L'espace d'un instant, Corenn regretta de quitter les jardins si tôt, sans avoir pu approfondir ce nouveau mystère. Mais ils avaient tellement de choses importantes à se soucier...

Bowbaq fut le dernier à s'éveiller, et encore, Ifio l'y aida grandement en le tirant par sa barbe. Le géant et Grigán furent les seuls, en fin de compte, à ne pas s'extasier sur leurs errances nocturnes. Le premier n'avait rêvé que de sa famille, dont le sort était incertain, et le second refusa d'aborder le sujet. Ils admirent malgré tout être dans une forme exceptionnelle, ce dont ils ne pouvaient que se réjouir.

Les héritiers occupèrent les premiers décans de la journée à ce qui était devenu, au cours des trois lunes de leur voyage, une tâche de routine : la préparation et la vérification de leur équipement. L'entretien des armes représentait le plus gros de la corvée, et Grigán s'en était longtemps occupé seul, jusqu'à ce que Léti insiste pour l'aider... comme elle le fit encore cette fois.

Rey montra les premiers signes d'impatience à la fin du second décan, alors qu'il leur restait encore quelque temps avant le départ. Il commença de faire les cent pas autour de la fosse, s'arrêtant régulièrement pour écouter s'il n'en venait pas un bruit... en vain. Ces quelques jours d'inaction commençaient à lui peser, et la proximité de l'aventure le rendait nerveux. Lorsque l'acteur était dans cet état, ses railleries étaient des plus cinglantes. Ses compagnons le savaient et firent de leur mieux pour ne pas s'offrir en cible à ses sarcasmes.

Bowbaq tenta de s'intéresser à la conversation qui réunissait Yan, Corenn et Lana sur la nature de leurs rêves de la nuit passée. Mais il y était trop question de gwele, de magie, d'influence ou d'aboutissement pour qu'il puisse les suivre longtemps. Il ne retint qu'une chose : la théorie de Yan où le Jal'dara faisait disparaître peu à peu les mortels qui y sommeillaient trop longtemps, résolvant ainsi les problèmes de l'immuabilité des lieux et de la morale d'un tel acte. Vraiment, le géant trouvait tout cela excessivement *impoli*. Plus que tous les autres, il avait hâte de quitter cet endroit.

Grigán rangeait son dernier poignard quand Nol fit son retour parmi eux. Au regard du Doyen, chacun devina l'aversion qu'il avait pour de telles pièces d'acier.

— Ces armes vous seront inutiles, lança-t-il sans détour. Il en existe peu qui soient capables de terrasser un immortel. Vous ne vaincrez pas les démons avec celles-ci.

— Ils connaissent la souffrance, siffla le guerrier en se rappelant la tour Profonde de Romine. Ce sera suffisant pour les tenir à l'écart.

— Je souhaite que vous puissiez vous tenir à l'écart de vous-même, répondit Nol l'instant d'après, de manière étrange.

Il n'ajouta rien d'autre et s'assit face à la fosse, visiblement pressé d'en finir avec cette aventure qu'il désapprouvait. Impressionnés par son mutisme, les héritiers eux-mêmes perdirent de leur excitation et les conversations se poursuivirent un ton plus bas, avant de mourir, faute de réel intérêt.

Cette attente leur faisait songer aux nuits pendant lesquelles ils avaient guetté l'ouverture des portes : mais l'événement présent ne s'annonçait aucunement spectaculaire, encore moins enthousiasmant. Vêtus pour la marche, et les armes à portée de main, les humains se languissaient d'un lutin capricieux qui devait les mener dans une région des plus dangereuses.

Le soleil fut bientôt si haut dans sa course que l'apogée semblait dépassée. Comment Lloïol pourrait-il en avoir conscience, de toute façon ? songea Bowbaq. Sous terre, il ne connaissait que la nuit...

Quelques notes, ou plutôt des *bruits* émanant d'une harpe les rassura sur la ponctualité de leur guide. La voix nasillarde maintenant familière s'éleva peu après :

— *Allons-y, messires aventuriers.*
Le voyage est commencé !

— Messire Lloïol, demanda Corenn d'une voix ferme, j'aimerais auparavant que vous nous rappeliez les conditions de notre accord.

La « musique » cessa, témoignant de la surprise du lutin. Cela faisait partie des précautions que la Mère tenait à prendre. Si leur guide se dérobait à cette vérification, les héritiers devraient annuler l'expédition.

— La mémoire des lutins est infaillible, rappela Lloïol avec un petit rire. Je vous guide jusqu'au lac aux Murmures par les chemins les plus sûrs. En échange, vous faites élever une statue à ma gloire à l'orée du bois d'Ehec.

— Bien, commenta la Mère. Maintenant, veuillez me répéter cela, ici au Jal'dara. Ensuite, nous pourrons partir.

— Le soleil me brûle, rappela Lloïol.

— Autant qu'à moi, insista Corenn, sévère. Montrez-vous, messire. Cette condition n'est pas négociable.

Le lutin éclata d'un nouveau petit rire sec et daigna enfin sortir de son trou. En deux bonds assez lestes, il fut auprès de Corenn et lui fit exactement la même réponse qu'avant.

— Bien. Votre sincérité étant vérifiée, nous respecterons scrupuleusement notre engagement. À vous d'en faire de même.

— Si tu trahis de quelque façon, intervint Nol, tu ne pourras jamais plus remonter dans les jardins.

Lloïol dévoila ses nombreuses dents en un sourire effrayant, et s'empara de sa harpe pour accompagner une courte chansonnette.

— *Ma place est aussi bien là-bas, qu'ici.*

Allons ! Les hommes m'ont fait ainsi !

— Allons-y, décida Grigán, déjà agacé par les fantaisies du Grotesque. Plus vite nous en aurons fini, plus vite nous pourrons retourner vers des choses et des gens *normaux*.

Les héritiers se tournèrent alors vers Nol pour le saluer. Même s'il était prévu qu'ils reviennent au Jal'dara pour franchir la porte, les fosses pouvaient être leur dernière étape si les choses tournaient mal...

et ils ne pouvaient quitter le Doyen sans manifester une quelconque forme d'adieu.

— Je regrette de n'avoir d'autre aide à vous offrir, déclara l'éternel avec sincérité.

— Vous en avez déjà fait beaucoup, assura Corenn.

— Je crois avoir achevé ma réflexion, ajouta-t-il à l'adresse de Lana. Vous m'aviez demandé si les enfants du Jal étaient malheureux. Voici ma réponse : *les dieux sont à l'image des mortels*. Leur cœur s'emplit de tristesse au fur et à mesure qu'ils grandissent... et qu'ils comprennent le monde. Mais cela peut changer. Si l'un d'entre vous peut amener le monde à l'Harmonie... alors, il *vous* appartient de faire que les éternels à venir soient des dieux rieurs. Et il en ira de même pour l'humanité.

Sur ces paroles, le Doyen se détourna doucement et s'éloigna d'un pas tranquille, comme l'avait fait le garçonnet endormi de Corenn, quelques décans plus tôt. Yan eut l'étrange impression qu'ils ne le reverraient jamais.

— Quel raseur, commenta Lloïol en se grattant les fesses.

Puis il contempla les ongles de sa main en soupirant, comme s'il se souciait vraiment de l'épaisse couche de crasse qui s'y était accumulée. Il ne tenta rien, pourtant, pour la diminuer.

— Allons-nous partir enfin, ou attendrez-vous le prochain lutin ?

Grigán observa l'entrée de la troisième fosse, étroite, sombre et voûtée. Pendant tout le temps que le couloir aurait cet aspect, ils ne pourraient s'éclairer qu'à la lueur de leur unique lanterne, l'emploi des torches s'avérant impossible. Perspective peu engageante, les plaçant dans une situation éminemment dangereuse...

— N'y aurait-il pas une entrée plus praticable ? Nol prétend qu'il en existe huit.

— C'est exact, confirma Lloïol, mais vous préférerez celle-ci à toutes. Deux autres sont plus petites encore. La quatrième est immergée, et la septième se trouve à flanc de montagne. La première est invisible aux mortels, il est donc inutile d'en parler. Et vous n'aimeriez pas les deux dernières, conclut le lutin avec un air malicieux. Les fosses les plus grandes ne le sont pas sans raisons... Certaines créatures seraient à l'étroit dans les passages que nous allons emprunter. Mieux vaut pour nous qu'il en soit ainsi.

En temps normal, le guerrier se serait méfié d'une réponse qu'il jugeait trop évasive, mais sa présence au Jal'dara empêchait au lutin de mentir. Grigán donna donc son accord d'un signe de tête, songeant qu'il lui faudrait être beaucoup plus soupçonneux moins d'un décime plus tard.

Les héritiers se regroupèrent à l'entrée du labyrinthe, attendant que Lloïol leur ouvre la marche. Mais le lutin, malgré ses récents signes d'impatience, n'était pas tout à fait prêt. Il se rendit près d'un ruisselet et en dégagea quelques mottes de terre humide, avant de se couvrir le visage de boue. Il y mit tant d'application que cela ne manqua pas de les intriguer, jusqu'à ce qu'il leur fournisse une explication.

— Si vous étiez malins, vous en feriez autant, déclara-t-il en ajoutant une deuxième couche sur son nez proéminent. Le gwele des jardins échappe à la vue de ceux d'en bas. D'ailleurs, l'inverse est vrai aussi, ajouta-t-il avec un nouveau petit rire.

— Nous allons devenir invisibles ? demanda Bowbaq.

— Eh oui, Grand-Homme, en quelque sorte. En esprit seulement. Ça ne sert à rien si on tombe nez à nez avec Quro ou n'importe quel lémure, mais ça empêche toujours ceux qui ne dorment pas de nous sentir à distance.

— À quel point est-ce efficace ? s'enquit Corenn, très exaltée.

— Moins l'enfant a connu les jardins, mieux ça marche. C'est-à-dire qu'avec les plus terribles des démons, c'est *parfaitement* efficace.

— Voilà enfin une bonne nouvelle, clama la Mère avec entrain. Avez-vous entendu ? Nous avons un moyen d'empêcher Saat de suivre nos déplacements !

— D'empêcher *Sombre*, seulement, tempéra Rey. Le sorcier disposera toujours des Züu et de la Grande Guilde pour nous retrouver. Sans compter que cette boue magique ne le sera peut-être plus autant dans notre monde.

— Et Nol s'opposera à ce que nous en emportions, soupira Lana. Il a malheureusement été très clair à ce sujet.

Corenn acquiesça tout en réfléchissant déjà à la manière d'aplanir ces difficultés. L'enjeu était trop important pour qu'ils laissent échapper cette occasion.

Une fois sortis du Jal'dara, et quelle que soit l'issue de leur rencontre avec les Ondines, ils auraient besoin d'une grande liberté de mouvements pour défier Saat en son domaine... ou pour organiser leur fuite.

— Faut-il vraiment s'en couvrir le visage ? demanda Lana en contemplant la terre noire et spongieuse, alors que Yan, Grigán et Bowbaq étaient déjà passés à l'action.

— La logique voudrait que posséder une certaine quantité de gwele soit suffisant, avança la Mère. Mais, par précaution, mieux vaut suivre en tout point les conseils de notre guide.

— Vous êtes d'une grande sagesse, pour une humaine, apprécia le lutin flatté. Je veillerai tout particulièrement sur vous.

Corenn le remercia d'une révérence et entreprit, à son tour, de se maculer le visage et les mains de la terre grasse du Jal'dara. Elle se fit la réflexion que ces traces disparaîtraient en peu de temps si les héritiers s'attardaient dans les jardins. Quelles lois étranges régnaient en ces lieux !

Consciencieusement, Bowbaq couvrit également de boue la pauvre Ifio, qui n'apprécia guère ce mauvais traitement et ne se gêna pas pour le faire savoir. Lui et Grigán choisirent ensuite quelques pierres de la taille d'un œuf de *digget* et les répartirent dans les sacs. Aux sept collectées, le géant en ajouta trois autres dont il se chargea lui-même, rougissant de cette initiative comme s'il commettait une trahison. Point ne lui fut besoin de s'expliquer : tous avaient compris que ces pierres étaient destinées à mettre sa famille à l'abri de Sombre.

— Mais au fait, messire lutin, n'êtes-vous point immortel ? s'étonna Rey. Quel besoin avez-vous de ces amulettes ?

— Les immortels ne le sont que par rapport aux humains, si vous pouvez comprendre ça. Certains de mes pairs ont le pouvoir d'ôter toute vie, quelle que soit la nature de celle-ci. Je n'entends pas leur en laisser l'occasion. Pas si près de ma libération !

— Je croyais que les enfants n'avaient aucun pouvoir au Jal ? remarqua Léti. Aucun de ceux-là ne pourrait nuire à un autre, ajouta-t-elle en balayant l'horizon des jardins.

— *Ici*, peut-être, oui. Dans les fosses, les choses sont différentes. Si les démons ne peuvent intervenir dans le monde des mortels, pensez bien qu'ils ne se gênent pas dans le labyrinthe. Oubliez donc ces enfants, ajouta le lutin, agacé. En bas, il n'en est plus. J'ai vu grandir les marmousets du dernier millénaire ; ceux qui sont descendus n'ont, vraiment, plus rien d'attendrissant. Quelle que soit leur forme, ils ne penseront qu'à une chose : *voler votre esprit*.

— Comment ça ?

— En vous blessant, en vous dévorant tout ou partie, en vous faisant mourir de peur, en vous vidant de votre sang, que sais-je encore ! Pour les Ondines, par exemple, un simple toucher suffit... N'ayez crainte, je n'ai pas ce pouvoir. Si c'était le cas, je n'aurais nul besoin de négocier !

— Voler un esprit ? répéta Lana. Dans quel but ?

— *Aboutir !* clama le lutin, comme s'il s'adressait à une demeurée. Évoluer plus vite, pour quitter cette prison et rejoindre le monde des mortels !

— Charmant, commenta Rey, écœuré. Un démon vous vole vos pensées, et vous mourez dans un tunnel pendant que votre assassin fait son entrée dans le monde. Mieux vaut se poignarder avant, alors !

L'acteur réalisa la dureté de ses paroles en sentant la main de Lana se crisper sur son bras. Il se blâma lui-même. Tous étaient suffisamment troublés pour qu'il évite d'ajouter encore à leur anxiété.

— Grigán, ne prenez pas ça pour une invitation, lança-t-il en riant, pour se rattraper. À vrai dire, je préfère que vous poignardiez le démon !

— Comptez sur moi, assura le guerrier avec un air farouche. Maître Lloïol ?

Le lutin bondit au fond de la cuvette et disparut dans les ténèbres aussi vite d'un dors-debout mouillé. Dans l'ordre qu'ils avaient établi, Grigán, Rey, Yan, Léti, Lana, Corenn et enfin Bowbaq s'enfoncèrent dans l'étroit couloir menant au pays des démons.

Ils ne devaient plus revenir au Jal'dara.

Aleb ne cacha pas son irritation en faisant son entrée dans la salle de commandement du palais de Saat. Quoi ! Le Haut Dyarque souhaitait une nouvelle rencontre, bien. Pour satisfaire son caprice, le roi de Griteh avait traversé la mer et la moitié d'un continent plus aride encore que le désert de Jezeba. Et qu'avait-il trouvé à son arrivée ? Un simple héraut l'informant de prendre ses quartiers au plus vite et de rejoindre le *maître*.

Le maître de quoi ? songeait Aleb avec amertume. Haut Dyarque ou pas, Saat et lui étaient *alliés*, et le

Goranais lui devait au moins le respect de la royauté. Cette manière de l'accueillir était une terrible insulte à son rang et à son honneur. Et il n'était pas homme à laisser cela impuni !

— J'ai l'impression de pouvoir entendre vos pensées, annonça Saat en avisant le monarque ramgrith.

Sa remarque déclencha quelques rires dans l'assistance, et la colère d'Aleb n'en fut que plus forte. Non content de cette première offense, le Goranais recommençait, en se payant sa tête en sus ! Le roi borgne avança résolument vers la table de travail qu'entouraient déjà six personnes. Cinq se placèrent entre lui et le Haut Dyarque.

— Personne ne m'a jamais traité de cette manière, Saat ! lança Aleb par-dessus l'obstacle. Je vous ai reçu cent fois mieux à La Hacque, alors que vous n'étiez qu'un renégat, un misérable chef de bande !

— Vous avez surtout reçu mon *or*, rappela le Haut Dyarque, amusé. Huit cents livres, je crois ? Coûteuse hospitalité !

— Dites *majesté* quand vous m'adressez la parole ! cria Aleb. En un an, vous avez pris beaucoup trop d'assurance à mon goût, tête-de-fer !

— Tête-de-fer ? répéta l'unique femme présente, avant de faire le rapprochement avec le heaume de Saat.

— Cela suffit, Aleb, demanda le sorcier d'une voix ferme, habitué à être obéi.

— Dites *majesté* ! hurla le Ramgrith.

Sa voix se tut dans un étranglement. *Saat venait de pénétrer son esprit.* Il n'avait jamais entendu parler d'un tel prodige, et il n'imaginait même pas que ce fut possible. Mais le sorcier avait envahi ses pensées, aussi sûr que le soleil se levait à l'aube. La présence étrangère lui était aussi évidente que si quelqu'un était grimpé sur ses épaules.

Pire, *Saat lui volait le contrôle de son corps.*

Aleb se vit s'incliner, puis s'agenouiller aux pieds du Goranais, sans rien pouvoir faire d'autre qu'assister à la scène, impuissant. Il bénéficiait encore de tous ses sens, voyait, entendait, réfléchissait, mais ne pouvait plus commander à ses muscles.

Paniqué, le roi ramgrith crut être mort. On ne peut perdre toute emprise sur le monde sans songer à quelque chose de terriblement irrévocable... Mais en même temps, il espérait presque qu'il en fut ainsi, cette perspective étant préférable à celle de rester prisonnier d'un corps incontrôlé.

— Voilà une attitude beaucoup plus sage, persifla Saat en contemplant la forme agenouillée. Apprenez, *majesté*, que toutes les personnes présentes ici valent au moins autant qu'un roi. Êtes-vous prêt maintenant à être présenté à vos alliés ? Ou préférez-vous creuser la montagne avec les dents ?

Aleb se vit acquiescer lentement, sans être en rien à l'initiative de ce geste.

— Oui ? Vous préférez creuser la montagne ? répéta Saat avec ironie.

C'est à ce moment que le roi ramgrith réalisa vraiment toute l'horreur de sa situation. Pire encore que lui voler son corps, Saat pouvait en faire absolument tout ce qu'il voulait, et Aleb n'avait pas à beaucoup forcer son imagination pour songer aux sévices les plus terribles...

En fait, le sorcier seul semblait s'amuser de l'expérience. Les autres n'affichaient qu'indifférence ou un certain embarras. Ceux-là avaient dû connaître le même traitement, par le passé, et en garder un souvenir exécrable. De toute la force de son esprit, Aleb implora, pria, jura servitude et fidélité si on le libérait de ce supplice.

— Je sens que vous avez quelque chose à me dire, plaisanta Saat. Je ne vais pas tenir compte de votre vœu de rejoindre les esclaves, je suis sûr que nous pouvons trouver une meilleure façon de vous employer. N'est-ce pas ? Relevez-vous, ça suffira.

À son grand soulagement, Aleb se vit acquiescer encore, puis se redresser avec lourdeur. Alors, le sorcier quitta son esprit.

Le roi connut un instant de vertige, puis s'adossa à une colonne en pressant ses poings contre ses tempes, comme pour vider sa tête de tous résidus étrangers. Il resta ainsi quelques instants, pendant lesquels personne ne rompit le silence.

Enfin apaisé, il fit face aux étrangers devant qui il s'était humilié. Plus que tout au monde, il désirait qu'ils s'écroulent devant lui, raides morts. Mieux encore, s'il pouvait les massacrer lui-même à grands coups de lame courbe... Entendre leurs cris, leurs supplications et les craquements secs de leurs os meurtris par l'acier, voilà qui pourrait lui rendre un peu de sa fierté bafouée.

Mais cela ne resterait qu'un rêve. Le roi de Griteh venait de subir la deuxième défaite de sa vie, sans même avoir pu tirer sa lame. Il ne cesserait jamais de pourchasser l'homme qui l'avait éborgné. Mais il allait jurer fidélité au sorcier à la magie si effrayante.

Il se laissa aller à un rire bruyant, plus ou moins repris par l'assistance. Après tout, cet homme puissant était *dans son camp*. Saat n'entendait pas régner seul, il venait de le prouver. N'allaient-ils pas, ensemble, s'engager dans la plus ambitieuse des campagnes de conquête ? Avec des pouvoirs comme les siens, la victoire leur était acquise.

Négligeant volontairement de donner un épilogue à la scène qui venait de se produire, Saat lui présenta sommairement ses capitaines : les apôtres de Celui qui Vainc.

Parmi eux, le fils de Saat lui-même, un jeune homme parfaitement bâti, habillé tout de noir et au regard insoutenable : le jeune Dyarque. Venait ensuite l'Emaz Chebree, reine wallatte et grande prêtresse du dieu Sombre. Un culte dont Aleb n'avait jamais entendu parler, mais qui semblait très répandu dans l'armée estienne, comme il devait le remarquer dans les jours suivants.

Le Ramgrith admira les formes généreuses et le visage ensorcelant de la reine barbare avec une convoitise non dissimulée. Mais son intérêt retomba vite quand, à la façon dont Chebree se lovait autour de Saat, il comprit qu'elle était sa concubine.

Les deux suivants étaient züu. Aleb n'avait jamais aimé les tueurs rouges et leur fanatisme. Pour lui, quelqu'un ne plaçant pas la richesse au-dessus de toutes les autres valeurs était soit un imbécile, soit un fou, mais dans les deux cas dangereux. Et il avait ainsi évité toute relation avec les « messagers » de la déesse justicière, alors même que l'île de Zuïa était si proche de son royaume qu'on en voyait les côtes du port de Mythr.

Le maquillage grimaçant du plus vieux, un dessin de crâne peint à même la peau, était tout à fait représentatif de ce qu'il voulait dire. Celui-là se nommait Zamerine, et Saat le présenta comme le stratège général de leurs opérations, c'est-à-dire, ainsi qu'Aleb devait le comprendre ensuite, son supérieur hiérarchique. L'autre ne devait pas avoir plus de vingt-trois ou vingt-quatre ans ; il était l'assistant du premier, et chargé de la discipline dans les rangs des esclaves... C'est-à-dire qu'il en faisait tuer plusieurs dizaines par jour, s'il ne s'en chargeait pas lui-même. Son nom était Dyree, et Saat ajouta qu'il était le plus qualifié pour certaines tâches... particulières. Aleb n'eut pas besoin d'en entendre plus. Ce type en robe rouge et au regard d'enfant était leur meilleur assassin.

Le dernier était un autre Wallatte, suzerain de l'Emaz Chebree. C'était un véritable géant, les dépassant tous de deux têtes au moins. Saat le présenta comme le roi Gors'a'min, chef de guerre de la coalition estienne. D'instinct, les deux hommes se déplurent, mais la présence du Haut Dyarque suffisait à tempérer les animosités les plus prononcées. Gors et Aleb avaient tout intérêt à se tolérer pendant quelques lunes. Quand les Yussa et les Wallattes auraient fait jonction, les deux hommes commanderaient ensemble une armée forte de cinquante-cinq mille hommes.

Saat finit ce tour de table en présentant Aleb lui-même, lui rendant hommage au même titre que les autres capitaines, et achevant ainsi de rendre sa fierté au roi ramgrith. Dès cet instant, il fut tout à fait dévoué au Haut Dyarque. La perspective des beaux combats à venir et de l'or qu'ils allaient amasser l'emplissait d'une joie farouche, lui faisant presque oublier à quel point la journée avait mal commencé. Il était prêt à conquérir chaque ferme, chaque village, chaque cité qu'il rencontrerait sur sa route, jusqu'au bout du monde.

Exactement comme Saat projetait de faire.

— Tout est maintenant en place, annonça leur maître d'un ton solennel, sa voix résonnant dans son heaume. Commençons, voulez-vous ?

Un souhait du Haut Dyarque ayant valeur d'ordre, ils se penchèrent sur l'immense table de travail et étudièrent le plan d'invasion des Hauts-Royaumes.

Le Jal'karu était une folie, un rêve d'aliéné, si complexe et si simple en même temps qu'on ne pouvait douter de sa réalité. Un endroit bien plus qu'étrange : paradoxal. Impossible. Déroutant. Si les héritiers avaient employé les mêmes termes à leur arrivée au Jal'dara, c'est dans les fosses qu'ils semblaient trouver tout leur sens.

Le labyrinthe n'obéissait qu'à trois constantes : il y faisait noir, il y régnait une odeur de moisi et de charogne, et il n'était fait que d'eau sale et de glaise. Le gwele noir du Jal'karu, omniprésent, malodorant et si spongieux en certains endroits qu'il s'infiltrait dans les vêtements et jusqu'à la peau.

L'agencement des sombres couloirs, tunnels, galeries et salles ne répondait à aucune logique. Pis encore, il variait sans cesse. À peine les héritiers étaient-ils descendus dans la troisième fosse, la veille, que Corenn avait tenu à le constater par elle-même et demandé qu'ils retournent sur leurs pas. Mais ils s'étaient heurtés à un cul-de-sac. L'appréhension qu'ils ressentaient déjà s'était alors muée en une angoisse légitime.

Ils avaient néanmoins poursuivi leur avancée, accroupis l'un derrière l'autre, à la suite d'un guide difforme qui ne déparait pas dans la singularité des lieux. Quand les couloirs s'étaient fait plus grands, ils avaient pu allumer quelques torches. Mais la faible lueur des flammes dansantes peinait à faire reculer les ténèbres qui semblaient émaner des parois.

Grigán collait Lloïol au plus près, et les héritiers suivaient le guerrier : voilà tout ce qu'ils pouvaient faire. Ils avaient ainsi marché de l'apogée jusqu'à la nuit, franchissant des éboulements, glissant dans la boue, se faufilant à travers des failles si étroites parfois que Bowbaq crut ne jamais pouvoir passer. Sans songer à rien d'autre qu'au danger au-devant duquel ils couraient... et aux périls qu'il leur faudrait affronter, *ensuite*.

Lloïol s'était montré digne de confiance pendant cette première journée, mais les héritiers ne pouvaient qu'espérer qu'il en irait ainsi jusqu'au bout. De fait, le lutin faisait parfois d'étranges plaisanteries, comme prétendre avoir perdu le chemin, ou annoncer subitement qu'il renonçait à leur accord. Il éclatait d'un rire mauvais aussitôt son mensonge lâché et reprenait la route comme si de rien n'était. Mais son attitude rendait les humains de plus en plus nerveux...

De la même manière, et ainsi que Nol l'avait prédit, le pouvoir du gwele commençait à faire son effet sur les héritiers. Si la magie des jardins entraînait une certaine euphorie, en exacerbant les sensations les plus suaves, il se produisait exactement la chose inverse au Jal'karu : seules les perceptions *désagréables* se voyaient amplifiées. Ainsi, le léger dégoût qu'ils avaient ressenti dans les premiers décans s'était mué, au fur et à mesure de leur progression, en une véritable nausée. Et ce maléfice altérait aussi les émotions...

Pendant toute cette première journée, Rey s'était montré plus cynique encore que d'habitude, Corenn plus autoritaire, Léti plus agressive, et même le placide Bowbaq avait osé plusieurs fois manifester son mécontentement, d'une voix qui aurait rendu jaloux l'écho des falaises d'Argos. En fait, personne ne fut épargné par l'influence néfaste du gwele. Heureusement, prévenus par Nol, les héritiers avaient rapidement appris à dominer ces réactions excessives... sauf le malheureux Grigán.

Il était de loin le plus atteint. Déjà laconique en temps ordinaire, le guerrier s'était montré maussade, puis presque acariâtre. Pendant tout ce premier jour, Grigán n'avait plus ouvert la bouche que pour faire part de son pessimisme quant à leurs réelles chances d'échapper à Saat. Avec intelligence, les héritiers avaient su ignorer sa mélancolie et ses sautes d'humeur, dont ils redoutaient la cause. Le guerrier était-il sur le point de subir une nouvelle attaque de la maladie de Farik ? Lui-même s'interrogeait à ce sujet, et cela n'arrangeait en rien son moral.

Heureusement, la solidarité et l'affection qui unissaient les héritiers après cette longue quête avaient eu raison du maléfice, et chacun avait fini par retrouver sa sensibilité et son caractère naturels. De la même manière qu'ils s'étaient accoutumés à l'euphorie engendrée par les jardins, quelques jours plus tôt, ils avaient appris à ignorer l'appel à la violence du Jal'karu... tout en sachant ne pas être à l'abri de nouvelles crises.

La fatigue, la faim, la douleur et tous autres besoins et sensations physiques se faisaient cruellement sentir dans le labyrinthe, contrairement à Dara. Aussi les héritiers avaient-ils été soulagés à l'annonce par Lloïol d'une halte nocturne, le lutin refusant catégoriquement de s'exposer au moment où la plupart des démons étaient éveillés. Comme leur guide leur avait jusque-là évité toute mauvaise rencontre, son jugement n'avait pas été discuté.

La nuit sembla très courte, d'autant plus qu'ils baignèrent dans l'obscurité presque complète avant, pendant et après la disparition d'un soleil bien lointain et déjà regretté. Mais « l'aube » qu'ils ne pouvaient qu'imaginer les trouva prêts à partir pour une deuxième journée d'errance dans les fosses... avec la pensée que Saat y avait peut-être séjourné plusieurs années. Comment leur ennemi aurait-il pu garder le moindre bon sentiment ?

Parmi tous les désagréments du labyrinthe, il en était un qui agaçait Grigán tout particulièrement, surtout parce qu'il le devait à un membre même de l'expédition... et que celui-ci était déterminé à rester sourd aux plaintes du guerrier. Après une journée de pause, le fantasque Lloïol avait repris sa harpe et enchaînait des accords improvisés plus tapageurs les uns que les autres.

— Comment peut-on jouer aussi mal ! finit par éclater le vétéran. On dirait que vous le faites exprès !

— Je suis content que vous le remarquiez, répondit sincèrement le lutin. Il m'aurait déplu que vous jugiez mon art sur une aussi piètre prestation.

— Pourquoi ne pas vous appliquer, alors ? s'entêta Grigán. Et même, pourquoi ne pas arrêter de jouer ? Vous cherchez peut-être à avertir quelqu'un ? ajouta-t-il, les yeux plissés.

— Bien au contraire. Si vous connaissiez un peu mieux la nature divine, vous sauriez que même les démons sont sensibles à la musique, ainsi qu'à la beauté de tout art en général, d'ailleurs. En jouant plus mal qu'un homme-tronc, j'agace quelques-uns de ces monstres dans leur sommeil... et cela fait partie de mes petits plaisirs, conclut-il avec un sourire cruel. Après tout, ne suis-je point lutin ? Grotesque et farceur incorrigible ?

— Messire Lloïol, il semble que cette musique nous indispose également, intervint Corenn. Ne pourriez-vous nous montrer une facette plus... représentative, de votre art ?

Le lutin cessa de s'activer sur les cordes, renifla bruyamment puis acquiesça, l'air pincé. Il entama alors un autre morceau, peinant visiblement, mais le résultat fut à peine meilleur que sa précédente cacophonie. Grigán lâcha un soupir alors que les autres éclataient de rire et félicitaient leur guide.

Ils marchèrent ainsi un bon décan avant que Lloïol ne repose enfin son instrument. Le lutin étudia l'une des parois noires dont ils étaient entourés et en effrita la surface, l'air soucieux. Il fit de même dans le couloir suivant, puis dans celui d'après.

— Qu'est-ce qui vous ennuie ? demanda Lana. S'agit-il d'une mauvaise nouvelle ?

— Oui et non. Tout dépend de la manière dont on voit les choses. En fait, nous approchons du lac aux Murmures.

— Eh bien ! En quoi serait-ce regrettable ? interpella Rey. N'est-ce point le but que nous cherchons à atteindre ? Plus vite nous y serons, plus vite nous pourrons remonter respirer un peu d'air frais !

— Nous n'aurions pas dû y arriver si vite, regretta le lutin. Le labyrinthe s'est ouvert devant nous. Et d'après mon expérience, c'est mauvais signe pour vous. Ça signifie que les Ondines ont beaucoup de choses à vous dire. Ou qu'elles s'apprêtent à dévorer vos esprits. Ou peut-être les deux...

— Personne ne nous dévorera, bondit Léti, contrariée.

— D'après vous, les Ondines contrôleraient le labyrinthe ? demanda Corenn, pressentant quelque chose d'important.

— Qui d'autre ? s'exclama Lloïol en levant les mains au ciel. Les lutins, peut-être ?

Sa propre plaisanterie l'amusa beaucoup, et il fallut un certain temps avant que les héritiers puissent à nouveau l'interroger dans de bonnes conditions, tant il riait fort et semblait ne plus pouvoir s'arrêter. En cela, il était bien le seul. Pour les humains, la bonne humeur du début de la journée s'était totalement dissipée.

— En quoi est-il si *évident* que les Ondines contrôlent le labyrinthe ? répéta Corenn, jusqu'à obtenir enfin une réponse.

— Parce qu'elles remplissent le rôle du Gardien. Vous n'imaginiez pas que les fosses échappent à la règle ? Nol veille sur les jardins de Dara. Les Ondines règnent sur le labyrinthe de Karu. C'est aussi simple que ça.

Aussi simple que ça, répéta Corenn, mentalement. Lloïol se trompait. Cette nouvelle révélation était de taille et avait tout l'air d'une mauvaise nouvelle. Dans la situation plus que périlleuse des héritiers, tout imprévu pouvait être annonciateur d'une catastrophe.

— Vous n'en aviez rien dit, accusa Grigán.

— Je n'ai pas souvenir que vous m'ayez posé la question, se défendit le lutin. Et vous auriez pu le deviner tout seul !

— Tout cela suit une certaine logique, concéda Lana. Les Ondines sont les seules créatures de Karu à avoir une influence sur le monde extérieur. Elles sont les seules à être... *abouties*.

— Elles gardent peut-être une porte, s'écria Yan, alors que l'idée lui venait. Saat aurait pu l'utiliser et s'évader de Karu !

Tous les regards convergèrent vers Lloïol, mais le lutin se contenta de hausser les épaules. Il leur était malheureusement impossible de vérifier s'il cachait quelque chose, ou s'il ignorait réellement la réponse.

— Et comment, par tous les dieux, *comment* pouvez-vous vous repérer dans cet endroit dont le plan change sans arrêt ? s'impatienta Grigán.

— Ça m'étonne aussi, renchérit Bowbaq, intéressé. Je n'ai vu aucun signe de piste.

Le lutin détacha un morceau de gwele de la paroi et le tendit au guerrier.

— La chaleur de la pierre, annonça-t-il alors que l'extrait minéral changeait de mains. Voyez comment celle-ci se fend et s'effrite. Nous ne devons plus être très loin.

— Ce lac aux Murmures est une source d'eau chaude ? proposa Rey.

— En quelque sorte, oui, répondit leur guide avec un nouveau petit rire sec. Allons-y maintenant, si vous n'avez pas changé d'avis. Mais faites plus attention que jamais. Il erre tout un tas de charognards autour des Ondines, et ceux-là n'ont aucune Vérité à vous livrer.

La chaleur augmenta sensiblement, au fur et à mesure que les héritiers avançaient. Il leur semblait parfois que le chemin descendait, mais ils ne pouvaient s'en assurer à la seule lueur d'une lanterne et de quelques torches, d'autant plus que la pente pressentie suivait une inclinaison très douce. Et cela était loin d'être leur souci majeur... avant tout, le petit groupe était concentré sur les *bruits*.

Ceux-ci s'imposaient d'autant plus que le labyrinthe leur avait semblé, la veille, silencieux à l'extrême.

Mais dans ces couloirs où s'élevaient quelques volutes de vapeur, résonnaient alors toutes sortes de craquements, de grincements, de sifflements, et ceux-là n'étaient pas les plus effrayants. Lorsque la pierre se taisait, on pouvait deviner, en fond, quelques grognements indéfinis, divers hurlements et d'étranges effets de gorge qui terrifiaient la petite Ifio.

Les membres du groupe ne parlaient plus que pour se conseiller dans certains passages difficiles, ou pour commenter un vagissement un peu plus extraordinaire que les autres. Là où les enfants de Dara brillaient surtout par leur apathie, ceux de Karu entendaient faire connaître leur puissance et leur colère.

Inévitablement, le groupe devait finir par rencontrer l'une des créatures des fosses. Lloïol et Grigán, qui étaient en tête, l'aperçurent en premier. Ils discutèrent à mi-voix de ce qu'il convenait de faire, pendant que les autres attendaient de pouvoir satisfaire leur curiosité quant à l'apparition.

Yan entendit quelques bribes de la conversation, suffisantes pour qu'il en fasse un résumé à Léti. Un *lémure* – il n'avait aucune idée de ce que cela pouvait bien être – dormait dans la salle qu'ils devaient traverser. Lloïol jugeait la créature peu dangereuse et proposait de passer, d'autant qu'ils étaient dissimulés par le gwele de Dara. Grigán ne voulait prendre aucun risque et désirait chercher un autre chemin.

Finalement, le lutin eut gain de cause en rappelant qu'ils multipliaient les dangers en même temps que les déplacements. Aussi les héritiers s'avancèrent-ils dans la salle, lentement et les armes à la main, en direction du couloir par lequel ils pourraient poursuivre leur route.

Le lémure avait forme humaine, c'est-à-dire quatre membres articulés, un tronc et une tête aux proportions acceptables. Là s'arrêtait la ressemblance.

Ladite tête présentait plus de points communs avec celle d'un babouin qu'avec celle d'un homme. Ses bras et ses jambes étaient aussi épais que ceux de Bowbaq, alors que le monstre semblait deux fois plus petit. Lana trembla en remarquant les ongles larges qui émergeaient de sa fourrure couleur de nuit. Enfin, tout son corps semblait dévoré par une maladie plus virulente encore que la peste écorcheuse... Il manquait des lambeaux entiers de chair à la créature, et ces terribles blessures suppuraient d'une manière abominable.

Tous avançaient lentement, leur attention fixée sur le monstre endormi. Soudain, Rey poussa un cri d'alerte qu'il regretta aussitôt, mais trop tard. Le lémure s'éveilla en grognant alors qu'une créature semblable émergeait du couloir et bondissait sur eux.

Rey le blessa d'un carreau d'arbalète et Grigán lui ouvrit le ventre d'un seul mouvement de sa lame courbe. Comme le monstre agenouillé se montrait toujours vivace et dangereux, le guerrier l'acheva en enfonçant profondément son arme dans ce qui pouvait être le cou de la créature.

Leurs compagnons avaient eu moins de réussite. Surpris par le cri de Rey, qui s'était trouvé presque nez à nez avec cet ennemi inattendu, ils n'avaient tourné la tête qu'un instant... instant qui suffit au premier lémure pour passer du sommeil à l'attaque la plus brutale.

Il franchit les cinq pas les séparant sans toucher le sol une seule fois, réalisant un bon prodigieux qui l'amena au beau milieu du groupe serré.

En plein sur Corenn.

La Mère lâcha un cri de douleur et ses amis comprirent avec horreur qu'elle avait été blessée à la tête, avant que Bowbaq saisisse le monstre à bras-le-corps et le projette littéralement de l'autre côté de la salle, d'où il recula dans les ténèbres. Grigán avisa le sang qui coulait sur le front de Corenn, s'empara d'une torche et avança résolument dans la direction supposée du lémure, sa main crispée sur sa lame courbe. Jamais ses compagnons ne l'avaient vu autant en colère.

La Mère, affaiblie, adossée à la paroi, se redressa tant bien que mal en comprenant ce qui allait se passer.

— Revenez, Grigán ! implora-t-elle d'une voix défaillante, soutenue par Yan et Léti. Ne me laissez pas...

Le guerrier balaya les ténèbres de sa torche, puis revint lentement, presque à regret, vers Corenn dont la blessure continuait de saigner.

— Il vous a mordu le crâne, annonça Lana en examinant la plaie. Bowbaq, éclairez-moi, voulez-vous ?

Le géant s'exécuta et la Maz détailla minutieusement la chair traumatisée, pendant que ses compagnons attendaient son verdict, l'estomac noué.

— Je n'ai rien, rassura Corenn, d'une voix pourtant mal assurée. J'ai heurté la paroi sous le choc, c'est tout. Il ne m'a pas mordu. J'aurai surtout une grosse bosse ! ajouta-t-elle en essayant de plaisanter.

La Maz ne confirma pas cette appréciation et se contenta de nettoyer et panser la blessure, les lèvres pincées. Personne n'osa lui demander la vérité. Aucun n'avait envie d'entendre de mauvaises nouvelles.

— Où est Lloïol ? se souvint soudain Grigán. Où est-il ?

Aucun rire, aucune voix nasillarde, aucun air de harpe ne vint en réponse au guerrier. C'est alors qu'ils remarquèrent le silence presque parfait qui régnait en ces lieux, tranchant nettement avec le vacarme sourd des derniers décans.

— Ce damné lutin nous a faussé compagnie ! enragea le guerrier. Par Alioss, j'aurais mieux fait de les tenir en laisse, lui et sa maudite harpe !

— Vous n'aimez pas ma musique ? demanda une voix moqueuse, étonnamment proche.

Lloïol revint tranquillement dans la zone éclairée par les torches, évitant toutefois de passer trop près de Grigán. Il soutint avec effronterie le regard réprobateur de chacun des héritiers, appréciant par avance le petit effet qu'allait produire sa révélation.

— Le lac est juste au bout de ce couloir, lança-t-il avec emphase. Vous serez contents, j'espère : les Ondines sont nombreuses, cette fois.

— Allons-y, décida Corenn, sachant que personne n'oserait bouger avant elle. Finissons-en.

Yan soutint son maître de magie sur les premiers pas, mais Corenn le remercia et poursuivit seule, les jambes tremblantes et encore choquée.

Les héritiers se groupèrent autour d'elle et la colonne reprit sa progression. Juste avant de quitter la pièce, Lana eut un dernier regard pour le corps du lémure éventré.

— Comment une telle chose peut-elle arriver? demanda-t-elle à Lloïol, sans vraiment attendre de réponse. Comment la foi des hommes peut-elle donner naissance à de tels monstres? Comment un *enfant* peut-il changer à ce point?

— Ne soyez pas si naïve, se moqua le lutin. Si cette bête était née à Dara, vous n'auriez jamais pu la tuer.

— D'où vient-elle, alors?

— D'ici. De vos contradictions. Les démons ont l'habitude de se créer des serviteurs... *le chaos est la force la plus féconde*, si vous me passez cette expression volée à Nol. Vous allez en avoir un bel exemple.

Quelque chose brillait au bout du couloir. Une lumière douce, dansante et rougeâtre. La chaleur augmentait encore et la galerie n'en finissait pas. Par bonheur, elle était assez large pour que les héritiers puissent y marcher à plusieurs de front, et ils ne s'en privaient pas. Tout ce qui pouvait aider à les rassurer était le bienvenu.

Trois pensées occupaient les esprits : l'une allait à Corenn, l'autre à ce qu'ils allaient trouver dans la prochaine salle, et la dernière à l'identité de l'Adversaire. Lequel d'entre eux avait *une chance* de vaincre Sombre? Qui serait le héraut de l'âge d'Ys? Peut-être... personne. Mais cela, ils devaient l'ignorer pour l'instant. Au plus profond du pays des démons, la foi était tout ce qu'il leur restait.

Yan, Léti, Grigán, Corenn, Lana, Bowbaq et Rey marchaient vers ce qu'ils savaient être la dernière étape de leur quête, commencée, pour la plupart, trois lunes plus tôt. Ils ne concevaient pas qu'il puisse y avoir quelque chose d'autre, après leur rencontre imminente avec les doyens des démons. Quelle qu'en soit l'issue, la course au mystère serait terminée. Il leur faudrait se résoudre à l'affrontement... ou à une fuite inévitablement vouée à l'échec.

— Cette fois, je n'irai pas au-delà du bout du couloir, prévint Lloïol d'une voix égale. Mais faites-moi confiance et avancez. Donnez votre main aux Ondines, et reprenez-la prestement. Je vous attendrai... le temps qu'il faudra.

La voix nasillarde troubla leur concentration. Les héritiers commençaient à entendre les *murmures*, ceux qui avaient donné son nom au lac. Et le chant continu, discret, fait de souffles et d'aspirations rappelait un phénomène des plus communs, sans que personne n'ose avancer cette théorie, trop simpliste en apparence.

Ils furent enfin au bout du couloir et, le cœur battant, s'avancèrent dans l'immense salle voûtée qui était le cœur du Jal'karu. Alors, ils comprirent l'origine des murmures, de la lumière dansante et de la chaleur. Ici, les torches étaient inutiles.

Un lac de flammes aussi grand qu'un village occupait tout le centre de la pièce. Profond, déchaîné, et sans combustible apparent. Le lac aux Murmures.

À sa « surface », des formes serpentines volaient, s'entrecroisaient, se dévoraient et renaissaient du néant. Les Ondines. Elles n'étaient que pur Feu, et n'avaient nulle constance. L'œil en voyait trente, soixante, deux cents selon l'instant, mais elles pouvaient être aussi bien cinq ou mille, qui surgissaient d'une flamme pour disparaître dans l'air sec à l'apogée d'un bond prodigieux. Les Ondines. Elles semblaient longues d'un pas, puis de la moitié seulement, avant de s'étirer à la taille de reptiles dignes de la Guivre du pays d'Oo. Les Ondines.

Les formes mouvantes « nagèrent » vers les héritiers dès leur arrivée. Beaucoup se lancèrent dans leur direction pour s'évaporer finalement au-dessus des rives. Mais leur nombre ne diminuait pas. Les héritiers contemplaient, stupéfaits, l'incroyable spectacle du corps multiple du Gardien de Karu. En songeant que leurs ancêtres avaient vécu la même chose. Et que, d'une certaine manière, tout était parti de là.

Ils attendirent ainsi quelques instants qui se prolongèrent, sans qu'il arrive rien de plus extraordinaire encore. Corenn lança quelques phrases par-dessus les flammes, dans l'espoir qu'on lui réponde d'une manière ou d'une autre. Mais il n'en fut rien.

— Que faisons-nous ? demanda Rey, aussi déconcerté que les autres. L'un d'entre vous sait parler l'ondine ?

— *Elles veulent nos esprits*, comprit Lana en observant la danse des serpents éthérés. Elles veulent nos esprits pour annoncer leurs Vérités.

— Lloïol a dit de leur donner la main, rappela Bowbaq, espérant être rassuré sur l'interprétation de ce conseil.

Le lac fut soudain balayé de plusieurs vagues rapides, allant d'une rive à l'autre. Si Yan avait dû en faire une interprétation, il aurait dit que les Ondines s'impatientaient.

— Qui se sent le courage de mettre sa main au feu ? plaisanta Rey, certain que personne ne le ferait et qu'ils chercheraient une solution plus raisonnable.

Grigán écouta le murmure des flammes, contempla le visage de ses amis et ferma les yeux un instant. À peine les eut-il rouvert qu'il déposait son sac, en tirait une corde et commençait de la nouer autour de sa taille.

Sourd au concert de protestations qu'il avait déclenché, le guerrier tendit l'autre extrémité du lien à Bowbaq, tira sa lame courbe et s'avança doucement vers le lac, prêt à réagir à la moindre alerte... quelle qu'elle fût.

Une forme serpentine bondit et le guerrier la trancha dans l'air, par réflexe, causant ainsi la disparition de la créature. Une autre, deux autres fusèrent dans sa direction, gueule ouverte, s'échappant du lac par la seule force de leur avidité.

Courageusement, le guerrier tendit le bras gauche et se laissa mordre par la créature enflammée. Il lâcha un petit cri de douleur puis un autre, plus sincère, quand ses fesses rencontrèrent violemment le sol où Bowbaq l'avait ramené en tirant sur la corde.

Une fois debout, le guerrier examina son bras mais n'y vit trace de brûlure, à son grand soulagement. Peut-être le gwele des jardins l'avait-il protégé. Ou peut-être, encore... que les blessures des Ondines étaient plus *spirituelles* que physiques. Ce que Grigán avait ressenti, il eut du mal à le décrire.

— J'ai eu... une sorte de *vision*, annonça-t-il très sérieusement. Certains souvenirs me sont revenus en mémoire, et j'ai vu la... la suite de leur déroulement, en quelque sorte. Aleb, le prince Aleb... il s'apprête à attaquer Lorelia. J'ai *vu* les bateaux, affirma le guerrier avec force, comme pour prévenir toute objection.

Il scruta le visage de ses amis, mais aucun n'imaginait mettre sa parole en doute, tant le trouble du guerrier était impressionnant.

— Je vous crois, Grigán, assura Lana. Les Ondines vous ont donné une sorte de... clairvoyance. Mais savez-vous qui est l'Adversaire ?

Le murmure des flammes s'amplifia soudain, assez pour couvrir la conversation des mortels. Le souffle se modula, livra quelques sons aigus avant de passer dans les graves, puis de mêler les deux. Enfin, les héritiers crurent reconnaître quelques mots dans le chant de cet immense brasier. Le murmure s'amplifia encore et la phrase fut répétée. Les Ondines parlaient. Elles livraient une Vérité.

— Celui-là n'est pas l'Adversaire, annoncèrent les flammes.

Le guerrier soupira et baissa la tête un instant. Il hésitait entre se réjouir et s'attrister de la nouvelle. La terrible responsabilité de l'Adversaire n'était certes pas enviable, mais il fallait bien, pourtant, espérer qu'il soit l'un d'entre eux. Ce premier échec n'était guère encourageant...

Comme le silence s'éternisait, Rey contempla les flammes avant de s'emparer à son tour de la corde. Il s'en ceignit rapidement la taille et marcha tout droit vers le lac, laissant à peine le temps à ses amis de s'apprêter à le ramener.

Cinquante formes enflammées bondirent et Rey fut mordu par au moins trois ou quatre d'entre elles. Elles avaient sauté plus loin, plus haut et plus nombreuses que jusqu'alors. Chaque esprit visité semblait augmenter leurs forces, ou tout au moins leur agressivité.

L'acteur se redressa dès qu'il le put et constata rapidement ses blessures. Elles n'étaient pas plus graves que celles de Grigán, et Rey avait tout autre chose en tête. Il attendait le verdict des Ondines.

— Celui-là n'est pas l'Adversaire, soufflèrent les flammes de pareille façon.

— Tant mieux ! annonça l'acteur avec franchise. Bowbaq, tu restes le seul héritier mâle du groupe. Tu vas devenir un héros, mon pauvre vieux !

— Moi ? répéta le géant, très loin d'être enchanté par cette perspective. Tu es sûr ?

— Je t'interdis formellement de t'attacher à cette corde, avertit Corenn d'un ton sans appel, malgré la faiblesse de sa voix. Aucun d'entre nous ne se prêtera encore à ce jeu cruel, lança la Mère par-dessus les flammes.

— *Je sais...* crurent-ils entendre en réponse, comme dans un soupir.

Le lac s'agita soudain alors que le feu semblait plus attisé que jamais. Les serpents, qui jusqu'alors bondissaient au-dessus de la rive comme autant de saumons remontant un cours d'eau, firent volte-face et convergèrent vers un même point situé à trente pas à peine des héritiers. Là commença une étrange lutte, ou chaque Ondine gobait ou plutôt assimilait les créatures plus petites, avant de disparaître à son tour au profit d'une plus grosse. En quelques instants, il n'en resta plus que la moitié, puis une quinzaine seulement de taille monstrueuse. Le combat se fit alors plus lent, plus tactique, mais tout aussi impitoyable.

— Le dernier va être *gigantesque* ! murmura Léti.

— Ne restons pas ici, suggéra Rey. Nous ne ferons pas le poids, s'il attaque.

— Il ne peut pas sortir du lac, rappela Corenn. Nous ne risquons rien, tant que nous restons à distance.

Les héritiers continuèrent donc à observer, fascinés, l'étrange ballet des reptiles au corps de lave s'ébattant dans des flammes de plus en plus faibles.

Quand il ne resta plus que deux des créatures, ils reconnurent sans surprise, au fond de la cuvette, le gwele noir du Jal'karu. Enfin, quand l'Ondine la plus titanesque eut raison de son adversaire, tout foyer s'éteignit pour de bon. Le lac aux Murmures était complètement vidé. Et à vingt pas de profondeur, en son centre... *s'élevait une porte en tout point semblable à celle de Dara.*

Le Gardien de Karu y rampa avec grâce et s'éleva le long d'un des piliers. La créature était d'un rouge luminescent. Sa peau avait toutes les caractéristiques de la braise, la fragilité en moins. Sa tête était celle d'un bouc mais sa gueule, celle d'un loup. Le reptile monstrueux s'installa au sommet de la porte et toisa ses visiteurs de plus de quinze pas de hauteur.

— Celui-là n'est pas non plus l'Adversaire, annonça-t-il d'une voix profonde, qui sembla résonner dans les esprits des humains.

Après un instant d'hésitation, ils se souvinrent qu'il était question de Bowbaq. Corenn expliqua le fait au géant qui manifesta son soulagement. Mais cela réduisait encore leurs chances...

— L'un de nous est-il l'Adversaire ? osa finalement demander la Mère, d'une voix tendue.

Le reptile fit danser sa tête au-dessus du lac asséché, observant avec attention chacun des humains. Grigán, Rey, Bowbaq, Corenn, Lana, Léti, et même Yan...

Ces quelques instants devaient être les plus longs de leur existence. Tendus, impatients, les héritiers attendaient de la créature démoniaque une promesse de salut ou de condamnation. Pour eux, pour ce qui subsistait de leurs familles, et enfin pour les Hauts-Royaumes. Toute leur quête n'avait servi qu'à les amener à ce moment. Et tout ce qui était à venir dépendait d'une seule réponse.

— Aucun d'entre vous n'est l'Adversaire, lâcha enfin l'Ondine.

Ses mots résonnèrent comme un coup de tonnerre dans les esprits des humains. Cela semblait impossible. Ils voulaient refuser d'y croire. Tant d'espoirs anéantis, en un instant seulement...

— Aucun d'entre vous, répéta le Gardien. Mais il sera issu de vos lignées.

— Qui ? éclata Grigán. *Qui* sera-t-il ? Quand ?

— Révéler cette Vérité irait à l'encontre de nos intérêts. D'autres viendront, et nous goûterons à leurs esprits.

— Qui ? insista le guerrier. Quand ?

Mais il n'obtint aucune réponse. Le Gardien se pencha sur la porte et une lumière naquit en son centre, accompagnée par un sifflement. L'Ondine ouvrait un passage vers un autre monde. *Leur* monde.

— Il vous faut partir. Vous n'apprendrez plus rien au Jal.

— Pourquoi le croirait-on ? s'emporta Léti. Vous n'êtes qu'un démon !

— La Vérité est le plus grand des pouvoirs. Nous ne connaissons pas le mensonge. Vous serez saufs, car d'autres doivent venir. Vous partirez.

Les héritiers se rassemblèrent, très déçus et quelque peu amers. Ils avaient placé tous leurs espoirs dans cette prophétie de l'Adversaire. Mais ils n'étaient pas dans un conte de fées et la réalité s'était, ici, brutalement imposée. Le Gardien avait raison : leur quête était bel et bien terminée.

— Que proposez-vous, Corenn ? demanda Lana. Remontons-nous à Dara ?

La Mère soupira, momentanément désappointée. Aucun d'eux n'était l'Adversaire. Et malgré ses dénégations, sa blessure au crâne lui faisait mal, horriblement mal. Elle hocha la tête pour témoigner de sa réflexion...

Lorsqu'elle reprit conscience, elle était assise au sol et soutenue par ses compagnons. Elle ne s'était évanouie que quelques instants, mais se sentait plus mal encore qu'avant. La chaleur, la douleur, la puanteur, la déception... Corenn se sentait soudain vieille et fatiguée. Ils n'avaient plus nulle part où aller. Plus d'amis de bon conseil, plus de bibliothèques à visiter, plus d'oracles à consulter. Les héritiers n'avaient rien trouvé à opposer à Saat et à son démon.

— Partons, maintenant, soupira-t-elle d'une voix lasse. Par cette porte. Celle de Karu.

Elle en vaudra bien une autre... ajouta-t-elle pour elle-même. Mais les héritiers, habitués qu'ils étaient à la sagesse des décisions de la Mère, se rangèrent à celle-ci comme étant le fruit d'une longue réflexion. Ils commencèrent donc de descendre la pente qui menait au fond du lac aux Murmures, soutenant et ménageant Corenn comme la personne la plus respectable du groupe qu'elle était.

Lové sur le faîte de la porte, le Gardien les attendait en les dévorant des yeux. Lorsqu'ils ne furent plus qu'à dix pas, le brouillard se dissipa sous l'arche, dévoilant un désert sous une nuit étoilée.

— Qu'est-ce que c'est que ça ? demanda Léti, intriguée. Où allons-nous ?

Grigán contempla le paysage avant de lever les yeux vers l'Ondine silencieuse. Elle possédait vraiment toutes les Vérités.

— *Vous* allez en Arkarie, annonça le guerrier d'une voix tranchante. Bowbaq, tu veux rejoindre ta famille, je suppose ? Les autres vont t'accompagner. Je vous rejoindrai plus tard.

— Mais... pourquoi ? bredouilla la jeune femme. Où allez-vous ? Venez avec nous !

— *J'ai eu une vision*, rappela le guerrier, avec une expression songeuse. Aleb va brûler Lorelia. Je ne peux pas le laisser faire. Pas *encore une fois*. Je vais l'empêcher. Par tous les moyens, je vais l'empêcher.

— Non ! bondit Yan, plus violemment qu'il ne l'aurait voulu. Vous ne devez pas partir ! Pas seul, en tout cas !

— Et pourquoi donc ? demanda le guerrier. Il n'y a rien d'autre que nous puissions faire contre Saat. Pourquoi ne me lancerais-je pas dans ce combat, où j'ai au moins une chance de l'emporter ?

— Parce que... parce que...

Même à l'ultime moment, Yan hésitait encore. Il aurait tellement voulu ne jamais avoir à le dire...

— Parce qu'Usul a prédit votre mort ! éclata soudain le jeune homme. Laissez Aleb où il est. N'y allez pas, Grigán, ou vous mourrez. J'en suis sûr.

Le guerrier déglutit puis acquiesça, les lèvres pincées. Mais la nouvelle ne le troublait pas autant qu'on s'y serait attendu.

— De toute façon, la maladie m'emportera bientôt. Inutile de se voiler la face. À la prochaine crise...

— C'est faux ! intervint Léti, dont les larmes coulaient sans bruit. Vous êtes peut-être guéri !

— Et peut-être pas. Je dois aller trouver Aleb, affirma le guerrier. J'ai eu cette... vision...

Corenn s'effondra soudain dans les bras de Bowbaq, de nouveau évanouie. Alors que tous se précipitaient à ses côtés, Grigán la contempla avec une certaine tristesse.

— Ne la réveillez pas tout de suite, demanda-t-il. Je préfère ne pas avoir à lui dire au revoir.

— Je viens avec vous ! décida soudain Yan, torturé par les révélations d'Usul.

— Moi aussi ! ajouta Léti, la voix déformée par un sanglot.

— Reste avec ta tante, Léti, ordonna le vétéran d'une voix ferme. Et toi, Yan, reste avec ta promise. Je ne te laisserai pas faire la même erreur que moi, ajouta-t-il mystérieusement.

Le cœur de Yan battait plus fort que les tambours du jour de la Terre. S'il laissait partir Grigán seul, le guerrier mourrait, il en avait le pressentiment. Et jamais il ne pourrait se le pardonner.

Le jeune homme s'approcha de Léti et emprisonna ses mains dans les siennes. Il aurait voulu que cela se déroule autrement, un autre jour, en un autre lieu. Mais il avait besoin de le faire tout de suite. Tant qu'il le pouvait encore.

— Léti, veux-tu me donner ta Promesse ? demanda-t-il avec une douceur où perçait son amour.

La jeune femme étouffa ses sanglots, mais ne put garder les yeux ouverts. Il se passait tellement de choses, trop de choses, beaucoup trop vite. Étaient-ils tous devenus fous ? Ou leurs émotions étaient-elles toujours sous l'influence du gwele ? Quelle importance, après tout...

— Je te la donne, Yan, mon Yan... Je te l'ai toujours donnée...

Ils s'étreignirent avec fougue, avant de s'embrasser avec une tendresse comparable. Mais leurs baisers avaient le goût des larmes, et ce bonheur pourtant intense ne parvint pas à surpasser leur peine. Yan se dégagea le premier, fit un petit salut de la main à l'adresse des autres et franchit la porte à leur grande surprise.

— Yan, espèce d'idiot ! rugit Grigán. Reviens ici tout de suite, c'est un ordre !

— Je ne peux pas, répondit le jeune homme, amusé malgré lui. Il n'y a pas de Gardien de ce côté !

Le guerrier lâcha une bordée de jurons, puis une autre quand Ifio bondit, à son tour, de l'épaule de Bowbaq à travers la porte. Pour empêcher d'autres initiatives similaires, Grigán rassembla promptement ses affaires et celles du jeune homme et les lança à travers le passage surnaturel. Du labyrinthe souterrain de Karu, les sacoches atterrirent dans le sable, sous un ciel étoilé, à des centaines de milles de distance. Yan s'en empara et sortit du champ de vision des héritiers. Pour le jeune homme, l'aventure du Jal était terminée.

Grigán n'osa pas saluer individuellement ses compagnons, redoutant les débordements d'émotion qui pourraient en résulter. Avant de passer la porte, il se contenta comme Yan d'un petit signe de main et d'une ultime recommandation :

— Notre point de rencontre sera la maison de Bowbaq. Attendez-nous là-bas. Je vous promets que nous serons réunis avant deux lunes !

La porte se brouilla dès que le guerrier eut traversé. Le Gardien lové changea de position, et un nouveau paysage apparut. Entièrement différent, vallonné, arboré et couvert de neige.

Ce fut l'instant que choisit Corenn pour se réveiller. Avant qu'elle n'ait le temps de s'interroger, Bowbaq la souleva prestement et franchit la porte de Karu. Léti, sanglotant toujours, ramassa leurs affaires et posa à son tour le pied dans la neige.

Lana prit la précaution de se couvrir davantage, avant de changer si brusquement de climat. Alors qu'elle enfilait une de ses pelisses romines, Rey la prit dans ses bras et lui donna un long, doux et passionné baiser.

— Prêtresse, m'aimez-vous ? demanda l'acteur en souriant.

— Je crains que ce ne soit guère le moment, Reyan.

— M'aimez-vous, quand même ?

La Maz eut un regard vers leurs compagnons qui, de l'autre côté de la porte, s'affairaient également à se vêtir de vêtements plus chauds.

— Oui, murmura-t-elle timidement.

— Jurez-le sur Eurydis.

— Reyan !

— Je plaisantais.

Il lâcha son étreinte et s'éloigna d'un pas, prenant une expression beaucoup plus grave.

— Lana... Saat creuse un tunnel sous le Rideau, annonça-t-il après un temps d'hésitation. Les Wallattes vont s'attaquer à la Sainte-Cité.

— Quoi ! Mais d'où tirez-vous cela ?

— J'ai *également* eu une vision, avoua l'acteur. Allez-y, maintenant, ma douce. Je vous retrouverai au lieu dit.

Lana franchit la porte à son tour, sans relever la dernière parole de l'acteur, trop perturbée qu'elle était par sa révélation. Quand enfin elle comprit, il était trop tard. La porte se ferma derrière elle, sur l'image de Rey les saluant avec un vague sourire.

Resté seul au Jal'karu, l'acteur attendit que le Gardien lui ouvre le passage vers sa propre destination. Inutile de la lui indiquer. L'Ondine avait su, dans les moindres détails, comment cette rencontre allait se dérouler. Elle possédait toutes les Vérités.

Le brouillard se dissipa et Rey sortit du berceau des dieux. Ils avaient tous une mission à accomplir. La sienne était d'ampleur.

Livre IX

La fin des héritiers

Le contraste était saisissant. Quelques instants plus tôt, Yan se trouvait à plusieurs centaines de pas sous terre, respirant un air vicié dans une chaleur étouffante. Alors qu'il affrontait maintenant un temps sec et glacial, être minuscule pris entre une nuit parsemée d'étoiles et une dune dont le sable se dérobait inlassablement sous ses pieds.

Des bruits se firent entendre derrière lui et, aux jurons qui les accompagnaient, Yan devina que Grigán l'avait rejoint de ce côté de la porte. La lumière diminua rapidement pour se résumer à celle, blafarde, des astres nocturnes, signe que le passage vers le Jal et le reste de ses amis s'était refermé à jamais. Alors seulement, Yan se retourna, surprenant la petite Ifio lovée au creux de son cou.

— Espèce d'inconscient ! l'apostropha Grigán dès que leurs regards se croisèrent. Tu trouves ça malin ? Tu réalises ce que tu as fait ?

Yan se garda bien de répondre, et le guerrier poursuivit sa diatribe sous forme d'un monologue incompréhensible – car en ramgrith –, adressant ses reproches aussi bien au jeune Kaulien qu'au sable, aux étoiles et à l'univers tout entier.

Jamais il n'avait autant exprimé sa colère, mais Yan savait ne pas en être le seul responsable. Grigán manifestait sa frustration quant à leur impuissance face aux projets de Saat et de son démon. Le guerrier pestait sur l'échec de leur quête, sur leur malchance, sur l'injustice du destin et sur la passivité des dieux, mêlant causes et effets dans un désordre propre à en accentuer la gravité. Il donna des coups de botte dans le sable et se maudit de n'avoir su protéger Corenn. Il leva le poing vers le ciel et cria qu'il en avait assez d'être toujours dans le camp des perdants. Enfin il soupira, ferma les yeux et secoua la tête en se demandant pourquoi les événements lui échappaient sans arrêt.

Mettre un terme à la tyrannie d'Aleb le Borgne lui semblait une mission digne d'être accomplie. Un juste combat, à l'issue incertaine et exempte de facteurs surnaturels. Un retour aux sources, une vengeance trop longuement différée, le point final d'une vie qu'il croyait menacée par la maladie...

Mais l'intervention de Yan avait changé tout cela. Le guerrier ne pouvait plus foncer tête baissée au cœur du péril, comme il avait l'intention de le faire. Il se sentait responsable du jeune homme, tout comme il se sentait responsable des héritiers. Cette fois encore, il allait devoir composer, transiger, réfléchir... On ne le laisserait même pas mourir tranquille.

— Où sommes-nous ? osa demander Yan, voyant que le guerrier s'apaisait.

— Je n'en ai pas la moindre idée, répondit aussitôt l'intéressé, sur un ton aigre.

Grigán ne jeta qu'un regard sur la colossale porte de granite, leur aventure au Jal faisant paraître bien insignifiante l'immense construction ethèque. D'autant que le sable avait effacé la plupart des inscriptions intérieures de l'arche, ôtant ainsi l'un de ses principaux attraits.

Grigán n'avait jamais eu connaissance de cette porte. En plein désert, elle n'aurait pourtant pas dû passer inaperçue, mais il se pouvait que le sable la recouvre régulièrement. À moins qu'elle ne se trouve loin des routes fréquentées des Bas-Royaumes. Le guerrier se plongea dans une observation consciencieuse du ciel étoilé.

— Nous sommes dans les *Tched bálanta*, annonça-t-il bientôt, d'une voix mieux maîtrisée. Les sablons de Tarul. Dès qu'il fera jour, nous prendrons la direction de l'est.

— Pour aller où ?

— À Griteh, répondit-il après un instant, sans se retourner. J'espère y avoir encore quelques amis... ajouta-t-il pour lui-même.

Comme le guerrier nostalgique refusait de s'expliquer plus avant, Yan se couvrit de sa houppelande et leur installa un campement sommaire dans le sable, au pied de la porte mystérieuse refermée à jamais. Il s'allongea bientôt et chercha le sommeil, s'efforçant d'apaiser la petite Ifio qui dansait la gigue sur son ventre.

Inévitablement, l'image de Léti vint hanter ses pensées, sans qu'il puisse se concentrer sur autre chose. Jamais ils n'avaient été autant éloignés. Jamais il n'avait eu autant de raisons de s'inquiéter pour elle... au point de douter de la revoir un jour. Jamais il n'avait eu plus envie d'être à ses côtés.

Pourtant, les prédictions d'Usul avaient eu raison de tout cela. En laissant Grigán partir seul, Yan aurait eu l'impression de le tuer lui-même. Mais en abandonnant Léti, il avait peut-être perdu toute chance de la prendre un jour en Union. Même s'ils avaient échangé leurs promesses. Même s'il désirait cette Union de tout son cœur.

Le choix avait été déchirant... mais Yan ne voulait éprouver aucun regret. Aussi, allongé dans le sable des Bas-Royaumes, adossé à une porte millénaire édifiée par des mains inconnues, il demanda mille fois pardon à la femme qu'il aimait.

Où qu'elle puisse être.

Lana cria le nom de Rey et Léti fit volte-face en un instant, sa rapière à moitié dégainée. La Maz était tournée vers la porte, les mains jointes sur la bouche pour étouffer son cri. Le passage vers le Jal s'était déjà refermé...

— Qu'est-ce qu'il y a ? demanda Bowbaq, portant Corenn aussi aisément qu'il l'aurait fait d'un enfant.

— Reyan... bredouilla Lana d'une voix tremblante. Reyan est resté de l'autre côté !

Léti essuya ses propres larmes du revers de sa manche et scruta les environs, comme l'aurait fait Grigán, songea-t-elle avec estime pour le guerrier. Mais elle ne trouva pas trace de l'acteur. Seules leurs empreintes étaient visibles dans la mince couche de neige.

Corenn tenta de parler, mais ses yeux devinrent vitreux et elle replongea dans l'inconscience avant d'avoir formulé quoi que ce soit. Blessée et évanouie, elle était la plus exposée aux dangers du froid... Bowbaq le savait, et il ne perdit pas de temps avant d'extirper de son sac une épaisse fourrure et d'en envelopper la Mère, tout cela en s'aidant d'un seul bras.

Lana n'avait pas bougé, le regard fixé sur l'arche sombre de la porte. Léti vit des larmes couler sur le visage de la Maz, comme elle-même venait d'en verser pour Yan... et se sentit soudain très proche de la prêtresse ithare.

— A-t-il dit quelque chose? demanda-t-elle doucement.

— *Saat va détruire la Sainte-Cité*, lâcha Lana en sanglotant. Reyan va sûrement essayer de l'en empêcher... Oh, Sage Eurydis, il va se faire tuer!

Léti accueillit la Maz dans ses bras, en une étreinte qu'elle voulait protectrice. Elle réalisa alors la singularité de la situation : elle, cadette du groupe, faisait taire ses propres souffrances pour mieux consoler une femme de dix ans son aînée. Elle était également la seule à manier l'épée. La seule à avoir pris la peine d'étudier ces leçons de survie que Grigán avait développées comme des réflexes. Et elle était la seule, enfin, que l'échec de la rencontre avec les Ondines n'avait pas mortifiée au point de lui ôter toute envie de lutte.

Alors que Lana se reprenait peu à peu, et que Bowbaq attendait placidement, Léti prit conscience d'une chose : il lui appartenait, maintenant, de veiller sur ces trois êtres que le destin avait laissés en sa compagnie. Pour que les héritiers puissent se réunir à nouveau, elle aurait à faire aussi bien que Grigán. Léti venait de décider que sa mission serait de préserver les siens...

— Sommes-nous loin de chez toi, Bowbaq ? demanda-t-elle d'une voix franche.

Le géant avait déjà cherché, en vain, des points de repère dans le paysage. Pour autant, il fit une nouvelle tentative mais, dans la seule clarté lunaire, le paysage vallonné, arboré et couvert de neige offrait peu de renseignements.

— Nous sommes sûrement à Soho, annonça-t-il en désignant la porte d'un signe de tête. Alors, nous sommes assez loin de chez moi, oui. Au moins deux décades, sans poney.

— Quoi ! Mais qu'est-ce qui a pris aux Ondines ?

— C'est peut-être la seule porte d'Arkarie, suggéra Lana, les yeux rougis.

— Eh bien... intervint Bowbaq, presque gêné. Work n'est pas très loin de Soho. Ma femme et mes enfants sont sûrement encore là-bas...

— À quelle distance ? Combien de jours ?

— Je ne sais pas. Peut-être deux, peut-être cinq. Il faudrait trouver des signes de piste, mais on ne pourra pas avant l'aube.

Leurs regards tombèrent sur Corenn et le bandage qu'elle portait au front, linge souillé de quelques taches d'un brun rougeâtre. Il leur fallait trouver un abri *bien avant* l'aube...

— Ne pourrait-il y avoir un de ces signes près de la porte ? suggéra Lana.

Léti jugea cette idée excellente et se mit aussitôt, à la lumière de leur lanterne, en quête d'un tel indice.

En balayant la neige poudreuse là où le sol présentait des reliefs singuliers, elle trouva bientôt un amoncellement de pierres polies et de branches nouées qu'elle dégagea avec la plus grande délicatesse.

— Il y a un refuge de chasse du clan du Renne à quatre mille pas au nord, annonça Bowbaq après un seul regard au signe de piste. Et... il vaut mieux se dépêcher.

— Pourquoi ? demanda la jeune femme, décelant de l'inquiétude dans la voix de son ami.

— Le signe dit aussi que la région est dangereuse. Il y a un prédateur. Peut-être le Gardien de cette porte ?

Le géant et la Maz se tournèrent vers Léti, comme ils l'auraient fait pour demander l'avis de Grigán, ou de Corenn. La jeune femme tendit l'oreille, fouilla l'obscurité, mais ne trouva trace de ce prédateur inconnu qui menaçait son groupe.

Pour la jeune femme, le moment était venu de prendre sa première décision. Consciente du poids écrasant de cette responsabilité... Léti donna le signe du départ.

Rey faillit chuter en traversant la porte du Jal'karu, et ne se rétablit qu'au prix d'une acrobatie douloureuse, le plaçant dans une position très inconfortable. L'acteur s'abandonna à un juron des plus triviaux en songeant que ce retour à l'indépendance débutait de la pire façon. Si le reste était à l'avenant, les jours prochains allaient être un véritable cauchemar.

Il prit tout le temps de se redresser et de brosser ses vêtements avant d'étudier ce nouveau décor. Non pas qu'il fut si soucieux de sa mise : quand la situation le commandait, Rey savait oublier les réserves de son éducation lorelienne pour plonger au cœur de l'action, quand il n'était pas lui-même à l'origine des troubles. Mais en agissant ainsi, il laissait à la porte le temps de se refermer... et de lui ôter toute possibilité de changer d'avis. La dérision et le cynisme avaient toujours été ses meilleures armes ; son courage d'alors, il ne pourrait l'entretenir qu'en méprisant la facilité.

Quand la lumière surnaturelle de l'arche se fut éteinte, Rey daigna enfin examiner les alentours. Évidemment, la nuit en cachait une bonne partie, malgré les efforts de la lune en couronnement. La porte semblait dominer une forêt de densité moyenne, mais ce paysage était celui d'un tiers de la surface des Hauts-Royaumes, aussi cela ne l'aidait-il en rien. D'autant qu'il lui était difficile de reconnaître les différentes formes de végétation en cette saison.

Rey avait désiré s'approcher le plus près possible de Saat. Il espérait que le Gardien de Karu avait bien compris son vœu, comme il semblait l'avoir fait pour les autres. Si oui, alors... il était probablement en territoire wallatte. Quelque part entre le Col'w'yr et la Liponde, dans une région en état de guerre dont il ignorait presque tout. Au milieu d'un peuple de tradition barbare dont il ne connaissait pas la langue... et qui se voulait ennemi de Lorelia et de Goran.

Il eut un petit rire cynique pour sa propre folie. *Mais qu'est-ce qu'il fichait là ?* À des milles et des milles de Lana, qui avait éveillé en lui certains sentiments qu'il avait toujours estimés pure invention de conteur ? Quel besoin avait-il de jouer les héros, de courir au martyre, alors qu'il avait si souvent clamé qu'aucune cause ne justifiait un sacrifice ?

Il savait pourquoi, bien sûr. De réponse, il pouvait même en donner deux. La première tenait au simple fait que Saat était un ennemi *mortel*... et que Rey n'entendait pas capituler sans se battre. Point n'était question d'Adversaire quant au sorcier, et ce combat-là, au moins, n'était pas perdu d'avance.

La seconde raison... Elle tenait en la vision offerte par les Ondines, brève et pourtant dense, de l'immense armée wallatte campant au pied des montagnes. Du tunnel où œuvraient plusieurs milliers d'esclaves, et qui devait mener les barbares sous la Sainte-Cité. Et du souvenir des trop nombreux crimes déjà perpétrés par le Goranais renégat.

S'il parvenait à abattre son ennemi, Rey sauverait peut-être les Hauts-Royaumes par la même occasion... Cela méritait *aussi* d'être tenté, songea-t-il avec un certain humour.

Cessant là ses réflexions, il ramassa son paquetage et descendit tranquillement la petite colline que surplombait la porte. Il n'avait pas même examiné cette dernière. Les héritiers avaient eu plus que leur part de fantastique, et tourner le dos à ce nouveau monument surnaturel lui parut une petite revanche méritée, dont il goûta la mesquinerie en connaisseur.

Il n'était pas avancé de trois pas sous les arbres qu'un bras vint soudain emprisonner sa gorge, lui maintenant la tête en arrière. Simultanément, un autre agresseur agrippa ses mollets et les souleva brutalement, au point de lui faire perdre l'équilibre. Rey se retrouva suspendu à trois pieds au-dessus du sol et se débattit furieusement, essayant de se dégager d'un côté ou de l'autre. Mais la force des deux hommes, qu'il distinguait mal, était bien supérieure à la sienne et ses efforts furent vains.

Celui qui emprisonnait ses jambes défit le baudrier qui maintenait sa rapière et, en sentant l'arme glisser au sol, l'acteur comprit qu'il avait perdu son meilleur atout. De toute façon, ses mains suffisaient à peine à empêcher le bras serrant son cou de l'étrangler ; au moindre mouvement brutal, Rey risquait de se briser lui-même la nuque.

C'était exactement ce que ses agresseurs avaient escompté et, après un moment d'attente, ils furent tout à fait sûrs de maîtriser la situation. Ils échangèrent quelques mots dans une langue gutturale et commencèrent à faire pivoter Rey sur lui-même.

L'acteur comprit qu'ils projetaient de le mettre à plat ventre contre le sol afin, probablement, de le ligoter en toute tranquillité. Il ne leur en laissa pas le temps. Faussement résigné depuis quelques instants, il profita d'être tourné sur le flanc pour se tendre et tirer violemment sur sa jambe droite, réussissant à en libérer le pied en laissant la botte prisonnière. Il envoya aussitôt son talon nu dans le visage de son adversaire, martyrisant d'abord un menton, puis une gorge découverte dans les efforts que faisait son ennemi pour récupérer sa prise.

Le coup fut violent. Avec une joie sauvage, Rey entendit les râles douloureux de l'homme qui tentait de recouvrer sa respiration. L'étau serrant le mollet de l'acteur se desserra légèrement, puis totalement et il put retrouver un double appui sur le sol.

Il n'était pourtant pas tiré d'affaire. Celui qui lui maintenait la tête en arrière n'avait pas lâché prise, et semblait assez fort pour triompher seul. Rey tira de tous ses muscles sur le bras vigoureux, en donnant des coups de l'arrière du crâne dans la poitrine ennemie. Mais son adversaire ne faiblit pas et parvint même à immobiliser l'acteur en position assise sur le sol.

Le poignard et la rapière de Rey n'étaient qu'à cinq pas environ, aussi loin qu'à l'autre bout du monde. La dague était plus près encore, mais tout aussi inaccessible. Transpirant, s'épuisant, l'acteur plongea la main dans ses vêtements et en tira la pierre dont chacun des héritiers s'était muni au Jal'dara, avant d'en frapper violemment le coude massif qui enserrait sa gorge.

L'homme eut un bref cri de douleur et tendit sa main libre pour arracher cette arme improvisée. Rey l'abandonna aussitôt et agrippa le bras qui lui était ainsi offert. Il le mordit si fortement que son agresseur fut obligé de lâcher sa prise pour tenter de se dégager. Rey ne perdit pas un instant et roula sur lui-même avant de se relever trois pas plus loin. Il plongea la main dans sa botte et n'eut que le temps d'en sortir la dague avant que son agresseur ne bondisse sur lui. Ce dernier vit son élan coupé par l'acier trempé dans son cœur... Trop précipité, il s'était lui-même jeté sur la lame nue.

Le corps n'était pas encore à terre que Rey se mettait déjà en quête du second. L'acteur n'entendait plus rien, hormis sa propre respiration haletante. Même la forêt semblait faire silence par respect pour les combattants. Et cela ne présageait rien de bon. Son adversaire pouvait s'être embusqué non loin, ou avoir pris la fuite pour donner l'alerte. Auquel cas, Rey pouvait oublier tout espoir de se glisser discrètement dans le dos de Saat...

Il finit pourtant par trouver le second homme, à son grand soulagement. Celui-ci avait expiré à quelque distance, adossé à un arbre, et Rey ressentit une vague nausée en découvrant le teint bleuâtre du cadavre, discernable même sous la clarté lunaire. Le coup de talon de l'acteur avait été plus efficace qu'il ne l'espérait...

Les deux corps étaient ceux d'hommes massifs et bedonnants, aux cheveux longs et sombres et à la barbe hirsute. Pour tous vêtements, ils ne portaient qu'une large pièce d'un tissu grossier noué aux épaules et passant sous l'entrejambe, maintenu par une ceinture où pendaient diverses armes et sacoches. Des Wallattes.

Rey s'empara des effets de ce second cadavre, ainsi que de la ceinture du premier, remettant à plus tard l'examen de ce qu'il fallait bien appeler des « prises de guerre ». Il rassembla ses possessions disséminées dans la bataille, recomposant son paquetage sans oublier d'y replacer la pierre de Dara qui venait, déjà, de lui sauver la vie. Enfin, il s'éloigna dans une direction aléatoire, ne songeant qu'à mettre un peu de distance entre lui et les premiers signes de son intrusion en territoire ennemi.

Un décan ne s'était pas encore écoulé depuis la séparation des héritiers que Rey se sentait déjà beaucoup moins confiant. Il devait réapprendre à ne compter que sur lui-même, sans aucun espoir d'aide extérieure, sans certitude même que ses amis aient un jour connaissance de son sort, si les choses venaient à mal tourner.

En s'enfonçant dans les ténèbres de la forêt wallatte, tendu et redoutant d'autres mauvaises rencontres, Rey essaya de trouver du réconfort dans l'idée que la situation des autres ne pouvait être que meilleure. Mais de cela même... il ne pouvait que douter.

Léti s'émerveilla devant le refuge de chasse où les avaient menés les signes de piste. Bien que Bowbaq soutienne – sans prétention – que l'endroit s'avérait plutôt inférieur à la moyenne, la jeune femme n'avait de cesse de s'extasier devant l'aménagement et le confort des lieux. Rien à voir avec la sordide franche-ferme de Semilia !

La bâtisse était exiguë, certes, mais de construction robuste et suffisamment isolée. Un décime à peine après que le géant eut allumé la cheminée, ils baignaient dans une douce chaleur qui rendit progressivement vie à leurs membres transis. Bowbaq trouva également plusieurs couvertures épaisses, derrière une trappe au plafond, et un certain nombre de manteaux, moufles et bonnets plus ou moins délabrés. Ils disposaient également de larges couchettes, d'un certain nombre d'ustensiles de cuisine et de fournitures diverses, telles que de l'huile à lanterne, des lacets de cuir ou de l'amadou.

Emmitouflée dans ses vêtements, sa rapière à portée de main, Léti songea que la légende de l'hospitalité arque méritait vraiment d'être répandue jusque dans les Bas-Royaumes. Aucun Lorelien, Goranais, Romin ou même Kaulien n'abandonnerait ainsi une part de ses possessions à l'usage d'une communauté incertaine. En cela, même les clans les plus primitifs du Blanc Pays montraient plus d'intelligence que les citadins des rivages de la mer Médiane...

— Tu connais des gens du clan du Renne ? demanda-t-elle soudain, comme l'idée la traversait.

— Pas vraiment, répondit le géant en se grattant la tête. J'en ai déjà rencontré aux Grandes Chasses. Mais de là à me rappeler leurs noms...

— J'ai quand même une drôle d'impression, à m'installer ici sans rien demander. Tu es sûr que personne ne risque de nous flanquer dehors ?

— Oh ! Non. Le clan de l'Oiseau et celui du Renne sont alliés. Avec l'Érisson, l'Hermine et l'Anator, aussi. Et encore d'autres, un peu plus loin au nord.

— *Alliés* ? releva Léti. Contre qui, d'autres clans ? Vous vous faites la guerre ?

— Ça arrive, soupira le géant. Mon père en a connu deux. Et ceux du clan de l'Hermine sont toujours en guerre contre le Buffle. Mais c'est plutôt une histoire de... *territoire*, tu sais ? Ils se disputent le gibier, les rivières... ça ne va pas bien loin. Derrière Crevasse, les batailles sont beaucoup plus terribles.

Léti acquiesça, songeant qu'elle ne connaissait pas grand-chose à la civilisation et à l'histoire du plus grand royaume de ce continent. Comment avait-elle pu, en trois lunes de voyage avec Bowbaq, ne pas en apprendre plus sur le pays de son ami nordique ? La réponse lui vint facilement : parce qu'elle n'avait pas développé, comme Yan ou sa tante, un esprit curieux qui les poussait à poser question sur question.

Yan... Où était-il ? Que faisait-il, à cet instant ?

Léti soupira et, pour éviter de se laisser aller plus encore à la mélancolie, s'échappa de la lourde couverture réchauffant ses épaules avant de se rendre au chevet de Corenn.

Même endormie, la Mère présentait un visage soucieux, préoccupé, triste même. Dans sa faiblesse, avait-elle compris que leur groupe s'était réduit de moitié ? Si non, il lui faudrait bientôt affronter de nouveaux tourments...

Léti aurait voulu voir disparaître le bandage infâme couvrant le crâne de sa tante. Elle aurait voulu l'embrasser, se consoler dans ses bras, se laisser leurrer par son optimisme, comme elle le faisait étant enfant. Mais cette nuit, les rôles s'étaient inversés. Il *lui* faudrait réconforter la Mère, le lendemain à son réveil. Il *lui* faudrait la soutenir pendant sa convalescence. Il *lui* appartiendrait de veiller sur elle, comme Corenn l'avait protégée depuis leur départ d'Eza.

Avec envie, la jeune femme contempla Lana qui, veillant sur la blessée, s'était endormie à côté de sa tante, recroquevillée sous la couverture comme un bébé. Elle eut un sourire amusé pour Bowbaq qui venait, pour sa part, de sombrer sur sa chaise. Le silence régnait dans le petit refuge de chasse. Le calme. La paix.

Mais ils ne seraient jamais vraiment en paix, songea-t-elle avec lucidité. Alors, Léti vérifia la poutre barrant la porte, s'assura de la proximité de sa rapière, souffla la lanterne et s'allongea sur sa propre couchette.

Elle chercha le sommeil dans la contemplation apaisante des lueurs de la cheminée. Mais les flammes dansantes ne lui inspirèrent que souvenirs d'Ondines, de déception et de déchirement.

Ses ennemis avaient quitté le Jal'dara. Il le devinait. Il le sentait. Il le *savait*.

Mais il ne les trouvait pas.

L'ombre du démon parcourait les royaumes en visitant des milliers d'esprits, cherchant, fouillant, scrutant, à la recherche du petit groupe de mortels qui représentait l'ultime opposition au Nouvel Ordre des Dyarques. Des vieillards succombèrent à cette intrusion dans leurs pensées. Des hommes à la perception déformée par les drogues allaient en faire plusieurs lunes de cauchemars. Des troupeaux devaient s'agiter toute la nuit, sous le hurlement des chiens, des loups et des créatures redoutées du plus profond des landes désolées. Dans les jours suivants, beaucoup de théories allaient être avancées par les Maz, sur cette manifestation divine que tous avaient *ressentie* sans vraiment en être le témoin.

Cette nuit, Sombre ne prendrait aucun ménagement. Pourquoi continuerait-il à masquer sa présence ? L'humanité devait l'avoir pour maître, dans un avenir plus ou moins proche. Il était temps que les mortels apprennent à le craindre.

Aussi le démon franchissait-il les mers, traversait les montagnes, fouillant temples, auberges et palais, espionnant cavaliers, marins et marcheurs, de plus en plus vite, de plus en plus rageusement, avec une frustration à l'échelle de sa nature divine.

Le monde était vaste, certes, mais pas au point qu'il puisse y perdre six mortels insignifiants. Précisément, ceux qui faisaient l'objet de son attention depuis quatre lunes. Il avait *toujours* pu retrouver leurs esprits. Il le pourrait encore, même quand ils seraient morts. Seul le Jal échappait à ses pouvoirs.

Et ses ennemis avaient quitté le berceau des dieux, aussi sûr qu'il était Celui qui Vainc. Dans le vacarme indescriptible des émotions humaines envahissant son esprit, le démon pouvait *sentir* leur présence... mais d'une manière sourde, diffuse, mille fois plus faible qu'elle ne l'était d'ordinaire.

Insuffisante à les révéler.

Sombre hantait la nuit des Hauts-Royaumes sans plus savoir où chercher les héritiers survivants. L'un d'eux était peut-être son Adversaire, et leur rencontre obsédait son esprit.

Enragé, impatient, le démon finit par projeter son ombre dans les montagnes glacées de l'Arkarie, le seul endroit qui les liait à lui. Et il commença d'attendre, imaginant de quelle manière atroce il allait anéantir les mortels qui bravaient sa colère.

La température s'était fortement élevée, depuis l'aube, et Yan en sentit les premiers effets néfastes dès leur deuxième décan de marche. Suivant les conseils de Grigán, il n'avait découvert aucune des parties de son corps, mais le jeune homme rêvait déjà d'ôter ce surplus de vêtements qui semblait incongru par une telle chaleur. Que n'aurait-il donné pour se plonger dans les remous de n'importe quel fleuve ou rivière qui se présenterait sur leur chemin ! Jamais Eza ne lui avait autant manqué.

Grigán avait fait l'inventaire de leur provision d'eau et vérifié ainsi qu'elle suffirait à les abreuver pendant deux jours. Il faut dire que le guerrier transportait en permanence deux gourdes de trois pintes chacune, dont l'une au moins était encore pleine. Avec la propre réserve de Yan, ils devaient pouvoir rejoindre le royaume ramgrith sans trop se rationner. Ifio elle-même aurait une part plus que suffisante.

La porte avait depuis longtemps disparu de l'horizon. Grigán avait ôté la terre qui lui maculait le visage et Yan l'avait aussitôt imité, trop heureux de se débarrasser de la crasse qu'ils traînaient depuis Karu. De leur escapade au Jal, ils ne gardaient plus que les pierres que Corenn avait conseillé d'emporter, et qu'ils conservaient comme un porte-bonheur improbable censé les rendre invisibles aux yeux des démons.

Comme ils paraissaient lointains, les jardins de Dara ! Leurs souvenirs semblaient fuir devant l'écrasante réalité des *Tched* qui s'étendaient à perte de vue pour se fondre avec le ciel ocre et beige du soleil en couronnement. Yan et Grigán erraient dans un univers de jaune, de cuivre et de fauve qui se prolongeait à l'infini.

Si ce n'était l'assurance tranquille du guerrier, le jeune homme aurait eu de sérieux doutes sur leurs chances de survie. Mais Grigán n'avait rien oublié des Bas-Royaumes et de ses dangers, ni de la culture des civilisations du désert. Naturellement, il trouvait le meilleur chemin entre les dunes : celui qui était le plus ombragé, ou le moins susceptible de s'effondrer. Le guerrier savait éviter les nuisibles – scorpions, araignées bellica ou autres serpents daï – et les guider vers de petits arbustes secs et tordus dont les baies apaisaient leur fatigue. Il savait comment combattre les brûlures et comment ménager leurs pieds. Enfin, Grigán savait se repérer dans cet océan terrestre comme un vieux marin sur la mer Médiane, lisant son chemin sur l'horizon plus sûrement que sur une carte lorelienne. S'il consultait sa boussole, c'était uniquement par acquit de conscience : le guerrier était aussi à l'aise dans ce paysage inhospitalier que dans les plus riches des Hauts-Royaumes.

En revanche, il était loin de s'y montrer aussi bon compagnon. Lorsqu'il lui arrivait de parler, ce n'était que pour souffler l'un ou l'autre conseil, et lorsque Yan s'aventurait à engager la conversation, il n'obtenait que quelques onomatopées en réponse. Heureusement, le jeune homme sut ne pas s'en offusquer, et respecter la réserve de son ami. Grigán ne boudait pas : il était préoccupé, soucieux, voire inquiet.

Le guerrier n'avait aucune idée de ce qu'ils allaient trouver à Griteh.

Rey fut réveillé par la douleur de son dos meurtri sans avoir pu dormir plus de deux décans. Il se redressa lentement et s'étira en gémissant. Sa première pensée fut de maudire les Wallattes, Saat, les portes et *surtout* l'arbre tordu sur lequel il avait passé la nuit. L'acteur se jura de ne pas renouveler cette expérience, quoi qu'il advienne.

Il resta à l'affût quelques instants puis descendit de son perchoir, essayant d'ignorer la souffrance de ses membres endoloris. Au grand jour, la forêt wallatte lui paraissait tout à fait différente. Il avait si souvent trébuché, en progressant à la seule clarté lunaire, qu'il s'était représenté les sous-bois comme un enchevêtrement pervers de racines et de branches basses, dont la fonction principale était d'agresser les voyageurs. Il devait bien admettre, alors, qu'il n'en était rien : ces futaies n'étaient pas plus luxuriantes que celles des provinces loreliennes. Éternel insatisfait, l'acteur en éprouva même un certain regret : une végétation plus dense aurait facilité la discrétion de ses déplacements.

Rey avait renoncé à progresser de nuit : faute de pouvoir allumer une torche, son avancée s'en trouvait beaucoup trop ralentie, et il lui était difficile de s'orienter, et même d'être sur ses gardes. Alors qu'il avait un besoin vital de rapidité, d'efficacité et de vigilance...

Il tira de son sac un morceau de fromage plus que sec, et en coupa quelques tranches qu'il mâcha en grimaçant. Les provisions des héritiers avaient survécu au Jal'dara, certes, mais elles n'en dataient pas moins d'avant leur expédition au pays d'Oo. Lucide, Rey ajouta un problème supplémentaire à ceux, déjà nombreux, qui étaient les siens : celui de trouver de quoi manger.

Il songea qu'à sa place, Grigán, Yan ou Bowbaq se seraient tout simplement nourris de gibier, oiseaux gras ou rongeurs à la chair tendre sur lesquels il ne pourrait manquer de tomber. Mais Rey ne savait rien de la chasse, ni même de la façon de préparer ces mets... jamais il ne s'était senti aussi *citadin*. Il se consola gaiement à l'idée que Lana n'en savait pas plus que lui, et qu'ils formaient ensemble le couple d'aventuriers le plus *civilisé* du monde connu.

Tout en mâchonnant une nouvelle portion du fromage sec, il entreprit d'examiner les ceintures prises sur les Wallattes. Il reconnut bientôt qu'elles ne recelaient pas grand-chose d'intéressant. Mis à part quelques disques d'un métal grossier, probables représentants de la monnaie locale, les sacoches ne contenaient que des petites fournitures de qualité inférieure à celles que Rey possédait déjà.

Les armes étaient beaucoup plus intéressantes. Rey en avait vu déjà vu de semblables, exposées dans la salle d'entraînement du Château-Brisé de Junine : l'intendant de Séhane les avait désignées comme des *lowas*. Il ne s'agissait ni plus ni moins que d'une lourde barre métallique, plus épaisse et plus courte qu'une épée lorelienne, dont seul le dernier pied était tranchant. À l'extrémité de cette lame grossière, un lourd anneau fondu dans l'acier permettait de fixer une chaîne, un grappin ou quoi que l'on puisse imaginer pour augmenter le pouvoir destructeur de l'arme. Enfin, un petit bouclier rond soudé à plat sur la barre constituait la seule garde pour les deux mains vraisemblablement nécessaires à son maniement.

Rey admira son efficacité en connaisseur. La *lowa* requérait une certaine force physique, mais le peuple wallatte n'avait rien d'une race de nains. Réduire le tranchant à un pied de longueur seulement permettait d'épaissir l'objet et d'assurer sa solidité. L'anneau permettait aux plus puissants d'infliger des blessures plus terribles encore. L'arme servait à la fois d'épée, de masse et de fléau d'hast. Sa fabrication ne requérait, de plus, aucune finition particulière... On pouvait en produire des milliers en quelques décades seulement. Même l'armée goranaise était moins bien équipée.

Les *lowas* des deux hommes étaient souillées de sang séché. Rey se demanda combien de vies ces armes avaient déjà prises, combien de crânes elles avaient brisés, combien de membres elles avaient fracturés... et songea que des armes semblables, *plus effrayantes* peut-être, allaient être utilisées d'un jour à l'autre dans la Sainte-Cité d'Ith, par quelques milliers de barbares à la brutalité légendaire.

Cette idée lui coupa l'appétit. Lui-même aurait pu, la nuit précédente, tomber sous le coup des *lowas*. Pour avoir été joueur professionnel, Rey ne croyait pas à la chance. À quel dieu attentif et bienfaisant devait-il d'avoir survécu ?

Que faisaient les Wallattes près de la porte ? Ils ne portaient aucune bougie, torche ou lanterne, ou quelque équipement indispensable à un voyage de plusieurs jours. Soit ces barbares partaient en campagne dans un dénuement presque total... ou soit ils venaient d'un campement proche, peut-être attirés par la lueur surnaturelle de la porte.

Quant à la taille ou à la proximité de ce campement, Rey n'en avait aucune idée. Le fait que ses agresseurs aient essayé de le capturer, plutôt que de le tuer, ne prouvait qu'une chose : les Wallattes contrôlaient cette région. S'ils s'étaient trouvés en pays ennemi, la première réaction des barbares aurait été de se débarrasser de l'étranger.

Rey décida de considérer cela comme une bonne nouvelle, malgré l'appréhension qu'il ressentait jusque dans son estomac. Il était, après tout, entré en pays wallatte, ce qui était son but. Malgré un départ tumultueux, les chances de réussite de sa mission n'avaient pas été entamées.

Il ôta ses vêtements loreliens en frissonnant, ne conservant que ceux qu'il pouvait dissimuler, et enfila l'immonde pièce de tissu qu'il avait prise sur l'un de ses agresseurs. Il se munit également d'une des ceintures à sacoches et de la terrible *lowa* qu'il laissa pendre à son côté. Comme ce « déguisement » ne pourrait tromper que de loin, malgré tout, il décida de conserver sa rapière, son arbalète à main et une petite moitié de son équipement... abandonnant le reste, y compris le reliquat du trésor du Petit Palais, sous un buisson épineux.

S'il échouait, l'or ne lui serait plus d'aucune utilité. Mais Rey se voulait optimiste : tout ce qu'il avait à faire, c'était se glisser assez près de Saat pour lui faire payer ses crimes.

Le seul problème étant qu'il ignorait totalement où se trouvait le sorcier... à part au pied d'une montagne.

Corenn regardait vers le sud en se demandant quelle pouvait bien être la direction de Griteh. Son repérage était d'autant plus difficile qu'elle n'avait qu'une idée imprécise de sa propre situation géographique... Aussi, les pieds dans la neige, emmitouflée dans la fourrure d'un animal inconnu, la Mère soupirait-elle en contemplant l'horizon.

Elle s'était éveillée la première, et avait eu tout le temps de faire la part entre la réalité et ses cauchemars : l'un et l'autre se confondaient en bien des points. Aucun des héritiers n'était l'Adversaire. Grigán n'était plus là pour veiller sur eux. Yan et Rey eux-mêmes se trouvaient séparés du groupe. Corenn ne nourrissait aucune illusion : cette nuit avait été celle de la fin des héritiers. Combien de chances réelles avaient-ils de se réunir encore ? Trop peu. Pratiquement, aucune.

La Mère regretta la blessure qui l'avait assommée. Si elle avait disposé de toutes ses capacités, Corenn aurait pu empêcher la dissolution du groupe. Elle s'assurait de la cohésion de leur petite communauté depuis le début de leur quête. Tempérant l'autorité militaire de Grigán, les frasques de Rey, les sautes d'humeur de Léti, la sensiblerie excessive de Lana, au point d'avoir fait grandir entre des personnages si différents une solidarité et une amitié à toute épreuve.

Cette fois, le destin en avait décidé autrement...

Jusqu'alors, malgré le danger et les déceptions, Corenn avait toujours su où aller et quoi faire, quelles pistes suivre, quels espoirs entretenir. Maintenant que la partie était perdue, la Mère se trouvait désemparée au plus haut point. Elle ignorait où se trouvaient Yan, Rey et Grigán. Elle ne savait pas de quoi les prochains jours seraient faits. Elle avait beau retourner le problème dans tous les sens, il ne leur restait pas l'ombre d'une chance de contrer Saat. Même si le sorcier n'était pas l'allié d'un démon...

Les héritiers n'avaient en rien altéré l'avenir dévoilé par Usul et, suivant la prophétie de Celui qui Sait, la coalition estienne détruirait bientôt les Hauts-Royaumes. Corenn, Grigán et les autres avaient échoué et mourraient probablement sous les dagues empoisonnées des tueurs züu. Malgré son intelligence, malgré la force de caractère qui l'empêchait de s'abandonner au désespoir, la Mère ne voyait rien qu'ils puissent faire encore...

— Tante Corenn... viens te réchauffer à l'intérieur, demanda doucement une voix aimée.

La Mère se retourna et prit Léti dans ses bras. Léti, qui avait eu plus que sa part de chagrin au début de leur quête, et qui se montrait aujourd'hui étonnamment forte, alors qu'elle avait toutes les raisons de pleurer. Corenn berça lentement le corps de sa nièce, tout contre elle, comme elle aurait aimé le faire d'un bébé. Mais la fillette n'en était plus une, et l'étreinte qui lui fut rendue s'accompagnait d'un cliquetis d'acier et de cotte de mailles. Corenn était probablement la dernière à l'admettre... mais la petite Léti du village de pêcheurs était devenue une guerrière. À l'horizon de ces années de guerre, la génération montante des Hauts-Royaumes avait tout intérêt à apprendre à se battre...

Elles regagnèrent le refuge de chasse, bras dessus, bras dessous, sans prononcer un mot. Heureusement, Bowbaq leur fournit un plaisant sujet de conversation. Le géant s'affairait à leur préparer un déjeuner des plus consistants, et à voir les mets déjà présentés, Corenn ne put que s'extasier devant la prévoyance et l'hospitalité du peuple arque. Fruits secs, galettes de céréales, viandes fumées et miches éponges se disputaient l'espace étroit d'une table d'écorcier. Une grande cuvette, à laquelle pendait une douzaine de petites tasses, attendait de recevoir le *milo* tiède qui répandrait la douce odeur sucrée caractéristique de la boisson traditionnelle arque. Une autre, plus petite, renfermait les épices qui devaient aider chacun à relever le breuvage à son goût. Une autre encore offrait la graisse qui devait adoucir les miches éponges. Et une autre, et une autre encore...

— Mère Eurydis, Bowbaq ! C'est donc toi le magicien ! lança Corenn en se forçant à sourire.

— Je n'ai rien fait, s'excusa le géant, cherchant ce qui pouvait motiver une telle accusation.

Il comprit enfin que Corenn plaisantait et partit d'un rire bonhomme, trop heureux d'avoir rendu un peu de joie à ses amies.

Ils s'attablèrent et mangèrent de bon cœur. Lana seule restait laconique ; ses yeux rouges et son expression fatiguée en disaient long sur son état d'esprit. Depuis l'aube, la Maz n'avait pas quitté le refuge, ni même sa couchette. Les derniers événements pesaient plus lourdement dans ses souvenirs...

— Grigán veillera sur Rey, finit par avancer Corenn, pour consoler la prêtresse. Et sur Yan, bien sûr. Vous imaginez ces trois-là laisser quiconque leur marcher sur les pieds ? Tant qu'ils seront ensemble, il ne pourra rien leur arriver !

Contrairement aux attentes de la Mère, cette remarque eut pour seul effet d'accentuer la tristesse de Lana, au point qu'elle finisse par s'excuser et sortir de table, le visage caché dans les mains.

— Rey n'est pas avec Grigán, expliqua Léti, sincèrement désolée par ce malentendu. Je croyais que Lana te l'avait dit !

— Je le croyais aussi, assura Bowbaq, étonné.

— Où est-il ? les interrompit Corenn.

— À Wallos. Enfin, peut-être. Il a dit à Lana que les Wallattes creusaient un tunnel vers Ith, et il est resté au Jal'karu. Lana pense qu'il va essayer d'arrêter Saat.

— Un *tunnel* ? répéta la Mère avec émotion. Un tunnel sous le Rideau ?

— C'est ce qu'il a dit, acquiesça Léti, embarrassée.

Les pensées de Corenn se bousculèrent, et comme réveillée par cette agitation, sa blessure lui causa une migraine aussi violente que soudaine. Mais la Mère décida d'ignorer la douleur. Elle sentait qu'il y avait, là, dans cette information, quelque chose à ne pas laisser échapper. L'instant d'après, elle fut prise de vertiges, dus autant à sa faiblesse qu'à l'émotion. Elle s'efforça pourtant de raisonner encore, livrant un véritable combat de la logique contre les battements sourds montant de sa nuque.

— Comment l'a-t-il appris ? demanda-t-elle en luttant contre la fièvre.

— Apparemment, il a eu cette vision en touchant les Ondines. Comme Grigán avec Aleb.

— Il aurait dû nous le dire, commenta-t-elle avec une pointe d'amertume.

Mais là n'était pas le vrai problème. En fin de compte, Rey leur avait livré l'information, et s'il avait quitté le groupe, ce n'était que pour répondre à l'appel impérieux d'une vision qu'il considérait, comme Grigán, l'investissant d'une *mission*. Eux seuls en avaient fait l'expérience. On ne pouvait les en blâmer sans savoir en quoi consistait réellement le toucher des Ondines...

Non, là n'était pas le vrai problème. L'idée de Saat d'envahir les Hauts-Royaumes à partir de la Sainte-Cité était horrible. Horrible, et géniale. Corenn ne doutait pas que le sorcier parvienne à réaliser l'immense exploit de percer la montagne. N'était-il pas maître d'un démon ? Avec ce plan, il se montrait également un maître stratège...

Mais il y avait quelque chose à en tirer, la Mère en avait la certitude. Toutes les informations étaient utiles, et celle-ci était de taille. Si Corenn avait disposé de toutes ses capacités, elle aurait *déjà* trouvé.

Il fallait qu'elle trouve.

— J'ai besoin de m'allonger, annonça-t-elle soudain d'une voix blanche. Léti, va chercher Lana, s'il te plaît : j'ai l'impression que ma blessure s'est rouverte...

La jeune femme se précipita dehors sans même prendre le temps de se couvrir. Elle fut de retour presque immédiatement, alors même que Bowbaq aidait Corenn à s'étendre, avec toute la douceur dont il était capable.

— Je sais que tu as hâte de revoir ta famille, dit-elle doucement, alors qu'elle se voyait sombrer dans l'inconscience. Bowbaq, c'est très important : *n'y va pas*. Fais-moi confiance et attends mon réveil. J'ai besoin de réfléchir. J'ai besoin de...

La Mère s'évanouit pour de bon et Lana s'empressa de lui prendre le pouls. Ce dernier battait vite, extrêmement vite.

Il sortit l'arme de son fourreau et en caressa la garde du bout de ses doigts ridés. Le contact lui procura la sensation familière, chaleur douce autant que douloureuse, familière aux Gweloms nés de la glaise du Jal'karu. Saat était le seul à connaître le secret de son épée. Si beaucoup nourrissaient des soupçons quant à la réelle nature commune de son heaume, aucun ne se doutait des pouvoirs magiques de son arme. Pourtant... Ceux-ci étaient bien plus terrifiants.

En s'échappant du labyrinthe des fosses, le sorcier avait emporté un peu du gwele noir dont il marquait sa piste. De cette matière au récept démesuré, il avait modelé deux objets : l'un masquait son visage, horriblement vieilli par une existence de cent quatre-vingts ans, et l'autre battait sa cuisse... Sans que quiconque se doute que l'acier encore vierge avait déjà tué une trentaine de personnes, au moins.

Aucun être ne peut donner plus qu'il ne possède lui-même. En modelant ces artefacts, Saat ne pouvait les nantir de pouvoirs qui lui étaient proprement inaccessibles. Aussi le sorcier avait-il choisi : son heaume devait lui permettre de lire les pensées et de prendre le contrôle des corps, toutes choses qu'il faisait régulièrement. La seule restriction venait des fondements même de la magie : l'application d'un sort requérait la proximité de la cible. Grâce à sa puissance, Saat avait repoussé cette proximité à plusieurs milles. Mais il restait lié par une condition inflexible : il lui fallait être *au moins une fois* en présence de ses victimes. S'il n'avait été gêné par cette entrave, Saat se serait lui-même débarrassé des héritiers de l'île Ji...

Son épée obéissait aux mêmes lois, mais son pouvoir était tout autre. Au temps de son service auprès de l'empereur Mazrel, Saat avait appris à utiliser la magie du Feu pour anéantir ses rivaux. Sa méthode favorite consistant en une compression brutale du cœur de ses adversaires, une sorte « d'étranglement d'organe », comme il aimait à sourire de cette image. La garde de sa lame fournissait désormais le fastidieux effort nécessaire à un tel prodige. Il lui suffisait de songer à quelqu'un et de déclencher le pouvoir de l'arme, par une simple pression de sa Volonté, pour que le traître, le couard ou la forte tête s'écroule soudain, les mains crispées sur sa poitrine en une agonie terriblement angoissante.

Avec son heaume, Saat était omniscient. Avec son épée, il était tout-puissant. Avec son armée, il allait soumettre le monde. La victoire était proche. Pourtant... pourtant, la satisfaction du sorcier n'était pas complète. Le Haut Dyarque devait bien avouer quelques regrets, échecs ou déceptions.

Tout d'abord, la laideur de son corps, qui l'indisposait un peu plus chaque jour. La magie ne lui permettait pas d'intervenir sur son propre corps, et les illusions ne l'intéressaient guère. Il avait plusieurs fois demandé à Sombre d'user de ses pouvoirs divins, mais le démon, ne connaissant que combat et destruction, avait échoué à guérir la chair moribonde. Sombre n'appréciant aucune forme de défaite, il refusait depuis toute nouvelle tentative.

Le comportement du démon représentait le souci majeur du sorcier. Saat n'était pas *vraiment* immortel. Sa survie, il ne la devait qu'à Sombre, aux trop nombreuses occasions où il puisait dans la force surnaturelle de son allié ombrageux. Or, depuis quelques décades, le démon se montrait parfois imprévisible... et Saat redoutait l'éventualité, même improbable, où il perdrait le contrôle de sa source de vie.

Enfin... le sorcier regrettait sa *stérilité*. Malgré ses innombrables esclaves et concubines, malgré l'ardeur qu'il mettait à combattre ce fléau, malgré, enfin, la certitude qu'avait acquise Chebree de porter un jour leur enfant, Saat se désespérait de donner le jour à un fils.

Non pas qu'ait vibré en lui une quelconque fibre paternelle, sentimentale et donc, ridicule : la raison seule commandait les actes du sorcier. Et la raison lui disait que, suivant la Vérité des Ondines, l'Adversaire devait naître des lignées des sages... et qu'il serait bientôt le seul à satisfaire cette condition.

Saat voulait être le père de l'Adversaire.

Alors, et alors seulement, il pourrait se dégager de sa dépendance vis-à-vis de Sombre. Saat avait déjà élevé un dieu. Celui qui viendrait profiterait de son expérience. Le Haut Dyarque saurait exactement comment agir... et résoudre l'ensemble de ses problèmes, par la même occasion.

Dans l'attente de ce jour, il lui fallait s'entraîner. Le sorcier se tourna enfin vers l'esclave qu'il avait fait amener. Un garçon de six ou sept ans, dont il s'apprêtait à voler le corps.

Rey avait passé un bon demi-décan à surveiller le village qu'il avait découvert, sans y déceler le moindre mouvement. Le bourg avait dû être pillé puis abandonné, peut-être même par ses propres habitants.

La plupart des constructions de bois étaient détruites ; certaines avaient brûlé. Deux enclos vides semblaient bâiller de leurs portes ouvertes. Il ne restait rien, dans les allées de rocaille, d'intact ou d'utilisable. Une sorte de charrette reposait sur le flanc, éventrée à dessein. Plusieurs poteries gisaient en morceaux. Quelques étoffes déchirées et retenues par des aspérités du terrain souffraient la torture du vent. Tout cela pouvait remonter à la décade passée, comme à quelques lunes.

Le village n'aurait pu être plus mort. Il *sentait* la mort. Mais les rues n'abritaient aucun corps, humain ou animal, ancien ou récent. Étrangement... l'endroit n'en était que plus effrayant.

Pour rester libre de ses mouvements, Rey se déchargea de son sac, de la *lowa* et de la ceinture wallatte. Il quitta enfin son poste d'observation et s'approcha des constructions, tous ses sens en éveil. Comme il s'avançait en terrain découvert, ses pas brisant le silence oppressant des lieux, l'arbalète à laquelle il se raccrochait lui parut une arme bien dérisoire...

Il atteignit pourtant les premières maisons sans mésaventure. Les bâtiments wallattes étaient bas et massifs, à moitié enterrés dans le sol rocailleux. Les portes, aussi bien que les fenêtres, étaient étroites et protégées de lourds volets intérieurs. Une telle architecture se justifiait par la lutte contre le froid... aussi bien que les agressions. En définitive, chaque maison n'était qu'une place forte à l'échelle d'un foyer.

Il en dépassa trois dont les issues étaient ouvertes, sans toutefois se risquer à les visiter. Il n'imaginait pas y trouver quoi que ce soit dont il puisse tirer profit. À vrai dire, Rey n'avait aucune raison précise de poursuivre l'exploration du village. Il n'agissait que mû par une intuition.

Celle-ci l'entraîna aux abords du bâtiment le plus grand. Il était le seul dont les fenêtres soient closes, détail qui n'avait pas échappé à l'attention de l'acteur. En s'approchant, Rey put même constater qu'elles étaient *murées*... La porte ayant, elle, connu un traitement tout particulier : la quantité de moellons que l'on avait versé contre le bois devait peser vingt fois son poids.

Pressentant le pire, il fit nerveusement le tour de l'édifice, notant au passage que sa condamnation remontait probablement à plusieurs décades. Et trouva enfin une ouverture dégagée... la seule subsistante, étroite fente d'un pied de hauteur, laissée à dessein par les responsables de ces travaux. Rey rassembla son courage en s'apprêtant à regarder à travers. Mais il ne put s'en approcher suffisamment et renonça en luttant contre un haut-le-cœur. L'odeur putride qui émanait de l'intérieur était par trop insupportable, et constituait une confirmation suffisante de ses craintes.

Par acquit de conscience, l'acteur frappa tout de même les parois extérieures, sursautant quand l'écho lui renvoya le bruit des coups sur la pierre, et presque effrayé à l'idée que quelqu'un lui réponde. Mais il n'en fut rien, bien sûr.

Les gens que l'on avait emmurés là étaient morts depuis longtemps.

Rey maudit le sorcier responsable de telles atrocités. L'expérience du Jal'karu et de son labyrinthe semblait avoir traumatisé Saat au-delà du supportable, au point qu'il inflige les mêmes tourments à ses ennemis. L'acteur n'avait ni l'envie, ni le besoin d'éventrer le bâtiment pour s'en assurer encore : des hommes avaient péri dans ces murs, suffoquant dans le noir, le froid et l'odeur de pourriture, en souffrant de la faim et des attaques de la vermine.

Rey eut soudain une forte envie de quitter ce lieu maudit et récupéra son équipement avant de reprendre le chemin des montagnes. Saat était là-bas, quelque part au pied du Rideau. Et Rey jugeait que le sorcier n'avait que trop vécu.

La manière dont Grigán les avait menés à destination ne lassait pas d'étonner le jeune Yan. Deux nuits s'étaient déjà passées depuis celle où ils avaient quitté le Jal'karu. Deux nuits, et trois jours pendant lesquels ils n'avaient fait que marcher et marcher encore, sans prolonger les haltes plus que nécessaire, en parlant le moins possible pour économiser leur salive sous le soleil brûlant des *Tched*.

Ils n'avaient vu que du sable, encore du sable, toujours du sable, sans faire la moindre rencontre ni dépasser de relief un peu plus varié. Chaque livre de surcharge augmentant sa fatigue, Yan avait abandonné un tiers de son équipement avant la fin de la première journée, alors qu'il pensait l'avoir déjà réduit à l'essentiel. Il en était même venu à regretter l'éternelle présence d'Ifio sur ses épaules. Sans aller jusqu'à songer à abandonner le petit animal, bien sûr...

— Sommes-nous encore loin de Griteh ? avait-il demandé à l'aube de ce troisième jour, alors qu'ils reprenaient la route.

— Nous avons franchi les frontières du royaume depuis hier à l'apogée, avait répondu sobrement le guerrier. La ville n'est plus qu'à quelques lieues.

Yan s'était demandé sur quoi Grigán basait ses affirmations. De la frontière en question, il n'avait vu aucune trace ou repère. Mais les milles succédant aux milles, le paysage commença à évoluer et le jeune homme fut heureux de constater les mérites du vétéran.

Sur des distances de plus en plus grandes, le sable laissa place à des étendues de terre ou de rocailles. L'horizon, qui jusqu'alors rebondissait le long de dunes plus imposantes les unes que les autres, s'adoucit progressivement pour couler sur les reliefs paisibles de quelques collines immuables. La végétation profitait de ces conditions plus favorables et se fit deux, cinq, dix fois plus luxuriante qu'elle ne l'était à quelques lieues seulement. Certes, on ne pouvait encore parler de forêt, ni même de bois, d'autant que ces plantes, cactées, pins-acides, rosiers du mendiant, *lonlòns* et autres cannes à baies, dépassaient rarement les trois pas de hauteur. Mais Yan appréciait l'ombre créée par ces îlots de vie à sa juste valeur.

Il réalisa qu'ils progressaient alors sur un *véritable* chemin. Comment et à quel moment ils avaient quitté leur piste incertaine pour aboutir sur ce sentier tracé, Yan n'en avait aucune idée. Cela tendait seulement à confirmer les dires de Grigán : ils rejoindraient bientôt la civilisation. Enfin, une certaine forme de civilisation.

Il lui semblait parfois que le guerrier diminuait son allure. À une occasion, Grigán parut même hésiter sur leur direction, comme il jetait de fréquents regards en direction du sud. Son manège finit par intriguer Yan, au point de commencer à l'inquiéter.

— Dites-moi si nous sommes perdus, proposa-t-il en souriant, sachant que le problème se trouvait ailleurs. Je ne pourrai sûrement pas vous aider, mais j'aime autant savoir.

— Je sais parfaitement où nous sommes, assura Grigán avec sollicitude. Les terres de mon père se trouvent par là, à environ trois lieues. Je m'efforce seulement de ne pas y penser.

— Vous n'avez pas envie d'y aller ?

— Non. Aleb a tout brûlé quand j'ai quitté les Bas-Royaumes ; il a même massacré mes chevaux. Tout ce qu'il reste là-bas, ce sont de mauvais souvenirs. Je n'ai rien à y faire.

Yan n'insista pas, comme le guerrier reprenait sa marche avec une ardeur redoublée. Grigán n'avait pas autant parlé depuis qu'ils avaient quitté le Jal'karu. Pouvait-il voir en cela un signe d'amélioration de son humeur ?

Ils marchèrent un décan encore avant d'arriver en vue des premières habitations. La journée tirait à sa fin, et Yan se réjouissait d'avance de ne pas avoir à connaître un bivouac de plus dans la nuit fraîche du désert. Il dut vite déchanter. Grigán n'avait aucune intention de pénétrer à Griteh au grand jour.

Ils s'installèrent donc à l'ombre d'un bosquet de pins, à quelques distances du sentier, pour prendre un peu de repos et examiner la ville à loisir. Yan dut se faire confirmer qu'il s'agissait bien de la capitale du royaume ramgrith, tellement le hameau paraissait pauvre et modeste.

— Tu te trompes, commenta le guerrier. Griteh est trois fois plus grande que ce que nous pouvons en voir d'ici. Les toits les plus lointains sont cachés par la danse du soleil ; au crépuscule, tu les verras parfaitement.

— On dirait que les maisons sont toutes petites.

— Tu te trompes encore, affirma l'intéressé, avec un début d'amusement. La plupart ont trois ou quatre étages, mais le niveau des rues est lui-même situé bien en dessous de la ligne d'horizon. Griteh n'a pas été élevée par ses fondateurs : elle a été *creusée*.

Yan acquiesça, heureux d'avoir rendu la parole à son ami. Sa séparation d'avec Léti et les autres était déjà assez douloureuse, pour qu'il ne souffre en plus l'indifférence de son compagnon de route. Il sentit le moment idéal pour aborder la question qui ne le quittait pas depuis deux jours.

— Et... qu'allons-nous faire à Griteh ? demanda-t-il innocemment, après s'être éclairci la voix.

— Toi, *rien*, avertit Grigán sans méchanceté. *Moi*, je vais tordre le cou de ce démon d'Aleb le Fourbe. Ensuite, nous chercherons un moyen de rejoindre les autres.

Cet aveu aux implications brutales décontenança Yan quelques instants. S'il laissait les événements suivre leur cours... il arriverait un malheur, aussi sûr que le soleil se levait à l'aube. Le jeune homme avait suivi Grigán pour infléchir le destin du guerrier. C'était le moment ou jamais.

— Vous ne pourrez pas y arriver seul, annonça-t-il soudain, sans savoir où il avait trouvé ce courage.

— J'en suis conscient, grinça le vétéran. J'ai besoin de me gagner quelques alliés. Cette nuit, nous allons rendre visite à un fantôme, ajouta-t-il avec un sourire effrayant.

Corenn avait déliré pendant deux jours et Lana ne cacha pas, quand l'état de la Mère se fut stabilisé, avoir craint pour sa vie. L'attente avait été longue pour eux tous, mais tout particulièrement pour Bowbaq : en plus de l'inquiétude qu'il nourrissait pour son amie, le géant se languissait de sa famille au sort incertain, et dont il n'avait pas été aussi proche depuis longtemps... le clan de l'Érisson se trouvant à moins de deux jours de voyage.

Bowbaq tirait cette information d'une stèle qu'il avait découverte à proximité du refuge, et qui indiquait, par des signes de piste figurés dans la pierre, les directions des quatre villages les plus proches. En voyant le géant ainsi décrypter les épigraphes, Lana s'était enthousiasmée devant son talent pour la lecture, au grand étonnement de l'intéressé qui n'avait jamais considéré les signes arques comme un véritable alphabet.

Mais les décans étaient passés sans que Corenn ne se réveille, et ce moment plaisant avait vite été oublié. Léti, Bowbaq et Lana avaient vécu en suspens, se relayant au chevet de la blessée, et sans jamais s'éloigner très longtemps ni très loin du refuge de chasse.

La Maz avait passé beaucoup de temps en prières, plus ferventes que jamais depuis sa visite des fosses de Karu. Léti avait fait plusieurs rondes de surveillance dans les environs, mais elles avaient surtout pour but de lui occuper l'esprit. Enfin, Bowbaq avait épuisé son impatience en s'attelant à divers travaux d'entretien et de réparation du refuge, comme dégager les congères ou réapprovisionner le bois de chauffage. Le géant estimait ainsi s'acquitter de leur dette vis-à-vis des propriétaires des lieux.

La veille, la fièvre de Corenn s'était fait moins agressive, son souffle plus régulier, son visage plus reposé. Au troisième jour, son rétablissement ne fit plus aucun doute et ses amis guettèrent le moment de son réveil avec une joie anticipée. La Mère avait déjà ouvert les yeux à plusieurs reprises, avant de se retourner et de s'abandonner à un repos amplement mérité. Mais Corenn était tout, sauf une indolente. Quel que soit le moment où elle sortirait de sa torpeur, ce serait encore trop tôt. Pour éviter qu'elle ne commette une imprudence, ses amis allaient devoir l'obliger à respecter sa convalescence.

Elle revint à elle à la nuit tombée, alors que Bowbaq, Lana et sa nièce finissaient leur repas devant la cheminée en devisant tranquillement. Ils n'avaient rien remarqué.

— J'espère que vous en avez laissé pour moi, lança-t-elle d'une voix pâteuse, sans en penser un mot.

D'un bond, Léti et Bowbaq furent à son chevet, et Lana les rejoignit pour tâter le front de la malade. Le résultat de ses observations fut satisfaisant.

— Honorée Mère, je vous interdis de vous lever, gronda la Maz avec un sourire. Quoi que vous en pensiez, il n'est rien d'aussi urgent qui mérite que vous y risquiez votre santé.

— Au contraire, réfuta pourtant Corenn, sans animosité. La situation requiert attention et promptitude. Bowbaq, écoute-moi : de combien d'hommes dispose ton clan ? Cent ? Deux cents ? Plus ?

— Une petite trentaine seulement, annonça le géant à regret. Mais tu ne devrais pas réfléchir maintenant, amie Corenn. Tu dois te reposer encore.

— J'aurai bientôt tout le temps de me reposer, répondit la Mère en se dressant sur les coudes. Et les autres clans ? Combien d'hommes peuvent réunir les autres clans ?

— Évitez de vous agiter, Corenn, demanda Lana. Nous pourrons aborder ce sujet demain, si vous le désirez...

La Mère avait du mal à le croire. Présentait-elle une image si pitoyable, que ses propres amis refusent de l'écouter ? Ils la supposaient probablement en plein délire... Corenn se souvenait vaguement avoir parlé, peut-être crié pendant son sommeil... mais elle était, maintenant, en pleine possession de ses facultés ! Ils *devaient* l'écouter. Et le plus tôt serait le mieux.

— Qu'envisages-tu, ma tante ? demanda Léti, qui avait jusqu'alors gardé le silence. Pour quelle raison veux-tu réunir ces hommes ? Que veux-tu faire de cette... *armée* ?

La voix de la jeune femme trahissait son espoir, autant que l'appréhension d'une nouvelle déception. Léti avait déjà compris l'idée de Corenn. La jeune femme n'avait jamais renoncé. Elle était prête à soutenir quiconque désirait poursuivre la lutte.

La Mère lui rendit un regard plein de gratitude et reprit la parole.

— Bowbaq, je voudrais rencontrer les chefs des clans les plus proches, annonça-t-elle posément. J'aimerais que tu ailles les trouver pour moi, et que tu les fasses venir ici. Crois-tu que ce soit possible ?

— Bien sûr, amie Corenn, présuma le géant. Sauf que... ils ne viendront pas sans raison. Que veux-tu que je leur dise ?

— Dis-leur qu'une ambassadrice kaulienne leur demande audience pour une question capitale, improvisa la Mère. Si ça ne suffit pas, dis-leur qu'une invasion les menace. Ça devrait décider les plus rétifs.

Bowbaq acquiesça puis baissa les yeux, comme un autre sujet le tracassait. Avant même qu'il ne l'énonce, ses amis avaient déjà deviné de quoi il s'agissait.

— Le chef du clan de l'Érisson est mon frère d'Union, finit par avouer le géant. C'est le frère d'Ispen, ma femme. Je... Est-ce que je...

Corenn soupira. Ce qu'elle demandait à son ami était difficile et douloureux, elle le concevait parfaitement. Bowbaq devait aussi comprendre que ce conseil n'avait pour seul but que de préserver sa famille. *À cœur déchiré, on reconnaît le juste...*

— Les tiens ne sont pas protégés par les pierres de Dara, expliqua la Mère, sincèrement désolée. Nous devons trouver un moyen de les leur faire parvenir sans nous découvrir, ni risquer la vie de quelqu'un d'autre. En attendant... mieux vaut pour eux, comme pour nous, qu'ils ignorent la vérité. Bowbaq... Es-tu d'accord avec moi ? Pourras-tu attendre ?

Le géant eut une moue boudeuse, mais elle n'exprimait que le regret. Jamais ils n'avaient lu la moindre rancœur sur le visage barbu.

— Tu as raison, amie Corenn, admit-il tristement. Je vais essayer de trouver un moyen. Mais j'aimerais au moins être sûr qu'ils vont bien.

— Demande à ceux des autres clans de prévenir ton frère d'Union, proposa la Mère. Sans révéler ton nom. Nous pourrons l'interroger quand il nous aura rejoints.

— Je ne crois pas que nous devrions rester ici, intervint Léti. L'endroit est beaucoup trop isolé, trop dangereux. Les chefs arques se méfieront peut-être d'une telle rencontre. Je propose que nous accompagnions Bowbaq jusqu'au clan du Renne, et que nous attendions là-bas.

— Corenn est trop faible pour ce voyage, objecta Lana.

— Nous ne partirons que demain, rappela la jeune femme. D'après Bowbaq, le Renne n'est qu'à quelques décans. Et il y a une sorte de grande luge, derrière le refuge ; on devrait pouvoir la tirer sans trop de difficultés, en tout cas sur les terrains plats. Qu'en penses-tu, ma tante ? conclut-elle en se tournant vers l'intéressée. T'en sens-tu capable ?

Corenn ne répondit pas tout de suite. Non pas qu'elle hésitait, son choix avait été fait en un instant. Mais parce qu'elle était ébahie de la façon dont Léti avait pris les choses en main. Il semblait que la jeune femme était *réellement* décidée à remplacer Grigán, en donnant le meilleur d'elle-même.

— C'est d'accord, annonça la Mère avec admiration. C'est une excellente idée.

Le sourire de sa nièce lui mit du baume au cœur. Mais la jeune femme ne le devait pas seulement à une satisfaction compréhensible. À la perspective de l'offensive suggérée par Corenn, Léti bouillait d'une joie sauvage qui aurait effrayé Saat lui-même.

Grigán se glissait dans l'ombre des ruelles avec une grâce et une facilité toutes félines. Yan s'efforçait d'être tout aussi discret, mais son allure devait, malheureusement, en pâtir. De loin en loin, le guerrier s'arrêtait pour attendre son compagnon et montrait des signes d'impatience : voilà exactement le genre de désagréments qu'il aurait aimé éviter.

S'introduire au cœur de la cité avait été facile. Griteh ne possédait pas, à proprement parler, de mur d'enceinte : aussi les deux hommes avaient-ils simplement emprunté un chemin peu usité, avant de s'enfoncer toujours plus loin entre les maisons de calcaire blanc.

Yan s'étonnait de voir si peu d'animation dans une ville aussi grande, mais il devait plus tard comprendre que Grigán avait volontairement contourné les quartiers fréquentés. Les quelques individus qu'ils croisèrent étaient tous des hommes : vieillards assis sur le perron de leur masure, garnements courant en bandes, chefs de famille bedonnants sur le chemin d'une quelconque visite... de ceux-là, ils n'avaient rien à redouter. Pour une fois, la mise singulière de Grigán lui permettait de se fondre parfaitement dans la foule, et Yan lui-même n'y détonait pas trop. Non, le guerrier ne craignait rien des Ramgriths : seuls l'inquiétaient les *Yussa*.

Les mercenaires d'Aleb régnaient en maîtres sur la ville, le fait était connu jusqu'à Goran. Jez, Yérims, Plèdes, Ramyiths, et même quelques natifs des Hauts-Royaumes... La plupart des pillards du monde connu s'étaient réclamés de l'armée du roi borgne. Leur force venait avant tout de leur nombre : quelques centaines pouvaient périr, que d'autres venaient toujours regarnir et même grossir leurs rangs. Chacun savait que Griteh elle-même risquait d'être ruinée, à la longue, par ces troupes indisciplinées et ravageuses.

Les Yussa ne portaient aucun uniforme et utilisaient les armes de leur choix. Ils n'obéissaient qu'à deux autorités : celle du capitaine de leur compagnie, et celle d'Aleb. Dans une telle diversité d'apparence, le seul signe témoignant de leur condition était un disque de cuivre, marqué du sceau de la couronne et que la plupart portaient pendu au cou. Ce médaillon leur permettait, ni plus ni moins, de commettre les pires atrocités en territoire conquis, au nom du roi et de sa souveraineté. Voilà les hommes avec lesquels Aleb projetait de prendre Lorelia...

Heureusement, ils purent marcher pendant plus d'un décime sans en rencontrer un seul. Grigán finit par s'arrêter au pied d'un muret pour y attendre Yan, en surveillant nerveusement les alentours. Jusque-là, les choses se passaient plutôt bien... mais leur aventure devait seulement commencer.

— Aide-moi à grimper, indiqua le guerrier.

Yan s'exécuta et Grigán s'appuya sur les mains jointes du jeune homme pour découvrir ce que cachait le muret. Rassuré, il finit d'escalader l'obstacle avant d'aider Yan à le rejoindre. Ils se laissèrent tomber de l'autre côté sans faire de bruit.

— Où sommes-nous ? chuchota le jeune homme, intrigué.

Le guerrier lui fit signe de se taire et ils patientèrent ainsi un bon moment, immobiles, accroupis dans la poussière et la pénombre. Yan avait bien reconnu une cour intérieure et discernait facilement la maison dont elle dépendait, d'autant que des lanternes y étaient allumées. Le sens de sa question était autre. Qui habitait là ? Que venaient-ils y faire ?

— Ne bouge pas, ordonna Grigán en se levant.

Yan le regarda s'éloigner avec une certaine appréhension. Le jeune homme redoutait que le guerrier mette à exécution l'un ou l'autre plan mystérieux pendant qu'il attendrait dehors... Aussi se prépara-t-il à désobéir à l'instant même où il perdrait de vue son ami.

Grigán se glissa jusqu'à la maison et en espionna l'intérieur par une fenêtre étroite, assez longtemps pour que Yan commence à s'ennuyer. À son grand soulagement, le guerrier lui indiqua enfin de le rejoindre, et ils se tinrent bientôt de part et d'autre de la porte aux vitraux fumés.

Grigán vérifia qu'il pourrait tirer sa lame sans gêne et se tourna vers le jeune homme dont les battements de cœur allaient croissant.

— Il y a *un* homme, annonça-t-il à voix basse. Ne t'en occupe pas. Dès que nous serons entrés, je veux que tu fasses le tour de toutes les pièces. Si tu trouves quelqu'un, tu m'appelles, c'est tout. Bien compris ?

Yan acquiesça, inquiet des projets de Grigán quant à l'homme dont ils allaient investir la maison.

— Autre chose, ajouta le guerrier. Quoi que je puisse être amené à faire... n'essaye pas de m'en empêcher, demanda-t-il très sérieusement. Sache que j'ai mes raisons.

Avant que Yan puisse réagir, Grigán se tourna vers la porte et l'ouvrit d'un violent coup de pied, faisant voler en éclats les fragiles paumelles la maintenant en place. Il s'engouffra ensuite dans le passage ainsi dégagé et Yan n'eut pas d'autre choix que de se précipiter derrière lui.

Un homme obèse et trapu se tenait debout à quelques pas de là, de l'autre côté de la pièce. Vêtu des pieds à la tête, il s'apprêtait visiblement à sortir. Son expression paniquée confirma à Yan le fait qu'ils n'étaient pas chez un ami.

— Derkel... murmura-t-il avec un fort accent. Derkel, *rachis lil'temena* !

— Comme tu vois, *Cásef*, répondit le guerrier sur un ton haineux.

L'homme fit soudain volte-face pour s'enfuir mais Grigán franchit en deux bonds les bancs et la table qui les séparaient, avant de le rattraper et de le faire trébucher. Il maintint le fuyard au sol en appuyant un pied sur son dos et tira sa lame courbe.

— Yan ! rappela-t-il alors d'une voix ferme.

Le jeune homme se souvint de sa mission et vérifia la sécurité de chaque pièce à toute allure, craignant que le nommé Cásef ne soit plus qu'un cadavre quand il reviendrait auprès de lui. Il n'en fut rien, heureusement.

— Surveille la porte, demanda Grigán en relâchant son étreinte. S'il essaye de s'enfuir... tue-le.

Yan prit position en espérant ne pas avoir à suivre cet ordre. Il n'était pas dans les habitudes du guerrier de se montrer aussi brutal. Il devait *vraiment* avoir ses raisons.

L'homme se releva en gémissant, meurtri par sa chute et horrifié par la situation. Grigán lui fit face en s'asseyant sur la table. Il posa doucement le tranchant de sa lame sur un banc renversé, en un geste éloquent.

— Je te jure que je ne vends plus d'esclaves, assura l'obèse en agitant les mains. *Lil'urhal on*, Grigán.

— Parle en ithare. Je veux que mon ami entende toute notre conversation.

— Mais enfin, qu'est-ce que tu veux ? éclata Cásef. De l'or, des *daï* ? Pourquoi es-tu revenu ? Tu tiens tellement à mourir ?

— Je veux que tu me mènes aux *loups noirs*, annonça posément le guerrier. Je veux rencontrer les insoumis.

— Tu es fou ! Tu veux *vraiment* mourir ! Les loups te tueront aussi sûrement que le roi, pauvre naïf ! Et moi avec !

Grigán leva nonchalamment sa lame devant lui, avec une expression faussement pensive, mais *réellement* menaçante.

— Tu me dois une vie, rappela-t-il doucement. Tu me dois, *à moi*, d'être toujours de ce monde. Le moment est venu de payer ta dette.

— Mais ils ne t'écouteront même pas ! Je connais leur façon de penser, Grigán, ajouta Cásef sur un ton plus doux. Pour eux, tu n'es qu'un traître qui a fui les problèmes du pays. Ils te tueront, Grigán, sois sûr qu'ils te tueront. D'autant plus que... d'autant plus qu'ils sont menés par *Narro*, ajouta-t-il soudain, comme le fait lui revenait en mémoire.

Le guerrier tressaillit et afficha dès lors une expression soucieuse. Yan avait cent questions en tête, mais comprenait aussi que le moment était mal choisi et qu'il avait tout intérêt à les différer. Le passé de Grigán était décidément bien mystérieux...

— J'irai tout de même, décida le vétéran en sortant de sa torpeur. Il faudra bien qu'ils m'écoutent. Et *tu* vas me mener à eux, ajouta-t-il en pointant son index vers l'obèse. C'est ta seule chance de me voir un jour oublier ton nom.

Le nommé Cásef le fixa quelques instants sans mot dire, puis se résigna à l'inéluctable.

— Quand exactement veux-tu courir à la mort? demanda-t-il en soupirant.

— Cette nuit. Dans le prochain décan. J'aurais dû le faire il y a dix ans, ajouta le guerrier. Je ne veux plus tarder encore.

Zamerine inspira l'air frais de la nuit avec un plaisir non feint. Le tunnel était parcouru par tellement d'hommes qu'il était parfois difficile d'y respirer, sans parler de l'odeur écœurante de la sueur des esclaves, sensible même à travers la plus épaisse des étoffes. Ces désagréments valaient pourtant la peine d'être endurés. Tout particulièrement cette nuit...

Le judicateur descendit de l'âne qui l'avait transporté sur toute la longueur de la galerie et en abandonna la longe au palefrenier de service. Même à dos d'animal, il fallait maintenant plus de trois décimes, presque un demi-décan, pour se rendre au cœur du chantier. Si les esclaves avaient dû charrier les gravats jusqu'à ce versant de la montagne, les travaux seraient allés dix fois moins vite qu'au début du terrassement. Mais Zamerine avait su exploiter au mieux le réseau de galeries naturelles révélées par le forage... La pierre arrachée à la montagne était jetée dans les gouffres.

Les salles les plus larges étaient aménagées en entrepôt, en attendant d'être recyclées en arrière-postes de défense. Les passages les plus étroits étaient explorés, puis comblés ou piégés. Ce tunnel devait être la plus formidable construction stratégique de tous les temps, songea Zamerine avec fierté. Et le mérite lui en revenait en grande partie.

Il repéra son assistant et claqua des doigts à son intention. Dyree l'avait attendu pendant toute la durée de sa visite, et ne semblait pas particulièrement apprécier cette négligence. Il mit quelques instants avant de se décider à suivre son maître, mais Zamerine était alors trop exalté pour s'en soucier.

Il se dirigea tout droit vers le Tol'karu, le palais de Saat, sans prendre la peine de convoquer une escorte plus nombreuse. Le message qu'il avait à donner était bien trop important. Il tenait à ce que le Haut Dyarque entende les faits de sa propre bouche, le plus tôt possible.

Ils gravirent les premières marches de la forteresse avant de s'en voir refuser l'accès par deux *gladores*, de la compagnie des guerriers d'élite de Saat. Zamerine s'y était attendu.

— Je dois prévenir le Haut Dyarque d'un fait de la plus haute importance. Veuillez le faire réveiller.

— C'est impossible, votre Excellence. Nous avons des consignes strictes pour ne laisser entrer personne.

— Il m'a lui-même demandé de l'avertir au plus tôt, insista Zamerine, agacé. Je vous ordonne de libérer le passage. *C'est un ordre!* répéta-t-il d'une voix forte, avec toute l'autorité dont il était investi.

Mais les gardes ne bougèrent pas d'un pouce, négligeant même de répondre à l'homme le plus puissant de leur hiérarchie... juste derrière les Dyarques.

Échaudé par ce refus obstiné, le judicateur fit mine de s'éloigner et se pencha vers son assistant.

— Désarme-moi ces deux idiots, chuchota-t-il à son oreille.

Comme un démon, Dyree bondit soudain en haut des marches et surprit le premier homme en empoignant sa hallebarde, pendant qu'il poignardait le second de sa *hati*. Il acheva le gladore désarmé avec la même sauvagerie, sa lame traversant le cou de sa victime. Les Wallattes s'écroulèrent presque simultanément, de part et d'autre de Dyree, alors qu'il tenait encore la hallebarde.

— J'avais demandé de les *désarmer* ! hurla Zamerine, surpris par la brutalité de son assistant. Es-tu donc stupide, toi aussi ?

L'accusé dédaigna répondre, se contentant de défier son maître du regard. Il n'avait jamais témoigné de sa fidélité à Zuïa autrement qu'en portant la justice de la déesse... ce en quoi il était redoutablement doué. Pressé par le temps, Zamerine décida de remettre son sermon à plus tard, d'autant que Saat se montrerait probablement compréhensif quant à la perte de ses deux hommes. Il gagna le porche et ouvrit la double porte d'une poussée virile.

— J'espère que vous avez de bonnes raisons pour m'envahir ainsi, mon petit Zü-zü, avertit une voix d'enfant résonnant dans les immenses couloirs.

— Excellentes, maître, assura Zamerine, malgré tout impressionné par cet accueil. Où... où êtes-vous ?

— Dans le harem. Venez seul, je ne tiens pas à risquer un coup de dague de notre impétueux ami. Et il faut bien que quelqu'un garde ma porte, maintenant que vous l'avez forcée !

Zamerine bredouilla quelques excuses et s'enfonça dans les ténèbres du palais, en regrettant de n'avoir emporté ni torche, ni lanterne. Il n'eut pourtant aucun mal à se repérer : bien qu'immense, la construction n'avait aucun secret pour le judicateur, qui en avait dessiné le plan.

Ce que Saat appelait le harem n'était en fait qu'une extension à un bâtiment extérieur, où étaient recluses les quelque soixante concubines du moment. Une chambre immense et richement meublée, endroit privilégié des orgies de chair et de sang auxquelles se livrait le Haut Dyarque à ses moments perdus.

— Entrez donc, commanda la voix d'enfant. Avez-vous peur de rougir plus que votre belle tunique ?

Zamerine s'exécuta en s'efforçant de calmer les battements de son cœur. Pourquoi cet homme, parmi tant d'autres, le terrifiait-il autant ? se demanda-t-il pour la millième fois. *Parce que ses pouvoirs n'avaient rien d'humain.*

Saat, ou plutôt l'enfant dont il avait volé le corps, l'attendait au milieu d'un amas de coussins, assis en tailleur. Il portait le heaume familier du Haut Dyarque, démesuré sur un être aussi chétif. Une femme gisait non loin de là, à même le sol, nue et les yeux vitreux. Zamerine essaya de ne pas songer à ce que le sorcier avait pu lui faire.

— Excellente nouvelle, en effet ! s'exclama Saat avant que le Zü n'ait dit quoi que ce soit. Deux décades avant la date prévue, je vous félicite !

— Le tunnel est achevé... annonça faiblement le judicateur, à qui la logique de la situation échappait complètement.

— Tiens donc ! commenta le sorcier, allègre. Racontez-moi cela ! Je m'en voudrais de vous gâcher ce plaisir !

— Nous... les esclaves sont tombés sur un nouveau réseau de galeries, expliqua le Zü, mal à l'aise. Des couloirs, *creusés de main humaine*. Je suis allé me rendre compte par moi-même et dépêcher quelques éclaireurs. Il semble que nous ayons rejoint les égouts de la Sainte-Cité... Nous sommes sous la Sainte-Cité, répéta-t-il d'une voix mieux assurée. Nous avons réussi, conclut-il enfin, galvanisé par son propre récit.

Le nommé Cásef n'avait plus prononcé un mot depuis leur départ. L'ancien marchand d'esclaves précédait Yan et Grigán de quelques pas, marchant à bonne allure et vérifiant la sécurité de chaque rue avant de s'y engager. Le guerrier avait prévenu l'obèse, en des termes sur lesquels on ne pouvait se méprendre, qu'il serait le premier à tomber s'il les jetait dans un piège. Aussi l'intéressé faisait-il de son mieux pour éviter les lieux de prédilection des Yussa...

— Où l'avez-vous rencontré ? demanda Yan, jugeant le moment opportun pour satisfaire sa curiosité.

— Ici, à Griteh. Je le connais depuis l'enfance, ajouta le guerrier, sans quitter des yeux leur guide forcé. Je l'ai revu à Bénélia, il y a une dizaine d'années : des types l'avaient ligoté et jeté dans le port. Je suis passé au bon moment... enfin, si on veut : le même jour, j'ai appris qu'il s'était enrichi dans le « commerce » des esclaves en traitant avec Aleb et les Yussa. Je l'ai aussitôt remis à l'eau en lui promettant de le tuer moi-même si nos routes se recroisaient.

— Je te jure que j'ai arrêté, chuchota Cásef en se retournant à demi. Ça n'était plus rentable, de toute façon, ajouta-t-il sans avoir conscience de son culot.

— Et les *loups noirs* ? enchaîna Yan, pour éviter un nouvel échange d'invectives entre les deux Ramgriths.

— Ce sont les chefs des tribus hostiles à Aleb, expliqua Grigán, d'un ton où perçait le respect. Les insoumis, les révoltés, ceux qui en ont assez de voir les Yussa imposer leur loi à Griteh, autant que dans le reste des Bas-Royaumes. La plupart sont des proscrits ou des clandestins, les autres jouent un double jeu. Comme cet escroc de Cásef, conclut le guerrier en donnant une tape dans le dos de l'obèse.

— C'est fini, maintenant. Je n'ai plus rien à voir avec les *loups*, soutint l'intéressé, soucieux d'être cru. Ils ont cessé de me harceler quand j'ai abandonné mon commerce avec le roi. Et c'est tant mieux comme ça.

— Et ce... Narro ? reprit Yan, sachant qu'il abordait là un point sensible.

Grigán fronça les sourcils et garda cette expression fermée un long moment. Yan se faisait déjà un deuil de la réponse, quand la vérité finit par tomber.

— C'est mon père d'Union, avoua le guerrier, d'une voix étrangement calme. Enfin... il aurait pu l'être. Et il a toutes les raisons de me détester, ajouta-t-il en se tournant vers son ami.

— Tu vas bientôt avoir l'occasion de le vérifier, interrompit Cásef, qui les attendait au coin de la rue. Nous sommes arrivés.

Grigán dépassa l'obèse et étudia l'endroit. Il ne s'agissait que d'une petite place de quartier, bordée par une dizaine de maisons.

— La troisième à main droite, en partant de la fontaine, expliqua Cásef sans quitter sa cachette. L'homme qui y habite se nomme Félel. Il fait partie des loups noirs et abrite plusieurs d'entre eux. Ne dites pas que c'est moi qui vous ai guidés, c'est tout ce que je demande.

Grigán se planta devant l'obèse et le toisa d'un regard mauvais.

— Si tu m'as menti, je te retrouverai, menaça-t-il très sérieusement. Si je vois les Yussa débarquer dans cette maison, je te retrouverai *aussi*, sois-en assuré. Et si tu parles de moi à qui que ce soit dans cette ville, je finirai par l'apprendre. Est-ce bien clair ?

— Tu as promis d'oublier mon nom, rappela Cásef, d'une voix mal assurée. Pour le reste, tu peux me faire confiance... Mais les loups vont te tuer, Grigán. Ils sont d'une méfiance maladive.

— Ce qui est un gage de leur intelligence. Disparais, maintenant.

Cásef ne se le fit pas dire deux fois et s'éloigna à petites foulées, en se retournant tous les dix pas pour vérifier que le guerrier ne projetait pas de le percer de flèches. Il fut bientôt hors de vue.

— Cachons-nous, ordonna alors Grigán. Et attendons.

Ils patientèrent ainsi deux décimes, dans la pénombre d'un olivier rouge, sans qu'il n'advienne quoi que ce soit de remarquable. Yan avait imaginé que cette incursion clandestine serait beaucoup plus mouvementée. Ils passaient, en fait, plus de temps à attendre qu'à agir vraiment. Et finalement... ce n'était pas pour lui déplaire. Le jeune homme estimait avoir eu plus que sa part d'action, dans les dernières décades, et n'avait aucune envie de prendre de risques inutiles qui compromettraient ses chances de revoir Léti.

Il ignorait que le destin en avait décidé autrement...

— Ça devrait suffire, jugea soudain Grigán, à voix basse. J'y vais maintenant, mais *seul*. Si d'ici l'aube, je ne suis pas revenu te chercher... il faudra te débrouiller pour rejoindre Corenn. Prends ça.

— Pas question, répondit Yan en refusant la bourse que le guerrier lui tendait. Je viens avec vous.

— Ne te fais pas plus bête que tu ne l'es, Yan ! râla le vétéran. Par Alioss, je n'ai jamais vu quelqu'un d'aussi têtu !

La remarque fit sourire le jeune homme, car celui qui la faisait essuyait souvent la même accusation. Mais Grigán n'était pas d'humeur à plaisanter. Le guerrier marmonna quelques jurons en cherchant des arguments, sans en trouver un seul susceptible de raisonner son jeune ami. Aussi finit-il par se résigner.

— Très bien, allons-y. Pas d'entrée fracassante, cette fois : nous ferons exactement ce qu'ils vont nous demander, sauf si je te fais signe du contraire. Compris ?

— Compris.

Ils quittèrent leur abri et se dirigèrent tout droit vers la maison du nommé Félel. Grigán frappa trois coups secs à la porte et celle-ci s'entrouvrit quelques instants plus tard sur un visage méfiant.

— Que voulez-vous ! demanda l'homme avec rudesse.

— Rencontrer les *loups noirs*, répondit Grigán de but en blanc. Je viens vous offrir la tête du Borgne.

La porte s'ouvrit plus largement et découvrit trois guerriers armés de lames courbes. Yan et Grigán furent tirés à l'intérieur et la petite place rendue au silence.

L'aube vint sans que les fugitifs soient ressortis.

L'arrivée de Bowbaq, Léti, Corenn et Lana au village du Renne causa moins d'agitation que les héritiers l'avaient imaginé. Le voyage lui-même s'était déroulé sans difficultés particulières... Corenn avait supporté les trois décans de cette marche épuisante sans montrer de signes de faiblesse, la Mère ne daignant même grimper sur la luge qu'aux endroits où l'engin était le plus facile à tirer. Bowbaq n'avait eu aucune peine à trouver et déchiffrer les signes de piste indispensables à leur orientation. Enfin, Lana et Léti s'étaient enthousiasmées devant la beauté découverte de cette région du Blanc Pays : vallons, forêts majestueuses, hauts plateaux et lacs gelés s'étaient succédé sans qu'ils se lassent de les contempler.

Malgré tout, le froid dû à l'altitude et à la saison froide menaçait de s'infiltrer jusque sous leurs fourrures, et c'est avec une certaine satisfaction que les héritiers étaient arrivés en vue de leur but.

Léti songea que le village du Renne ressemblait, par sa taille et sa disposition, à une bourgade kaulienne... mais là s'arrêtait l'analogie. Les maisons avaient peu en commun avec les gîtes des pêcheurs d'Eza : tout en charpente de bois, sur des fondations d'énormes moellons, elles paraissaient d'immenses taupinières couvertes de neige et munies de cheminées. Une maigre clôture faite de rondins inégaux servait de mur d'enceinte au hameau, protection doublée d'un fossé alors comblé par le gel. Enfin, malgré le froid, un nombre étonnant de personnes s'activaient à l'extérieur : avant même d'entrer dans le village, Léti avait déjà remarqué un forgeron, un tonnelier, quelques gamins bricolant leurs arcs et un bon nombre de bûcherons et de menuisiers. Les clans arques étaient plus qu'un simple groupement géographique de quelques familles : la notion de *communauté* prenait ici tout son sens, et ces gens aimaient à vivre et à travailler ensemble.

Bowbaq dépassa le niveau de l'enceinte sans la moindre hésitation, et ses amies lui emboîtèrent le pas en veillant à ne pas se faire distancer. Leur entrée ne troubla guère les villageois, dont la plupart se contentèrent de lever les yeux quelques instants, avant de retourner à leurs occupations. Seuls les enfants et quelques indiscrets s'aventurèrent à examiner les étrangers des pieds à la tête, au point d'embarrasser Lana.

— Pouvons-nous vraiment nous imposer au milieu de ces gens ? demanda la Maz. Cela semble très importun...

— Ne t'inquiète pas, amie Lana, assura Bowbaq. Le clan du Renne est réputé pour son hospitalité.

— Mais... pourquoi nous ignorent-ils ainsi ? Même les plus curieux n'osent nous adresser la parole !

— Ils ne peuvent pas nous aborder avant que nous n'ayons rencontré le chef, expliqua le géant. Ce serait *impoli*.

— Étrange coutume... commenta Léti.

— Pourquoi ? C'est une règle logique, reprit Bowbaq avec candeur. Tant que nous n'avons pas demandé l'hospitalité au chef, nous sommes des étrangers qu'il faut laisser en paix. Si un voyageur veut traverser le village sans parler à personne, c'est son droit.

— Je ne trouve pas ça si logique, insista la jeune femme. On pourrait très bien s'installer chez quelqu'un d'autre, par exemple.

— Oh ! Non ! refusa Bowbaq, horrifié par cette idée. Ce serait *très* impoli !

Corenn éclata d'un rire léger et clôt ainsi cette discussion sans issue. En tant que Mère du Conseil permanent de Kaul, elle était au fait du fonctionnement des institutions arques, comme de la plupart des royaumes du monde connu. Assez pour savoir que l'équilibre du Blanc Pays reposait principalement sur un ensemble de traditions plus singulières les unes que les autres.

Ils gagnèrent donc la maison du chef de clan, une bâtisse énorme, massive et dont la façade supportait une dizaine de paires de bois de renne.

— Le chef a toujours la maison la plus grande, expliqua Bowbaq en s'avançant vers la porte, parce qu'il lui revient d'accueillir les voyageurs. Certains ont même *deux* maisons, précisa-t-il en frappant le butoir de bronze.

À la grande surprise de ses amies, le géant entra dans le bâtiment sans attendre de réponse. Voilà ce qu'elles auraient trouvé *impoli* ! La courtoisie arque était décidément bien déconcertante.

Elles ne s'en engagèrent pas moins à la suite de Bowbaq et le trouvèrent en train de chasser la neige de ses bottes. Le vestibule semblait, heureusement, prévu à cet effet : quelques flaques d'eau sale et plusieurs paires de chausses rangées sur une étagère en témoignaient.

Une matrone aux cheveux noués en une longue tresse déboula par une des portes en s'essuyant les mains. Elle ne semblait ni surprise, ni contrariée par cette intrusion, et les héritiers en conclurent que c'était là chose courante pour elle.

— *Nish'e lo gën jtorn ?* demanda-t-elle avec naturel.

— Mes amis ne parlent que l'ithare, informa précipitamment le géant, gêné par la situation.

— Ah ! s'exclama la matrone. Je vous... demande un... excuse, énonça-t-elle laborieusement. Mon homme... être...

Elle décida finalement de leur mimer l'action, et les héritiers comprirent que l'individu en question était en train de couper du bois.

— Vous... aurez attendre, reprit-elle avec un sourire chaleureux.

Bowbaq la remercia avec la même sympathie, et leur hôtesse retourna à ses activités, vraisemblablement peu soucieuse de poursuivre cette conversation laborieuse.

— J'avoue être agréablement surprise, annonça Lana en ôtant des moufles beaucoup trop grandes pour elle. Je n'imaginais pas que la langue ithare soit répandue jusqu'ici.

— Les Arques sont très croyants, expliqua Bowbaq en se dévêtant. Nous avons quelques Maz à nous, qui parcourent les villages et font des prières. Ce qu'ils disent sur Eurydis n'est peut-être pas toujours vrai, mais les gens aiment bien la déesse.

La foi décrite était naïve mais sincère, et Lana trouva du réconfort dans cette idée. Après l'aventure du Jal'karu, la quête universelle de la Morale lui semblait plus essentielle que jamais.

Suivant les conseils du géant, les héritiers s'installèrent sur les larges bancs cerclant la pièce et se mirent à l'aise. Lana examina la blessure de Corenn et se réjouit de constater l'avancée de sa guérison. Léti s'appuya contre la paroi et chercha à récupérer un peu du sommeil qui lui manquait. Quant à Bowbaq, il s'absorba complètement dans l'étude des fumets agréables s'échappant des cuisines, en s'efforçant de deviner quels plats pouvaient en être à l'origine.

Le maître des lieux, probablement averti de la présence d'étrangers en son logis, ne se fit pas attendre longtemps. La porte s'ouvrit sur un homme trapu et massif, portant cheveux gris et barbe aussi longs que le poilu Bowbaq. Hache sur l'épaule, il toisa les héritiers en silence avant de donner une franche poignée de main au géant.

— Je suis Ingal, chef du clan du Renne, annonça-t-il d'une voix éraillée. Vous êtes ici les bienvenus.

— Je suis Bowbaq du clan de l'Oiseau, et te remercie pour ton hospitalité, ami Ingal.

Le géant fit les présentations et le nommé Ingal inclina la tête devant chacune des héritières, en guise de salut.

— Tu es bien loin de chez toi, ami Bowbaq, commenta-t-il en les invitant à pénétrer plus avant dans sa demeure. Où te mènent tes affaires ?

— Sage Eurydis ! interrompit Lana, alors qu'ils entraient dans la pièce principale.

La Maz avait découvert, trônant au-dessus de l'épais manteau de la cheminée, une fresque à l'effigie de la déesse et courant sur trois pas de long. On ne pouvait s'y tromper : la scène représentée était celle de la seconde apparition de la Sage, lors de sa visite aux puissants généraux de l'Empire ithare.

— Je... Il m'a rarement été donné l'occasion d'en voir de plus belles, expliqua-t-elle, encore sous le choc.

Lana songea que le Grand Temple aurait versé plusieurs centaines de livres d'or pour acquérir cette œuvre exceptionnelle. Les circonstances qui l'avaient amenée dans un tel endroit resteraient un mystère... et la Maz s'en souciait peu. L'important était *qu'elle y fut*.

— Corenn, je suis convaincue que nous sommes sur la bonne voie, annonça-t-elle avec enthousiasme.

Combien de chances avions-nous d'aboutir ici ? Eurydis nous a *guidés* jusque dans cette maison. Cette fresque est un *signe* de la déesse !

Ses amis lui rendirent son sourire, en espérant que l'avenir donne raison à son optimisme.

— Elle est dans ma famille depuis toujours, prévint Ingal, autant par fierté que pour montrer son attachement à l'œuvre.

— Elle est magnifique, répéta Lana.

Un silence suivit cet échange de politesses, que leur hôte rompit en leur offrant de s'installer sur les larges bancs disposés auprès de l'âtre.

— Où donc te mènent tes affaires, ami Bowbaq ? répéta Ingal une fois qu'ils furent installés.

— Ici, si tu le veux bien, répondit aussitôt le géant. Mon amie Corenn est une Mère très importante à Kaul. Elle a un message à adresser à tous les chefs de clan de la région, mais une blessure l'oblige à se reposer. Puis-je réunir le *Concil* chez toi ?

— Quel est donc ce message ? demanda Ingal en négligeant la question.

Corenn prit son temps pour répondre. C'était la première fois que leur hôte s'adressait directement à elle : la femme arque, respectée, écoutée, adulée par son époux, n'en était pas moins tenue à l'écart de la politique. Le contraire eut été *impoli*. La Mère aurait à fournir beaucoup d'efforts pour être prise au sérieux.

— Il m'est impossible de le révéler avant la réunion du Concil, ami Ingal, affirma-t-elle en hochant la tête. Le danger serait trop grand, et je me refuse à te nuire.

— Quel est donc ce danger ? s'enquit le chef, sur un air de défi.

Corenn fit signe qu'elle s'en tiendrait à sa décision, et Ingal se renfrogna. Il n'avait pas l'habitude de tant de mystères et pressentait des ennuis. Mais il était également tenu par ses responsabilités...

— Entendu, concéda-t-il enfin. Tu parleras devant le Concil, amie Corenn. J'espère que tes raisons sont bonnes. Mes pairs ne vont pas aimer faire le voyage pour rien.

— J'ai les meilleures raisons du monde, ami Ingal, assura la Mère. Les chefs ne viendront pas en vain. Ce que je vais révéler est *le plus grand secret de ce siècle*, conclut-elle avec emphase.

Ingal acquiesça puis se tourna vers Bowbaq, en espérant que le géant lui donne quelques précisions. Mais ce dernier n'était même pas certain d'avoir compris les projets de son amie.

— Je vais dès maintenant envoyer quelques messagers, reprit le chef du Renne. Il me tarde de tirer cette affaire au clair.

— Compte-moi parmi eux, ami Ingal, proposa Bowbaq.

— Ton offre est généreuse, l'ami, mais tu es mon hôte et la région est dangereuse pour qui ne la connaît pas. Il est même un lion qui erre dans les parages, depuis quelques lunes. C'est miracle qu'il n'ait encore blessé personne.

— Un *lion* ? répéta le géant, troublé. A-t-il une oreille noire, les yeux clairs et une brûlure sur la patte ?

— C'est possible, admit Ingal sans certitude. Nous ne l'apercevons que de très loin.

— Où l'a-t-on vu pour la dernière fois ? s'enquit Bowbaq en se levant.

— Sous la forêt de Bianq, je crois. À l'est, précisa-t-il en indiquant cette direction.

— Merci pour ton hospitalité, Ingal, salua le géant en s'éloignant vers la sortie. Je serai vite de retour !

Léti le regarda partir avec envie. Bowbaq semblait si heureux ! Elle aurait aimé l'accompagner, mais voulait lui laisser le plaisir de ces vraisemblables retrouvailles.

— Qu'est-ce qui lui prend ? demanda Ingal, alors que l'on entendait la porte se refermer. Est-il chasseur de lions ?

— Oh ! Non ! Il va simplement retrouver sa famille, répondit Corenn en souriant.

Rey n'avait jamais été aussi près du but. Pendant deux jours, et faute d'indications plus précises, il s'était contenté d'avancer en direction des montagnes. Mais la veille lui étaient apparus les feux de l'armée wallatte, brillant au pied du Rideau comme autant de phares inespérés, et l'acteur en avait pris le cap. Il s'attendait, d'un instant à l'autre, à émerger au cœur des lignes ennemies... s'il n'y était déjà.

Cette perspective l'effrayait moins qu'il ne l'aurait cru. Rey avait eu tout le temps de réfléchir à ce qu'il aurait à faire, et sa détermination, plutôt que de diminuer de jour en jour, s'était renforcée. Il avait traversé tant de villages fantômes, déjà... Constaté tant d'atrocités, en trois jours seulement, qu'il ne pouvait plus hésiter : *Saat devait payer pour ses crimes. Les Hauts-Royaumes ne pouvaient connaître de pareilles horreurs.* Devant cette nécessité, Rey en oubliait presque sa vengeance personnelle.

Mais l'acteur souffrait de la faim et de la fatigue. Dévastée par le passage de dizaines de milliers d'hommes, la région n'offrait plus grand-chose de comestible. L'absence de gibier, en particulier, se faisait cruellement sentir, et Rey n'avait eu que des œufs, des champignons sapeurs et quelques racines à se mettre sous la dent. Au point qu'il aurait donné toutes ses possessions contre un bon repas chaud... surtout, parce que lesdites possessions se résumaient à peu de chose, depuis qu'il avait abandonné le reste du trésor du Petit Palais.

Rey s'efforçait d'ignorer ces difficultés en songeant à ses amis, et à Lana tout particulièrement. Il imaginait leur soulagement, lorsqu'il les avertirait de la réussite de sa mission. Il rêvait leurs retrouvailles, improvisait leurs joies, faisait des projets d'avenir qu'il savait excessivement optimistes... mais qui lui tenaient compagnie, dans la solitude angoissante de son incursion en territoire ennemi.

C'est au cours d'une de ces rêveries, alors qu'il se figurait les beaux jours d'une existence paisible avec sa Maz, qu'il fut confronté à une manifestation matérielle des pouvoirs de Saat.

Rey venait de découvrir une véritable *avenue* taillée dans la forêt. Aussi loin que porte le regard à l'est et à l'ouest, toute végétation avait été rasée sur une largeur moyenne de huit pas. Seules les souches les plus profondément implantées avaient été brûlées sur place, laissant de loin en loin un obstacle noirci et recroquevillé sur lui-même, comme si la route avait été tracée par le passage des Ondines elles-mêmes.

Rey attendit un bon moment avant de pénétrer ce territoire dégagé, mais l'endroit semblait désert, aussi s'y aventura-t-il prudemment. Le sol était inégal et boueux, labouré d'ornières et d'empreintes d'hommes et de chevaux. Il avait dû passer là un nombre impressionnant de compagnies... Peut-être même, cette route servait-elle encore au ravitaillement de l'armée de Saat. Si la direction de l'ouest menait aux montagnes, celle du levant permettait probablement de rallier la capitale wallatte.

Malgré les dangers d'une progression en terrain découvert, Rey décida de tirer parti de cette opportunité, et de suivre ce chemin qui allait le mener tout droit à son but. En longeant la lisière de la forêt, et en gardant un œil pointé sur l'horizon, il espérait pouvoir se dissimuler à temps en cas d'alerte... Tout en sachant qu'il aurait forcément à rencontrer des Wallattes, avant la fin de son périple.

Malheureusement, cela arriva beaucoup plus vite qu'il ne l'avait espéré. Si l'acteur surveillait la route *devant* lui, il n'avait pas vraiment envisagé que le danger pourrait venir de derrière et quand il entendit le cavalier, il était déjà trop tard. L'homme ne pouvait pas manquer de l'avoir vu.

Rey ne se retourna qu'un instant pour l'observer et poursuivit son chemin sans modifier son allure. En s'enfuyant, il se serait trahi et les choses seraient devenues plus difficiles encore. Il lui fallait espérer que le Wallatte, trompé par son déguisement, continue tout droit sans s'arrêter.

Mais Rey ne devait pas avoir cette chance. Le galop du cheval se fit moins rapide, diminua jusqu'au trot, et il ne fit bientôt plus aucun doute que le cavalier allait interpeller le voyageur. Aussi Rey se retourna-t-il franchement et attendit d'être rejoint, comme l'aurait fait n'importe quel homme à la conscience tranquille.

Le Wallatte s'approcha avec circonspection, visiblement intrigué par la mise particulière de l'acteur. Comme ses compatriotes, c'était un homme robuste, poilu et quelque peu bedonnant, au visage trahissant la brutalité et la grossièreté. Le parfait représentant de ce peuple à tradition guerrière...

— *Rau'ch'en il mer ol're wfer?* demanda-t-il sur un ton méprisant.

J'en ai autant à ton compte, songea Rey. Mais il n'avait aucune idée du sens de la question. La langue wallatte ne ressemblait à aucune de celles pratiquées dans les Hauts-Royaumes. Aussi, tentant le tout pour le tout, l'acteur sourit et acquiesça avec beaucoup d'assurance.

Le cavalier le dévisagea en silence avec une expression indéfinissable. Rey trouva très longs ces quelques instants d'incertitude.

— *Rau'ch'en il mer ol're wfer?* répéta l'homme plus fort, en se penchant sur sa selle, comme s'il s'adressait à un sourd.

Rey sourit encore, leva la main pour signifier la patience et fit passer son sac de son dos dans ses mains. Prestement, il s'empara de l'arbalète qui y était pendue, la pointa sur le Wallatte et tira. Le carreau vint se ficher dans le crâne du barbare sans que celui-ci ait eu le temps de pousser un cri. Le corps sans vie glissa sur l'encolure avant de choir au sol.

— J'ai horreur des mauvaises manières, marmonna l'acteur, faussement détaché mais le cœur battant plus fort que les tambours du jour de la Terre.

Il traîna le cadavre sous le couvert des arbres et fit l'inventaire de ses possessions. Seules les quelques piécettes de l'homme retinrent son attention, en ce qu'elles pouvaient l'aider à l'une ou l'autre corruption. Mais cette scène venait de confirmer les difficultés de la communication avec les Estiens... Comment acheter la coopération d'un homme dont on ne comprend pas la langue ?

Involontairement, le Wallatte lui avait pourtant fourni une idée. Rey découpa une bande d'étoffe grossière et, après quelques mesures, la souilla de sang en deux endroits précis. Avec un certain dégoût, il se noua le linge sous le menton et au-dessus du crâne, de manière que les taches couvrent ses oreilles. Affublé d'un tel bandage, il pourrait faire le sourd et côtoyer ses ennemis en toute impunité... un rôle qu'il pensait pouvoir jouer à la perfection.

Pour éviter d'attirer davantage l'attention, toutefois, il se résolut à abandonner ses dernières possessions remarquables : en particulier, sa rapière, son arbalète et ses bottes loreliennes. À part sa dague et le contenu de son sac, Rey ne portait plus rien qu'il n'eut volé sur un cadavre wallatte. Pour la première fois de sa vie, l'acteur se sentit... *loin de chez lui*. Étrange sentiment, pour celui qui avait toujours choyé la vie de bohème.

Il revint sur la route et constata que le cheval, faute de cavalier, s'était éloigné d'un bon mille en direction de Wallos. Rey se consola en songeant qu'il n'avait pas ainsi à prendre de décision à son sujet. Il vérifia que son bandage ne glissait pas, soupira bruyamment et se lança, pieds nus, en direction des montagnes.

Le lendemain, il était en vue du camp ennemi.

Les *loups noirs* avaient enfermé Yan et Grigán dans la cave de la maison de Félel, sans que le guerrier fasse rien pour les en empêcher. Ils y étaient restés toute la nuit et toute la journée suivante, sans aucun contact avec leurs geôliers. Ces derniers s'étaient contentés de prendre leurs armes et de les boucler au sous-sol. Pas une question n'avait été posée. Personne ne s'était soucié de demander leurs noms. Curieux de nature, Yan avait du mal à concevoir un tel détachement...

Mais les décans s'étaient enfuis et une nouvelle nuit s'était installée sur les Hauts-Royaumes. La porte de leur prison s'était enfin rouverte et le jeune homme attendait de voir, anxieux, la réaction de Grigán. Il n'advint rien de surprenant : le guerrier se plaça docilement sous la garde des trois Ramgriths et Yan lui emboîta le pas, en s'efforçant de calmer la petite Ifio qui hurlait dans son oreille.

Les trois hommes se ressemblaient tant qu'on aurait pu les croire de la même famille. Mais à la réflexion, Grigán lui-même présentait de nombreux points communs avec leurs geôliers. Les Ramgriths étaient de taille moyenne, avaient les traits secs, les cheveux d'un noir de corbeau et portaient une fine moustache, pour la plupart. Chacun d'eux disposait d'une lame courbe mais, pour lors, c'est avec un poignard qu'ils menaçaient les fugitifs.

Celui qui devait être Félel et qui les avait accueillis la veille précéda le groupe le long d'une galerie d'une dizaine de pas. Il attendit d'être rejoint pour ouvrir l'une des deux portes situées à l'extrémité.

Grigán et Yan furent poussés à l'intérieur d'une pièce de faibles dimensions, éclairée par deux lanternes, et renfermant plusieurs couchettes superposées dont certaines avaient servi récemment. Une table occupait le centre de cette cave, faisant obstacle entre les fugitifs et deux hommes assis sur un banc. Tous deux portaient des masques ithares et gardaient leurs poignards à portée de main.

La porte fut refermée et deux des geôliers se placèrent en travers, laissant Yan et Grigán debout devant les hommes mystérieux, vraisemblablement chefs à l'un ou l'autre niveau de la meute des loups noirs.

— Qui vous a donné cette adresse ? demanda celui de gauche.

— J'ai fait le serment de ne pas le révéler, répondit sans hésiter Grigán.

— *Qui vous a donné cette adresse ?* répéta l'homme avec agressivité.

— Je m'en tiendrai à ma promesse, articula le guerrier en fronçant les sourcils.

Yan ne put s'empêcher de songer à Corenn. Grigán n'était vraiment pas diplomate. S'il espérait obtenir de l'aide de ces gens masqués, les choses se présentaient plutôt mal...

— Bien. Nous reviendrons donc sur cette question plus tard, décida l'insoumis après quelques instants. Qui êtes-vous ? aboya-t-il avec hargne.

— Je suis Grigán de la tribu Derkel, lança le guerrier sur un ton défiant. Les terres de ma famille se trouvaient à onze milles, au sud-ouest. Avant qu'Aleb ne les donne aux *Yussa*.

Le mépris qu'il avait mis dans la prononciation de ce dernier mot n'était pas feint. Mais la simple mention de son nom avait déjà causé suffisamment d'émoi chez les Ramgriths, pour qu'ils relèvent ce fait. Celui de droite chuchota quelques mots à l'oreille de son complice et l'interrogatoire reprit.

— Et celui-là ? demanda l'homme en désignant Yan. Il n'est pas du pays.

— Il m'accompagne. C'est mon meilleur ami. Il est honorable et digne de confiance.

Yan gonfla sa poitrine en entendant les éloges qui lui étaient faits. Le guerrier montrait rarement une telle franchise dans ses sentiments. Le jeune homme en oublia les moments difficiles de ces derniers jours. Malgré son mutisme, malgré ses sautes d'humeur, Grigán était un compagnon admirable.

— Il n'y a plus de tribu Derkel, reprit l'homme masqué. Je suppose que tu le sais ?

Grigán acquiesça doucement, le regard planté dans celui de l'insoumis.

— Bien sûr que tu le sais, poursuivit ce dernier. Ainsi, il nous est impossible de vérifier tes dires.

— *Narro* les confirmera, lâcha le guerrier. Je veux le rencontrer.

— Nous ne savons pas qui est ce Narro.

— Bien sûr que si. Menez-moi à lui, et je finirai ce que j'ai commencé il y a vingt ans. Je terrasserai le Borgne.

Les deux hommes discutèrent à voix basse et tombèrent rapidement d'accord.

— Si tu étais *réellement* le Grigán dont tu parles, tu n'essaierais pas de voir Narro. Il a juré de te tuer de ses propres mains.

— Je sais. Il le fera peut-être. Je ne l'en empêcherai pas.

La réponse du guerrier fit sursauter Yan, qui se demanda quel pouvait bien être le crime de son ami, à l'origine d'une telle rancœur. Leur expédition courait-elle au désastre ?

— Je *suis* Grigán, affirma le vétéran, lassé de voir sa parole mise en doute. Des bourses pleines d'or vous ont été adressées, depuis vingt ans, par un certain Bahlin de Far. Comment pourrais-je savoir cela, si je ne les avais pas *moi-même* envoyées ?

Les hommes masqués reprirent leur conciliabule et Yan attendit nerveusement leur verdict. Si les loups noirs jugeaient trop louches les réponses de Grigán, ils les feraient tuer. Aussi le jeune homme se prépara-t-il au pire, en étudiant comment il pourrait utiliser sa magie pour les sortir d'affaire...

— Si tu veux mourir, alors tu seras satisfait, conclut enfin le Ramgrith de gauche. Nous allons t'emmener voir Narro. Mais tu regretteras sûrement ton retour au pays, Grigán Derkel.

Une cagoule tomba sur le visage de Yan et l'aveugla complètement. Ses mains furent tirées en arrière et solidement attachées, alors qu'Ifio hurlait à gorge déployée. Le jeune homme se laissa faire en espérant qu'ils ne commettaient pas leur dernière erreur.

La nuit tomba sans que Bowbaq soit revenu au village du Renne, après son départ précipité. Dans la maison d'Ingal, Lana, Léti et Corenn s'efforcèrent de se rassurer mutuellement. Mais l'aube vint sans que le géant soit réapparu, et les héritières commencèrent à compter les décans avec une anxiété croissante.

Le chef du Renne ne voulait différer plus encore le départ de ses messagers, et ceux-ci se mirent en route peu avant l'apogée, avec pour mission de convoquer les chefs de clan à un Concil exceptionnel. Six ou sept jours au moins seraient nécessaires à la venue des plus éloignés, et il tardait déjà à Ingal d'entendre les révélations de Corenn.

Bowbaq fit un retour triomphal vers la fin du quatrième décan, alors que Léti scrutait les environs de la porte du village. Elle courut jusqu'à lui du plus loin qu'elle le vit et ils tombèrent dans les bras l'un de l'autre, avant que le géant fasse tournoyer dans les airs la jeune femme soulagée.

— Tu l'as trouvé ? demanda-t-elle joyeusement, quand il l'eut enfin reposée.

— Oui ! répondit le géant, hilare. Je l'ai laissé sous les bois, là-bas. Et ma famille va bien !

La surprise de Léti ne dura qu'un instant, le temps nécessaire à se rappeler que les pouvoirs d'erjak de

Bowbaq lui permettaient certains dialogues avec les animaux. Ainsi, Mir le lion avait parfaitement rempli sa mission, veillant sur Ispen et les enfants pendant plus de quatre lunes. Pour les héritiers, c'était la première bonne nouvelle depuis longtemps...

— Allons chercher Corenn et Lana, reprit le géant. Je veux vous le présenter !

Il leur fallut peu de temps pour trouver leurs amies, et moins encore pour les convaincre de se laisser mener auprès de Mir. Corenn avoua son soulagement et sa satisfaction quant au sort de la famille de leur ami, et Lana se répandit en remerciements auprès de la déesse. Ils franchirent le mille de distance mentionné par Bowbaq sans que leur enthousiasme soit retombé.

Mais le lion n'était pas au lieu prévu. Bowbaq l'appela une fois, puis une deuxième, plus fort, sans que l'intéressé ne se manifeste.

— Je vais essayer par l'esprit, expliqua-t-il à ses amies. C'est une des choses dont je voulais te parler, amie Corenn. Je crois que mon pouvoir d'erjak est beaucoup plus grand qu'avant.

La Mère acquiesça lentement, seule à comprendre que l'impression de Bowbaq quant à ses facultés prouvait que les héritiers avaient subi l'influence du Jal, si peu qu'ils y soient restés. Quel effet cela aurait-il sur ses propres pouvoirs ?

Et sur ceux de Yan ? songea-t-elle soudain. Les capacités du jeune homme étaient déjà exceptionnelles, *avant*. Qu'arriverait-il quand il ferait appel à sa Volonté ? Une telle débauche de puissance risquait de le surprendre, et la langueur en rapport s'avérerait extrêmement violente... Corenn trembla pour son élève, ignorant du danger qui le menaçait s'il n'y prenait garde. Elle décida toutefois de taire ses inquiétudes, et s'absorba comme les autres dans l'observation du paysage.

Ce qui advint alors parut surnaturel : bien qu'ils fussent quatre à tenter de repérer le lion, aucun n'eut le temps de discerner la masse blanche, énorme et leste qui fit trébucher Bowbaq en se jetant sur son dos. Si elles n'avaient été prévenues, les héritières auraient été terrifiées en découvrant l'animal. Même ainsi... Mir n'en restait pas moins impressionnant.

Bowbaq se retourna en riant et empoigna le lion à bras-le-corps, avant de rouler dans la neige avec le fauve. Ce dernier était presque aussi grand que son maître. Sa crinière courant jusqu'à la queue ridiculisait celle des plus beaux étalons de Junine. Les taches qui donnaient son nom à la race s'étaient estompées avec l'hiver, laissant l'épaisse robe de poils immaculée. Mais les héritières voyaient surtout les griffes monstrueuses de pattes non moins énormes, et la gueule de sang et d'ivoire d'où s'échappaient quelques râles excités.

— C'est lui ! lança Bowbaq entre deux roulades, comme si ses amies avaient pu en douter. C'est mon lion !

Elles attendirent patiemment que le jeu cesse, riant des mimiques et attitudes des deux compagnons. Le géant concéda bientôt la défaite et Mir lui permit enfin de se relever.

— Elles sont mes compagnons de chasse, expliqua-t-il au lion, en invitant ses amies à caresser le fauve.

Cette interprétation suffit à Mir pour accepter la présence des trois étrangères. Quand il eut flairé et distingué l'odeur de chacune, et qu'elles eurent témoigné de leur bienveillance, il les intégra naturellement à ce qu'il considérait comme sa harde. Les choses auraient été beaucoup plus longues et difficiles s'il n'avait été mis en confiance par Bowbaq.

— Qu'il est doux ! commenta Lana, en ôtant délicatement le givre des poils du fauve.

— Ispen a dû le brosser, expliqua Bowbaq, heureux d'évoquer ces images domestiques. Prad adore monter sur son dos, et elle n'aime pas voir notre fils rentrer couvert de boue. Ah, mes enfants, mes enfants ! s'exclama le géant, impatient de revoir les siens.

Corenn contemplait le puissant animal en réfléchissant. Elle venait d'avoir une idée. Une idée qui valait la peine d'être tentée. Une idée qui pouvait leur ôter un énorme souci.

— Bowbaq, as-tu sur toi les pierres que tu destines à ta famille ?

Le géant exhiba lesdites pierres de Dara avec un espoir évident. Quoi que Corenn suggère, il était prêt à suivre son conseil. Ses retrouvailles avec Mir lui avaient rendu son optimisme.

— Peux-tu vraiment donner des ordres précis à ton lion ?

— N'importe quoi qui ne le mette pas en danger, ou qui soit trop compliqué.

— Ispen sait-elle lire ?

— Ah !... non, avoua Bowbaq à regret.

L'expression déçue de la Mère en disait suffisamment long. Son plan venait de tomber à l'eau.

— Que veux-tu écrire, amie Corenn ? s'enquit le géant.

— J'aurais voulu que Mir livre les pierres à ta famille, expliqua la Mère en soupirant. Mais il est important de leur signifier de les garder avec eux. Autrement, ça ne fera qu'empirer les choses.

Le géant réfléchit quelques instants avant d'avouer son incompréhension.

— Je pourrais aller les porter moi-même, proposa-t-il timidement. Ma pierre me protégera.

— Bowbaq, je sais que c'est difficile, soupira Corenn. Mais s'il surveille le village où se trouve ta famille, Sombre pourra lire dans les esprits de tous ceux que tu croiseras. Ce sera comme s'il pouvait te voir, toi... C'est trop dangereux.

— Et si on envoyait l'un des hommes du Renne ? suggéra Léti.

— C'est la même chose. Dès qu'il aura livré les pierres, cet homme sera « visible » de Sombre et nous mettra en danger. Voilà pourquoi Mir convenait parfaitement. Le démon néglige probablement de surveiller les animaux.

Bowbaq eut une moue boudeuse et contempla le lion qui patientait, confortablement installé dans une cuvette emplie de neige.

— Tu as eu une *bonne* idée, amie Corenn, décida-t-il soudain. Elle marchera, j'en suis sûr.

Le géant empoigna l'une des pierres et, avec un petit couteau, grava un symbole à sa surface. Il agit bientôt de même avec les deux autres morceaux du Jal'dara.

— C'est le symbole du clan de l'Oiseau, expliqua-t-il en s'appliquant à rayer la roche. Ispen va comprendre. Elle est très intelligente, ajouta-t-il avec fierté.

Corenn regarda le géant donner ses consignes au lion, d'esprit à esprit, et placer les pierres dans la gueule du fauve. Ainsi chargé de cette mission, Mir se redressa et disparut en quelques bonds, vers les seuls héritiers de Ji encore épargnés par les événements.

La Mère pria pour ne pas s'être trompée...

Yan suffoquait sous sa cagoule. La nuit s'était enfuie depuis longtemps, pour laisser place à la dictature caniculaire du soleil. Le jeune homme n'espérait plus qu'une chose : que ce supplice prenne fin au plus vite. Il avait tellement transpiré, déjà, qu'il redoutait de s'évanouir s'il ne buvait pas rapidement un peu d'eau. Mais ses ravisseurs restaient sourds à sa demande... ils ne devaient le libérer que parvenus à destination.

Les fugitifs avaient été menés le long d'un souterrain, puis placés dans de grands paniers chargés sur une carriole. Yan et Grigán s'étaient plusieurs fois appelés pour vérifier qu'on ne les séparait pas. Ifio elle-même avait été enfermée avec le jeune homme et s'était, heureusement, tenue tranquille. La situation était déjà suffisamment angoissante pour qu'il n'endure pas en plus l'hystérie du singe mimastin.

La carriole avait erré le long des rues de Griteh, en multipliant probablement les détours, avant de s'engager sur un terrain rocailleux que Yan devina situé hors de la ville. Après un bon moment de ce voyage monotone, les paniers avaient été ouverts et les fugitifs avaient pu respirer un peu d'air frais. Mais on ne les avait toujours pas libérés...

Yan eut l'idée d'atteindre *l'esprit profond* d'Ifio pour utiliser ses yeux, mais il se sentait trop malade pour faire appel à sa Volonté. Il n'avait que trop souvent déjà ignoré le conseil de Corenn : *ne jamais se servir de la magie sous l'emprise de la colère, de la souffrance ou du vin.* Cette fois, il se montrerait raisonnable.

Après une longue attente, ponctuée de cahots, de conversations intermittentes et de soupirs dus à la chaleur, la carriole parut diminuer d'allure. Quelques mots furent échangés entre leurs ravisseurs et une probable sentinelle, et le convoi reprit sa progression, sur un chemin pavé cette fois.

L'écho qui les suivit alors et quelques fugaces sensations de fraîcheur confirmèrent ce changement de décor. La carriole et son escorte n'évoluaient plus en plein désert, mais entre des reliefs solides, bâtiments ou pics rocheux. Une certaine animation se fit bientôt entendre derrière leur propre vacarme : appels, conversations, bruits de pas et même un air de flûte coudée. Le camp des loups noirs. Yan et Grigán étaient arrivés.

La carriole s'immobilisa et on les invita sans ménagement à en descendre. Leurs cagoules furent enfin retirées, pendant qu'un autre Ramgrith vérifiait leurs liens. Yan découvrit les lieux en inspirant avec bonheur.

Ils se trouvaient entourés de ruines, probablement très anciennes, au jugé de l'érosion des murs. Le toit de la plupart des bâtiments s'était effondré, et le sable obstruait en partie les portes et fenêtres les plus basses. L'architecture générale n'était pas très éloignée de celle de Griteh, mais il ne restait pas assez de constructions entières pour étayer cette comparaison. De toute façon, là n'était pas le plus important...

Ces ruines avaient été aménagées en campement : on remarquait çà et là quelques travaux de réfection et de fortification, exécutés avec les moyens disponibles sur place. Plusieurs murs avaient été consolidés, quelques étoffes, judicieusement tendues pour garantir des zones d'ombre. Un grand bâtiment tout proche avait été recyclé en écurie, alors qu'un immense tas de sable à côté d'un puits témoignait du travail qu'il avait fallu fournir pour le réactiver. Quelques cibles de tir à l'arc et mannequins décapités trahissaient l'utilité militaire de ce campement.

Enfin, les *loups noirs*. Il en sortait de partout : Yan estima que trente au moins s'avançaient vers leur petit groupe, mais les éclats de voix qui montaient de toute part en révélaient dix fois plus. D'autant que ces ruines semblaient fort étendues... Si chaque quartier présentait une aussi forte concentration humaine, le camp devait compter quelques milliers de guerriers.

Ces hommes avaient le visage farouche, fier et susceptible, que Grigán présentait dans ses mauvais moments. Yan fut surpris de trouver quelques enfants parmi eux : garçons uniquement, mais dont certains portaient déjà dague et lame courbe avec une aisance effrayante. La plupart, pourtant, se contentaient d'un arc adapté à leur taille... et qu'ils pointaient tout droit sur la poitrine de l'un ou l'autre des fugitifs.

— La cité de Gul, commenta sobrement Grigán, en détaillant les ruines. On la disait infestée d'araignées...

— Elle l'était, confirma l'un de leurs ravisseurs, sur un air de défi. Il y en avait tant que les murs étaient noirs, et qu'on pouvait les entendre à plus d'un mille. Il nous a fallu deux ans pour brûler tous les nids. Mais *cette ville est à nous*, maintenant. Pas un Yussa n'y mettra les pieds.

Le guerrier acquiesça sans répondre, préoccupé par un sujet plus important. Il observait chaque nouvel arrivant, cherchant à reconnaître au moins un visage parmi tous ceux, hostiles, qui les encerclaient. Il fut en cela pris de vitesse...

— Grigán ! appela joyeusement un homme, en fendant la foule. Grigán Derkel !

— Berec ! répondit le guerrier, avec une pointe d'étonnement mais un sourire réjoui.

Le nouveau venu avait la cinquantaine, des cheveux sombres grisonnants et était manchot d'une main. Il donna une étreinte à Grigán de son bras valide et ne comprit qu'à ce moment que son ami était entravé. Il eut alors un soudain accès de colère et invectiva leurs ravisseurs en des termes si virulents que Yan fut heureux de ne pas les comprendre. Les accusés se défendirent de leur mieux en avançant quelques timides arguments, mais Berec eut le dernier mot et les fugitifs furent enfin libérés.

— Berec ! répéta Grigán, en rendant convenablement le salut à son ami. Par Alioss, je n'espérais pas te trouver ici !

— Tu n'aurais pas dû venir, commenta l'intéressé, sans pour autant perdre son sourire. Narro ne t'a pas pardonné.

— Je sais, répondit le guerrier en se rembrunissant. Mais c'était la seule solution. J'ai besoin de son aide.

— Je doute qu'il te l'accorde, avoua Berec après un silence. Enfin... allons toujours le voir.

Il lâcha quelques ordres à l'adresse des autres, signifiant qu'il prenait les prisonniers sous sa responsabilité, et fendit la foule curieuse qui se dispersait déjà. Bien qu'il soit désarmé, au milieu de guerriers méfiants et perdu dans le désert, Yan ne s'était pas senti aussi libre depuis longtemps.

— Qu'est-il arrivé à ta main ? demanda Grigán alors qu'ils progressaient entre les ruines.

— Aleb me l'a fait couper. Après que j'ai refusé de livrer ma récolte aux Yussa. Voilà la justice du Borgne : *ils* sont les pillards et *nous* sommes punis comme des voleurs.

Grigán s'éclaircit la voix en un sobre témoignage de sa compassion. Yan connaissait suffisamment le guerrier pour savoir qu'il se considérait comme partiellement responsable de chaque crime commis par Aleb. S'il avait achevé le tyran vingt ans plus tôt, au cours de leur duel... l'histoire aurait été différente. Et Grigán avait l'impression d'avoir failli.

Ils franchirent une cour où cinq hommes s'exerçaient à l'épée, et ces derniers interrompirent leur entraînement. Berec les salua et leur signifia d'un geste qu'il n'y avait pas lieu de s'inquiéter. Les guerriers n'en dévisagèrent pas moins Yan et Grigán d'un bout à l'autre de la place.

— Narro a... vieilli, expliqua Berec, après s'être assuré que personne ne pouvait l'entendre. Comme nous tous. Il reste un bon stratège, mais la fatigue et l'âge l'ont rendu trop prudent. Chacun de nous est prêt à mourir pour lui, ajouta aussitôt le Ramgrith, pour se justifier. Mais cela fait trop longtemps que nous nous préparons à une bataille qui n'arrive jamais.

— Vous ne tuez pas les Yussa ? demanda Grigán avec circonspection.

— Pas comme il faudrait. Ce n'est pas avec quelques raids sans conséquences que nous pourrons renverser Aleb. Narro a réuni les loups il y a plus de douze ans, et il est évident que douze ans de plus ne changeront rien. Il vient toujours plus de pillards à Griteh, qui se mettent au service du Borgne. Nous avons besoin de décourager les mercenaires par une action d'éclat. Une victoire de grande envergure.

— J'apporte peut-être quelque chose comme ça, avança Grigán.

— C'est ce que j'ai cru comprendre, commenta Berec en souriant. *Je* n'ai jamais regretté d'être resté avec toi sur la colline, assura-t-il soudain. Tu as fait ce qu'il fallait. Je n'ai jamais eu de meilleur chef que toi.

Grigán le remercia d'un simple signe de tête, mais son trouble était flagrant. Le souvenir du village quesrade rasé par les troupes d'Aleb torturait sa conscience et hantait la plupart de ses cauchemars depuis vingt ans. Les paroles de Berec étaient comme un onguent apaisant temporairement ces meurtrissures.

Le reste du chemin fut parcouru en silence. Ce n'est qu'en arrivant devant une énorme bâtisse, sur le toit de laquelle étaient postés plusieurs archers, que Berec fit une nouvelle confidence.

— Quoi que tu proposes, je serai de tout cœur avec toi, Grigán. Mais si Narro décide de venger sa fille, je ne pourrai rien faire pour t'aider. Personne ici n'osera s'interposer.

— Je sais, mon ami. Si je meurs dans cette maison, promets-moi seulement de protéger mon compagnon. Il ne mérite pas de souffrir de mes erreurs.

Avant que Yan n'ait pu intervenir, Grigán s'avança dans l'ombre de la bâtisse, prêt à affronter son destin.

Rey s'efforça de paraître le plus naturel possible en dépassant les premiers postes de garde du camp de Saat. Deux ou trois Wallattes tentèrent bien de l'interpeller, mais l'acteur sut parfaitement jouer son rôle de sourd et ignorer totalement les appels des sentinelles, finalement bien peu consciencieuses puisqu'elles renoncèrent toutes à se faire entendre. Probablement jugeaient-elles qu'aucun espion n'aurait le culot de s'infiltrer dans leurs lignes par la grande porte. Malheureusement pour elles... Rey ne reculait devant aucune audace.

Ces premières difficultés passées, l'acteur continua d'avancer à bonne allure, comme s'il savait exactement où il allait alors qu'il découvrait le décor un peu plus à chaque pas. Il évitait toutefois de passer trop près des guerriers, de plus en plus nombreux, qu'il trouvait assemblés autour d'une tente, d'une viande rôtie ou, le plus souvent, d'un pichet. Quelques-uns des plus curieux l'interpellèrent encore et Rey les bouda avec la même réussite, sauf quand il ne pouvait faire autrement que les voir : il désignait alors ses oreilles avec une expression désolée et passait son chemin sans tarder.

Ces hommes étaient sales, braillards et violents. Peut-être était-ce dû à une certaine relâche de la discipline dans ces avant-postes : mais Rey se convainc qu'un tel comportement était tout simplement dans les mœurs wallattes, et qu'il faudrait plusieurs générations de Maz pour leur inculquer le respect d'autrui. Malheureusement... ces guerriers massifs et bedonnants aimaient à tuer les Maz.

Leur nombre semblait doubler tous les cent pas. Rey estimait en avoir dépassé plusieurs centaines quand, sur le haut d'un relief, il eut une vision globale du vrai campement. C'est alors qu'il put constater l'étendue du danger menaçant les Hauts-Royaumes.

Les tentes, baraquements, chariots, enclos, bivouacs, hangars et cantonnements divers s'étendaient jusqu'au pied des montagnes toutes proches, et littéralement à perte de vue au nord et au sud. Seuls quelques terrains d'exercice et de manœuvre avaient été préservés par les architectes improvisés de cette véritable ville de toile et de bois, assez grande pour accueillir quelques dizaines de milliers d'hommes. Et l'estimation n'était pas exagérée : Rey avait *devant lui* cette foule impressionnante de guerriers, s'agitant comme sur une fourmilière, entre les petits points blancs, marron et sable de leurs cantonnements. Jamais l'acteur n'avait vu autant de gens réunis en un même lieu, même au couronnement de Bondrian. À l'idée que la plupart étaient porteurs de *lowa* ou d'armes tout aussi terrifiantes, il en oublia la faim qui lui torturait l'estomac.

Il prit tout le temps d'étudier le panorama et la géographie des lieux. Chaque renseignement pouvait lui être utile pour vaincre Saat, ou pour faciliter sa fuite quand il en aurait fini avec le sorcier. C'est ainsi qu'il repéra, à quelques milles au sud, un autre groupe de constructions dont certaines étaient en pierre. Les perspectives étaient trompeuses, mais ces bâtiments semblaient très grands. Suffisamment pour que l'un ou l'autre soit utilisé comme palais par le roi de ces barbares.

Il s'apprêtait à entamer la descente du coteau quand il aperçut l'homme trapu et grimaçant qui le surveillait à quelques pas, une hache à la main. Avec une réelle surprise, Rey désigna ses oreilles et s'éloigna en trottinant, jetant de fréquentes regards par-dessus son épaule.

Toute cette tension commençait à lui peser. Comme le Wallatte ne faisait pas mine de le suivre, Rey obliqua et prit la direction du palais de Saat. Si les dieux étaient avec lui, le sorcier serait mort avant la nuit.

C'est sans hésitation que Berec guida Yan et Grigán à travers les ruines de ce qui avait dû être une riche demeure, quelques éons plus tôt. Le Ramgrith était familier de ce poste de commandement, ce qui tendait à confirmer, comme Yan l'avait supposé, qu'il occupait une place importante dans la hiérarchie des loups noirs.

Il passa la tête dans plusieurs salles vides avant de les mener au premier étage, où il s'arrêta devant une lourde porte miraculeusement préservée. Avec un regard compatissant pour Grigán, il ouvrit grand le passage et invita ses amis à entrer.

La salle était d'une taille exceptionnelle, occupant presque toute la surface de l'étage. L'impression d'espace était renforcée par son dépouillement : pour tout mobilier, la pièce n'abritait qu'une paillasse, deux tables brinquebalantes, divers bancs et tabourets et quelques lampes suspendues ou posées à même le sol. En contrepartie, il y régnait une fraîcheur ravivante.

Assis sur un fauteuil auquel il manquait un pied, le dos tourné à la porte, un homme était penché sur quelques parchemins. Il se massait les tempes en soupirant, visiblement concentré sur un problème épineux. Il ne faisait pas mine de se retourner.

— Majesté ? appela Berec.

Narro se retourna avec lassitude mais son expression changea du tout au tout quand son regard tomba sur Grigán. Yan devait toujours garder en mémoire cette vision du chef des loups noirs : un Ramgrith à l'expression farouche, la barbe et les cheveux gris, d'une robustesse exceptionnelle pour un homme de plus de soixante ans.

— Derkel ! Maudit sois-tu ! cracha-t-il en bondissant du fauteuil.

Il empoigna la lame qu'il avait appuyée contre la table et s'avança tout droit vers le guerrier, du feu dans les yeux. Yan sentit les battements de son cœur s'accélérer.

— Narro, laisse-moi d'abord te parler, demanda Grigán avec un sang-froid inouï.

— Lâche, traître ! Meurs !

La lame s'éleva brutalement et s'abaissa en une courbe meurtrière, mais Grigán esquiva le coup avec facilité. On ne pouvait faire taire toute une vie de réflexes...

— Entends ce que j'ai à te dire, reprit le guerrier. Ensuite, tu feras de moi tout ce que tu voudras.

— Rien du tout ! Chacal !

Le chef des loups noirs lança une nouvelle attaque à laquelle le guerrier échappa de peu, cette fois. Yan mourait d'envie de sauter sur le dos de ce vieillard irascible. La tension était trop forte. D'un moment à l'autre, il allait craquer et intervenir.

— Très bien, se résigna le guerrier, alors que Narro s'avançait pour le pourfendre. Je ne me suis pas pardonné, et je vois que toi non plus. Je te demande simplement d'épargner mon compagnon. Il n'est pour rien dans cette histoire.

Narro empoigna sa lame à deux mains et la leva au-dessus de lui en un geste menaçant. Grigán inclina la tête et ferma les yeux. L'acier s'abattit et Yan lança sa Volonté.

La lame se volatilisa en un instant et le vieillard ramgrith, déséquilibré par son mouvement, trébucha et tomba à genoux. Le guerrier lui tendit naturellement la main mais Narro la repoussa brutalement.

— Démon ! Sorcier ! Je te collerai sur un bûcher !

Grigán se tourna vers Yan, mais le jeune homme était trop perturbé par ce qui venait de se passer pour partager son attention. Il avait lancé son sort n'importe comment, avec le seul désir de repousser l'arme, et celle-ci s'était entièrement volatilisée. L'explication lui vint sans peine : ses pouvoirs avaient subi l'influence du Jal'dara. Sa Volonté était plus puissante encore qu'avant. Et plus dangereuse.

Alertés par les cris de Narro, plusieurs guerriers déboulèrent dans la pièce, les armes à la main. Le chef des insoumis désigna Grigán d'un geste accusateur.

— Tuez-le ! ordonna-t-il avec rage. C'est un sorcier !

— Ah, non ! Ça suffit ! éclata Yan, incapable de se contenir plus longtemps.

La surprise créa un silence d'un instant, et le jeune homme ne laissa pas le temps aux Ramgriths de se ressaisir.

— J'en ai marre, à la fin ! Écoutez au moins ce qu'il a à vous dire ! Et si vous tenez vraiment à brûler un sorcier, je vous attends ! Mais je vous avertis que je ne suis pas de bonne humeur !

Sous les regards de quinze paires de yeux ronds, Yan grimpa sur l'une des tables et se posta, les poings sur les hanches, face à l'assemblée des vétérans. Il était réellement prêt à en découdre avec quiconque s'entêterait à leur causer des problèmes.

Sans brutalité, Grigán se fraya un chemin jusqu'à son ami et grimpa à son tour sur la table. Il eut un regard plein de reconnaissance pour son compagnon et se retourna vers les insoumis.

— Frères ramgriths ! Je ne suis ni un traître, ni un lâche. Je suis Grigán de la tribu Derkel, et c'est moi qui ait enlevé son œil au fou qui nous sert de roi. Si je suis revenu, c'est pour achever le travail que j'ai commencé il y a vingt ans. J'ai besoin de vous. J'ai besoin des loups noirs.

— Tu as *abandonné* ma fille ! hurla Narro du fond de la salle, d'une voix sanglotante. Tu as tué Héline !

Quelques murmures parcoururent les rangs des guerriers, toujours plus nombreux, qui envahissaient les appartements de leur chef. La seule réponse de Grigán à cette accusation fut d'incliner la tête.

Son silence se prolongea, et il fut bientôt évident que cet aveu muet allait faire perdre sa cause. Ignorant des circonstances de cette affaire, Yan ne voyait pas comment il pourrait prendre la défense du vétéran. Il bondit alors au bas de la table, marcha tout droit jusqu'à Berec et traîna le manchot plus ou moins contre son gré jusqu'à l'estrade improvisée.

— C'est le moment de dire quelque chose, lui glissa-t-il à l'oreille. Pour Grigán. Pour votre ami.

Le Ramgrith se pinça les lèvres et dévisagea ses compatriotes avec anxiété. S'il prenait parti, il avait tout à y perdre. Mais si les loups noirs n'évoluaient pas, s'ils ne prenaient pas le risque d'une offensive majeure, la victoire leur échapperait toujours.

— Héline était la promise de Grigán, expliqua-t-il gravement, pour ceux qui l'ignoraient encore. Il ne l'a pas tué. Les Yussa sont les coupables.

— Il l'a abandonnée ! répéta Narro avec désespoir. Jamais elle ne serait morte, s'il l'avait emmenée !

— Nul ne peut prévoir l'avenir, rappela Berec avec compassion. Dans le cas contraire, croyez-vous que Grigán eut agi pareillement ? Il a certainement beaucoup souffert de cette séparation, mais pensait à cette époque agir pour le mieux. Pouvons-nous blâmer cet homme, qui a préféré trahir sa Promesse que condamner son aimée à l'exil ?

Seul le silence répondit à Berec, orateur inspiré que Yan se félicita d'être allé quérir. D'évidence, le manchot portait une réelle estime à son ancien chef. Et l'injustice de ses malheurs semblait lui tenir personnellement à cœur.

— Grigán fut le premier à s'élever contre Aleb, alors même que le Borgne n'était pas encore monté sur le trône. Ne croyez-vous pas, frères ramgriths, que cela fait de lui un guerrier méritant ? Ne croyez-vous pas que cela en fait le plus enragé des loups noirs ?

Deux voix manifestèrent bruyamment leur approbation, et cinq, dix, vingt autres se joignirent aux acclamations. Berec et Yan échangèrent un sourire, mais Grigán ne partageait pas la joie de ses amis. Le guerrier s'avança au bord de la table et, par gestes, réclama le silence. Son visage était sérieux et tendu, et les Ramgriths s'interrogèrent sur son annonce.

— Je suis heureux d'avoir retrouvé mon peuple, déclara-t-il gravement. Mon exil est maintenant terminé. Nous allons détrôner ce faux roi et ses pillards infâmes. Mais... je ne le ferai que sous le commandement d'un *vrai* roi. Celui qui règne, depuis vingt ans, sur les seuls Ramgriths libres de ce pays. Narro, père... veux-tu de moi dans ton armée ?

Le vieillard essuya ses larmes d'un geste brusque et traversa la salle en silence, avec une expression indéfinissable. Il s'arrêta en face de Grigán et le fixa droit dans les yeux.

— Je te hais et te maudis depuis près de vingt ans, Derkel, lâcha-t-il avec franchise. Je t'ai toujours cru lâche, traître et parjure, et il te faudra beaucoup d'efforts pour me prouver le contraire. Mais si tu es revenu pour te battre aux côtés des tiens... alors, je t'offre une place de *capitaine*, assura Narro avec émotion. Et que Phrias t'emporte, si tu ne nous mènes pas à la victoire !

Des ovations éclatèrent dans la salle, bientôt reprises dans tout le camp des insoumis, où la nouvelle se répandait comme un feu de paille. Les loups noirs allaient enfin sortir de leur tanière. La bataille était proche.

Deux hommes passèrent et Rey s'aplatit un peu plus sur l'immense tas de roches qui lui servait à la fois de cachette et de poste d'observation. Une bonne vingtaine de monticules similaires bordaient l'endroit : d'évidence, Saat ne savait plus comment utiliser la pierre qu'il extrayait de la montagne.

Rey avait choisi l'un des plus éloignés, d'une taille honorable sans être le plus grand : une vingtaine de pas de hauteur environ. Évidemment, l'acteur avait pris garde de ne pas grimper jusqu'au sommet, où il aurait été repéré beaucoup trop facilement. Il s'était arrêté aux deux tiers pour se glisser sous une dalle naturelle qui le masquait aussi bien d'en haut, que du sud et de l'ouest.

L'acteur avait passé ce dernier décan d'avant la nuit à étudier les lieux, en particulier les alentours des quelques immenses bâtiments singulièrement concentrés sur une aussi faible surface. La nature de deux d'entre eux semblait évidente : il y avait là une sorte d'amphithéâtre, ou de cirque, et une gigantesque pyramide qui ne pouvait être qu'une forme de temple. Rey songea à Sombre et son estomac se serra. S'il avait été l'Adversaire, il aurait pu défier le démon et peut-être l'emporter. Mais le miracle n'avait pas eu lieu et la seule chance qui lui restait était d'atteindre Saat.

Le sorcier résidait forcément dans l'une ou l'autre des constructions restantes. La plus grande avait l'allure d'un palais, mais sa finition en était si grossière que c'en était déroutant. Et s'il ne s'agissait que d'un entrepôt démesuré ? Le fait qu'il soit gardé ne prouvait rien, même si les sentinelles semblaient d'une autre trempe que la soldatesque dont il avait contourné le campement.

C'est en voyant deux hommes sortir du bâtiment en question que Rey abandonna définitivement l'idée de l'entrepôt. Deux hommes dont il ne pouvait distinguer les traits, à cette distance, mais dont le rouge vif des vêtements était suffisamment révélateur.

L'acteur marmonna une malédiction à leur intention en s'efforçant de calmer les battements de son cœur. Il touchait au but. Il n'imaginait pas ce que *deux tueurs züu* pouvaient faire dans un entrepôt. Rey se trouvait à moins de mille pas du palais de Saat.

Il n'eut plus alors qu'à réfléchir à la meilleure manière d'en approcher. L'ouest était impraticable :

couvert de baraquements, clos par plusieurs palissades, cette zone servait de quartier aux esclaves. Rey l'avait observée assez longtemps pour la savoir régulièrement quadrillée par d'importantes patrouilles. Plus haut, c'était pire encore : l'entrée du tunnel sous le Rideau, nettement visible de sa position, semblait gardée par une compagnie entière et soumise à un va-et-vient continuel.

Rey finit pourtant par élaborer un itinéraire plus ou moins périlleux, serpentant entre les monticules de gravats, la lisière de la clairière et le singulier amphithéâtre. La nuit le trouva plus décidé que jamais et, quand l'activité des environs se calma quelque peu, il se glissa doucement de sa cachette vers la dernière étape de sa mission.

Les principaux chefs des loups noirs s'étaient réunis chez Narro pour écouter Grigán. Le vétéran avait volontairement reporté ce conseil de guerre au crépuscule, lui et Yan ayant besoin de prendre un peu de repos, après l'agitation de ces derniers jours. Il voulait également que les esprits échauffés par les incidents aient le temps de se calmer. Grigán voulait élaborer un plan avec des capitaines responsables, pas avec des têtes brûlées assoiffées de tueries.

Mais le moment était arrivé, et le guerrier contemplait les ruines de la cité de Gul en songeant aux deux femmes qu'il ait jamais aimées. Héline était morte dans la maison de son père, dans un incendie allumé *par jeu* par une bande de Yussa ivres. Narro en avait rejeté la faute sur Grigán autant que sur lui-même.

Avant l'exil du guerrier, les deux hommes se portaient une sincère amitié doublée d'une grande estime. Après l'accident, l'affection du père meurtri s'était transformée en haine.

Le vieillard venait pourtant de lui accorder son pardon. Grigán ne pouvait être tenu comme responsable. Sa seule faute désormais, aux yeux de Narro, était de ne pas être revenu plus tôt. Quand les loups noirs s'étaient formés. Mais jamais avant ce jour, le guerrier n'avait pu se résoudre à affronter ses souvenirs.

Enfin, il était en paix. Enfin, il pouvait envisager l'avenir non plus comme une fatalité, mais comme une vie qu'il lui appartenait de rendre agréable. Cruel cynisme des dieux... C'est quand il était condamné, par la maladie et la puissance malfaisante d'un sorcier, que Grigán comprenait qu'il pouvait être heureux. C'est quand il était séparé de Corenn, après l'avoir côtoyée si longtemps, qu'il décidait qu'il avait le droit d'aimer encore.

Il lui paraissait voir les choses d'un œil nouveau. La nuit était fraîche, dans la cité de Gul, mais ces ruines n'étaient pas sans vie. De loin en loin, Grigán apercevait un foyer, une lanterne ou quelques torches, autour desquels se groupaient les hommes sombres et fiers qui étaient son peuple. Un sifflet l'appela d'en bas et le guerrier baissa les yeux vers Yan qui le salua d'un petit signe, Ifio perchée sur son épaule. Le jeune homme pénétra dans le bâtiment et Grigán se retourna pour l'accueillir, en même temps que les derniers chefs des insoumis.

Le guerrier n'avait plus qu'un cauchemar à oublier. Celui du massacre du village quesrade, perpétré par

Aleb et dont il avait été le témoin passif. Lorelia ne connaîtrait pas le même sort. Grigán se placerait en travers de la route du tyran. Il se sentait assez fort pour renverser lui-même tous ses navires de guerre.

Quand tous les capitaines eurent pris place, et que les conversations se furent tues, il s'avança jusqu'à la table de réunion et entama sa harangue. L'offensive était lancée.

— Aleb s'apprête à prendre la mer, annonça-t-il d'une voix forte. Vous le savez sûrement. Il a réuni une armada entière de galères et de grand-voiles, et quinze mille Yussa attendent à Mythr de pouvoir embarquer.

— Puissent-ils pourrir dans les flots ! lança une voix.

— Il en restera toujours autant, rétorqua une autre. Il en vient toujours plus...

— Il n'en viendra plus si nous envoyons ceux-là par le fond, affirma Grigán en frappant la table du plat de la main. Et le Borgne avec eux !

— Quinze mille hommes, commenta gravement Berec. Les loups sont à peine plus de deux mille, Grigán. Et certains ne sont que des enfants.

— Deux mille guerriers ramgriths contre quinze mille pillards indignes, reprit le guerrier avec emphase. Je ne donne pas cher de la peau des Yussa !

— C'est impensable, objecta l'un des plus vieux capitaines. Ton courage t'honore, Grigán Derkel. Mais tu nous offres de courir à la mort. Nous ne prendrons jamais Mythr à un contre huit.

— Notre petit nombre nous servira, affirma le guerrier. Nous aurons besoin de discrétion. Je n'ai jamais parlé de faire le siège de Mythr : j'ai dit vouloir *envoyer les Yussa par le fond.*

Sa déclaration fut suivie d'un silence. Les capitaines l'avaient enfin compris.

— Nous ne possédons aucun navire, rappela Narro, d'une voix éraillée. Tu voudrais donc noyer les Yussa dans le port ?

— Comme des rats, acquiesça le guerrier avec une expression cruelle. Sans qu'ils puissent tirer l'épée.

— C'est impossible, objecta Berec, à regret. Nous ne savons pas quand ils embarqueront. Nous ignorons même ce qu'Aleb projette de faire de son armada.

Le guerrier attendit que les regards reviennent sur lui pour jouer sa carte maîtresse. Le destin des Hauts-Royaumes allait se jouer dans les instants suivants. Les loups noirs devraient lui faire confiance... ou attendre une nouvelle occasion, qui ne viendrait jamais.

— *Aleb va attaquer Lorelia*, énonça-t-il lentement. L'embarquement va commencer dans six jours, au quinte de la décade des Eaux Vives. Nous n'avons que peu de temps devant nous.

Un nouveau silence suivit son intervention. Grigán parlait avec tellement d'assurance, que beaucoup méditèrent sur ses paroles sans les mettre en doute. L'affaire éveilla pourtant la suspicion de quelques-uns.

— D'où tires-tu cela ? lança un homme au teint rougeaud. As-tu quelque affinité avec notre bon roi ?

— Sangdieu ! jura Grigán, en tirant sa lame et en la plantant dans la table. Je ne laisserai plus personne m'accuser de trahison, sans en répondre par le fer. Veux-tu être le premier, ô capitaine ?

L'homme se garda bien de répondre, manifestement sensible à la tentative d'intimidation du guerrier.

— Si j'étais l'ennemi des loups, je me contenterais de courir droit au Borgne et de lui révéler le secret de ce camp. Y a-t-il encore quelqu'un pour me traiter de menteur ?

Personne ne fut candidat au suicide, et Grigán rangea sa lame avant de reprendre la parole.

— Je tiens ce secret de la source la plus sûre, mais j'ai fait la promesse de n'en jamais parler. Tenez-vous à rendre mon serment orphelin ?

— Nous te croyons, Grigán, assura l'un des capitaines. Mais la nouvelle est de taille. Si Aleb s'attaque aux Hauts-Royaumes, il court à la défaite. Peut-être devrions-nous attendre, avant de décider quoi que ce soit...

— Voulez-vous prendre le risque de le voir revenir plus fort ? objecta le guerrier. Nous avons là une chance unique de le chasser du trône, en même temps que les Yussa. Je n'ai aucune envie *d'attendre* encore.

Quelques murmures parcoururent l'assemblée, comme les avis des capitaines étaient partagés.

— Par Eurydis ! renchérit Grigán. Ne voulez-vous pas voir Griteh libérée par des *Ramgriths* ? Qui, ici, n'a pas connu assez d'infamies, de détresses et d'injustices, pour préférer *attendre* encore ? Et qui veut venir avec moi jusqu'à Mythr, balancer cette ordure d'Aleb à l'eau, si loin et si profondément qu'il lui faudra une année entière avant de regagner la côte ?

L'image fut acclamée et déclencha plusieurs rires, emplissant la salle d'une animation bruyante. Yan félicita le guerrier par signes, alors que les loups finissaient eux-mêmes de convaincre les plus timorés. Des idées, des projets d'offensive divers furent lancés de toute part, n'importe comment, comme la perspective du combat enflammait les imaginations. Mais Narro fit bientôt revenir le silence avant de se tourner gravement vers Grigán.

— Quel est ton plan, mon fils ? demanda-t-il avec intérêt.

Le guerrier gonfla la poitrine et reprit la parole. À l'aube du jour suivant, tous les détails étaient vus.

Rey pensait pouvoir entendre battre son cœur. Peut-être était-ce le cas, comme son bandage gênait réellement son audition, faisant paraître plus bruyante sa propre respiration. L'acteur dénoua l'étoffe dont il ne pensait plus avoir besoin. Jamais il n'avait eu autant de raisons d'avoir le trac. La pièce qu'il s'apprêtait à jouer pouvait prendre l'allure d'une chanson de geste... tout comme elle pouvait s'achever en tragédie.

La réussite qu'il avait connue jusqu'alors était encourageante. Il n'était plus qu'à vingt pas du palais, et rien ne semblait pouvoir l'empêcher de s'en approcher encore. Mais le plus difficile était à venir. Dans quelques instants, les risques seraient multipliés par cent.

Il vérifia la bonne disposition de sa tunique zü, rabattit le capuchon sur son visage et tourna au coin du bâtiment vers l'entrée principale. Il ne pouvait que se réjouir d'avoir conservé ce déguisement depuis Lorelia, malgré les nombreuses occasions où il avait été sur le point de s'en débarrasser. Seule la dague manquait à sa panoplie, Rey ayant fait cadeau de la *hati* empoisonnée à leur ami du Beau-Pays. Il en ressentait maintenant un petit regret... malgré la répulsion que l'arme lui inspirait, il n'aurait pas hésité à s'en servir contre Saat et lui faire payer ses crimes de la même manière que le sorcier avait exterminé les héritiers.

Mais il n'en était pas encore là. Chaque pas qu'il faisait alors le rapprochait de deux gardes gigantesques, portant hallebardes, cuirasses et dagues à l'épaule. Rey devait passer ce barrage d'une manière ou d'une autre. Il se crispa sur le poignard dissimulé dans les plis de sa manche et posa le pied sur la première marche de l'édifice.

Il grimpa les autres en petites foulées, d'un pas ferme et aussi naturel que possible. Son capuchon l'empêchait de voir ce que faisait l'homme à main droite, mais celui de gauche semblait ne pas vouloir intervenir. Alors qu'il passait juste à côté, Rey eut même l'impression qu'il se défiait de lui. La garde de Saat craignait les tueurs züu ! Voilà une éventualité qu'il n'aurait jamais espérée.

Parvenu sur le porche, il ne prit pas le temps de s'abandonner au soulagement et ouvrit l'immense porte avec l'assurance d'un familier des lieux. Sa longue observation lui avait appris qu'elle n'était pas verrouillée. Il s'engagea à travers l'ouverture et referma derrière lui. Dès lors, il se retrouvait en territoire inconnu.

Une lampe unique s'efforçait en vain d'éclairer l'immense vestibule sans fenêtres ni ventilations. Rey fut surpris de ne trouver aucun autre garde, de même que la nudité des murs et l'absence totale de meubles ou d'ornements le déconcerta un instant. L'endroit rappelait plutôt un *tombeau* qu'un palais.

Après réflexion, Rey estima que cela correspondait parfaitement avec ce qu'ils avaient appris de Saat. Un tel décor favorisait ses projets, qui plus est. Si tout le bâtiment était exempt de surveillance et plongé dans la pénombre, Rey pouvait se dissimuler à un endroit stratégique et attendre le meilleur moment pour passer à l'action. Sauf que... Saat était *sorcier*. Et l'allié d'un démon.

Sans en savoir plus sur la magie que ce qu'il avait appris au contact de Yan et de Corenn, Rey se doutait bien qu'il ne pourrait leurrer longtemps ses ennemis aux pouvoirs extraordinaires. Il n'avait aucune certitude quant aux réelles capacités de la pierre de Dara de le préserver de la magie noire. Saat avait retrouvé les héritiers jusque dans le Château-Brisé de Junine. Il n'aurait probablement aucun mal à déceler un intrus dans son propre palais.

Aussi l'acteur se devait-il d'agir au plus vite, même si ses chances de réussite s'en trouvaient diminuées. Il se glissa dans l'ombre d'une colonne et commença à progresser vers le fond de la pièce, prêt à explorer la totalité des lieux jusqu'à trouver le sorcier ou, tout au moins, un endroit où l'attendre quelques décans.

Il ne doutait pas de pouvoir reconnaître Saat, bien qu'il ne connaisse son visage que par un tableau vieux de plus d'un siècle. Selon Rey, un tel homme ne pouvait qu'avoir une personnalité étouffante, sensible même à travers tous les masques, heaumes ou déguisements qu'il pourrait emprunter.

Plus l'acteur s'éloignait de l'entrée, plus l'obscurité était profonde et il dut rapidement s'arrêter pour permettre à ses yeux de s'accoutumer aux ténèbres. Il en profita pour se concentrer sur les bruits qui pouvaient lui parvenir : son appréhension grandit, alors qu'il se voyait encerclé par un silence des plus parfaits.

Il se remit en marche avec davantage de prudence encore, se faufilant le long des murs, bondissant d'abri en cachette, gravant dans sa mémoire le plan des lieux au fur et à mesure qu'il les découvrait. Il trébuchait parfois sur une inégalité du sol, bosse ou dénivellation, et se rétablissait avec un juron intérieur en s'accrochant aux aspérités grossières des parois. Les pierres étaient d'une taille si irrégulière qu'elles semblaient avoir été simplement tirées de la carrière et ajoutées à la construction. L'ensemble était maintenu par de telles quantités de torchis qu'il en émanait une forte odeur de terre et de paille pourrie. Saat avait beau être sorcier... son « palais » n'en était pas moins une ruine en puissance.

Rey était ponctuellement harcelé par sa conscience, quant à ce qu'il s'apprêtait à faire. Mais il lui suffisait alors de penser à son cousin Mess, à la reine Séhane, aux tueurs lancés sur la piste de ses amis, et surtout, à sa vision des Wallattes lancés à l'assaut de la Sainte-Cité pour retrouver sa détermination.

Aucun des héritiers n'étant l'Adversaire, Sombre resterait toujours hors de leur portée. Mais Rey pouvait peut-être empêcher l'ancien émissaire de perpétrer de nouveaux forfaits. Briser la terrible alliance du sorcier et du démon, dans l'espoir que cela suffise à sauver les Hauts-Royaumes...

Des bruits de pas attirèrent soudain son attention. L'acteur s'adossa à une encoignure et bloqua sa respiration, tous ses sens en éveil. Une lueur accompagnait la progression du marcheur et Rey s'enfonça un peu plus dans sa cachette en serrant le manche de son poignard. Qui que soit celui qui avançait, il allait mourir. À l'idée qu'il s'agissait peut-être du sorcier, que sa tentative désespérée pouvait être si vite couronnée de succès, l'acteur fut traversé par une foule d'émotions.

Le pas tranquille se rapprocha encore, fut bientôt tout près et, au moment où le marcheur se dévoilait, Rey bondit, leva son poignard et se prépara à frapper.

— Non ! cria l'enfant découvert, en se protégeant le visage.

Rey fut aussi surpris que lui. Il baissa sa lame et attrapa fermement le bras du gamin, avant de l'entraîner un peu plus loin en le bâillonnant d'une main. Il le fit s'accroupir et souffla la bougie que son prisonnier traînait encore.

— Je ne vais pas te faire de mal, chuchota-t-il doucement. Qu'est-ce que tu fais ici ?

Il le libéra de son entrave et l'enfant recula d'un pied pour mieux le regarder. S'il avait été réellement surpris, il semblait maintenant plutôt *curieux*. Rey fut soulagé de ne pas devoir subir une crise d'hystérie.

— Je me suis échappé, répondit le gamin après un moment. Je cherche la sortie.

— Tu es un esclave ?

Le gosse acquiesça en souriant étrangement. Rey hésitait à le juger stupide ou courageux. Mais il se posait la même question à son propre sujet...

— Tu travailles dans le palais ? reprit-il avec douceur.

— Dans les cuisines. Mais c'est trop dur. Le Haut Dyarque est *méchant*, ajouta-t-il avec un début d'hilarité.

— Le Haut Dyarque ? C'est Saat ?

Le gosse acquiesça encore, franchement amusé par la situation. Cette fois, Rey fut convaincu d'avoir affaire à un débile.

— Es-tu magicien ? demanda soudain l'enfant malingre.

— Non, répondit doucement l'acteur, avec un début de suspicion. Pourquoi cette question ?

— Je ne sais pas. On dirait que tu as quelque chose de magique.

Rey haussa les épaules, en songeant que son récent séjour au Jal l'avait peut-être influencé plus qu'il ne l'aurait cru. À moins qu'il ne s'agisse d'une autre fantaisie de son compagnon involontaire...

— Sais-tu où se trouve la chambre du Haut Dyarque ?

— Vous êtes venu le tuer ? rétorqua le gosse, allègre.

— *Le sais-tu ?* répéta l'acteur, lassé et quelque peu irrité.

Son ton ne parut pas impressionner le gamin, qui réfléchit un moment avant de daigner répondre.

— Je peux t'y mener si tu veux, énonça-t-il avec une candeur excessive. Mais tu dois me donner ton nom, pour que nous soyons amis. Je m'appelle Gors.

— Et moi, Raji. Montre-moi le chemin, Gors le cuisinier. Mais fais le moins de bruit possible.

Le gamin sourit de toutes ses dents et prit la tête de l'expédition, courant d'une salle à l'autre en une parodie d'espion lorelien. Rey regretta rapidement de s'être embarrassé de sa présence, mais il n'avait pas vraiment eu le choix. Son guide avançait beaucoup trop vite, tellement que cela semblait miracle qu'ils n'aient pas encore été repérés.

— C'est ici, annonça-t-il enfin, en s'accroupissant au pied d'une double porte massive. Entre et tue-le.

Rey s'approcha avec précaution, sans perdre de vue le gamin qui jubilait. Il accola son oreille au bois et écouta quelques instants sans rien déceler.

— Je te jure qu'il est là-dedans, lança l'enfant en gloussant. Il vaudrait mieux que tu te dépêches ! Il paraît qu'il peut appeler ses gardes rien que par la pensée.

Rey avait rarement eu une telle intuition du danger. Tous ses instincts lui criaient qu'il s'agissait d'un piège. Mais l'acteur n'arrivait pas à en concevoir la nature, aussi ouvrit-il la porte, doucement, en la poussant de la pointe de son poignard.

Le bois fut violemment tiré en arrière et un garde apparut dans l'encadrement de l'ouverture, *lowa* à la main. La tunique zü le troubla juste assez longtemps pour que Rey le frappe de son poignard en plein dans la gorge. Du sang éclaboussa le bras de l'acteur alors que le corps glissait à terre.

— Splendide ! cria le gosse en battant des mains. Quels réflexes ! Il n'avait aucune chance !

— La ferme, commanda Rey de plus en plus tendu, comme les événements se précipitaient.

Il enjamba le cadavre du Wallatte et pénétra dans ce qui était bien une chambre, éclairée par quelques candélabres à cinq branches. L'aménagement des lieux tranchait nettement avec le dépouillement du reste du palais : où que l'acteur pose son regard, ce n'était que soies, tapis, coussins et literies diverses aux reflets brillants. Mais il n'avait guère le temps de s'abîmer dans la contemplation du décor. Un corps reposait au centre de tout ce luxe et Rey y marcha tout droit avec une lueur meurtrière dans les yeux.

Saat. Ce ne pouvait être que lui. Les membres chétifs et décharnés, la peau usée et ridée à l'extrême ne pouvaient qu'appartenir à un homme né deux siècles avant ce jour. Le dernier des émissaires de l'île Ji... un mort vivant. Une *liche*, horrible et malfaisante, grotesque gisant sur un lit quatre fois plus grand que la normale.

Rey n'eut pourtant pas la lâcheté de le frapper dans son sommeil et le secoua brutalement par l'épaule, luttant contre la répulsion que lui inspirait le contact de la peau anormalement glacée. Avec horreur, il perçut des bruits de course dans le couloir qu'il venait de quitter. L'alerte eut raison de ses résolutions et, avec une grimace de dégoût, il plongea le poignard dans le cœur du vieillard avant de se ruer hors de la chambre.

Le gamin était toujours là et lui faisait face, les poings sur les hanches. Dans son dos accouraient quelques dizaines d'hommes armés.

— Tu ne t'appelles pas réellement Raji, n'est-ce pas ? demanda-t-il avec un air triomphant. Je parierais plutôt pour *de Kercyan*. Tu as un peu la même tête que ton imbécile d'ancêtre.

Avec un cri de rage, Rey bondit sur le traître et put lire la peur dans les yeux du sorcier pour la seconde fois de la nuit. Malheureusement, vingt bras vigoureux l'arrachèrent à son ennemi avant qu'il ait pu lui faire le moindre tort. L'acteur se débattit en vain jusqu'à l'épuisement. Il était pris. La partie était perdue.

— Méchant ! accusa le garnement sadique, en lui lançant un coup de pied dans les mollets.

Le possédé s'écroula ensuite sur lui-même, comme vidé de toute énergie. Maintenu par quatre hommes, essoufflé et les cheveux en bataille, Rey cherchait à comprendre ce qui se passait. Il n'était pourtant pas au bout de ses surprises.

— Frapper un homme endormi, clama dans son dos une voix sarcastique. Quelle bassesse, de la part de l'héritier d'un duc. On dirait qu'un démon vous inspire...

Gêné par les gardes wallattes, Rey tourna la tête à grand-peine pour découvrir son interlocuteur. La vision le glaça d'effroi. La momie qu'était le Haut Dyarque avait quitté sa chambre pour se présenter à l'acteur dans toute son horreur. Le sang coulait à flots écœurants de sa blessure sans paraître le gêner. Le visage de Saat exprimait le triomphe et la jubilation. Mais ses yeux trahissaient sa haine et sa folie...

— Fouillez-le, ordonna le sorcier. Je veux savoir par quel moyen il se soustrait à ma magie.

Malgré les efforts de Rey pour résister, les gladores finirent de le désarmer et renversèrent le contenu de son sac sur le sol.

— *Ça*, ordonna Saat en désignant la pierre de Dara. Amenez-la-moi.

L'un des gardes s'exécuta et le sorcier s'empara du gwele avec avidité, avant de le renifler et de le caresser comme le plus grand des trésors. Il reporta ensuite son attention sur son prisonnier et *Rey sentit qu'on violait son esprit.*

— J'en étais sûr, chuchota soudain le Haut Dyarque, avec une telle satisfaction qu'elle en déformait son visage. *Aucun de vous n'est l'Adversaire !*

Rey tenta encore de se dégager mais les Wallattes étaient trop nombreux à l'entraver. Il baissa la tête et admit enfin sa défaite, priant pour que ses amis ne répètent pas son erreur et fuient loin, très loin de Saat, sans jamais chercher à l'affronter.

Sombre voit son attention détournée de l'Arkarie par une nouvelle visite de son allié. L'autre Dyarque le joint en pensée et puise dans sa force vitale. Celui qui Vainc ne s'y oppose pas : il en a toujours été ainsi. Même si ce transfert de forces l'incommode, le déconcentre et l'affaiblit notablement, ce n'est que passager et le dieu recouvre vite l'intégralité de sa puissance. Sombre n'imagine pas se refuser au mortel qui a modelé son esprit. Il n'a aucune raison de le faire.

Cette fois, pourtant, le prélèvement est de taille. Suffisant pour faire grogner le démon dans les ténèbres de son Mausolée. Saat vole et vole encore de sa force pour nourrir son corps malade. Sombre sait qu'il ne peut en pâtir : l'étincelle de sa vie immortelle ne peut être soufflée que par un autre dieu. Or, il est Celui qui Vainc. De toute l'éternité, il ne craindra que l'Adversaire.

Son ami s'interrompt enfin et Sombre se redresse sur l'autel de son temple, sa rage inexplicablement attisée. Il s'ennuie depuis trop longtemps. Il lui tarde de passer à l'attaque, même si l'issue des combats à venir ne fait aucun doute. Le démon se languit de massacres et d'atrocités. Il est impatient de témoigner de l'étendue de sa puissance.

Saat revient dans son esprit et Sombre s'attend à une nouvelle mise à contribution. Il ressent de la colère d'être ainsi dérangé mais ne peut l'exprimer. Le sorcier lui a appris à tout accepter de sa part. Et le démon ne conçoit pas qu'il puisse en être autrement.

— Aucun des héritiers survivants n'est l'Adversaire, annonce Saat avec entrain. Ces idiots ont couru dans tous les sens pour échouer finalement dans mes pattes ! Plus rien ne s'oppose à nous, mon ami.

Sombre ne répond pas. La nouvelle devrait le réjouir, mais il s'inquiète de ne plus pouvoir repérer ses ennemis. Quelques-uns pourraient se cacher suffisamment longtemps pour engendrer un enfant. Celui-là serait peut-être l'Adversaire.

Saat comprend le trouble de son allié et cherche ce qui pourrait le distraire. Comme toujours, le sorcier occulte la plus grande partie de ses pensées. Il a encore besoin de Sombre, de sa force, de la source de vie qui lui procure un semblant d'immortalité. Il aura besoin de lui jusqu'au jour où il pourra *lui-même* incarner l'Adversaire, en s'emparant définitivement du corps de l'enfant à naître... son propre fils, peut-être.

— Réjouis-toi, mon ami, glisse-t-il dans l'esprit du démon, en sachant toucher un point sensible. N'y a-t-il point deux héritiers arques qui attendent ta visite ?

Dans sa pyramide, Sombre redresse la tête et montre les crocs dont il s'est muni. Avec une joie féroce, il projette son ombre à travers les montagnes. En direction du Blanc Pays.

Cinq jours étaient passés depuis les retrouvailles entre Mir et Bowbaq. Les chefs de clan avaient commencé à affluer la veille, pour une réunion du Concil qui ne laissait pas de les intriguer. Comme Ingal n'avait pas assez de place chez lui pour les abriter tous, il en avait réparti une dizaine dans les chaumières du village du Renne, renforçant d'autant l'agitation engendrée par les événements.

Les interrogations allaient bon train, comme la principale intéressée refusait de livrer le moindre indice. Corenn savait, en diplomate accomplie, que sa demande adressée individuellement n'avait aucune chance d'être acceptée. Il lui serait déjà assez difficile d'obtenir gain de cause auprès d'un groupe... Aussi la Mère avait-elle longuement médité sur ses idées et arguments, tremblant à l'idée que le Concil puisse les rejeter.

Léti avait passé l'essentiel de ces quelques jours en compagnie de Lana. La dissolution du groupe des héritiers avait au moins eu l'heureuse conséquence d'affermir encore l'amitié entre les deux femmes. Elles s'étaient perdues dans d'interminables conversations sur les mérites respectifs de Rey et de Yan, minaudant, riant ou se lamentant, selon leur état d'esprit. La Maz s'était pourtant montrée la plus triste, comme le sort de l'acteur restait méconnu... et Léti avait courageusement ignoré sa propre peine pour mieux consoler son amie.

Bowbaq avait multiplié les errances dans les environs du village, avec une inquiétude grandissante au fil des jours. Mir n'était pas revenu, pas plus qu'Ispen ou leurs enfants n'avaient donné de signes de vie. Même son frère d'Union, chef du clan de l'Érisson et également convié à la réunion du Concil, se faisait désirer. Dépité, soucieux, le géant était rentré chaque soir un peu plus maussade et aucune parole réconfortante n'avait pu lui rendre sa bonhomie.

Il ne restait plus qu'un décan avant le crépuscule, moment choisi pour l'intervention de Corenn, quand un bûcheron rapporta avoir vu les feux d'un *cyclope* annonçant l'arrivée imminente d'un nouveau chef. Animé par ce nouvel espoir, Bowbaq ne se fit pas prier pour expliquer à Lana le fonctionnement de l'appareil aux miroirs combinés, dont les Arques se servaient pour communiquer par signaux. Il fit même un récit détaillé de la manière dont il avait utilisé un objet semblable à Berce. La Maz connaissait déjà toute l'histoire mais écouta avec courtoisie, consciente que le géant cherchait surtout à s'occuper l'esprit. Ils eurent même le temps d'évoquer d'autres souvenirs de leur voyage, avant qu'Ingal ne les prévienne de l'arrivée du chef de l'Érisson.

Bowbaq courut à la rencontre de son frère d'Union sans même prendre le temps d'enfiler ses bottes. Léti, Corenn et Lana lui emboîtèrent le pas aussi vite que possible, mais le géant fondait déjà sur Osarok alors qu'elles étaient encore à trente pas du nouveau venu.

Le pauvre homme n'eut que le temps de prononcer un : « Bowbaq ? Mais... » surpris avant d'être soulevé de terre et promené à deux pieds du sol, comme le géant le serrait contre sa poitrine en enchaînant les rondes et les rires joyeux. Ses protestations joviales n'y firent rien : Bowbaq ne lâcha sa proie qu'après l'avoir fait tournoyer plus de quinze fois, et uniquement parce qu'il lui tardait d'avoir des nouvelles de sa famille.

Enfin rétabli en position stable, Osarok put rendre son étreinte au géant, de manière beaucoup plus raisonnable mais non moins affectueuse. Le chef de l'Érisson semblait un nain à côté de son frère d'Union. Il était aussi étonnamment jeune – à peine la trentaine – et son visage ouvert et franc devait lui procurer un certain succès auprès des femmes. Mais pour lors, on le devinait surtout préoccupé...

— Ispen est avec toi ? demanda-t-il à Bowbaq, avec une certaine tension.

— Mais... non ! répondit aussitôt le géant, de nouveau angoissé. Elle n'est pas au village ? Et les enfants ?

— Ils vont sûrement tous très bien, promit Osarok, pourtant inquiet. Mais personne ne les a vus depuis avant-hier ; même Mir a disparu. Tout le monde s'est mis à leur recherche ; j'ai attendu jusqu'au dernier moment pour venir au Concil.

— Ils sont probablement en route, Bowbaq, intervint Léti.

— C'est ce que je pense aussi, maintenant, renchérit le jeune chef. Mir a dû sentir ton retour et entraîner tout le monde à sa suite. Je ne vois pas d'autres explications.

Le géant acquiesça tristement en se laissant reconduire à la maison d'Ingal. Lui imaginait *beaucoup* d'autres possibilités, dont la moitié au moins impliquaient un certain Mog'lur. Il avait beau chercher à se raisonner, seul le pire lui venait à l'esprit.

La maison du chef du Renne connaissait une agitation exceptionnelle, alors que la réunion du Concil était imminente. Avec Osarok, le nombre des chefs de clans avait atteint la vingtaine, et tous ces personnages installés dans le séjour, sous la fresque eurydienne, avaient mille choses plus urgentes les unes que les autres à se raconter. Alliances, naissances, disparitions et autres nouvelles du commun... Les saisons, le retour du gibier, les guerres du clan du Faucon, la pêche, les éternelles rivalités de succession de la Loutre, les troubles du Grand Empire, les méfaits d'une famille d'ours... Cent sujets furent évoqués tour à tour dans un désordre indicible, par ces hommes qui se rencontraient rarement plus de trois fois l'an, mais qui avaient tressé plus de liens d'amitié que les habitants de n'importe quelle cité.

Le principal objet des préoccupations n'en restait pas moins cette réunion inattendue, dont personne ne connaissait le motif. Certains avaient entendu parler d'une importante invasion de lions tachetés ; d'autres avançaient qu'un certain *royaume* de Kaul avait déclaré la guerre à l'Arkarie. Malgré tout, aucune de ces suppositions n'était vraiment prise au sérieux, d'autant que la plupart des chefs de clan n'avaient jamais entendu parler d'un si puissant royaume à leurs frontières. L'annonce de la Kaulienne était donc attendue avec une impatience nerveuse et quand Ingal, Osarok, Léti, Bowbaq, Lana et surtout Corenn vinrent se joindre à l'assemblée, ils furent accueillis avec des vivats tapageurs.

La Mère se maintint au centre de la pièce en observant ses amis s'installer parmi les Arques. À côté de son frère d'Union, et toujours pieds nus, Bowbaq semblait plus morose que jamais. S'il ne retrouvait pas sa famille, ce serait *vraiment* la fin des héritiers. Mais si Corenn échouait à se faire entendre... elle n'aurait plus *qu'un* moyen de retarder la chute des Hauts-Royaumes. Avec de si faibles chances de réussite qu'on pouvait les considérer comme nulles.

Ingal attendit que le calme revint pour présenter l'oratrice, comme le voulait la coutume. Le chef du Renne était au moins aussi nerveux que la Mère. En tant que son hôte, il engageait sa crédibilité, et prenait une part de responsabilité dans les propos de Corenn. Le fait qu'il n'ait pas la moindre idée de la teneur de ce discours l'angoissait au plus haut point, et il ne perdit pas de temps à la laisser seule, quand il en eut fini avec ses devoirs.

— Chefs des clans de Work, je vous remercie de votre présence, amorça la Mère de son ton le plus solennel. Je sais que beaucoup ont le cœur à la joie, par ces retrouvailles inattendues, et je suis bien aise d'en être à l'origine. Malheureusement, mes mobiles sont des plus graves, et je crains que cette réunion du Concil ne vous apporte plus d'affliction que de réjouissance. Honorés chefs, à mon grand regret... je suis porteuse de mauvaises nouvelles.

Corenn marqua une pause, pour s'assurer que l'attention de l'assemblée lui était acquise. En cela, elle n'eut pas à se plaindre : tous les regards suivaient le moindre de ses mouvements. Quelques chuchotements s'élevaient bien çà et là, mais ils n'étaient que traductions plus ou moins précises de ses dires à l'intention des moins familiers de la langue ithare.

— Avant de poursuivre, je me dois de vous avertir : mon secret est *dangereux*. Beaucoup d'hommes ont déjà péri pour être entrés en sa connaissance. Vous ne connaîtrez plus de paix. Vous ne serez à l'abri nulle part, ni au cœur de vos foyers, ni même dans les régions les plus reculées de votre Blanc Pays. Car si nos ennemis venaient à l'apprendre que vous *savez*... ils vous traqueraient et vous tueraient sans pitié.

Nouveau silence. Les choses se présentaient bien. Corenn avait craint d'être confrontée à une bande de braillards indisciplinés, mais les chefs arques semblaient au contraire conscients de leurs devoirs et responsabilités. Elle allait pouvoir le vérifier d'un instant à l'autre...

— Il ne m'appartient pas de vous imposer ces tourments, pas plus que, lorsque vous *saurez*, vous ne pourrez répandre ce dangereux secret à tout vent. Je ne peux, ni n'ai le désir d'obliger quelqu'un à m'entendre. J'offre à tous ceux qui se sentent trop vieux, trop jeunes, ou trop obligés par leur famille de quitter cette assemblée sans honte ni remords. Avant que vous ne preniez votre décision, je tiens pourtant à ajouter deux choses : tout d'abord, ce dont nous allons parler aura des conséquences directes sur tout le monde connu, *dont* l'Arkarie, à court ou moyen terme. Enfin, si vous choisissez de rester... vous serez impliqué à part entière. Quoi qu'il advienne, vous ne pourrez plus prétendre à la neutralité. Il vous faudra *juger* et *agir*.

— Les choses sont-elles réellement aussi graves que tu nous les montres, amie Corenn ? demanda l'un des plus vieux.

— Sans doute possible, ami Quval. J'aimerais qu'il en soit autrement... mais ce n'est pas le cas.

— Les « ennemis » dont tu parles sont-ils aussi puissants, qu'ils peuvent nous retrouver jusque dans le pays de Work ?

La Mère se contenta d'acquiescer cette fois, inquiète par la tournure pessimiste des questions. La pire chose qu'il pouvait se produire alors était que tous les chefs se lèvent et quittent le Concil. Il suffisait que deux ou trois décident que cette affaire ne les concernait pas, pour qu'ils soient suivis par l'ensemble de leurs pairs. Le cœur battant, Corenn épiait les gestes de chacun, cherchant à dégager une tendance des bribes de conversation qui lui parvenaient. Mais la langue arque lui était parfaitement inconnue... aussi se résolut-elle à attendre, sans plus intervenir, que les chefs arques décident de leur orientation.

— Quel est donc ce secret, amie Corenn ? lança soudain un homme aux nattes rousses. Parle. Je ne crains pas les mots.

La Mère le remercia d'un signe, mais patienta encore quelques instants en examinant chaque visage, avant de se laisser aller au soulagement. Le Concil s'était peut-être subitement rangé derrière la décision de cet homme. À moins que ses membres ne partagent tous le même sentiment, ou qu'ils redoutent individuellement de se couvrir de honte, après une telle déclaration. Quoi que ce soit, ils étaient restés pour l'entendre, et c'était tout ce qui importait.

— Je vous félicite pour votre courage, énonça-t-elle avec gratitude. Il est de bon augure... Je pense qu'aucun d'entre vous ne regrettera sa décision, la seule véritablement digne d'un chef.

Ces congratulations expédiées, Corenn put enfin aborder le vif du sujet. Elle échangea un sourire avec Léti et abattit ses cartes, lentement, méthodiquement, avec toute la gravité que l'on attendait de son exposé.

— Vous savez sûrement que le Grand Empire se prépare à une nouvelle guerre contre les royaumes estiens. Certains de vos pères ont déjà affronté les Thalittes sur les rivages de l'océan, ou aux abords de Crek. Vous savez combien ce peuple est acharné au combat et avide de pillages, comment il ravage le pays conquis et massacre ses prisonniers. Eh bien, l'armée qui campe derrière le Rideau est *la plus grande* jamais réunie par les Estiens. Elle compte probablement plus de vingt-cinq mille hommes, en majorité wallattes, et donc mieux équipés et *plus dangereux* que les Thalittes.

» Les Goranais auront fort à faire, pensez-vous. Certes, à tel point que la quasi-totalité de l'armée lorelienne s'est joint à eux pour repousser cette invasion. Car c'est bien de cela qu'il s'agit : s'ils l'emportent, les Wallattes ne vont pas se contenter de ravager quelques provinces avant de rentrer chez eux. Ils marcheront jusqu'à Goran et brûleront la capitale, avant de s'attaquer à d'autres frontières...

— Jamais les Thalittes n'ont dépassé le val Guerrier de plus de vingt milles, lança une voix. Nous ne saurions même pas à quoi ils ressemblent, ajouta l'homme en souriant, s'ils n'avaient réussi *par hasard* à construire quelques bateaux !

Sa remarque déclencha quelques rires, mais Corenn fit de son mieux pour les décourager. Le Concil ne devait pas, *surtout pas*, prendre les choses à la légère.

— Les Wallattes seront maîtres de Goran avant deux lunes, lança-t-elle d'une voix forte, pour couvrir le brouhaha. Parce qu'ils ne passeront *pas* par le val Guerrier. *Ils arriveront par le sud*. Voilà quel est mon secret.

Le silence revint, comme chacun cherchait à juger du sérieux de la Mère. Corenn croisa les bras en se préparant à l'avalanche de questions qui ne pouvait manquer d'arriver.

— D'où tiens-tu cela ? demanda Ingal avec défiance.

— Nous revenons d'un voyage au pays d'Oo... où nous avons été les témoins de beaucoup de choses.

— Et pourquoi ne pas courir livrer ce précieux secret aux Goranais ? demanda l'un des plus proches. Pourquoi nous convoquer nous, pauvres chefs de clans du Concil de Work, pour révéler ce futur sur lequel nous ne pouvons intervenir ?

— Parce que les armées du val sont gangrenées par les espions, répondit Corenn, en songeant à Sombre. Il me suffira de confier ce secret à un seul homme pour qu'il meure dans le décan suivant, avant que je ne périsse à mon tour. Il n'est rien que nous ne puissions faire pour eux : telles que sont les choses, Goran et Lorelia ont déjà perdu cette guerre.

L'assemblée s'anima soudain, mais Osarok se leva et imposa le silence.

— Qu'attends-tu de nous, amie Corenn ? Ton désir n'est pas seulement de nous avertir de ce danger, n'est-ce pas ?

— C'est exact, confirma la Mère, avec un signe de félicitations pour le jeune chef de l'Érisson. Nous ne pouvons plus rien attendre des puissantes armées des Hauts-Royaumes. Mais les Wallattes ignorent que leur secret est...

— Tu déraisonnes, femme, bondit un homme courtaud et aux manières grossières. Espères-tu donc que les clans vont se jeter au-devant de vingt-cinq mille guerriers ? Il n'est même pas autant d'hommes à l'est de Crevasse !

— Laissez-la finir, au moins ! réagit Léti, agacée. Vous ne savez même pas ce qu'elle va dire !

— Les Arques peuvent sauver les Hauts-Royaumes, enchaîna Corenn, désolée de voir le ton monter. Pour cela, il ne sera pas nécessaire de réunir vingt mille hommes, ni même la moitié. Quelques milliers, voire quelques centaines devraient suffire.

Cette déclaration eut l'effet escompté. La Mère avait reconquis l'attention de l'assemblée.

— Explique-toi, Corenn, demanda Ingal.

— Il s'agit de *l'autre partie* de mon secret. Ne vous êtes-vous pas demandé comment les Wallattes allaient pouvoir contourner le val Guerrier ? Ils vont passer *sous* le Rideau. Ils ont creusé un tunnel qui débouche sous la cité d'Ith...

En énonçant ce fait, Corenn réalisa qu'elle le tenait de Lana, qui le tenait elle-même de Rey, qui l'aurait appris au contact des Ondines. Jamais la Mère n'avait bâti une argumentation sur aussi peu de certitudes. Mais si tout cela s'avérait un mauvais rêve, elle serait la première à s'en réjouir.

Les Arques semblaient partagés. La tension montant, la plupart ressentirent le besoin de se lever et de faire quelques pas. Des petits groupes de discussions se formèrent naturellement, et quelques éclats de voix se firent entendre ici et là, au fur et à mesure que les esprits s'échauffaient. Corenn avait fait l'expérience d'assez de réunions pour pressentir la suite : il éclaterait une dispute et, pour éviter qu'elle ne s'envenime, on reporterait les décisions à une date ultérieure. Mais ils ne pouvaient perdre encore du temps...

— Qu'un millier d'Arques se portent au secours de la Sainte-Cité, et ils sauveront l'ensemble des Hauts-Royaumes, reprit-elle avec emphase. Mais chaque jour qui passe voit les chances des Wallattes augmenter.

Quand leur armée aura franchi le tunnel, il sera trop tard.

Le débat reprit de plus belle et Corenn, Léti, Lana se rassemblèrent, bientôt rejoints par Bowbaq et Osarok.

— Tu peux compter sur moi et ceux de mon clan, amie Corenn, déclara le jeune chef de l'Érisson. Nous empêcherons ces Wallattes de sortir la tête hors de leur trou !

— Combien d'hommes as-tu ? s'enquit aussitôt Léti.

— On devrait pouvoir partir à quinze ou seize, si j'arrive à les convaincre. Je ne peux obliger personne à abandonner sa famille...

La jeune femme crut un instant que l'Arque se payait sa tête, mais le frère d'Union de Bowbaq était tout à fait sérieux. Léti se sentit soudain... *expérimentée* : contrairement au jeune chef, elle avait déjà combattu et perdu toute naïveté en ce domaine.

Les conversations moururent peu à peu et les membres du Concil se réfugièrent dans le fond de la salle, un à un, après avoir fait part de leur décision à Ingal. Quand il ne resta plus que lui, le chef du Renne vint livrer leur réponse à la Mère.

— Tu as réussi à te faire entendre du Concil, amie Corenn, déclara-t-il en baissant les yeux. Personne, ici, ne met ta parole en doute, et tous nous respecterons ton secret. Mais Ith est beaucoup trop loin pour que nous prenions le risque d'abandonner nos familles... Nous allons nous réunir encore pour organiser nos défenses, mais nous ne quitterons pas le pays de Work. Je suis désolé.

— Je comprends, répondit la Mère d'une voix blanche. Je comprends tout à fait.

Mais sa déception était évidente. Sans le savoir, Ingal venait de condamner Corenn à une mort certaine. Dès cet instant, elle oublia tout espoir de les convaincre pour réfléchir aux détails de son *autre* projet.

Lana vit le changement s'opérer dans l'expression de la Mère. Elle chercha le soutien de Bowbaq et de Léti, mais le géant était trop préoccupé par le sort de sa famille pour se sentir vraiment concerné par la chute des Hauts-Royaumes, et la jeune femme attendait avec une confiance inaltérable une contre-attaque de sa tante. Alors la Maz songea à Rey et se sentit vraiment seule au monde. Des larmes coulèrent sur ses joues et elle courut jusqu'au milieu des membres du Concil en sanglotant.

— Eurydis ! Eurydis ! pria-t-elle, prenant chacun à parti, en désignant la fresque de la cheminée. Ne voyez-vous point la déesse ? *Allez-vous laisser mourir ses enfants ?*

Les chefs arques baissèrent les yeux sous le poids de ces accusations. Cette décision pesait sur leur conscience, mais ils étaient si peu nombreux... Et Ith était si loin...

— Eurydis vous aime, reprit Lana, sans cesser de larmoyer. Savoir, Tolérance, *Paix*... Tout cela a-t-il été vain ? Tout cela va-t-il périr bientôt, dans les flammes et les cris de souffrance ? Oh, je ne puis le croire...

L'homme roux posa une main consolatrice sur son épaule, mais Lana s'en dégagea doucement et vint se placer devant la fresque en joignant les mains.

— J'aime un homme, avoua-t-elle avec émotion. J'aime un homme, ô Sage, qui s'est sacrifié pour ses amis et pour la Sainte-Cité. Où qu'il soit, quoi qu'il fasse, je te prie de toujours veiller sur lui, ô déesse. Je te prie de faire qu'il *vive* ! conclut-elle en s'abandonnant complètement à son chagrin.

Léti vint rejoindre la Maz et la raccompagna au milieu de ses amis. Les chefs de clan gardaient le silence, émus par la scène, le regard perdu dans la contemplation de la fresque qu'ils semblaient redécouvrir.

— Nous sommes si peu... marmonna Ingal. Ce serait un suicide... Et laisser nos familles...

— J'irai jusqu'à Crevasse, promit soudain Osarok, avec une résolution farouche. J'irai demander l'aide du Faucon.

Ses pairs lui rendirent un sourire condescendant, celui que l'on sert à un benêt ou à un naïf. Corenn ayant constaté l'intelligence du jeune chef de clan, elle pencha plutôt pour la seconde solution. La naïveté se guérissait, heureusement, les héritiers en avaient eu plusieurs fois la preuve. Osarok aurait-il le temps de vieillir, avant que les Wallattes ne se ruent sur le Blanc Pays ?

Seule à garder le front haut, malgré les déceptions de cette soirée, Léti entraîna Lana, Bowbaq et sa tante vers les chambres qu'on leur avait attribuées. La jeune femme n'était pas moins triste que ses amis : mais elle avait connu tellement de revers, depuis le début de leur quête, qu'elle pouvait maintenant dominer toutes les douleurs. Léti se voyait enfin maître de son destin.

Elle fut la première à entendre les clameurs provenant de l'extérieur, largement couvertes par les conversations des chefs de clan. Elle prêta l'oreille attentivement avant d'alerter ses amis, tellement cela semblait le produit de ses rêves.

— Est-ce qu'on ne crie pas « au lion », là, dehors ?

Bowbaq se redressa aussi haut qu'un ours et se concentra un instant, avant de s'abandonner à un large sourire, alors que deux larmes perlaient aux coins de ses yeux.

— C'est Mir, annonça le géant avec une voix tremblante, en désignant son front. Il a... il a ramené ma famille...

Il tomba dans les bras de Corenn et de Lana pendant que Léti se ruait joyeusement à l'extérieur. Bowbaq s'apprêtait à la rejoindre quand Corenn le retint doucement par le bras.

— Je te demande de veiller sur Léti pour moi, annonça la Mère avec un pâle sourire. Demain à l'aube, j'aurai quitté le village.

Le géant observa son amie sans comprendre, emporté par un torrent d'émotions contraires. Sa joie et son impatience l'empêchaient de bien saisir la portée de ces paroles.

— Je veillerai sur elle et sur vous toute ma vie, assura-t-il avec une affection touchante. Mais ne pars pas, Corenn. Viens voir Ispen et les enfants.

La Mère acquiesça tristement et libéra le géant qui s'évanouit aussitôt dans les couloirs. Restée seule avec Lana, Corenn ne cacha pas son embarras.

— Vous allez rencontrer Saat, n'est-ce pas ? devina la Maz. Vous allez essayer de lui parler ?

La Mère soupira bruyamment avant de répondre.

— Il y a peu de chances qu'il m'écoute, souffla-t-elle enfin. Mais c'est tout ce qu'il me reste à faire...

— Emmenez-moi avec vous, Corenn, supplia la Maz. Je suis certaine que Reyan est là-bas. Emmenez-moi avec vous... Ici, je suis comme morte, de toute façon...

Lana connut une nouvelle crise de sanglots et se laissa glisser sur l'épaule de la Mère, qui céda également à toute la tristesse qu'elle avait accumulée depuis son départ de Grand'Maison. Les deux femmes pleurèrent l'une contre l'autre, unies dans leur sacrifice, pendant que Bowbaq faisait tournoyer ses enfants dans les airs.

— Toi, là. Tu portes une arme. Montre-moi ton *octroi*.

Yan se retourna vers l'homme qui l'avait ainsi interpellé. Un Yussa, sans aucun doute, mais la ville de Mythr semblait ne plus abriter que des mercenaires. Celui-ci dépassait le jeune homme d'une tête, portait des traces de brûlure au visage et charriait des odeurs de vinasse. Il avait également un fléau dans sa main droite et, après un regard lancé à Grigán, Yan jugea préférable de satisfaire à la demande formulée. Il tira le disque de cuivre de sous sa chemise et le présenta à la brute.

— Il est écrit là-dessus que tu t'appelles Gérel, commenta le Yussa avec un air soupçonneux.

— Absolument pas, démentit Yan. Je m'appelle Finch, et c'est bien ce qui est écrit sur mon octroi. Je ne suis pas un espion, si c'est ce que tu penses.

— *J'en suis pas convaincu*, grinça l'ivrogne en amenant son visage à un pied du sien. Tu m'as tout l'air d'un de ces jeunots profiteurs qui s'enrichissent sur le dos des vrais guerriers. Tu t'es déjà servi de ton glaive, au moins ?

— Seulement sur des abrutis, lâcha Yan en reculant d'un pas. Et j'ai l'impression qu'une nouvelle occasion se présente.

Le Yussa ouvrit de grands yeux furieux et leva son arme pour frapper. Grigán tira sa lame courbe en un éclair mais l'homme s'écroula subitement, avant même que le guerrier ne se soit interposé. Yan n'avait pas bougé d'un pouce.

— C'est toi qui a fait ça? demanda le vétéran contrarié, en désignant le corps. Il est mort ?

— Seulement endormi, répondit très naturellement l'intéressé. Mais je ne sais pas pour combien de temps...

— Tu es devenu complètement fou ! explosa soudain le guerrier. Qu'est-ce qui t'a pris de le provoquer !

— Oh, j'en ai marre de subir les quatre volontés d'imbéciles comme lui ! se fâcha Yan. De toute façon, ça se serait terminé en bagarre. Au moins comme ça, personne n'est mort. Et puis nous sommes pressés...

Grigán contemplait tour à tour le corps du mercenaire et le visage du jeune homme. Il devait bien admettre sa surprise et... son admiration.

— Et si ta magie n'avait pas marché ? insista-t-il néanmoins. Tu aurais fait comment pour te défendre, avec un singe sur la tête ?

Yan se contenta de hausser les épaules en souriant. Il était tellement habitué à la présence d'Ifio qu'il n'y avait pas songé un instant. De toute manière, il s'était senti suffisamment sûr de ses pouvoirs pour prendre ce risque. Il avait eu six jours pour se familiariser avec sa nouvelle puissance, consécutive à leur séjour au Jal. Méthodiquement, prudemment, il avait étudié ce phénomène qui diminuait fortement la *langueur* en retour du sort... et permettait ainsi de lancer sa Volonté plus vite, pour des usages plus complexes, comme précipiter un homme dans le sommeil.

Grigán marmonna quelques commentaires en rangeant sa lame, et indiqua qu'il était temps de quitter les lieux. Il vérifia pour la forme qu'on ne les poursuivait pas, mais l'incident n'avait pas eu de témoin, et les rues de la ville semblaient de toute façon livrées au chaos.

Ils n'étaient à Mythr que depuis l'apogée. Malgré le désir de Grigán d'étudier les lieux en détail, avant l'offensive des loups noirs, il ne pouvait prendre le risque d'être reconnu par les Ramgriths vendus à la cause du roi borgne. Aussi avaient-ils attendus pratiquement le dernier moment pour s'aventurer dans le port d'où Aleb s'apprêtait à partir à la conquête des Hauts-Royaumes.

Mythr avait dû être une belle ville... autrefois. Plusieurs années d'occupation avaient ruiné son économie, et l'importante concentration des Yussa des dernières lunes avait achevé de la dévaster. La plupart des habitants, épuisés par les méfaits des mercenaires, avaient quitté leur foyer pour gagner des lieux plus accueillants. Les maisons de granite blanc, les immeubles des rivages, les temples inférieurs avaient été envahis par les compagnies guerrières, avec la bénédiction du roi des Ramgriths. Mythr était devenue une ville fantôme sans autre commerce que l'artisanat militaire. Il avait fallu moins de douze ans à Aleb pour aboutir à ce gâchis... En combien de temps Griteh connaîtrait-elle le même sort ?

Les loups noirs s'étaient introduits en ville graduellement, jour après jour et par petites bandes. Chacun portait un des *octrois* de cuivre donnés par Aleb aux Yussa, et qui leur consentait la possession d'armes à l'intérieur de la cité. Deux mille hommes s'étaient donc mêlés aux quinze mille Yussa et marins yérims qui campaient déjà à Mythr, sans que quiconque ne s'étonne de ce surplus d'agitation. Après tout, l'embarquement avait commencé... et les mercenaires n'étaient pas censés connaître tous les détails des plans de leurs chefs.

Pour se retrouver dans cette foule, le meilleur signe de reconnaissance des loups noirs était la possession d'un arc long. Yan lui-même s'était vu proposer une telle arme et ne l'avait acceptée qu'avec appréhension, honteux de sa maladresse, en comparaison de la parfaite maîtrise des plus jeunes des insoumis. Ainsi, tout le temps qu'ils avaient erré dans la ville, Yan et Grigán n'avaient cessé de croiser leurs alliés sans toutefois les aborder. Les consignes étaient des plus claires : les loups devaient éviter de se rassembler en trop grand nombre avant le crépuscule... moment choisi pour l'offensive, et correspondant – selon la vision du guerrier – au départ des premiers navires de l'armada rouge.

Grigán leva les yeux et étudia le ciel : ce moment était proche. La nuit serait tombée avant un demi-décan. Simultanément, venant de tous les faubourgs, tous les quartiers et par toutes les rues, les insoumis progressaient vers le port. Au détour d'une ruelle, Grigán en vit trois qui le saluèrent avant de disparaître par un autre croisement. Dans moins d'un décan, ils allaient écrire une page d'histoire. Le guerrier se jura qu'elle ne conterait pas la victoire d'Aleb sur les loups noirs, et accéléra encore le pas en longeant le cours de l'Aòn.

La détermination et la nervosité de Grigán se lisaient sur son visage, et Yan ne s'y trompait pas. Lui-même se sentait assez fébrile et avait peine à songer à autre chose qu'à la bataille imminente. Cela allait-il *vraiment* se produire ? Se pouvait-il que le destin de Lorelia et des Bas-Royaumes se joue dans le prochain décan ? Et que lui, pauvre Yan du village d'Eza, soit un témoin actif de l'événement ?

Ils croisèrent de nouveau les trois insoumis et ceux-ci se joignirent naturellement à eux, sans qu'aucune parole ne soit échangée. *Bien sûr*, cela allait se produire. Tout était prêt. Les hommes, les armes, le plan... le temps que Grigán avait passé à surveiller le port, glissant discrètement ses consignes aux autres capitaines... Ils faisaient *déjà* partie de l'histoire. Les Yussa l'ignoraient, mais la bataille était déjà engagée.

Deux guerriers vinrent grossir la colonne, puis trois autres encore au croisement suivant. L'un d'eux désigna le ciel qui se couvrait avec une inquiétude évidente.

— Il ne pleuvra pas, assura sobrement Grigán, sans pouvoir mentionner la vision des Ondines.

Le Ramgrith se le tint pour dit et adopta, comme les autres, une expression concentrée. Leurs arcs en bandoulière, Yan, Grigán et les loups noirs marchaient à la rencontre de leur destin.

Pour une Mère et une Maz, Corenn et Lana n'avaient pas beaucoup parlé depuis leur départ du village du Renne. Elles n'en ressentaient pas le besoin : leurs pensées n'étaient que tristesse et mélancolie, qu'elles n'avaient déjà que trop exprimées. Leur seule préoccupation était de rencontrer Saat au plus vite... c'est-à-dire, avant que le sorcier ne déclenche l'invasion des Hauts-Royaumes.

Elles avaient rejoint le val Guerrier en six jours seulement, au prix d'une très grande fatigue et de beaucoup de privations. Sans les poneys achetés à Ingal, et sans les indications de Bowbaq, cela leur aurait pris cinq fois plus de temps. Cette performance serait-elle pour autant suffisante ? Ith n'était-elle pas *déjà* en train de brûler ?

Ni Corenn, ni Lana n'avaient fait leurs adieux à Léti, par crainte qu'elle ne les accompagne. Cette trahison pesait sur leurs consciences, même si elles avaient agi dans l'intérêt de la jeune femme. Ne couraient-elles pas au-devant d'une mort probable ? Les chances de raisonner Saat étaient infimes, la Mère en était tout à fait consciente. Mais les solutions raisonnables ayant été épuisées, il lui fallait maintenant tenter l'invraisemblable. En cas d'échec... il ne ferait plus bon vivre dans les Hauts-Royaumes.

La traversée des lignes loreliennes et goranaises avait été étonnamment facile. Le spectacle de ces deux armées, puissantes, orgueilleuses, aux formations irréprochables et *totalement leurrées par les Wallattes* avait quelque chose de ridicule. Lana aurait voulu se lever sur sa selle et leur crier de descendre au Sud, que la bataille aurait lieu là-bas, que la Sainte-Cité était peut-être déjà à feu et à sang ! Mais la surveillance de Sombre empêchait cette révélation, et les maréchaux du Grand Empire n'y accorderaient probablement aucune attention. Comment imaginer qu'ils déplaceraient trente mille hommes sur les seules affirmations d'une Maz ?

Aussi Corenn et Lana avaient-elles laissé les armées alliées derrière elles, pour s'aventurer pour la deuxième fois en trois lunes sur les terres désolées du val Guerrier. Elles ne l'avaient pas encore tout à fait franchi qu'une troupe de cavaliers wallattes se ruait au-devant d'elles avec des cris féroces. Le cœur battant, la gorge nouée, elles arrêtèrent leurs montures et attendirent d'être rejointes par les barbares, sans faire mine de s'enfuir. Corenn leva la main en signe de paix et les guerriers ralentirent leur course à l'approche de ces étrangères audacieuses.

Ils étaient une douzaine et les encerclèrent aussitôt, riant, grognant, échangeant des commentaires salaces dans une langue qu'elles ne connaissaient pas. Ils faisaient tourner leurs chevaux autour des poneys arques en brandissant des armes étranges et effrayantes. Ils voulaient inspirer la crainte, la fuite, la résistance, n'importe quoi qui leur permette de s'adonner à un massacre. Mais Corenn et Lana gardèrent leur sang-froid.

— L'un de vous comprend-il cette langue ? demanda la Mère à la cantonade.

Les barbares s'esclaffèrent, comme aucun ne maîtrisait l'ithare. Corenn répéta sa question en lorelien et en kauli, sans grand espoir, avant que Lana ne prenne le relais en goranais.

— *Je comprensse*, lança soudain l'un des Wallattes, fier d'en remontrer à ses compagnons. *Veut quoi ?*

— Nous souhaitons rencontrer votre chef, expliqua la Maz d'une voix tremblante. Son Excellence Saat l'Économe...

Le barbare la dévisagea avec un air stupide, soit qu'il n'ait pas compris la réponse, ou soit qu'il ignore de qui il était question.

— Quel est la traduction de « sorcier » ? s'enquit Corenn auprès de son amie.

— *Zurem*, je crois. Mais que...

— ZUREM ! ZUREM ! lança Corenn en indiquant le Sud, avant de revenir pointer le doigt sur elle-même.

Elle répéta ce manège plusieurs fois, jusqu'à ce que les Wallattes cessent de rire et harcèlent de questions le seul d'entre eux qui y comprenait vaguement quelque chose. Entre-temps, la Mère se fit indiquer la traduction de « tunnel » et clama le mot avec une pareille insistance, illustrant son propos de quelques mimes laborieux.

Les barbares avaient perdu toute excitation. Ils ne savaient plus s'ils devaient traiter ces étrangères en amies ou en ennemies. Corenn pointa encore vers le Sud et, après quelques tergiversations, les cavaliers se placèrent en formation autour des héritières, avant de prendre la direction de leur camp secret.

En comprenant qu'elles ne pouvaient plus revenir en arrière, Lana sentit une angoisse lui bloquer la gorge. Leur rencontre avec Saat semblait maintenant inévitable. La Maz chercha du réconfort dans l'idée qu'elle allait peut-être retrouver Rey... même si cela s'avérait être dans la mort.

Deux ans plus tôt encore, le port de Mythr n'était qu'un bassin de quelques centaines de pas, auquel on accédait par un goulet si étroit que les bâtiments les plus grands n'avaient pas d'autre choix que de s'amarrer en bout de quai... ce qui ne facilitait pas les opérations de chargement. Au prix de nombreuses vies, Aleb avait multiplié la taille du site par trois. La rade avait gagné deux cents pas sur la mer, et était maintenant cerclée par deux immenses brise-lames s'achevant en môles et filtrant les eaux de l'Aòn. Le chenal ainsi formé était suffisamment large pour les manœuvres d'une quadrirème... et se trouvait au centre des préoccupations des capitaines des loups noirs.

Le long des jetées s'alignaient les navires du roi ramgrith : soixante et un grands vaisseaux de guerre, auxquels il fallait ajouter une quarantaine de bâtiments de taille inférieure. Galiotes, grand-voiles, cotres, caraques, galères, gabares, corsaires, lougres, goélettes et autres frégates se succédaient sans logique apparente. Tous étaient prêts à appareiller et avaient haussé le pavillon écarlate donnant son nom à *l'armada rouge*. Le grand-voile amiral, le navire personnel d'Aleb, disposait quant à lui d'une voilure entièrement incarnate. C'est à proximité de ce dernier que Grigán avait choisi de se poster.

Le guerrier connaissait un trouble indicible. La vision qu'il avait eue au contact des Ondines prenait corps sous ses yeux. Bien que brève, elle avait été si intense qu'une foule de détails l'avait marqué... et venait pour la deuxième fois s'imposer à lui. Le ciel du crépuscule, bas et couvert. La chaleur anormalement élevée. La lente oscillation des vaisseaux de guerre dans les eaux tranquilles de la rade. Les flots moutonneux de la mer de Feu, qui semblaient revenir des côtes de Zuïa. Les pavillons rouges qui flottaient au gré des soupirs du vent, accompagnés du claquement des cordes contre les mâts. Et les hommes.

L'embarquement avait commencé la veille, mais s'achevait alors à peine. Le pont de chaque navire grouillait de mercenaires yussa et de marins yérims, courant, grimpant, déroulant, tirant, nouant, prenant leur poste, riant, se battant, aboyant des ordres... Même si la moitié d'entre eux avaient déjà passé une nuit à bord, avec interdiction d'en descendre, la plupart avaient quitté les cales pour assister au départ des premiers bâtiments. Il était prévu que ceux-ci ne fassent pas plus de deux milles hors du port, avant de jeter l'ancre et d'attendre que les cent navires soient regroupés pour mettre enfin le cap au nord. Les manœuvres prendraient toute la nuit : les quelques centaines de Yussa qui traînaient encore sur les quais ne seraient pas embarqués, que des navires seraient déjà au large.

Voilà où résidait le principal problème de Grigán. Si les loups tardaient à déclencher l'offensive, Aleb risquait de s'échapper avec une bonne partie de son armada. Et s'ils se découvraient trop tôt... il leur faudrait se rendre maîtres des quais, avant d'imaginer couler les bateaux. Autant dire que la moindre erreur d'appréciation serait fatale.

Le guerrier se réjouit de ne pas avoir à porter la responsabilité de cette décision. Cette charge revenait à Narro : le roi des insoumis, dissimulé avec une dizaine de ses hommes, un peu plus haut sur le fleuve, mettait la touche finale au projet qui serait le signal de l'attaque. En songeant que son père d'Union ferait son choix sur les seuls rapports de quelques messagers, Grigán ne put s'empêcher de frémir. Mais tous les hommes qu'il avait entraînés dans l'entreprise en connaissaient les risques... Le moment n'était plus aux regrets, mais à l'action.

Par habitude, il vérifia la présence de Yan à ses côtés, avant de reprendre son observation. Le jeune homme attendait patiemment, assis sur un rouleau de cordes, en nourrissant Ifio de morceaux de fruit qu'il découpait à son intention. L'apparente nonchalance du Kaulien ne laissait pas de surprendre le guerrier, mais il savait à quoi s'en tenir : Yan agissait simplement comme on lui avait demandé de le faire, c'est-à-dire qu'il s'efforçait d'être naturel.

Grigán aurait aimé pouvoir en dire autant des loups noirs. Les deux mille hommes s'étaient aisément fait oublier dans les rues de Mythr, mais leur présence dans ce port, même immense, ne passait pas inaperçue. Pour donner le change, ils s'étaient réunis en des semblants de compagnie, attendant sur les quais, comme quelques centaines de Yussa, de pouvoir embarquer. Un millier d'hommes au moins se dissimulaient dans les rues adjacentes et se débarrassaient de tout curieux. Mais l'un ou l'autre des chefs mercenaires finirait bien par s'étonner de la présence de tous ces archers... d'autant qu'ils avaient tendance à prendre position sur toute la longueur des brise-lames.

Le soleil s'enfonça un peu plus derrière les Hauts-de-Jezeba et de nombreuses torches et lanternes vinrent grossir le nombre de celles déjà allumées. Avec inquiétude, Grigán vit la première gabare franchir le chenal illuminé et s'éloigner vers le large, sous les acclamations des équipages. Selon l'ordre établi par les amiraux, un cotre se prépara à la manœuvre, alors qu'une autre gabare semblait déjà prête à lui succéder. Le guerrier épia chaque mouvement de l'équipage du grand-voile d'Aleb. Quoi qu'il advienne dans cette bataille, le guerrier s'était juré qu'*un* au moins de leurs ennemis n'en réchapperait pas.

La nuit se fit plus profonde sans que la température baisse. Au grand soulagement des loups noirs, la plupart des Yussa gagnèrent leurs cabines. C'était une condition indispensable à la mise en application de leur plan : tant que les mercenaires n'avaient pas déserté les ponts, Narro ne pouvait donner le signal.

Dès cet instant... l'attaque ne faisait plus aucun doute. Ce n'était qu'une question de temps.

Grigán estima qu'une douzaine de Yussa erraient sans but apparent sur le même quai où Yan et lui avaient pris position. Les loups noirs s'y trouvant en nombre trois fois supérieur, la lutte serait brève. Berec lui-même était chargé, avec une vingtaine d'hommes, d'en garder l'accès inviolé. Si tout allait bien, ce petit bout du port de Mythr serait le premier territoire libéré des Bas-Royaumes.

Six bateaux avaient déjà quitté le port, dont seulement deux grands navires de guerre. Une galère manœuvrait pour se placer dans la file menée par un lougre, lorsque Grigán vit avec angoisse les voiles écarlates du vaisseau amiral s'animer. Les événements se précipitaient. Si Aleb parvenait à s'enfuir, cette bataille ne servirait pas à grand-chose. Le roi borgne disposait d'assez de ressources pour revenir plus fort et plus dangereux. Grigán évalua à une décime le temps qu'il faudrait au grand-voile pour s'éloigner du quai. Si le signal n'était pas donné avant, le guerrier monterait seul à l'abordage.

Les dieux lui épargnèrent ce sacrifice. Des clameurs s'élevèrent des navires amarrés à l'embouchure du port, bientôt reprises par leurs voisins, avant que tous les équipages ne s'agitent soudain. Le signal. Grigán brandit sa lame courbe et ouvrit le ventre du Yussa le plus proche de lui. Le signal.

Yan posa Ifio à terre et s'empara des flèches qu'ils avaient spécialement préparées. Il en plaça l'extrémité dans leur lanterne pendant que Grigán défaisait un autre adversaire. Tout le port s'anima en un instant. Des cris, des chocs, des appels, sur les ponts, sur les quais, sur les brise-lames. Un hurlement de loup repris par mille voix monta soudain des rues de la cité alors que les insoumis cachés depuis plusieurs décans se ruaient à l'assaut avec une rage effrayante. Leur masse compacte rencontra celle des Yussa encore à terre et les mercenaires furent poussés contre les navires puis dans l'eau sans avoir eu le temps de donner un seul coup. Stupéfaits par leur propre succès, les insoumis se retrouvèrent soudain maîtres de Mythr. C'est alors que les flèches s'envolèrent.

Mille traits enflammés se croisèrent au-dessus de la rade pour allumer autant d'incendies dans les voilures et sur les ponts. Les équipages yérims hurlaient de douleur ou de terreur, sans réussir à se coordonner ni manœuvrer efficacement. Quelques centaines de mercenaires, après s'être battus dans la panique qui s'installait dans les cabines, se ruèrent à l'assaut des quais pour finalement être fauchés par des lames courbes. Protégés par ce rang d'acier, les archers poursuivirent leur œuvre destructrice en embrasant chaque pièce de la fière armada rouge. Des flasques d'huile furent jetées sur les bâtiments les plus proches et ceux-ci furent les premiers à couler.

Le signal envoyé par Narro apparut enfin à la vue de tous et ajouta encore au désespoir des Yussa. Une entière colonne de brûlots descendait paresseusement le fleuve en direction de la mer, c'est-à-dire en plein sur les bateaux jusqu'alors en sécurité au centre de la rade. Les radeaux enflammés, construits autour d'un tronc gigantesque taillé en éperon, percutèrent les coques en brisant les plus fragiles... et les vaisseaux ainsi éventrés s'enfoncèrent lentement dans les eaux sombres en gênant les manœuvres des plus chanceux.

Yan lui-même tira quelques traits, mais sa principale préoccupation était de ne pas perdre Grigán de vue. Le jeune homme était déterminé à faire mentir la prophétie d'Usul quant à la mort du guerrier, et celui-ci semblait par contre déterminé à aller jusqu'au bout de sa vengeance. Après avoir participé aux principaux événements de la bataille, et sans avoir été réellement mis en danger, Grigán se languissait de rencontrer Aleb.

Le grand-voile amiral avait subi autant de dégradations que les autres, mais sa coque n'avait pas été touchée. Le guerrier lui décocha sa dernière flèche en se résignant à ne pas le voir couler. C'est alors que le ciel se déchira.

Un éclair illumina la nuit et le tonnerre éclata de manière retentissante au-dessus de Mythr, avant de rouler sur tous les Bas-Royaumes. Les premières gouttes tombèrent l'instant suivant avant que leur fréquence ne s'intensifie. Une pluie violente et drue inonda bientôt les lieux de la bataille, étouffant progressivement les incendies les mieux contrôlés... comme c'était le cas sur le vaisseau amiral.

N'y tenant plus, Grigán abandonna son arc et courut jusqu'aux loups qui en gardaient l'accès, Yan sur ses talons. Il prit son élan et sauta sur le pont du navire d'Aleb, aussitôt rejoint par son ami.

— Merci, lâcha-t-il à la grande surprise du jeune homme.

Ifio interrompit ce début de conversation en atterrissant sur le bras de Yan, le faisant ainsi sursauter. La femelle mimastin n'avait pas voulu rester sur le port et reprit sa place sur l'épaule du jeune homme.

Cette pause fut de courte durée, car le guerrier dut se défendre contre un Yérim qui bondissait sur lui avec un couteau. Le pirate fut à terre avant d'avoir baissé le bras mais deux autres surgirent aussitôt, décidés à emporter un ennemi dans la mort.

Grigán se débarrassa du sien en deux passes et se tourna pour venir en aide à Yan. Il fut stupéfait de découvrir un corps aux pieds du jeune homme dont le glaive était ensanglanté.

— *Main sûre, pied ferme*, badina le Kaulien, devant la surprise du guerrier. J'ai juste appliqué vos méthodes !

— Tu prends de mauvaises habitudes, rétorqua un Grigán ruisselant, avant de se jeter dans une coursive.

D'autres ennemis accouraient dans leur direction et l'espace d'un instant, Yan connut le doute. Les Yérims furent fauchés par une volée de flèches et le jeune homme se tourna vers le quai pour remercier les archers ramgriths. C'est alors qu'il s'aperçut que le bateau s'était éloigné. Les derniers hommes d'Aleb s'activaient à la manœuvre pour sortir le bâtiment du port...

Yan se rua à la suite du guerrier et enjamba deux cadavres avant de le retrouver. Ce genre de navire n'était pas appelé *grand-voile* pour rien : de pont en pont, ils parcoururent plus de six cents pas avant d'enfin trouver la cabine du capitaine.

Les deux renégats qui en gardaient la porte parurent hésiter devant l'expression déterminée de Grigán. Comme le guerrier s'avançait vers eux, les cheveux collés au visage, la lame courbe menaçante, ils s'en écartèrent inconsciemment pour finalement poser leurs armes au sol, avant de s'enfuir dans des directions opposées. Le guerrier défonça la porte du plat du pied et pénétra dans le cœur du navire.

La décoration de la cabine était d'un luxe inouï, déplacé pour un bâtiment de guerre. Mais ni Yan, et encore moins Grigán ne se souciaient alors de ces détails. Seul comptait l'homme borgne qui les dévisageait avec une grimace cynique. Aleb était debout, appuyé sur la garde de sa lame, et parcouru de tics nerveux.

— Derkel, lâcha-t-il avec un petit rire de dément. Je te déteste. Je te hais.

— J'avais deviné, rétorqua Grigán en se mettant en garde. Rassure-toi, ça ne va plus être très long. Nous avons un duel à terminer.

Aleb ne fit pas le moindre geste, se contentant de sourire comme un dément. Il semblait même avoir du mal à se tenir debout, et serait sûrement tombé s'il n'avait eu sa lame pour s'appuyer.

— Les serpents daï, commenta Grigán en se redressant. Tu es drogué. C'est pitoyable.

L'intéressé gloussa de manière ridicule, sans s'apercevoir qu'il s'était mis à baver. À l'extérieur, les clameurs de la bataille se faisaient plus discrètes, étouffées qu'elles étaient par la pluie. Le grand-voile fit une embardée et Yan supposa qu'il avait dérapé le long d'une épave.

— Nous allons bientôt avoir de la visite, grinça Aleb avec un sourire cruel. J'ai prié, j'ai prié ! chantonna-t-il. J'ai prié le dieu de mon allié !

Yan et Grigán furent déséquilibrés, comme le bateau subissait de nouveaux mauvais traitements. Le tonnerre roula de nouveau et la coque lui répondit par des grincements assourdissants.

— De quel allié parles-tu ? s'enquit Grigán, avec un mauvais pressentiment.

Miraculeusement toujours debout, le roi borgne jubila en les toisant d'un regard victorieux. Un craquement sinistre retentit sur le pont et Yan et Grigán levèrent les yeux par réflexe. Quand ils les baissèrent, *Sombre était parmi eux.*

Le démon était apparu au milieu de la cabine, entre eux et Aleb, sans que rien ne l'ait annoncé. Il avait adopté une forme simiesque rappelant celle des terribles lémures qui avaient blessé Corenn. En deux fois plus grand...

Sombre se tenait pour lors immobile, balançant lentement sa tête déformée par des crocs immenses. Son regard rouge et furieux croisa celui de Yan et le jeune homme songea qu'il ne reverrait jamais plus Léti. Le démon émit un long grondement, comme celui d'un fauve, en scrutant toute la cabine. Il se retourna alors vers Aleb.

— *Où sont-ils ?* demanda-t-il d'une voix profonde.

— Mais là ! Là ! s'excita Aleb en pointant le doigt. Juste devant !

Sombre se retourna vers eux et Yan et Grigán se tinrent parfaitement immobiles. *Les pierres de Dara.*

Les pierres de Dara semblaient les placer hors de portée du démon.

Le monstre se dressa sur toute sa hauteur en poussant un hurlement de rage. Son impuissance le rendait fou. Il avança de deux pas et Yan dut faire appel à toute sa volonté pour ne pas s'enfuir à toutes jambes.

— Je vais avoir besoin de ton œil, grogna le démon en se tournant vers Aleb.

Il se volatilisa alors aussi subitement qu'il était apparu. Le visage du roi trahit sa panique puis, l'instant d'après, exprima toute la folie destructrice qui habitait l'enfant des fosses. Aleb cessa de vaciller et se mit en garde avec une parfaite maîtrise de ses mouvements. Son regard allait de Yan à Grigán, pendant que Sombre s'habituait à ce nouveau corps.

— Je ne peux vous atteindre, mais *je vous vois*, grogna-t-il d'une voix rauque. Je suis Celui qui Vainc. Et tu n'es *pas* l'Adversaire, ajouta-t-il à l'intention de Grigán.

Le bateau connut un choc violent et la coque grinça douloureusement, avant de connaître une nouvelle tranquillité. À la houle plus forte, Yan comprit avec horreur que le grand-voile avait réussi à quitter le port. *Ils faisaient route vers le large !* Étranger à ces détails, le roi possédé s'avança lentement, son épée pointée vers la poitrine de Grigán.

Le guerrier n'attendit pas d'être rejoint et bondit à la rencontre de son adversaire. Il lança deux attaques qui furent aussitôt parées. Il essaya alors des passes plus dangereuses, faisant appel à tout son art, mais Aleb les déjoua avec autant de facilité.

— Pauvre mortel inconscient ! lança la voix du démon. Quand bien même tu pourrais m'atteindre, cela ne te servirait à rien ! Je suis *Celui qui Vainc*, et mon destin est de t'écraser !

Le roi possédé se fendit soudain et sa lame entailla le mollet de Grigán. Le guerrier ferrailla pour se mettre quelques instants hors de portée, mais le combat semblait d'ores et déjà perdu. Toutes les attaques lancées par le vétéran étaient invariablement déjouées... alors qu'il peinait à repousser les assauts intermittents du démon, manipulant la lame d'Aleb comme une véritable extension de son corps.

Yan assistait à la scène, impuissant, paralysé par l'horreur de la situation. Jamais il n'avait vu Grigán à ce point en difficulté. Le guerrier subit une deuxième blessure, à la main, et connut dès lors encore plus de difficultés à se défendre.

— Yan, sauve-toi ! ordonna-t-il avec un accent de panique. Allez !

Le démon lui arracha sa lame et Grigán se retrouva désarmé, face à un Aleb cruel et victorieux. Yan lança sa Volonté et toucha *l'esprit profond* d'Ifio. L'instant d'après, il prenait possession du corps du petit singe.

Luttant contre le vertige consécutif à ce changement de perception, il bondit en bas de sa propre épaule et galopa jusqu'au roi possédé. Aleb levait le bras pour achever le guerrier quand il grimpa le long de ses vêtements jusqu'à sa tête. Il évita l'énorme main qui essaya de l'en chasser et tourna le bandeau qui couvrait l'œil mort du Ramgrith.

Ainsi aveuglé, Aleb ne put éviter le formidable coup de poing que lui décocha Grigán en pleine mâchoire. Yan fut projeté au sol en même temps que le roi et réintégra son propre corps, que le guerrier entraînait déjà vers la sortie.

Ils coururent aussi vite que possible, se faufilant le long des coursives et des escaliers jusqu'au pont balayé par la pluie. Grigán plongea au-dessus du bastingage, les pieds devant. Yan mourait d'envie de le rejoindre, mais il devait attendre.

Des grattements se firent enfin entendre dans l'escalier et Ifio courut jusqu'à lui avant de s'agripper peureusement à son genou. Yan serra le petit singe dans ses mains et sauta à son tour par-dessus bord.

Ils regardèrent le grand-voile encore fumant s'éloigner vers le nord, avant d'entamer la nage fatigante qui devait les ramener à Mythr. Il pleuvait, l'armada rouge finissait de brûler, et les flots et la nuit étaient de couleur sombre.

La tristesse du vieux Narro était bouleversante. Le nouveau roi de Griteh se peignait machinalement la barbe de ses doigts, en évitant de croiser le regard du guerrier. Yan lui-même était touché par l'émotion tangible des deux hommes. Il se serait bien éloigné de quelques pas pour les laisser seuls, s'il ne devait faire ses propres adieux au chef des loups noirs.

— Tu es sûr que tu ne veux pas rester, Grigán ? lâcha enfin son père d'Union. Nous aurons tout le temps d'empêcher Aleb de remettre les pieds sur ce continent. Et les jours prochains vont être très mouvementés. *Je vais avoir besoin de toi, fils*, ajouta-t-il en l'attrapant par l'épaule.

— J'ai quelque chose à finir avant, expliqua le guerrier avec une lueur meurtrière dans les yeux. Et des amis nous attendent. Je reviendrai bientôt, si les dieux le permettent.

— Tu seras toujours le bienvenu, assura Narro avec une étreinte touchante. Pardonne-moi pour la haine que je t'ai portée, à tort. Tu as autant souffert que moi.

Grigán lui tapa doucement le dos et ils se séparèrent avec un certain embarras. Ni l'un, ni l'autre n'avaient l'habitude de dévoiler ainsi leurs sentiments. Narro se rattrapa sur Yan en se contentant de lui flanquer une claque virile sur le bras, faisant ainsi sursauter Ifio. Il se détourna ensuite avec un dernier clin d'œil.

— Rattrapez ce maudit borgne pour moi ! lança-t-il en s'engageant dans la descente de la passerelle. Vous me ferez un immense plaisir en le flanquant par-dessus bord !

Le roi se perdit dans la foule agitée du quai sans plus se retourner. Grigán s'absorba un moment dans l'examen du bandage qu'il avait à la main, le temps de dominer sa tristesse, puis retourna aux préparatifs du départ.

La bataille s'était prolongée toute la nuit, mais avec beaucoup moins de violence. Seuls quelques Yussa acharnés s'étaient entêtés à défendre leurs navires immobilisés, avant de se rendre finalement aux loups noirs. Narro avait pris sa première décision de roi : une fois leurs *octrois* confisqués, les quelque deux mille mercenaires survivants seraient reconduits aux frontières et libérés... sans leurs armes, bien entendu. Quand la nouvelle de la chute de Mythr se serait répandue, Griteh cesserait d'être une manne pour les soldats de fortune. Alors, les loups noirs pourraient construire la paix.

Yan contempla le port dévasté et les travaux qui commençaient déjà. Cette aube était la première de la libération des Ramgriths. Les hommes exploraient les épaves calcinées, échouées, brisées avec un optimisme conforté par leur victoire récente. Leur première tâche avait été de libérer l'entrée de la rade... et la deuxième, de renflouer une gabare et deux lougres qui avaient été plus ou moins épargnés par les incendies.

Quatre cents volontaires avaient pris place à bord des bâtiments qui allaient donner la chasse à Aleb, et s'affairaient à la manœuvre sans expérience ni organisation, mais mus par une ténacité qui venait à bout de toutes les difficultés. Les navires n'avaient besoin de rien d'autre que quelques réparations : vivres, équipement et eau douce étaient déjà en cale, et les voiles de rechange s'élevaient le long des mâts avec une grâce majestueuse.

Le premier lougre franchit le chenal, sous les acclamations des Ramgriths enfin libérés. Mais ces hommes débordaient d'occupations, et s'en retournèrent aussitôt à leurs activités. Le deuxième bâtiment s'avança lentement vers la pleine mer et, alors qu'il aidait aux opérations, Yan vit la gabare où ils avaient embarqué prendre le même chemin.

Il se rendit à la proue et y retrouva Grigán, le regard perdu sur l'horizon du nord. Il imagina Aleb, en fuite pour une destination inconnue. Il imagina Léti, Corenn et leurs amis, cachés quelque part en Arkarie. Il imagina les Wallattes envahissant les Hauts-Royaumes, et songea qu'il voguait vers d'autres batailles.

Usul danse, tourne et rit autant que sa forme d'hydre le lui permet. Le dieu omniscient n'a jamais onnu un tel amusement. L'avenir, celui qu'il a prévu depuis des millénaires, se voit modifié à chaque instant par les agissements d'une poignée de mortels. À tel point qu'il ne peut en explorer toutes les possibilités, avant qu'un nouvel événement vienne les bouleverser et en amener d'autres. Celui qui Sait ne s'ennuie plus, car il connaît enfin le doute. Pour la première fois, *le temps lui manque*.

Son dernier visiteur a déjà altéré une de ses prophéties. Qu'en sera-t-il des deux autres ? Usul cherche, observe, spécule et dégage des certitudes. Mais celles-ci sont aussitôt remises en cause et le dieu reprend sa réflexion, inlassablement, jouissant avec délice de cette quête spirituelle. Il n'a aucune inclinaison vers l'un ou l'autre camp : peu lui importe le vainqueur du combat, tant que l'issue en est longtemps incertaine.

Pourtant, en se projetant plus loin dans l'avenir, de soixante ou quatre-vingts ans... Usul n'entrevoit plus que *deux* possibilités. Inévitablement, le temps gommera les péripéties du futur proche pour rejoindre l'une ou l'autre de ces présomptions. Aussi le dieu se concentre-t-il sur les détails, rebondissements et incertitudes du moment, espérant y trouver suffisamment d'indices pour *savoir* de nouveau. Même si cela le condamne à un nouveau siècle d'ennui.

Après tout... son propre sort était en jeu.

Du temps. Elles avaient perdu beaucoup de temps. Trop, probablement.

En s'enfonçant dans les ténèbres du palais de Saat, en compagnie de Lana et d'une escorte de quatre gladores, Corenn retraça mentalement les événements qui avaient animé la dernière décade... et qui les avaient vues mettre plus de temps à traverser les royaumes estiens, qu'il ne leur en avait fallu pour l'Arkarie et le Grand Empire. Huit jours... Combien de drames s'était-il produit, en huit jours ? Où se trouvaient alors Grigán, Yan et Rey ? Et même, Léti et Bowbaq ? Qu'en était-il de la Sainte-Cité ?

Les cavaliers wallattes rencontrés au val s'étaient arrêté le soir même, dans un campement d'une centaine d'hommes participant à la manœuvre de diversion des armées alliées. Sans être brutalisées, Corenn et Lana avaient été placées sous étroite surveillance, avant d'être interrogées par un barbare un peu moins rétif aux langues étrangères. La Mère avait réussi à l'impressionner en dévoilant tout ce qu'elle connaissait du plan de Saat, et l'homme s'était laissé convaincre de la nécessité de mener ces étranges captives au Haut Dyarque. Il avait quand même fallu deux jours supplémentaires avant qu'une nouvelle colonne ne les escorte à nouveau en direction du sud, *à pied*, à la grande frustration de la Mère. Ils n'avaient atteint le camp de Saat qu'au crépuscule de ce huitième jour, moins d'un décan plus tôt... et probablement trop tard.

Corenn contemplait les murs informes de la bâtisse en songeant qu'elle n'en connaîtrait peut-être jamais l'aspect extérieur. Peu après l'apogée de ce jour, et bien avant d'arriver en vue des installations estiennes, les Wallattes avaient bandé les yeux de leurs prisonnières. Malgré cet acte de méfiance, les barbares n'étaient pas allés jusqu'à entraver les deux femmes, la Mère ayant veillé à laisser planer l'équivoque sur leur condition d'ennemies pour prévenir tout mauvais traitement. Mais elles n'avaient rien pu observer du campement secret du sorcier, avant d'être poussées à l'intérieur de son palais... rien, si ce n'est l'impression que l'endroit était étonnamment calme, pour une région censée abriter plusieurs dizaines de milliers de guerriers.

Les rumeurs d'une conversation commencèrent à se faire entendre et Corenn sentit sa gorge se serrer. L'une de ces voix appartenait à Saat et la Mère essaya inconsciemment de deviner laquelle, tâche d'autant plus ardue que les mots lui étaient encore inintelligibles. Mais cette écoute attentive des intonations eut pour seul résultat d'augmenter son angoisse, et elle chassa rapidement ce détail de son esprit pour se concentrer sur sa confrontation imminente avec leur ennemi mortel. Son ultime espoir de sauver les Hauts-Royaumes.

Les gladores s'arrêtèrent enfin devant deux de leurs confrères et, avant même que les gardes n'aient pu satisfaire au protocole, la double porte qu'ils encadraient s'ouvrit en grand... sans qu'aucun n'en ait actionné le mécanisme.

— Entrez donc, invita une voix étouffée par un heaume. N'ayez pas peur ! *Nous vous attendions.*

Les gladores poussèrent Lana et Corenn à l'intérieur de la pièce et, avec le claquement sec d'une serrure, la porte se referma d'elle-même.

Comme par magie.

Les deux lougres et la gabare des révoltés ramgriths avaient pu suivre le reliquat de l'armada rouge pendant trois jours... avant de perdre définitivement le navire d'Aleb, beaucoup plus rapide malgré ses avaries. Les loups noirs s'étaient alors relayés à la vigie avec une frustration grandissante, sans qu'aucun ne parvienne à repérer encore la voilure incarnate sur l'horizon de la mer Médiane. Pour Grigán, Yan et les principaux chefs des quatre cents volontaires embarqués à la poursuite du roi borgne, le choix avait alors été crucial. Mais ils avaient fait le bon.

— La frégate est également vide, rapporta Berec en rejoignant le guerrier sur la jetée. Il ne reste pas *un* Yussa dans ces bateaux. Alioss seul sait pourquoi ils ont tout abandonné ici !

Grigán acquiesça en contemplant les navires qu'ils avaient perdu de vue pendant cinq longues journées, et sur le pont desquels ils pouvaient maintenant aller et venir à leur aise. Des sept vaisseaux miraculés qui s'étaient spontanément placés sous la protection d'Aleb, quatre avaient entre-temps changé de cap en se voyant pourchassés. Il s'agissait bien sûr des plus lents : les autres, deux galiotes et une frégate, étaient restés dans le sillage du grand-voile dont ils pouvaient égaler la vitesse. Les loups noirs avaient unanimement décidé de concentrer leurs efforts sur ces bâtiments, en espérant que le roi détrôné n'avait pas changé de bord pour l'un des navires fuyards. Mais Aleb n'était pas connu pour disposer d'une telle subtilité d'esprit, et c'était précisément sur ce point que les insoumis avaient basé leurs présomptions. En maintenant le cap aussi droit que pendant les premiers jours... ils étaient arrivés directement dans le port ithare de *Maz Nen.*

— Vous n'allez pas le croire, lança un des chefs de tribu en se joignant au cercle. Un type avec un masque et une lance émoussée vient de me demander si nous avions *l'intention de semer le trouble dans la ville*. Je lui ai répondu que nous en discutions et il m'a sorti tout un discours sur une certaine quête de la morale, ou je ne sais quoi.

— Un officier du Grand Temple, sourit Grigán, l'air blasé. Ils sont à peine cinq cents pour défendre tout le royaume.

— Sangdieu, il a raison d'avoir peur ! commenta Berec. Même avec le peu d'hommes qui lui reste, le Borgne pourrait bien trouver ici un nouveau trône à voler !

Grigán laissa les chefs des loups discuter de l'inconscience des Ithares et se perdit dans la contemplation du grand-voile d'Aleb. Bâtiment amiral quelques jours plus tôt, le navire n'était plus qu'une ruine flottante et grinçante, une épave en sursis, noircie, endommagée, sa coque brisée sur plusieurs longueurs. Le guerrier en parcourut mentalement les coursives et ses souvenirs le firent frissonner.

Il avait failli succomber sous les planches de ce pont. Cette nuit d'orage, sur Mythr, c'est un *démon* qu'il avait affronté. Et Sombre l'avait totalement dominé, comme en témoignaient encore les blessures de sa main et de son mollet. Grigán avait connu la *peur*.

Il caressa du bout des doigts sa pierre de Dara en regrettant de ne pas être l'Adversaire. Tout serait dit, déjà. En lieu et place, les héritiers auraient toujours à craindre Celui qui Vainc, sans que rien n'y personne ne puisse y changer quelque chose. Et Grigán savait désormais à quel point la haine du démon était terrible.

— Vous vous sentez bien ? demanda Yan d'une voix douce, en se penchant vers son visage.

— J'irai beaucoup mieux quand nous aurons remis la main sur ce maudit borgne, assura le guerrier avec une expression farouche. Tu as appris quelque chose ?

— Comme supposé, expliqua le jeune homme en haussant les épaules. Tout le monde dans cette ville ne parle que de ça. Les Yussa ont débarqué à l'aube et pris la direction du nord. Les Maz à qui j'ai parlé ont peur pour la capitale et le Grand Temple.

— Ils s'inquiètent pour rien, commenta le guerrier avec une moue méprisante. Aleb projette probablement de franchir le val Guerrier. Il va chercher à rejoindre Saat.

Yan lui rendit un regard sceptique, comme cette supposition lui semblait bien hasardeuse. Ils avaient été suffisamment surpris en découvrant l'alliance entre le roi et le sorcier. D'après lui, ils devaient s'attendre à d'autres coups de théâtre.

— Bon, je n'en sais rien, concéda Grigán. Une chose seulement est sûre : nous ferions mieux de nous dépêcher. Comment se fait-il que nous ne soyons pas déjà en route pour Ith ?

Lana et Corenn ne purent cacher leur surprise en découvrant ce nouveau décor. La première chose qui les frappa était l'éclairage majestueux de la salle, tranchant nettement avec le reste du palais. Une trentaine de lanternes au moins illuminaient les murs de ce qui pouvait être un bureau, un séjour, une salle de réunion, de réception ou de banquet. Probablement tout cela à la fois...

L'endroit était décoré pour la fête : outre cette surabondance de falots, chaque meuble – tables, secrétaires, coffres et bibliothèques – était noyé sous les fleurs et les corbeilles de mets précieux. De remarquables tentures masquaient la laideur brute de la pierre, comme plusieurs épaisseurs de tapis adoucissaient les imperfections du sol. Un tronc entier agonisait dans une cheminée nantie d'un âtre de six pas en alimentant des flammes si hautes que la chaleur en était presque trop forte. Et au milieu de tout ce confort, quatre personnes se délassaient sur des canapés en buvant du vin.

Corenn eut la surprise de reconnaître parmi elles le judicateur Zamerine, qu'elle avait rencontré au Petit Palais de Lorelia. Le Zü se tenait rigide sur sa couchette sans paraître prendre beaucoup de plaisir à cette célébration. La coupe d'or qu'il tenait était presque encore pleine et il s'en débarrassa prestement sur une table basse, comme l'arrivée des héritières lui en donnait le prétexte.

Un jeune homme au regard sombre les dévisageait avec malveillance. Il semblait à peine plus âgé que Yan mais avait déjà atteint la maturité physique de la trentaine. Ses cheveux d'un noir de jais encadraient un visage glabre et sans défauts. Il était vêtu d'une magnifique tunique noire qui mettait en valeur la perfection de son corps. Il se redressa sur un coude et sembla chercher à lire dans leurs âmes, avec une insistance insolente qui embarrassa Lana.

Les derniers membres de l'assemblée formaient un couple, langoureusement étendu sur un édredon assez haut pour qu'ils puissent dominer la scène. La femme, richement vêtue, portant bijoux et joyaux partout où cela se faisait, présentait les caractéristiques de la race wallatte. Elle était également d'une beauté exceptionnelle et ses yeux brillaient d'intelligence et d'ambition. En découvrant les formes avantageuses de Lana, elle toisa la Maz d'un regard méprisant et empreint de jalousie.

Quant à l'homme... les héritières n'eurent pas besoin d'en détailler les effets pour le reconnaître. Le heaume ceint d'un bandeau noir en disait suffisamment long. Même si le sorcier ne montrait rien de son visage, il ne pouvait s'agir que de lui. Saat, qui les pourchassait depuis presque six lunes, et qui avait presque totalement exterminé les héritiers. Saat, qui avait perverti un enfant du Jal'dara. Saat, qui s'apprêtait à anéantir les plus avancées des civilisations du monde connu.

— Je les vois, mais leurs esprits m'échappent, annonça le jeune homme sombre avec une certaine contrariété. Comment est-ce possible ?

Le Haut Dyarque éclata d'un rire franc et claqua des doigts à l'intention de Zamerine. Prévenu d'avance, le judicateur se rendit auprès des deux femmes en brandissant sa *hati*.

— Donnez-moi les pierres, ordonna-t-il simplement, certain de ne pas être défié.

Lana et Corenn échangèrent un regard plein de désespoir, avant de remettre le gwele au tueur rouge qui les transmit à son tour au sorcier. Avec horreur, elles sentirent aussitôt leurs esprits envahis par une puissance terrifiante, qui se retira heureusement assez vite.

— Ridicule, commenta le sorcier avec amusement. Vous êtes venues jusqu'ici simplement pour me... *parler*? Je ne comprends pas comment vous avez pu m'échapper si longtemps, avec des plans aussi stupides. Mais vous venez d'abuser de votre chance...

— Nous sommes venues en paix, interrompit aussitôt Corenn, avant que Saat ne commette l'irréparable. Nous voudrions vous parler de nos ancêtres, de Nol et...

— Silence! clama le sorcier, peu désireux d'entendre prononcer ces noms en présence de Sombre.

La Mère sentit soudain sa voix se bloquer, et elle perdit le contrôle de son corps. Saat l'avait paralysée. Elle eut beau faire appel à toute sa Volonté, elle ne put déjouer le charme. Elle qui avait pris tous ces risques pour s'entretenir avec son ennemi n'en avait même plus l'occasion.

— Corenn? Corenn, qu'avez-vous? lui demandait Lana, en proie à une peur indicible.

Saat repoussa la Wallatte sans tendresse et vint jusqu'à la Maz, en la contemplant effrontément. Il en fit le tour en promenant son regard sur tout son corps. Quand il posa ses mains gantées sur ses épaules, Lana laissa échapper un petit cri de surprise.

— Savez-vous que vous êtes en présence d'une consœur ? chuchota-t-il en plaquant son heaume sur la joue de la prêtresse. La femme que vous voyez allongée là est la grande Emaz de Celui qui Vainc... et c'est aussi une reine. Son nom vous dira peut-être quelque chose : elle s'appelle *Chebree*.

Il la libéra et revint prendre place sur l'édredon, laissant Lana haletante et en proie à mille émotions. Che'b'ree. La descendante de Palbree, le sage émissaire qui avait suivi Lloïol au fond du Jal'karu. Quelle terrible machination se jouait-elle derrière cette apparente coïncidence ? Quel plan tortueux et sournois avait germé dans l'esprit de Saat ? N'y avait-il aucune limite à l'ambition de cet homme ?

— Je vais finir par croire que la beauté est assurée par la foi, plaisanta Saat pour dérider sa triste assemblée. N'avons-nous point là deux des plus belles femmes de ce monde ?

— Je la trouve horrible, grinça Chebree sans sourire. Elle connaît notre plan. Fais-la tuer.

Lana accusa la brutalité de cet ordre et sentit fondre tous ses espoirs de survivre à cette rencontre. Elle jeta un regard à Corenn qui ne pouvait plus faire le moindre mouvement et acquit la certitude que leur fin était proche. Alors la colère lui vint et elle courut jusqu'au sorcier, avant de lui frapper la poitrine de ses petits poings fragiles.

— Qu'avez-vous fait de Rey, maudit, lâche, criminel ! demanda-t-elle en redoublant ses coups. Qu'avez-vous fait de ma vie !

Zamerine la tira brutalement en arrière, pendant que Saat était en proie à une hilarité incontrôlable. Le visage fermé, Chebree enjamba le Haut Dyarque et dénuda un poignard. Elle le tint fermement à un pied du ventre de Lana et s'apprêta à frapper.

— Arrête ! commanda le sorcier, sur un ton sans appel. *Cette décision n'est pas en ton pouvoir.*

La reine wallatte hésita un instant et rengaina finalement sa lame, après un dernier regard plein de haine. Elle s'éloigna de quelques pas en s'efforçant de recouvrer son calme.

— Qu'avez-vous fait de Rey... continuait de sangloter Lana, sous l'étreinte de Zamerine. Qu'avez-vous fait de lui...

— Il croupit dans mes arènes en attendant la prochaine cérémonie d'exécution, lança Saat avec cruauté. Désirez-vous le rejoindre ?

Lana releva la tête pour vérifier le sérieux du sorcier.

— *Oui* ! clama-t-elle avec force, comme il semblait réellement attendre une réponse.

— Finalement, je ne pense pas que ce soit une bonne idée, persifla le Haut Dyarque avec une grimace de dégoût. Il me déplairait de voir une femme aussi belle se perdre pour un bon à rien. Je pense plutôt vous ajouter à mon harem.

Chebree se retourna avec un œil mauvais, et Sombre lui-même parut sortir de sa rêverie pour se joindre à la discussion. Aucun ne semblait apprécier la nouvelle.

— C'est une *héritière*, rappela le jeune homme ténébreux. Tu ne peux la laisser vivre.

— Quelque temps, seulement. Apaise-toi, mon ami. Qu'as-tu à craindre d'elle ?

Sombre planta son regard dans celui de la Maz, et celle-ci se sentit transpercée. Jamais elle n'avait connu une telle vulnérabilité.

— Elle porte un enfant, lâcha le démon avec contrariété. Il est peut-être l'Adversaire.

— Il ne naîtra pas cette nuit, de toute façon. As-tu déjà douté de moi, mon ami ?

Lana se sentit défaillir, comme trop d'émotions la traversaient. Elle venait d'identifier Sombre. Elle portait un enfant. Rey allait mourir. Elle connaîtrait le même sort, après avoir enduré d'autres souffrances. Les Hauts-Royaumes étaient perdus. Tout cela était trop pour elle et elle s'évanouit pesamment.

— Je ne comprends pas, lança Sombre en fixant le visage du sorcier.

Comme Saat ne répondait pas, le démon tourna les épaules et sortit de la pièce en direction des profondeurs de son temple. Il avait besoin de réfléchir.

Corenn avait assisté à toute la scène avec une immense frustration. Elle avait bien envisagé la défaite, mais pas que les choses puissent se passer *si mal*. Quand le sorcier relâcha enfin la pression qu'il mettait sur son esprit, la Mère sentit enfin les larmes qui lui coulaient le long des joues.

— De quoi parlions-nous, déjà ? badina Saat, les mains sur les hanches.

— J'avais nourri l'espoir de vous faire entendre raison, énonça Corenn d'une voix blanche. Mais j'étais naïve. Il n'est plus rien qui pourra vous sauver. Le Jal'karu vous a imprégné jusque dans vos veines.

— Oui, c'est cela même, railla le sorcier en agitant les mains. Rien de tout cela n'est vraiment de ma faute. J'irai demander le pardon d'Eurydis.

Corenn ne répondit pas à la provocation, décidée qu'elle était à conserver sa dignité. Saat haussa les épaules et se désintéressa de la question.

— Emmenez-la et tuez-la, ordonna-t-il à Zamerine. Désolé, honorée Mère, mais je ne peux prendre le risque d'abriter une magicienne... ajouta-t-il en fournissant au tueur rouge une des pierres de Dara.

Avec un dernier regard pour la forme inanimée de Lana, Corenn se laissa entraîner sans résistance par le judicateur. Ce n'est qu'au seuil de la porte que lui revint la question qui la préoccupait depuis le début.

— Vous avez déjà lancé l'assaut, n'est-ce pas ?

— Bien sûr ! s'exclama le sorcier, en désignant les décorations de la pièce. Que croyez-vous que nous fêtions, ici ? Nos retrouvailles ? Ce n'est pas parce que mon allié s'est avéré un incapable que j'allais renoncer à mes grands projets. En ce moment même, mon chef de guerre doit être en train de visiter les caves de la Sainte-Cité.

Corenn acquiesça tristement et se dirigea d'elle-même vers la sortie, sans que Zamerine n'ait besoin de la brusquer. Elle avait été trop présomptueuse. Rien ni personne ne pourrait vaincre Saat.

Les Ramgriths étaient devenus des criminels aux yeux du royaume ithare. Afin de rattraper plus vite Aleb et ses derniers Yussa, les loups noirs avaient volé les chevaux que les lois ithares obligeaient à parquer à l'extérieur de la ville. Une centaine avaient pourtant manqué aux volontaires, et un nombre équivalent s'était vu obligé de rester à Maz Nen en une garde inutile du reliquat de l'armada rouge, et accessoirement d'Ifio dont Yan n'avait pas voulu s'embarrasser pour la chevauchée.

C'est donc trois cents cavaliers qui s'étaient lancés dans la nuit au galop. À une telle allure, les loups noirs étaient arrivés en vue de la Sainte-Cité à peine un demi-décan après leur débarquement, sans avoir encore repéré les fuyards. Ils attendaient maintenant le rapport des éclaireurs dépêchés aux portes de la capitale.

Peu d'hommes étaient descendus de leur monture, prêts qu'ils étaient à repartir à l'instant même. Les trois cents bêtes s'ébrouaient et soufflaient en exhalant une vapeur blanchâtre. Bien que la plupart des Ramgriths soient des cavaliers émérites, la course avait été fatigante, et le plus souvent réalisée à cru. Après avoir traversé la mer Médiane dans sa grande longueur, en moins d'une décade, les insoumis auraient dû être épuisés... mais ils pressentaient tous un caractère d'urgence qui alimentait leur courage. Quelque chose dans l'air les prévenait qu'il s'agissait de leurs derniers efforts.

Tout serait fini avant l'aube.

— Je trouve la ville bien animée, commenta Yan en observant les milliers de feux que la vue leur présentait. Ça m'étonne des Ithares...

Grigán ne répondit pas, comme il se faisait la même réflexion. Peu de choses pouvaient expliquer une telle illumination des rues de la Sainte-Cité. Une très grande cérémonie religieuse. Quelques incendies. Ou encore... une bataille. Une révolte. La panique.

Les éclaireurs furent enfin de retour et les chefs des loups firent cercle autour de leurs hommes en contrôlant difficilement leur impatience.

— Les gardes des portes ont été tués, annonça gravement l'un des dépêchés. Les gens courent dans tous les sens. C'est la folie, là-bas.

— Les Yussa? vérifia Grigán.

— Sûrement, répondit l'homme en haussant les épaules.

Les chefs des loups s'interrogèrent du regard, mais leur décision était déjà prise. Ceux qui avaient mis pied à terre grimpèrent sur leurs montures et chacun empoigna son arme de prédilection, le cœur battant d'excitation. Grigán attendit que tout le monde fût prêt, leva son épée courbe et se lança à l'assaut de la Sainte-Cité avec un hurlement sauvage.

Yan et les trois cents cavaliers se ruèrent dans ses traces, reprenant son cri avec autant de force et de rage. Ils galopèrent sur plus d'un mille sans ralentir, le regard fixé sur les murs et les portes grandes ouvertes de la ville, en brandissant leurs armes et en se laissant emporter par leur enthousiasme. Grigán revit le village quesrade et le massacre qu'il avait laissé perpétrer, et fit l'analogie avec ce qu'il était en train de vivre. Le guerrier allait racheter sa faute.

Il fut le premier à entrer dans l'enceinte et les sabots de ses chevaux résonnèrent bruyamment sur le pavage des rues. Des Ithares masqués s'enfuirent à l'approche de ces Ramgriths qui semblaient aussi féroces que leurs autres assaillants. Yan à ses côtés, Grigán mena sa compagnie de plus en plus loin à l'intérieur des murs, attisant involontairement la panique des habitants pacifiques. Jusqu'à ce qu'ils trouvent enfin les premiers Yussa...

Les mercenaires finissaient de mettre à sac un temple de Dona, pendant que d'autres s'affairaient à y allumer un incendie. Grigán vit les corps ensanglantés des Maz et lança sa monture sur les marches de marbre, droit sur les pillards. Il en fit trébucher deux à son premier passage et trancha pratiquement la tête d'un autre à son deuxième. Les survivants s'éparpillèrent et les loups noirs se répandirent à leur poursuite dans toutes les rues de la ville.

Yan faisait tout son possible pour ne pas quitter Grigán des yeux. Il ne resta bientôt plus qu'une trentaine de Ramgriths dans leur groupe, les autres s'étant disséminés à chaque croisement. Les cavaliers étaient d'une terrible efficacité : chaque bande de Yussa qu'ils croisaient était immédiatement et impitoyablement taillée en pièces. Revigorés par ce renfort inattendu, quelques Ithares un peu moins pacifistes que les autres se mêlèrent bientôt aux batailles, achevant de donner l'avantage aux loups noirs.

Mais le principal souci de Grigán n'était pas encore satisfait. Abandonnant les Yussa isolés, négligeant de participer aux affrontements où les Ramgriths étaient largement dominants, le guerrier s'éloignait de plus en plus des siens, en quête d'un Aleb qu'il devinait terré quelque part dans la Sainte-Cité. Avec une certaine appréhension, Yan s'aperçut soudain qu'ils n'étaient plus que deux. Non pas que les loups noirs aient été défaits : l'avantage donné par leurs montures avait minimisé les pertes. Mais Grigán avait été si pressé de s'enfoncer dans les ruelles étroites qu'aucune escorte n'avait eu le temps de l'y suivre.

Pris d'une soudaine inspiration, il prit la direction du Grand Temple lui-même, immense bâtiment isolé au centre d'un magnifique jardin. Toujours suivi de Yan, il s'en approcha au petit trot, admirant les hautes colonnades qui en ornaient la façade... et s'interrogeant sur ce qu'elle pouvait dissimuler.

— Je sais que tu es là, Aleb, clama-t-il à la cantonade. Tu as toujours eu la folie des grandeurs !

Un esclaffement lui répondit et le roi borgne sortit de sa cachette, sa lame courbe à la main. Simultanément, dix Yussa émergèrent d'autant de colonnes et rejoignirent leur maître qui jubilait.

— Tu crois avoir gagné, n'est-ce pas ? railla Aleb. Tu t'imagines avoir sauvé la ville des « méchants » ? Tu cours au-devant d'une belle surprise. Avant un décan, toute cette région sera en flammes.

— En attendant ce moment joyeux, je te propose de finir notre duel, rétorqua Grigán en mettant pied à terre. À moins que tu ne sois trop lâche pour te mesurer à moi dans un combat loyal... As-tu goûté du venin daï, aujourd'hui ? Que cherches-tu à oublier dans la drogue, maudit ? Aurais-tu également *peur* de ton allié ?

Aleb se raidit sous cette accusation et posa sa lame contre la colonne, avant de se défaire de son manteau.

Il reprit l'arme et avança tout droit vers Grigán, qui chassa sa monture d'une claque sur la cuisse.

— Tu vas regretter ces paroles, chien, lança le roi en se mettant en garde. Tu vas même regretter d'être né un jour. Tu oublies un peu facilement que *personne* n'est sorti vainqueur du duel dont tu parles. Je maîtrise aussi bien ma lame que toi.

Il en donna la preuve en enchaînant quelques jongleries réellement impressionnantes. Yan songea qu'Aleb n'avait plus rien de l'homme malade qu'ils avaient rencontré quelques jours plus tôt : le roi détrôné était au mieux de sa forme, et semblait un adversaire suffisamment dangereux pour mettre Grigán en péril.

Les deux ennemis tournèrent l'un autour de l'autre avec des postures menaçantes et une extrême concentration. Quelques-uns des Yussa encouragèrent leur favori, mais le roi les fustigea crûment en les enjoignant au silence. Il se fendit soudain en un geste superbe et le combat commença.

Fidèle à son habitude, Grigán se contenta d'abord de parer les attaques répétées de son adversaire, reculant, esquivant et détournant la lame d'Aleb sans rien tenter d'autre, à tel point qu'un étranger aurait pu le croire dominé. Le roi lança ainsi plus de vingt assauts avant de renoncer à tromper le guerrier de cette manière. Ils se firent face de nouveau, haletants, leurs armes haut levées vers les visages ennemis.

— Tu es lent, Derkel, lança le roi sur un ton méprisant. Beaucoup plus lent qu'il y a vingt ans. Ta main te ferait-elle souffrir ?

— Probablement moins que ton œil, rétorqua le guerrier avant de feindre une attaque.

L'affrontement reprit avec encore plus de violence. Cette fois, Grigán ne retint pas son bras et lança également quelques assauts. Mais sa défense devait en pâtir et Aleb en profita pour lui entailler l'épaule avec un petit cri de victoire.

— Tu vas mourir, Derkel, jubila-t-il en prenant un peu de distance. Dis adieu à ce monde. Tu vas rejoindre ta promise !

Grigán ôta la main qu'il avait crispée sur sa blessure et planta son regard dans celui de son ennemi. Il serra la poignée de sa lame et marcha tout droit sur Aleb, sans tactique ni finesse. Le roi prit peur et recula vers le Grand Temple avant de faire signe à ses hommes d'intervenir.

Deux s'écroulèrent avant d'atteindre le guerrier, mystérieusement endormis. Grigán transperça le troisième et en poignarda un autre dans le même mouvement. En formation devant Aleb, les Yussa hésitèrent quant à la conduite à tenir, jusqu'à ce qu'une vingtaine des cavaliers ramgriths ne fassent leur apparition à l'entrée des jardins. Ils s'écartèrent alors et se dispersèrent dans la nuit.

— Tu n'inspires pas tellement la loyauté, on dirait, commenta sobrement Grigán.

— Je ne partirai pas sans toi ! hurla le roi détrôné. Meurs !

Il se jeta sur le guerrier qui esquiva d'un simple pas de côté et en profita pour faire trébucher Aleb.

— *Pied ferme*, commenta-t-il en se mettant en garde.

— Qu'est-ce que tu racontes ? cracha le roi en se redressant.

Il tenta de jouer la surprise en bondissant la lame en avant, mais Grigán lui bloqua le poignet dans un réflexe parfait.

— *Main sûre*, annonça-t-il avec fierté, avant de forcer Aleb à lâcher son arme. Tu as perdu.

— Jamais ! cria le roi en tendant la main vers sa dague.

Le guerrier ne lui laissa pas le temps de l'atteindre... Il fit un tour sur lui-même et la trajectoire de sa lame courbe passa par le cou d'Aleb. Ce qui avait été le maître des Bas-Royaumes s'écroula lourdement sur le parvis du Grand Temple, apaisé à jamais.

— Et *esprit vif*, conclut Grigán en reniflant. Tu étais tellement prévisible... n'importe lequel de mes élèves aurait pu te le montrer.

Yan s'approcha du corps avant de s'en détourner avec dégoût. Une partie de l'histoire de Grigán était morte avec Aleb. Ils pouvaient maintenant penser à l'avenir...

Des clameurs sourdes s'élevèrent soudain et ils songèrent tout d'abord qu'elles provenaient des cavaliers. Mais la vingtaine de Ramgriths ne pouvaient à eux seuls produire autant d'éclats de voix, de bruits de course et de cliquetis d'acier. En écoutant plus attentivement, ils devinèrent bientôt que le vacarme provenait de l'intérieur du Grand Temple. Ils se tournèrent vers l'édifice millénaire avec une appréhension justifiée...

— Grigán ! hurla Berec en approchant. Des guerriers, des centaines de guerriers ! Il en sort de partout !

La double porte du temple s'ouvrit avec violence et les Wallattes se ruèrent à l'assaut de la Sainte-Cité. Yan et Grigán se mirent en garde avec terreur et incompréhension.

Zamerine escortait Corenn du bout de sa *hati* sans dire un mot. D'après la Mère, le judicateur aurait pu la tuer au moins vingt fois déjà, suivant les ordres de son maître. Mais le Zü ne semblait pas si pressé d'en finir avec sa prisonnière. Corenn se laissait guider le long des bâtiments annexes au palais en s'interrogeant sur ses motivations.

Le judicateur la fit pénétrer dans un baraquement de taille honorable et Corenn comprit, en le voyant fermer les volets et allumer une lanterne sans hésiter sur leurs emplacements, qu'il s'agissait des appartements particuliers du Zü. D'un geste, ce dernier l'invita à s'asseoir et prit lui-même place dans un fauteuil austère, comme l'était tout son mobilier.

— Ne vous méprenez pas, annonça-t-il enfin, sans lâcher sa dague empoisonnée. Je n'ai aucune intention d'abuser de vous.

Corenn se garda d'abord de répondre, les raisons de Zamerine lui semblant de plus en plus obscures. Mais quand il fut évident qu'il attendait une réaction de sa part, elle s'éclaircit la gorge et se lança.

— Qu'attendez-vous de moi ? demanda-t-elle calmement.

Le Zü la fixa sans sourire, semblant hésiter encore.

— Un peu de compagnie. Une discussion entre personnes *intelligentes*. Vous n'imaginez pas à quel point il est difficile d'endurer la bêtise de ces Wallattes, avoua enfin le judicateur. Sans parler de...

Il n'acheva pas sa phrase. Corenn sentit qu'il y avait là quelque chose à creuser.

— Sans parler de... Saat ? proposa-t-elle. Ce monstre qui n'a plus rien d'humain, que l'apparence générale de son corps ? Sans parler non plus de son démon ? Vous savez, n'est-ce pas, que son prétendu ami n'est rien d'autre que le dieu que vous priez ?

— *Je* ne prie pas ce dieu, se défendit Zamerine. Zuïa est et restera la seule déesse digne de ma foi. J'espère seulement servir ses desseins à travers ma fidélité au Haut Dyarque.

— Mais de quoi parlez-vous ? Saat se fiche éperdument de la justice de Zuïa. Il va s'imposer en maître du monde connu, et là s'arrêtent ses désirs. Je ne vous crois pas assez naïf pour prétendre encore le contraire.

Zamerine ne répondit pas, se contentant de faire danser sa dague devant lui. Cet aveu muet acheva de convaincre la Mère.

— Vous avez *peur* de lui, devina-t-elle enfin. Vous avez peur et vous ne savez pas comment le fuir.

Le Zü se pencha sur son siège et pointa la *hati* à un pied du visage de la Mère. Ces paroles l'avaient piqué au vif.

— Ne vous faites pas d'illusion, lança-t-il avec une grimace malveillante. Je ne le trahirai pas. Jamais. Il m'a donné un ordre, et je l'exécuterai. Il ne tient qu'à vous de rendre cette conversation intéressante, afin de vivre plus longtemps.

Corenn soupira et s'enfonça dans son fauteuil. Une fois de plus, elle allait jouer son existence sur un simple entretien. Une joute verbale où elle partait largement perdante.

Le sol de la Sainte-Cité semblait déborder de guerriers wallattes, plus affreux et excités les uns que les autres. Les chefs ramgriths avaient promptement réagi, à l'apparition des premiers d'entre eux, en les repoussant jusque dans les caves et les puits par lesquels ils étaient sortis. Mais ces alertes s'étaient rapidement multipliées et il était devenu difficile de contenir la masse grouillante des barbares, qui montaient des égouts comme autant de rats géants et affamés.

Les Ithares s'étaient joints aux travaux de résistance en comblant les galeries par tous les moyens : certains avaient même mis le feu à leurs maisons dans l'espoir d'enfumer les envahisseurs encore sous le sol. Mais les Estiens trouvaient toujours de nouveaux accès et affermissaient leurs positions sur ceux qu'ils tenaient déjà. Un flot continu de Wallattes, Solenes, Thalittes, Sadraques, Grelittes et Tuzéens se déversait constamment dans les rues de la ville, sans qu'il semble possible de l'endiguer. Quelques incendies furent allumés dans des temples et les flammes commencèrent à se répandre le long des toits. Des dizaines de rats vampires furent lâchés par des Farikii, accroissant d'autant la panique. Les Maz qui avaient survécu aux Yussa se voyaient maintenant pourchassés par les Estiens. Les premiers massacres s'organisèrent. La cité du mont Fleuri courait à la ruine.

Yan, Grigán et quarante de leurs compagnons réussissaient difficilement à contenir les Wallattes du

Grand Temple, qui semblait la meilleure voie d'accès des barbares, tant ses niveaux souterrains étaient étendus. Les corps s'amoncelaient dans les jardins et autour de l'immense porte sans que cela décourage les envahisseurs, toujours plus nombreux et empressés à se jeter sur les lames ramgrithes.

— Nous ne pourrons pas tenir longtemps comme ça, annonça Berec en s'adossant au guerrier. Cette guerre n'est pas la nôtre, Grigán. Fuyons tant qu'il en est encore temps !

— Cette guerre *est* la mienne, rétorqua l'intéressé en pourfendant un Solene armé d'une masse. Je n'ai déjà que trop fui. *Je ne bougerai pas d'ici !*

La retraite était de toute façon impossible. Même si les loups noirs parvenaient à contenir les barbares dans le Grand Temple, ce qui serait déjà un exploit, ils finiraient tôt ou tard par être pris en tenaille. Peu désireux de mourir ainsi, Yan se pressait les méninges pour trouver une solution. Mais il n'y en avait aucune.

La barrière des Ramgriths céda moins d'un décime après, laissant soixante Wallattes supplémentaires se disperser pour participer à la destruction de la ville, avant que les loups noirs ne parviennent à endiguer le flot et à reprendre leurs positions au prix de nombreuses pertes. Ils n'étaient plus qu'une vingtaine à tenter de contenir une masse sauvage d'au moins trois cents barbares... sans compter ceux qui attendaient encore en dessous, peut-être plusieurs dizaines de milliers.

La barrière céda de nouveau et la plupart des Ramgriths furent projetés au sol et piétinés. Yan observa sans le croire les centaines d'hommes qui passèrent à côté de lui en courant et en hurlant, se ruant à l'assaut d'une ville qui n'avait plus rien pour se défendre. Il aurait voulu tendre les bras et les arrêter tous, mais c'était déjà un miracle qu'il n'ait pas été emporté par le flot... Il avait perdu Grigán de vue et s'attendait à encaisser d'un instant à l'autre un coup de hache ou de *lowa*. Il décida de mourir en songeant à Léti et se concentra sur le souvenir de la jeune femme... quand une main vint se plaquer sur le haut de son crâne pour le forcer à tourner la tête.

Les cris des Wallattes résonnaient tellement qu'il n'avait pas entendu *l'autre armée* qui venait à leur rencontre. Yan était déjà si convaincu de sa mort imminente que cette mauvaise nouvelle ne l'affligea guère. Mais Grigán avait un regard plus acéré que le jeune homme...

— Des *Arques* ! dit-il au plus près de son oreille, pour se faire entendre. Une armée entière de Nordiques barbus et impolis ! ajouta-t-il avec un sourire euphorique.

Tout un côté du jardin s'était en effet empli de guerriers chevelus et habillés de peaux de bête, qui couraient au-devant des Wallattes avec autant de rage au ventre que ces derniers. Leur foule était si dense qu'il y en avait probablement plusieurs milliers, sans compter ceux qui se battaient peut-être dans les autres quartiers de la cité.

— Ça, c'est un coup de Corenn ! ajouta le guerrier avant d'intercepter un autre ennemi.

Le choc entre les deux parties fut des plus brutaux. La foule des Estiens, beaucoup trop étirée, vint se briser sur le front arque avec une terrible violence. Les corps des Wallattes furent jetés à terre et piétinés sans que les Nordiques n'aient même eu besoin de ralentir leur course. Une bataille s'engagea rapidement entre les barbares de l'Est et ceux du Nord, pour le sort de royaumes auxquels ils étaient tous étrangers.

Yan usa de son glaive pour se frayer un chemin jusque dans les lignes arques. Quelle que soit l'issue de l'affrontement, il lui tardait de revoir un certain visage.

Main sûre, esprit vif. Léti se répétait les leçons de Grigán en jouant de sa rapière contre les Wallattes. *Pied ferme.* Non loin de là, Bowbaq empêchait les barbares de les submerger à grand renfort de moulinets de sa masse d'armes.

Ils avaient bien failli arriver trop tard. Malgré leur marche forcée, les quatre mille guerriers qu'elle avait réunis avec Osarok et l'aide du clan du Faucon venaient seulement de parvenir à Ith, alors qu'un tiers de la ville au moins était déjà sous les flammes. Trop de Wallattes s'étaient répandus dans les rues et dans les temples, alors qu'ils avaient espéré pouvoir les piéger dans leur maudit tunnel. Avant de songer à les repousser sous le Rideau, il faudrait donc commencer par reprendre le contrôle de la cité.

Les préoccupations de Léti étaient pourtant à mille lieux de là. Elle combattait avec beaucoup d'application, mais son esprit errait sur les visages et les silhouettes, en quête de l'une ou l'autre des formes espérées.

Dire qu'elle avait été surprise de sa rencontre avec des Ramgriths serait encore trop peu. Mais quand elle avait appris qu'ils étaient menés par un certain Grigán Derkel, accompagné d'un jeune homme à la mèche blanche et possédant un petit singe... elle avait cru défaillir. Ainsi, Yan et Grigán étaient à Ith, quelque part dans cette folie ! L'un des loups noirs avait désigné le Grand Temple et les chefs de clan s'étaient aussitôt portés dans cette direction, comme l'endroit semblait un haut lieu stratégique.

Léti était des plus anxieuses. Étaient-ils toujours en vie ? À quel endroit ? Une sueur froide l'envahissait chaque fois qu'elle songeait au drame que serait la découverte de leurs cadavres. Aussi s'acharnait-elle à l'affrontement avec le désespoir des causes perdues. *Main sûre, pied ferme...*

... *Esprit vif...* Grigán frappait et bataillait comme un véritable loup enragé. Les Arques et les Ramgriths survivants étaient en train de reprendre le dessus, après une lutte de plusieurs décimes. C'est-à-dire qu'ils commençaient à se rapprocher suffisamment du Grand Temple pour bientôt pouvoir prétendre endiguer le flot des Wallattes... ce qui serait beaucoup plus facile qu'auparavant, avec le renfort des Nordiques.

La plupart des belligérants s'étaient réunis sur le mont Fleuri, au fur et à mesure que la ville se libérait. Grigán avait ainsi tiré quelques informations de ses hommes : la majorité des accès importants aux égouts ayant été comblée, il ne restait plus que trois poches de résistance des Wallattes, dont celle du Grand

Temple. S'ils parvenaient à repousser cette dernière ligne sous terre et à tenir jusqu'à l'aube... ils pourraient alors consolider leurs positions et réfléchir à une contre-attaque pour libérer les égouts de la ville.

Le guerrier s'éloigna de la zone des affrontements pour prendre un peu de repos. La domination des Arques se faisait maintenant assez prononcée pour qu'il puisse se le permettre. Et c'est ainsi, en promenant son regard sur le champ de bataille, qu'il aperçut un personnage dont la silhouette lui était familière. Il n'eut pas besoin de s'y prendre à deux fois pour le reconnaître : la haute stature du géant était presque aussi identifiable que son visage.

— Bowbaq ! appela-t-il en courant vers lui.

Le géant se retourna, prêt à repousser un nouvel assaut, avant de réaliser que cet appel ne pouvait provenir d'un ennemi. Il ouvrit en grand ses yeux ronds et serra le guerrier contre sa poitrine dès que celui-ci arriva à sa portée.

— Mon ami, mon ami ! répétait-il, d'une voix rieuse, sans savoir quoi dire d'autre, tellement il avait de choses à raconter.

— Ta famille, Bowbaq ? Ta famille va bien ?

— Très bien, mon ami... Ils vont tous très bien...

— Et moi, alors ? râla une voix féminine.

Grigán se dégagea doucement de l'étreinte affectueuse et se tourna vers Léti qui venait d'apparaître dans son dos. La jeune femme était en nage, épuisée, souffrait de quelques blessures mais son sourire ridiculisait même celui de Dona. Elle tomba dans les bras du guerrier en soupirant de soulagement.

— Et Yan ? s'enquit-elle aussitôt. Où est-il ?

— Je ne sais pas, avoua le guerrier à regret.

— *Léti !* appela soudain une voix, qu'ils reconnurent pour être celle du jeune homme. Léti !

Perdu dans la bataille, à la lisière des affrontements, Yan n'avait pu retrouver les siens qu'au moment où les choses se calmaient. Comme Grigán, il avait d'abord repéré la haute silhouette de Bowbaq avant d'apercevoir ses autres amis.

Le jeune homme arriva en boitillant et en maintenant serré un garrot sur son bras. Léti courut à sa rencontre et lui sauta joyeusement au cou, avant de l'embrasser si tendrement que Yan se demanda comment il avait pu se passer de cela si longtemps.

Ils se tinrent serrés l'un contre l'autre en se balançant doucement, goûtant la joie de leurs retrouvailles.

— Nous ne nous séparerons plus jamais, promit Yan en caressant les cheveux de sa promise. Je te veux en Union.

— Oh ! Yan, mon Yan... annonça Léti, en proie à des émotions contraires. Tante Corenn est prisonnière de Saat... Lana et Rey aussi...

Le jeune homme se tourna gravement vers Grigán, à qui Bowbaq venait de faire les mêmes révélations. Ils se firent raconter l'affaire et méditèrent sur ses détails.

Le guerrier contempla la défense que les Arques étaient en train de mettre en place. Ils avaient partiellement pu sauver Ith... pour cette nuit, tout au moins. Mais combien de guerriers wallattes attendaient encore dans ce prodigieux tunnel ? Pouvaient-ils prendre le risque de les voir resurgir de nouveau ?

— Corenn est à l'autre bout de cette galerie, résuma le guerrier avec un sourire étrange. Le tout est de pouvoir l'emprunter... Bowbaq, tu sais qui dirige cette armée de braillards ?

Les deux hommes s'éloignèrent en direction des chefs de clan, laissant Yan et Léti profiter d'un petit moment tranquille... avant la reprise des hostilités.

Sorcier ou pas, Adversaire ou pas, Grigán leur avait communiqué son envie de refouler les Wallattes jusque derrière le Rideau.

Lana sanglotait sur le lit drapé de sa cellule. Jamais son moral n'avait été aussi bas. Elle était seule. Tous ses amis étaient morts, ou sur le point de l'être. L'enfant qu'elle portait ne verrait jamais le jour. Et elle-même périrait dans un avenir proche, après avoir connu d'indicibles tourments.

Sans la vie qu'elle portait dans son ventre... la Maz aurait peut-être songé à précipiter l'irréparable. Mais la Morale réprouvait de tels agissements, et Lana n'imaginait même pas de manière de s'y prendre. Sa cellule, assez luxueuse finalement, propre, calfeutrée, n'offrait aucun objet assez contondant pouvant servir à un suicide. Et cet enfant était désormais son unique raison de s'accrocher à la vie, la seule chose qui pouvait l'obliger à entretenir l'espoir, même déraisonnable, que la situation pouvait être changée.

Elle se redressa enfin, la tête lourde, et s'absorba dans une fervente prière à Eurydis qu'elle répéta et répéta inlassablement. C'est peut-être grâce à son recueillement qu'elle put entendre jouer le verrou de sa porte : à moins que la déesse, touchée par tant de dévotion, ne se soit penchée sur ses malheurs.

Terrifiée, Lana souffla sa bougie et se rendit à l'autre extrémité de la chambre, pendant que la porte s'entrebâillait lentement. La lame d'un poignard fut la première chose à se présenter et la Maz étouffa un cri, alors que ses membres se mettaient à trembler. La porte s'ouvrit plus grand et la reine Chebree pénétra dans la pièce, à pas de loups, avant de se diriger tout droit vers le lit.

Lana ne perdit pas de temps à juger de ses intentions et se précipita à l'extérieur en tirant la porte derrière elle. Ce fut pourtant insuffisant à la refermer, car Chebree se lança à sa poursuite avec un râle de frustration. Lana passa une nouvelle porte et prit bien garde cette fois de la claquer complètement. Le temps que la reine wallatte aille quérir ses clés et dégage l'ouverture, la Maz avait pris quelques décilles d'avance.

En s'élançant à l'air libre du camp de Saat, elle se mit à prier qu'elles seraient suffisantes.

— Zamerine... Quelle est donc toute cette agitation, dehors ?

Sans lâcher Corenn des yeux, le judicateur se rendit à une proche fenêtre et en repoussa négligemment le volet. Les clameurs qu'ils entendaient depuis un bon moment se firent alors plus fortes et le visage du Zü trahit sa curiosité.

— Si vous tentez quoi que ce soit, je vous envoie dans les marais du Lus'an, prévint-il en entrebâillant sa porte.

La Mère se le tint pour dit et se contenta de se pencher légèrement pour avoir une brève vision de l'extérieur. Le spectacle fit bondir son cœur dans sa poitrine : elle avait eu le temps d'apercevoir plusieurs dizaines de guerriers courant en direction de l'est, *exactement comme s'ils fuyaient.*

Zamerine interpella l'un d'entre eux et l'homme ne le rejoignit qu'à contrecœur, parce que le judicateur s'était taillé une réputation d'impitoyable. Il répondit nerveusement à quelques questions sur le seuil de la porte avant de reprendre sa course intrigante.

— Que se passe-t-il ? osa demander Corenn, qui n'avait rien saisi de cet entretien en wallatte.

Le Zü dédaigna répondre et vint reprendre sa place dans son fauteuil, l'air soucieux. En l'examinant un peu mieux, la Mère le trouva même *abattu.*

— L'armée de Saat est en déroute, n'est-ce pas ? s'enquit-elle sans oser y croire. Ils n'ont pas réussi à prendre Ith ?

— Gors est un incapable, commenta Zamerine d'un air méprisant. Il n'a aucune idée de la discipline. Je parie qu'il a laissé tous ces idiots se ruer n'importe comment dans la cité.

Corenn déglutit bruyamment, comme ce commentaire confirmait son espoir. Cela faisait plus d'un décan qu'elle s'entretenait avec le judicateur, de Saat, de magie, de loyauté et de stratégie. Jamais elle n'aurait une meilleure occasion de mettre à profit tout ce qu'elle avait appris à son sujet.

— Pourquoi fuient-ils ? demanda-t-elle doucement. Sont-ils pourchassés ?

— Des *Arques*, lâcha le Zü en soupirant. Des Arques poussent des chariots enflammés dans le tunnel, de telle manière qu'on ne puisse les retourner contre eux. La nouvelle s'est répandue dans toute la galerie et l'arrière-garde est en train de se disperser.

Corenn bloqua sa respiration pour mieux contrôler son allégresse. Malgré l'immense soulagement qu'elle ressentait alors, il lui fallait éviter de provoquer le judicateur. La situation requérait beaucoup de délicatesse...

— Songez-vous à la défaite ? Je ne pense pas que vous ayez mérité une telle humiliation. Vous ne méritez pas d'être entraîné dans la folie de Saat...

— La *défaite* ? De quoi parlez-vous ? s'emporta le Zü. Je vais prendre le commandement de cette armée de brutes et organiser nos défenses. Je peux, moi aussi, me montrer très ingénieux. Les Arques n'ont pas encore envahi Wallos !

Mais malgré cette diatribe, Zamerine ne fit aucun geste pour courir au sauvetage du camp. Le tueur semblait vieux, las et fatigué. Au contact de Saat, son âme s'était recroquevillée sur elle-même.

— *Trahissez-le*, attaqua Corenn. Trahissez-le, et vous regagnerez votre liberté. Il ne tient peut-être qu'à vous de sauver cette armée et de mettre à mal les Hauts-Royaumes. Mais vous plaira-t-il de passer le reste de votre existence dans l'ombre de ce démon ? Souffrant ses colères, ses caprices et ses moqueries comme si vous n'étiez pas vous-même digne d'être respecté ?

Le Zü contempla la pierre de Dara quelques instants, en rêvant à ce qu'il était *avant*. Un homme craint et puissant dans la totalité des Hauts-Royaumes. La fierté de ses supérieurs et un modèle pour ses subordonnés.

— Pouvez-vous me garantir liberté et immunité ? demanda-t-il en baissant sa garde.

— Elles vous seront déjà acquises à Kaul, promit Corenn. Et je me battrai personnellement auprès de toutes les cours pour les obtenir dans chaque royaume.

— Je ne vous rendrai pas *ceci*, prévint-il en élevant le morceau de gwele. Jamais.

— Je vous l'offre. Notre affaire est-elle entendue ?

Zamerine acquiesça lentement, et Corenn bondit hors de son fauteuil pour observer les événements de l'extérieur.

— Je ne vous quitterai pas d'une semelle, avertit le Zü. Mon destin est lié au vôtre, maintenant.

La Mère le rassura d'un geste et revint vers lui quand elle en eut vu assez.

— Nous ne pouvons pas rester ici, c'est trop dangereux. Saat va envoyer quelqu'un vous chercher. Savez-vous où est enfermé Reyan ?

— Dans les arènes, répondit simplement le Zü.

Après quelques instants de silence, il comprit enfin ce que l'on attendait de lui et entraîna la Mère à l'extérieur.

Le tunnel creusé par Saat était étouffant de chaleur et de puanteur. Son irrégularité causait aussi parfois quelques problèmes : les caristes peinaient alors à surmonter une bosse, un virage, une descente ou une pente trop accentuée. Une bonne partie de l'itinéraire empruntait des galeries naturelles à peine aménagées, et c'était sur ces distances que les chariots enflammés avaient le plus de difficultés à avancer.

Les Arques les avaient fabriqués en hâte, au début même du tunnel, après avoir repoussé les Wallattes au-delà de ce point. Seul le premier de la file était incendié : quand les flammes n'étaient plus assez hautes, il était démantelé et l'armée continuait d'avancer derrière la protection d'un autre brûlot. Ils en étaient ainsi à leur quatrième assemblage et trois autres encore attendaient de pouvoir servir.

En s'organisant un peu, les Wallattes auraient pu contrer la progression de ces véhicules brinquebalant, ne serait-ce qu'en multipliant les obstacles sur sa route. Mais la panique engendrée par le feu les poussait à fuir au plus loin, et sans merci pour ceux qui se trouvaient devant eux. L'armée arque dépassait donc régulièrement des cadavres noircis et piétinés de barbares malchanceux... morts sans même avoir pu combattre.

Quelques-uns parvenaient à résister au passage du chariot, en se glissant dans une faille ou une cuvette : ceux-là se rendaient aussitôt à leurs vainqueurs du mont Fleuri et étaient escortés jusqu'à la Sainte-Cité. D'autres, dissimulés dans des galeries parallèles, lançaient parfois un assaut aussi bref que violent, avant de périr sous les coups des guerriers nordiques. Pratiquement en tête de colonne, avec Bowbaq, Yan et Grigán, Léti songea que cette reconquête du Rideau s'annonçait sous les meilleurs auspices. Restait à espérer qu'aucune mauvaise surprise ne les attendait de l'autre côté...

— J'ai besoin de ton aide, mon ami. Tu es Celui qui Vainc, et j'ai besoin de toi.

Sombre ne répondit pas à l'appel et se retourna sur son autel. Le dieu était préoccupé.

— Entends-moi, Sombre, insista le Haut Dyarque. Une armée marche sur nous. Tu dois l'arrêter.

— Pourquoi avoir épargné la Maz ? se révolta soudain le démon. C'est une héritière. Elle porte un enfant.

Saat hésita un instant. L'affaire avait troublé son allié plus qu'il ne l'aurait cru. Au moment où il n'avait jamais eu autant besoin de lui !

— Je la tuerai avant l'aube, promit le Haut Dyarque.

— Trop tard. Elle s'est échappée. Chebree la poursuit.

Saat laissa passer un nouveau silence. Son attention était tellement sollicitée qu'il ne pouvait tout surveiller. Voilà pourquoi il avait besoin d'alliés et de capitaines !

— Tu me refuses ton aide ?

Le démon grogna et se renfonça dans les ténèbres. Il connaissait le doute. Il fallait qu'il réfléchisse.

— Essaye de ne pas oublier *qui* t'a créé, lança Saat en quittant son esprit. C'est moi, ton père, ton frère, ta conscience, ton seul ami. Essaye de ne pas oublier ça.

Sombre grogna encore en essayant de contenir sa colère. Il était Celui qui Vainc. Il n'avait besoin de personne.

Le camp était en effervescence. Des guerriers couraient dans tous les sens, sans raison apparente. Il était aisé de deviner ce qui motivait les fuyards, mais les autres ?

Zamerine escortait Corenn en feignant de la menacer de sa dague. Ils se rapprochèrent à moins de cent pas des baraquements des esclaves et, au vacarme qui en montait, purent se faire une idée de l'agitation qui y régnait. Le Zü emmena prestement la Mère et ils pénétrèrent dans les bâtiments annexes aux arènes.

Peu des cellules étaient occupées. Corenn contempla les minuscules pièces sans aménagement et ressentit de la compassion pour l'acteur qui y avait passé plus d'une décade. Zamerine dépassa cinq de ces geôles avant de déverrouiller la porte de la sixième. La faible lueur de leur lanterne ne suffit pas à éclairer les ténèbres de la prison, et la Mère se résolut à appeler.

— Reyan ?

— C'est *Rey*, par tous les dieux, râla une voix déformée par les privations.

Il se passa quelques instants avant que des mouvements ne se fassent entendre à l'intérieur de la geôle, et qu'une tête blonde, hirsute et mal rasée vienne se placer dans la lumière.

— Corenn ? Vous faites partie de l'armée de Saat ? plaisanta l'acteur, pour masquer son trouble.

La Mère l'aida à se redresser et le prit un instant dans ses bras, avant de l'entraîner vers la sortie. Rey observa avec étonnement le judicateur leur emboîter le pas. Tout cela ressemblait beaucoup à un rêve éveillé.

Mais le rêve devint cauchemar quand ils trouvèrent fermé l'accès à l'extérieur. Zamerine eut beau jouer de ses clés, rien n'y fit.

— Elle est bloquée. Passons par les arènes.

Ils remontèrent tout le couloir et en empruntèrent deux autres avant de se retrouver à l'air libre, au bord de l'hémicycle construit pour les massacres organisés de Saat. Dyree se tenait au milieu du cirque et attendait patiemment. Il changea de position quand il les vit et tira sa *hati*.

— C'est Saat qui t'envoie, n'est-ce pas ? lança Zamerine, une fois la surprise passée.

L'assistant se contenta de répondre par un sourire en coin et s'avança tranquillement vers les fuyards. Son visage était peint du motif du crâne. Le judicateur communiqua bientôt sa peur aux héritiers...

— Suis-moi, Dyree, proposa le Zü. J'ai toujours été loyal envers toi. L'armée est en déroute, la défaite est proche. Suis-moi et nous bâtirons notre propre empire.

L'assistant s'arrêta à trois pas et leva sa dague en un geste de défi. Le judicateur fit mine de se détourner vers les geôles avant de dégainer sa propre lame et de bondir sur l'assassin. Dyree l'esquiva sans difficulté et planta sa *hati* dans l'œil de son ancien maître, jusqu'à la garde.

Le corps de Zamerine reposa de manière grotesque, comme si le judicateur était mort agenouillé. Corenn se détourna avec une expression de dégoût. Dyree se pencha sur le cadavre, y préleva la pierre de Dara et vint se poster à trois pas de Rey, avant de lui faire signe d'avancer.

Lana sentait le sang lui battre les tempes, comme elle courait et courait encore, sans que Chebree ne lui permette de ralentir. Elles avaient quitté les abords du tunnel depuis plusieurs milles, pour traverser ensuite ce qui avait été les cantonnements de l'armée estienne pendant quelques lunes. Elles avaient croisé des centaines de guerriers sans qu'aucun ne se soucie d'elles. Elles avaient traversé des bosquets, des champs de manœuvre, des terrains d'exercice, sans que l'une ou l'autre ne gagne du terrain sur son adversaire.

Lana voyait pourtant ses forces faiblir. D'un moment à l'autre, elle allait trébucher et s'écrouler, et sa poursuivante n'aurait plus alors qu'à se baisser pour la poignarder. Il suffisait d'écouter les menaces qu'elle lançait ponctuellement pour perdre toute incertitude quant à ses intentions... aussi Lana puisait-elle dans ses dernières ressources, pour tenter d'échapper à l'Emaz qui semblait habitée par son propre démon.

Rey se baissa lentement pour ramasser l'arme de Zamerine, mais Dyree le lui interdit avec un petit signe de tête. L'assistant recula jusqu'au centre de l'arène et lui indiqua d'avancer. Rey s'exécuta lentement, comme il n'avait pas d'autre choix.

— Vous savez ce que je n'aime pas chez les Züu ? brava l'acteur. C'est que vous n'avez aucun humour. *La déesse, le jugement de la déesse...* Il n'y a que ça qui compte pour vous. Je pense que c'est la preuve flagrante d'une étroitesse d'esprit, proche de la stupidité.

Dyree se fendit d'un nouveau petit sourire en coin, sans cesser de lui faire signe d'avancer. Rey prit une direction circulaire mais l'assistant hocha la tête d'un air moqueur.

— Pourtant, reprit l'acteur, vous avez tout ce qu'il faut pour faire un parfait bateleur. Une tunique rouge, ça n'est pas si commun, n'est-ce pas ? Et ces peintures sur le visage... On devrait créer une nouvelle catégorie d'amuseurs, rien que pour vous classer.

L'assistant acquiesça avec un léger mépris, et Rey s'arrêta soudain en lui montrant ses mains vides. Dyree tira une dague de facture commune de sa ceinture et la jeta aux pieds de l'acteur. Il rengaina sa propre *hati* et se tint face à son adversaire, les mains dans le dos.

— C'est toi le meilleur, n'est-ce pas ? devina Rey en ramassant l'arme. C'est toi l'élite de toute votre bande de tueurs rouges ?

Dyree acquiesça franchement cette fois, avant de fermer les yeux et de faire signe à Rey d'avancer. Cinq pas séparaient les deux adversaires. Jamais l'acteur n'aurait le temps de frapper avant que l'autre ne brandisse son arme...

Sans un bruit, Rey leva le bras et projeta la dague en direction de l'assassin.

Dyree rouvrit les yeux juste à temps pour voir l'arme s'enfoncer dans son cœur. Son maquillage en forme de crâne s'anima quelques instants sans qu'il réussisse à émettre un son. Il s'écroula finalement en silence, à genoux, les yeux levés vers les étoiles.

— C'est toi le meilleur, commenta Rey en ramassant la *hati* et la pierre de Dara, mais c'est moi le plus malin. *Et* le plus drôle. Tu n'es pas d'accord ?

Malgré ses airs bravaches, l'acteur se sentait fébrile, tellement il avait craint pour sa vie. Corenn le rejoignit rapidement et s'empara d'une arme à son tour.

— Et si nous allions libérer tous ces esclaves ? proposa Rey en se dandinant. Nous avons ici suffisamment de clés pour ouvrir une serrurerie... et j'ai toujours attaché beaucoup d'importance à la liberté, ajouta-t-il plus sérieusement.

— C'est exactement ce que j'allais proposer, annonça Corenn. Il est temps de semer un peu de pagaille dans les plans du Haut Dyarque.

Lana se fit toute petite dans sa cachette, en espérant ne pas avoir été repérée. Elle guetta la course de la reine wallatte avec une peur justifiée. Si Chebree l'avait vu entrer dans cet hangar, la Maz allait avoir de gros ennuis...

Et comme elle l'avait craint, sa poursuivante se rendit tout droit à l'intérieur de l'entrepôt. Les Wallattes y gardaient des vivres, du linge et quelques outils, mais c'était derrière un groupe de tonneaux que Lana avait décidé de se cacher. Elle retint sa respiration pendant que la reine explorait les lieux, craignant de se dévoiler par un simple soupir.

Chebree passa plusieurs fois à moins de cinq pas de sa tête sans l'apercevoir. Mais cette chance n'allait certainement pas durer : à force de regarder avec toujours plus d'attention, la reine allait finir par la trouver. Aussi Lana se résolut-elle à se dévoiler et, quand elle jugea le moment idéal, bondit-elle pour une nouvelle course vers la sortie.

La reine se lança aussitôt à sa poursuite et elles bousculèrent plusieurs caisses, tables et étals dans un vacarme épouvantable. Gênées par l'obscurité, elles trébuchèrent dans plusieurs obstacles et Chebree poussa même un cri de douleur au-dessus de tout ce fracas.

Lana ne ralentit qu'après avoir atteint la lisière des arbres, où elle était en relative sécurité puisque dissimulée à la vue de sa poursuivante. Elle attendit un bon moment en surveillant l'entrée du hangar, mais Chebree n'en sortit pas. Le cœur battant, elle revint alors sur ses pas et tendit l'oreille.

La reine wallatte pleurait. Ses sanglots étaient si sincères et si profonds qu'on les entendait de l'extérieur. Lana en fut bouleversée. Dans l'enseignement d'Eurydis, quiconque éprouvait de la souffrance pouvait connaître le repentir. La Maz s'avança jusqu'à la porte et essaya de localiser sa poursuivante.

— Je suis *là*, cracha une voix déformée par les larmes. Achève-moi vite, c'est tout ce que je te demande.

— Je ne vous ferai aucun mal, assura Lana en s'approchant. Vous êtes blessée ?

— J'ai la jambe coincée sous une table, répondit la voix aigre. Comme si tu ne le voyais pas !

— Pourquoi me poursuivez-vous ? reprit la Maz. Pourquoi me porter autant de haine ?

— Parce que tu es une de ces damnées héritières ! éclata la reine wallatte en sanglotant. Et que Saat va chercher à avoir un enfant avec toi !

L'image choqua Lana, avant qu'elle ne fasse le rapprochement avec la prophétie des Ondines. Saat voudrait être *le père de l'Adversaire* ?

— Vous l'aimez ? demanda-t-elle à la blessée.

— Il me répugne, avoua une Chebree larmoyante. Mais c'est ma seule chance de me faire une place parmi les vainqueurs. Saat veut ce fils plus que tout au monde... et je veux être la seule à le lui donner.

Lana hésita un instant avant de poser la question.

— Vous portez *déjà* cet enfant ?

Elle vit la reine acquiescer dans la pénombre, sans être tout à fait sûre qu'il s'agissait d'un « oui ».

— Vous n'avez rien à craindre de moi, assura Lana. L'enfant que vous portez sera peut-être le sauveur de l'humanité. Enfuyez-vous loin d'ici et préservez-le de gens comme Saat. Puisse l'enseignement de la Sage vous être profitable...

— Que Sombre t'emporte ! lança la reine dans un dernier accès de haine, alors que la Maz s'éloignait.

Lana respira l'air de la nuit et soupira pesamment. Elle contempla ses pieds meurtris et reprit la direction du sud, vers le danger, vers le Haut Dyarque, vers Rey.

La confusion dans le camp wallatte était totale. Les milliers d'esclaves libérés par Rey et Corenn qui ne s'étaient pas enfuis s'étaient jetés sur leurs oppresseurs, déboulant du tunnel en un flot continu. Un terrible massacre se perpétrait sur les pentes du Rideau, et ceux qui en réchappaient étaient rattrapés et combattus un peu plus loin.

Les choses furent pires encore quand l'armée arque atteignit enfin ce versant, refoulant devant elle les ultimes rescapés des compagnies barbares. Désormais certains de ne pas être pris en tenaille, les anciens esclaves se lancèrent sur les traces des fuyards avec une rage meurtrière, abandonnant peu à peu le camp ravagé et les milliers de corps qui en jonchaient le sol.

Yan soupira de soulagement en émergeant à l'air libre. Le tunnel de Saat lui rappelait trop les galeries sombres et hostiles du Jal'karu. Les brûlots poussés par les Arques avaient encore accentué la ressemblance, et le jeune homme se serait cru par moments près du lac aux Murmures, sur le point d'écouter une Vérité des Ondines. Quelques regards échangés avec Léti l'avaient convaincu qu'elle partageait la même impression.

Les jeunes Kauliens, accompagnés de Grigán et Bowbaq, contemplaient la démesure du camp de leur ennemi. Il y avait là des bâtiments si grands qu'ils pouvaient rivaliser avec les palais des princes goranais, dont une sorte de cirque et une gigantesque pyramide qui ne pouvait être que le temple de Sombre. Plus loin, au pied des collines, reposaient une vingtaine de monticules de pierre arrachée à la montagne. Les restes des compagnies wallattes les gravissaient alors, pourchassés par leurs anciens esclaves supérieurs en nombre. D'autres clameurs provenaient du nord, où les affrontements étaient tout aussi violents. Toute la région serait bientôt transformée en champ de bataille et dévastée comme Saat projetait de le faire de la Sainte-Cité.

Le regard de Yan revint jusqu'au bord de la pente. Un incendie ravageait plusieurs dizaines d'énormes baraquements, faisant monter des flammes si hautes qu'elles en éclairaient toute la nuit. Une foule de deux ou trois cents miséreux s'acharnaient à y précipiter leurs anciens geôliers züu. Les assassins rouges poussaient des cris déchirants quand le brasier les avalait, mais même le sentimental Yan n'arrivait pas à les prendre en pitié.

Dans le dos des héritiers, les guerriers arques organisaient leur défense avec le reste des cavaliers ramgriths. L'armée wallatte semblait bel et bien défaite, mais un capitaine plus audacieux que les autres pouvait très bien lancer une contre-attaque et reprendre le contrôle du tunnel... Ces soi-disant « barbares » savaient qu'il leur faudrait tenir jusqu'à l'arrivée des compagnies loreliennes et goranaises, qui ne manqueraient pas de descendre du val Guerrier. Personne ne pouvait parier sur l'avenir, mais voir travailler de concert le jeune Osarok du clan de l'Érisson et le vieux Berec des loups noirs avait quelque chose de rassurant.

— Corenn ! s'exclama soudain Bowbaq. Corenn et Rey arrivent !

Avant même que ses compagnons aient pu se retourner, le géant descendait déjà vers leurs amis. La Mère et l'acteur étaient escortés par quatre guerriers arques à qui ils s'étaient réclamés de Bowbaq. Le géant bondit pratiquement dans leurs pieds avant de les attraper chacun sous un bras, et de les faire tourner selon son habitude.

— Pas si vite, supplia Rey avec une voix déformée par l'émotion. Ce petit séjour au cachot me fait l'effet d'une sacrée gueule de bois...

Yan, Grigán et Léti arrivèrent peu après, affichant des sourires à faire pâlir la lune d'envie. La jeune femme se pendit au cou de sa tante pendant un long moment, avant de céder la place à Grigán qui serra Corenn contre son cœur. Yan rit à chacune des plaisanteries de Rey, trop heureux de pouvoir les entendre encore. La Mère adressa un simple clin d'œil au jeune homme avant de se jeter finalement dans ses bras. On s'embrassait, on riait, on avait les larmes aux yeux... Les héritiers avaient tant et tant de choses à se raconter qu'il leur faudrait probablement toute la vie pour cela, et ce serait encore insuffisant à traduire toute leur émotion et leur soulagement de se retrouver ensemble, vivants et victorieux de toutes ces épreuves. Au Jal'karu, ils s'étaient séparés déçus et désespérés, et avaient cru alors à la fin des héritiers : ils n'en ressentaient maintenant que plus de joie, et se voyaient transportés par un élan d'optimisme.

Malheureusement, il manquait encore quelqu'un à l'appel. Chacun y songeait sans vouloir en parler encore, sans vouloir *déjà* rappeler aux héritiers que la guerre n'était pas terminée pour eux...

— Où... où est Lana ? finit par demander Rey.

Toute la magie de l'instant disparut. Les amis de l'acteur échangèrent des regards embarrassés. La Maz avait quitté le village du Renne en compagnie de Corenn... Si la Mère n'en avait pas parlé à Rey, c'est qu'elle détenait probablement une mauvaise nouvelle.

Comprenant qu'on lui cachait quelque chose, l'acteur tourna lentement des yeux tristes vers la Kaulienne.

— Elle est sûrement en vie, affirma Corenn. Saat voulait la joindre à... Eh bien, il voulait la joindre à... à son harem.

Une ombre passa sur le visage de Rey. Il courba l'échine et se recueillit quelques instants, avant de se retourner sur le camp dévasté. Puis sa main se crispa sur la poignée de sa *hati* et il commença à descendre vers le palais de Saat.

— Restez ici ! ordonna Grigán. Dans moins d'une heure, nous serons suffisamment organisés pour donner l'assaut !

— Lana n'a peut-être pas une heure devant elle ! lança l'acteur sans se retourner.

— Rey, attends !

Yan n'eut aucun mal à rattraper son ami, qui consentit à s'arrêter quelques instants. Le jeune homme était déchiré par l'abattement de l'acteur. Il n'avait aucune peine à se mettre à sa place. S'il s'était s'agit de Léti, Yan aurait déjà dévalé la montagne pour défier le sorcier bicentenaire...

— Saat est trop fort pour nous seuls. Corenn m'a enseigné la magie ; je sais de quoi je parle.

— Il a raison, intervint la Mère. Les pouvoirs du Goranais sont immenses, comparés aux nôtres. Nous aurons bien besoin d'une compagnie de guerriers pour le déloger de ses murs.

— Saat est *mortel*, comme n'importe lequel d'entre nous, rétorqua l'acteur. Il doit payer pour ses crimes.

— Personne ne vous dit le contraire, s'emporta Grigán, mais laissez-nous au moins le temps de prendre quelques précautions ! Vous n'en avez pas assez de toujours plonger dans la gueule du loup ?

— Ça nous a plutôt réussi, jusqu'à présent... intervint Léti à la surprise générale. Il faut aller chercher Lana !

L'acteur remercia la jeune femme d'un clin d'œil, et cette dernière vint se poster à ses côtés. Tous deux commencèrent à descendre vers le palais, avec un signe invitant leurs amis à les suivre. Yan ne connut qu'un moment d'hésitation avant de rejoindre sa promise. Il s'était juré de ne plus jamais la quitter, fut-ce au prix de sa vie !

— Mais... Saat est un sorcier ! lança Bowbaq d'une voix inquiète. Nous ne pouvons rien contre lui !

— Les pierres de Dara nous protègent de sa magie, affirma Rey. Je le sais ; j'en ai fait l'expérience.

Même cette bonne nouvelle n'arrivait pas à faire taire la peur qui montait en Yan. Il avait affronté les malfrats de la Grande Guilde, les Züu, les Yussa du roi Aleb et les barbares wallattes ; il avait côtoyé les spectres de Romine, le dieu Usul et même un avatar du démon Sombre, mais tout cela lui paraissait presque bénin alors qu'il se dirigeait vers la masse sombre qu'était le palais de Saat.

Car le sorcier était d'une intelligence cruelle, bien plus terrible que celle de ses alliés.

— Attendez-moi ! ordonna soudain Grigán.

Yan s'arrêta aussitôt, obligeant ses compagnons à en faire autant. Le guerrier disparut une décille avant de revenir dévaler la pente jusqu'à ses protégés, sa lame courbe déjà tirée du fourreau.

— Ils lanceront un assaut dès que le reste du camp sera sous contrôle, annonça-t-il d'un air contrarié. Voilà ce que je vous propose : nous faisons une entrée discrète en cherchant *seulement* à retrouver Lana. Pour le sorcier, il sera toujours temps plus tard.

— Sans compter qu'il s'est peut-être déjà enfui, remarqua Léti.

— Mouais. Je ne parierais pas ma vie là-dessus...

Le guerrier se tourna vers Corenn et Bowbaq pour leur adresser un dernier salut, mais il découvrit avec surprise que tous deux étaient en train de les rejoindre.

— Si tout le monde y va, alors j'y vais aussi, annonça le géant.

— Je n'aurais pas mieux dit, ajouta Corenn. Nous avons toujours tout traversé ensemble... autant finir ce que nous avons commencé. Il n'y a qu'un problème, ajouta-t-elle très sérieusement. Je n'ai plus ma pierre de Dara.

— De toute façon, commença Grigán, j'aimerais autant vous savoir en séc...

— Il n'est pas question que je reste ici en vous sachant tous là-bas, trancha la Mère. Je voulais seulement vous prévenir. Maintenant, en route !

Ils firent quelques pas encore avant que Yan ne fisse de nouveau s'arrêter le groupe.

— Prenez ma pierre, décida-t-il en lui tendant l'objet. Vous en avez plus besoin que moi. Saat cherchera surtout à vous atteindre, vous, les héritiers... Il y a une petite chance pour qu'il ne s'occupe pas de moi.

— C'est absolument hors de question, s'offusqua Corenn.

— Oh, ma tante, laisse un peu les autres avoir raison, pour une fois ! répliqua Léti.

Elle saisit la pierre du jeune homme et la flanqua d'autorité dans la main de la Mère, avant de revenir planter un tendre baiser sur les lèvres de Yan. Ce dernier ne regretta pas son acte de courage.

Pourtant... quelques décilles plus tard, alors qu'ils atteignaient enfin les premières marches menant aux portes de la forteresse... Yan se sentit bien démuni, en songeant à la terrible puissance que le sorcier avait dû tirer du Jal'karu.

Le *Tol'karu* s'élevait à la lisière du camp ravagé avec une arrogance indécente. Seul ce bâtiment et le Mausolée de Sombre avaient échappé aux incendies et à la destruction de tout ce qui avait été le repaire de Saat. Des milliers de corps reposaient depuis la montagne jusqu'à ces sombres constructions, et pas moins d'une centaine de cadavres jonchaient les marches même du palais du sorcier, des expressions d'horreur fixées à jamais sur leurs visages.

Léti avait une petite idée de ce qui avait dû se passer. Saat s'était cloîtré dans sa forteresse, fermant peut-être les portes par magie. Quelques-uns de ses capitaines en déroute étaient venus chercher son renfort, mais le sorcier était resté sourd à leurs appels désespérés. Aussi ces hommes s'étaient-ils fait massacrer au seuil même du palais de leur maître.

Les esclaves déchaînés avaient probablement tenté de forcer les portes à leur tour... avant de mourir subitement, frappés par une peur ou un maléfice que les héritiers ne pouvaient qu'imaginer. Les éventuels survivants avaient alors fui sans demander leur reste, laissant là le *Tol'karu* et les monstres qui s'y retranchaient.

Le plus étrange était que les portes fussent désormais entrouvertes...

— Je n'aime pas ça, confia le guerrier en enjambant un corps démembré. C'est comme si nous étions attendus.

— Ça n'est pas possible, ami Grigán, avança Bowbaq en espérant avoir raison. Saat ne sait même pas que nous sommes là.

Rey et Corenn échangèrent un regard entendu. Eux avaient déjà côtoyé le sorcier, et ils savaient à quel point l'homme prisait les coups de théâtre.

Après s'être frayé un chemin parmi les cadavres, les héritiers se regroupèrent sur le perron, à l'affût du moindre bruit émanant de l'intérieur.

— Ces hommes ont dû voir quelque chose *d'horrible*, annonça Léti en désignant les corps sans vie. On jurerait qu'ils ont vu...

— Un démon ? acheva Rey, avant de franchir le seuil de la forteresse. Raison de plus pour ne pas traîner !

Grigán haussa les épaules et se glissa derrière l'acteur, aussitôt suivi par le reste de la bande. Ils savaient qu'ils risquaient de rencontrer Sombre en allant au-devant de Saat. Ils savaient aussi qu'aucun d'entre eux n'était l'Adversaire, et que le rejeton du Jal'karu était donc certain de l'emporter... Ils ne pouvaient qu'espérer échapper à sa malveillance à l'aide des pierres de Dara.

Aussitôt entrée, Léti se faufila derrière une large colonne, imitant en tout point les techniques de son maître d'armes. Elle fut, comme les autres, surprise par le calme des lieux. Elle s'attendait plus ou moins à trouver un dernier carré de Wallattes prêts à défendre leur maître jusqu'à la mort, mais le palais semblait aussi vide qu'un tombeau.

Ce qui n'était guère rassurant quant au sort de Lana...

— Je connais le chemin, badina Rey en prenant la tête du groupe. Faites attention où vous mettez les pieds.

Il les mena le long des couloirs et des salles qu'il avait parcourus quelques jours plus tôt, sursautant chaque fois qu'une des rares torchères accrochées aux parois jetait une ombre un peu plus vive que les autres. Plus que sous la montagne encore, l'odeur du palais leur rappelait le Jal'karu, sa pestilence malsaine et son gwele spongieux. Les héritiers avaient bel et bien pénétré l'antre de la bête...

Ils parvinrent enfin à la luxueuse chambre du Haut Dyarque qu'ils explorèrent avec précaution, sans succès jusqu'à ce que Yan trouve un couloir caché par une lourde tenture. Il y jeta un simple coup d'œil avant d'avertir les autres d'une voix fébrile.

— On dirait une sorte de prison, annonça-t-il avec espoir. C'est peut-être le harem ?

Tous le rejoignirent sans tarder, Rey le premier. L'acteur s'avança en compagnie de Grigán jusqu'aux cellules les plus proches, dont les portes étaient ouvertes. Léti devina un drame lorsque les visages de ses amis se crispèrent.

— Mortes, commenta gravement Rey en passant de chambre en chambre. Il les a toutes tuées !

L'acteur explora ainsi tout un côté du couloir, au pas de course, pendant que ses amis faisaient de même à l'opposé. Chaque cellule ne renfermait plus que le cadavre de l'une ou l'autre des anciennes concubines du Haut Dyarque, morte les mains crispées sur le cœur. Assassinée par une horrible et terrifiante magie noire.

— Lana n'est pas parmi elles, constata Léti avec soulagement.

— La porte extérieure est ouverte, renchérit Grigán. Il est possible qu'elle se soit enfuie par là...

Un silence hésitant suivit la remarque du guerrier. Si les héritiers continuaient à chercher Lana dans le palais, ils risquaient à tout moment de tomber sur Saat ou Sombre... Mais s'ils choisissaient d'attendre encore, ils pourraient très bien ne jamais revoir leur amie.

— En route, annonça Léti, décidant ainsi pour tout le monde. Ça ne sert à rien de traîner ici !

Elle remonta tout le couloir jusqu'à la chambre du sorcier, aussitôt suivie par ses compagnons. Tous avaient la mine grave de ceux qui s'apprêtent à sacrifier leur vie.

— Où va-t-on maintenant, ami Rey ? demanda Bowbaq.

— Je n'en sais fichtre rien, avoua l'acteur. Mon aventure s'est arrêtée ici. Corenn ?

— Lana et moi avons été conduites dans une grande salle d'audience, annonça la Mère. Je pense pouvoir retrouver le chemin...

Personne n'ayant de meilleure proposition, ils se rangèrent tous derrière Corenn, qui les guida le long d'une dizaine de couloirs et de pièces non moins démesurées que la chambre de leur ennemi. Toutes furent visitées, mais aucune trace de Lana n'y fut trouvée.

— Nous arrivons, chuchota la Mère dans la pénombre d'une galerie.

Elle s'arrêta soudain, barrant le passage de ses bras tendus. Un rai de lumière filtrait par la porte entrebâillée du bureau du sorcier.

— Entrez, entrez donc, commanda la voix de Saat, amusé par la récurrence de cette situation. Nous vous attendions...

Grigán prit aussitôt la tête de la colonne, avant de pousser la porte de la pointe de sa lame courbe. Elle s'ouvrit avec un grincement terrifiant sur la salle du trône du Haut Dyarque. Toute la pièce était richement décorée de tapis, de tentures et d'une multitude d'objets d'or et de joyaux, mais l'attention des héritiers était tout entière fixée sur autre chose. *Le visage de leur ennemi.*

Saat ne portait pas son heaume. Installé sur un fauteuil monumental, lui-même posé sur une estrade de marbre, le sorcier rendait à ses visiteurs un regard empli de haine. Ses traits blanchâtres n'étaient plus que rides profondes, n'épargnant aucune parcelle de peau. Ses lèvres étaient contractées sur une dentition pourrissante qui lui donnait en permanence un rictus méprisant. Les rares cheveux qui lui restaient n'étaient plus que toile filasse, collée à son crâne par une saleté bicentenaire. Et le reste de sa personne inspirait un dégoût comparable.

— Je sais, je sais, railla le Haut Dyarque. Il y a longtemps que j'ai perdu mon teint de pêche...

— Démon ! cracha Rey en s'avançant sur lui. Qu'est-ce que tu as fait de Lana !

Grigàn retint l'acteur par ses vêtements, l'empêchant de s'approcher trop près. La morgue insolente du sorcier avait quelque chose de préoccupant.

— Lana ? Oh ! La prêtresse, bien sûr, minauda Saat. Ma foi, j'avoue avoir été un peu inattentif à son sujet. Elle a réussi à s'échapper, voyez-vous ? À cause de ma propre reine, qui plus est. J'aurais bien puni cette dernière comme les autres concubines, mais cette traîtresse a emporté l'une de vos fameuses pierres magiques... J'espère qu'elle est en train de crever dans un coin ! ajouta-t-il, s'abandonnant à un soudain accès de haine.

Les héritiers se sentirent un peu soulagés du poids qui pesait sur leurs épaules, mais ils n'eurent pas le temps d'en jouir vraiment avant que le sorcier ne reprenne :

— *Par contre*, je n'ai eu aucun mal à retrouver votre amie, évidemment. Vous serez heureux d'apprendre qu'elle est ici même, priant ses dieux avec une ferveur vraiment touchante... Gors, veux-tu faire entrer Son Excellence ?

Pétrifiés, les héritiers virent une tenture se soulever derrière le trône de Saat, et deux silhouettes se glisser à travers le passage ainsi dégagé. La plus haute était celle d'un géant wallatte, plus grand et plus fort encore que Bowbaq, ce qu'ils n'auraient pas cru possible. Il était en sueur, couvert de taches et présentait quelques blessures. Ses cheveux étaient noircis et ébouriffés. Il portait également une monstrueuse hache à deux mains, et toisait les héritiers d'un regard empli de haine sauvage.

L'autre silhouette... était celle de Lana. La prêtresse présentait une telle expression de terreur que ses amis en furent eux-mêmes effrayés. Son visage, baigné de larmes, semblait figé dans cette grimace sans qu'elle puisse rien y faire. Et sa main... Sa main tenait fermement un poignard dont la pointe appuyait sur sa propre gorge.

— Nous sommes maintenant au complet, badina Saat. Vous aurez compris que cette dame est totalement sous mon contrôle, et qu'il me suffit de pousser un peu ma Volonté pour qu'elle se plonge elle-même la lame dans la chair... Ce serait dommage, n'est-ce pas ? Une femme aussi belle... On peut certainement l'utiliser pour d'autres jeux !

— Je te tuerai, lança soudain Rey en brandissant sa *hati*. Je ne sais pas quand ni comment, mais je *jure* que je te tuerai.

— Pauvre idiot ! Tu as déjà essayé, tu te rappelles ? Vous ne pouvez pas me tuer. Je suis immortel ! Vous pensez peut-être avoir sauvé Ith en ayant mis *une* armée en déroute ? Il ne me faudra pas dix ans pour en lever une autre. Et j'ai toute l'éternité devant moi !

— Saat, essayez de revenir à la raison, tenta Corenn. Ce dieu qui vous est attaché, vous pouvez l'utiliser pour faire le bien...

— *Bien* et *Mal* ne sont que les deux faces d'une même pièce, sourit le sorcier. Vous vous souvenez ? Jal'karu, Jal'dara... Tout cela n'est que tumulte. Peu importe le camp ; seule compte la victoire. Et celle-ci me sera définitivement acquise quand je me serai débarrassé de vous une fois pour toutes !

La tension dans le groupe des héritiers monta encore d'un cran. Rey, Grigán et Léti se seraient bien lancés à l'assaut du trône, mais le spectacle de Lana prisonnière de son propre corps tempérait leurs ardeurs les plus guerrières.

— Je vois que vous avez parfaitement compris la situation, nargua le Haut Dyarque. J'aurais bien gardé les plus féminines d'entre vous comme esclaves, mais il semble que mon allié attende une nouvelle preuve de mon dévouement... et je ne peux me passer de l'affection de ce cher Sombre.

— Plutôt mourir qu'avoir à supporter ta trogne, de toute façon ! riposta Léti.

— Patience, jeune fille, tu seras bientôt exaucée. Maintenant, il ne tient qu'à vous de connaître une fin rapide, plutôt qu'une agonie qui pourrait se prolonger de manière fort indécente... Mon ami Gors ici présent va passer parmi vous pour une quête, une quête un peu spéciale. Je vous conseille de ne pas le contrarier : il s'est trouvé au cœur de la débandade du tunnel, et il sait maintenant que vous en êtes les responsables. Il est très, très en colère, aussi... *remettez-lui les pierres de Dara* ! ajouta-t-il avec fermeté.

Le géant wallatte s'avança pesamment jusqu'aux héritiers et s'arrêta devant Bowbaq. Il tendit une main autoritaire vers le Nordique, en le défiant du regard. C'était bien la première fois que Bowbaq paraissait *petit* aux yeux des héritiers !

Ce dernier regarda la paume qu'on lui présentait, puis Saat et Lana, avant de se retourner vers ses amis.

— Corenn, si je lui donne ma pierre, je ne reverrais plus jamais mes enfants, c'est ça ?

— C'est ça, confirma la Mère à contrecœur. Je suis désolée, Bowbaq...

— Je ne veux pas la donner, alors, annonça le Nordique en levant sa masse d'armes.

Gors laissa fleurir un sourire cruel sur son visage, avant de faire deux pas en arrière et d'indiquer à Bowbaq d'approcher. Grigán se porta aussitôt en avant, mais Saat ne l'entendait pas de cette oreille.

— Ton tour viendra, guerrier, annonça le sorcier. Laisse-nous profiter de ce combat de géants !

— On devrait tous sauter à la gorge de ce barbare ! cracha Rey.

— Tss-Tss ! Vous n'en ferez rien, indiqua le Haut Dyarque. Si d'autres que l'Arque se mêlent du duel, la Maz se dessinera un nouveau et dernier sourire. Compris ?

Il n'y avait aucune réponse à donner, aussi Bowbaq s'avança-t-il pour se mettre en garde, gauchement, en brandissant sa masse d'armes comme une épée. Gors se moqua de sa position et enchaîna quelques moulinets avec sa hache pour intimider son adversaire. Il cessa rapidement ce manège et, avec une grimace cruelle, lança la première attaque.

Yan et Corenn eurent la même idée d'utiliser leur Volonté contre le barbare titanesque... mais furent confrontés à un échec, comme Gors était porteur d'une des pierres de Dara. Les magiciens se concentraient en vain sur *l'essence sublime* du Wallatte, sans pouvoir l'atteindre. Sensation des plus étranges... et des plus frustrantes, aussi !

Le roi wallatte fendit l'air de son arme et Bowbaq n'esquiva que par un réflexe survenu au dernier instant. Il n'eut pas le temps de souffler avant que la hache monstrueuse ne vienne, avec un claquement aigu, entailler la colonne où il s'était adossé. Le barbare enchaîna ainsi plusieurs assauts, plus violents les uns que les autres, que le géant n'évitait qu'au prix de nombreuses contorsions.

Saat riait à chacune de ces acrobaties désespérées. L'issue du combat semblait pourtant peu lui importer. Les héritiers enrageaient, mais le sorcier avait bel et bien toutes les cartes en main... Même s'ils avaient été prêts à sacrifier Lana, toutes leurs armes auraient été inutiles contre le corps invulnérable du Haut Dyarque !

Les deux géants continuaient à s'essouffler et à se fatiguer dans leur danse mortelle. La résistance de Bowbaq s'expliquait par les difficultés qu'avait Gors à manier la hache démesurée dans ce lieu clos, et par l'application que mettait le Nordique à prévoir les coups. Mais ce dernier n'attaquait absolument pas...

— Ton arme, Bowbaq ! lança Léti, en se joignant aux encouragements de ses amis. Sers-t'en !

Le géant redécouvrit la masse de bois et de métal qui pendait au bout de son bras et en donna un petit coup sur le dos de Gors, presque timidement, quand l'occasion s'en présenta. Le barbare se retourna avec un hurlement de rage et pointa le doigt en plein sur le visage de son adversaire.

— Tu n'aurais jamais dû faire ça, nabot, cracha-t-il avec haine. Je vais faire une veuve de ta femme !

Bowbaq haussa les sourcils à l'évocation de cette terrible image, et alors que Gors se préparait à un nouvel assaut, le Nordique se lança contre lui pour lui adresser un violent coup de masse dans le ventre. Le barbare s'écroula lourdement, plié en deux par la douleur, avant de perdre conscience.

— Bravo ! félicita le Haut Dyarque avec quelques applaudissements navrants. Je ne vous aurais pas cru si enclin à la violence, mais le tout est apparemment de savoir où vous chatouiller... Que pensez-vous maintenant du Bien et du Mal ?

— Cessez ce jeu cruel, essaya encore Corenn. Fuyez tant que vous en avez encore le temps, Saat. Même votre magie ne pourra vous sauver des milliers d'hommes qui vont investir le palais...

— Ces milliers ne seront plus que quelques dizaines dès que Sombre cessera de bouder, grinça le sorcier. Arrêtez de vous comporter comme si vous aviez gagné la partie ! Aucun de vous ne sortira d'ici vivant, et d'ailleurs...

Lana poussa soudain un sanglot étranglé, comme la pression sur son esprit se relâchait enfin. Tous les regards se tournèrent vers elle pendant qu'elle abandonnait son poignard pour se précipiter vers Rey. C'est alors que Grigán poussa un terrible cri de douleur...

En se retournant, les héritiers découvrirent le guerrier à genoux, une main pressée sur son épaule ensanglantée. Et derrière lui, le pauvre Yan, ensorcelé, qui s'apprêtait à frapper de son glaive pour la deuxième fois.

— Yan ! hurla Léti, alors que Grigán trouvait encore la force de rouler sur le côté.

Le glaive du jeune homme ne fit que trancher un tapis, pendant que le guerrier y répandait son sang en d'horribles taches sombres. Ses yeux devinrent soudain vitreux et il perdit connaissance. Léti bondit, rapière en avant, à l'instant où Yan levait son arme pour achever le vétéran.

Les lames s'entrechoquèrent avec un tintement sonore, et les deux amoureux se retrouvèrent soudain face à face. La posture de Yan était menaçante, mais ses yeux étaient emplis de regrets et de frustrations... Il ne portait pas de pierre de Dara ; le sorcier n'avait libéré le corps de Lana que pour prendre possession du sien !

— Tante Corenn, fais quelque chose ! supplia Léti.

Mais la magicienne était impuissante. Toute sa Volonté serait insuffisante à dissiper les effets du charme que subissait Yan. Léti s'écarta lentement de son ami possédé, comme il s'avançait vers elle, lame dressée.

— Excitant, n'est-ce pas ? commenta Saat. Je n'aurais pas cru avoir autant de plaisir à votre compagnie !

— Que quelqu'un fasse taire ce démon ! répliqua Léti en se mettant en garde.

Yan attaqua l'instant d'après, lançant un coup si brutal que la jeune femme aurait bien pu en avoir la tête tranchée. Elle para, esquiva et para encore en résistant à l'envie de riposter... Même si Yan n'avait reçu qu'une partie de l'enseignement de Grigán, ses récentes expériences de la guerre en avaient fait un adversaire dangereux !

Après quelques instants de désarroi, le reste du groupe se mit en action. Corenn se précipita auprès du guerrier dont la blessure continuait de saigner. Rey repoussa fermement Lana avant de marcher droit sur le trône.

— Bowbaq, viens m'aider, ordonna-t-il simplement.

Saat éclata d'un rire démoniaque en voyant les deux hommes s'approcher les armes à la main. Puis il se leva avec agilité avant de tirer une épée somptueuse qu'il brandit au visage de ses ennemis.

— En temps normal, un simple souhait adressé à cette arme m'aurait permis de vous détruire, révéla le sorcier. Vous pouvez remercier votre chance d'avoir ramassé ces maudites pierres... Mais ça ne change rien au fait que vous allez mourir !

Le Haut Dyarque accompagna ses menaces de quelques assauts bien menés, prouvant ainsi que sa vieillesse ne l'empêchait en rien d'être un escrimeur hors pair. Bowbaq fut touché à l'aine, et Rey manqua de peu d'avoir la cuisse transpercée par la lame agile...

Léti continuait à résister à Yan, mais de plus en plus difficilement. Le désespoir, qu'elle s'était pourtant juré de ne plus jamais ressentir, commençait à la gagner peu à peu. Elle ne voyait aucune solution à leur tragédie. La jeune femme sentait bien que d'ici quelques déciles, elle allait se laisser pourfendre par l'être qu'elle aimait le plus au monde...

Corenn caressait le visage de Grigán en comprimant sa blessure. La Mère n'avait que des regrets. Ils n'auraient pas dû s'aventurer dans le palais... Ils n'auraient *jamais* dû se croire assez forts pour affronter Saat.

Rey poussa soudain un cri de victoire, quand sa *hati* empoisonnée écorcha la main ridée du sorcier... Mais ce dernier se contenta d'éclater d'un nouveau rire méprisant, alors que l'entaille se refermait déjà. La situation était bel et bien désespérée...

— Sombre ! Ô Sombre, appela soudain Lana, qui reprenait ses esprits. Écoutez-moi ! Saat n'est *pas* votre ami ! Il veut être le père de l'Adversaire !

Le sorcier tendit aussitôt la main en un geste impérieux et la Maz perdit toute expression pour repasser sous son contrôle. Simultanément, Yan fut libéré du charme et laissa tomber son glaive.

— Léti... Grigán... Oh ! pardon, pardon, répéta-t-il, des larmes dans les yeux.

— Va-t'en, Yan, vite ! lui cria son aimée. Va-t'en avant que ça ne recommence !

Le jeune homme contempla un instant ses amis, puis courut à toutes jambes le long du couloir, loin, le plus loin possible de Saat et de ses maléfices.

— Fuyez tous ! ordonna l'acteur, qui avait bien du mal à tenir le sorcier à distance.

— Ah, non ! commenta le Haut Dyarque, avec un geste simple en direction de la porte.

Celle-ci claqua soudain avec une terrible brutalité, laissant stupéfaits les héritiers encore conscients.

— Je vous ai dit qu'aucun d'entre vous ne sortirait d'ici ! rappela le sorcier en se mettant en garde.

Yan courait, courait toujours, plus vite qu'il ne l'avait jamais fait. Il pouvait encore sentir la pression de l'esprit perverti de Saat, comme si le Haut Dyarque avait à jamais imprimé sa marque dans l'âme du jeune homme. L'idée qu'il était en train d'abandonner ses amis dans la plus terrible des situations le faisait parfois ralentir et hésiter, mais le souvenir amer de son expérience le rattrapait alors et Yan repartait de plus belle. S'il retournait auprès de Léti, il risquait de la tuer...

Il déboula enfin dans le hall d'entrée et franchit la porte monumentale en étouffant un sanglot. L'air frais de la nuit ne fit qu'attiser sa peine. Il ne ressentait que honte, regrets et désespoir, même s'il n'était en rien responsable de cet horrible retournement de situation.

Et Grigán... Grigán, que le maudit sorcier l'avait obligé à frapper dans le dos... Yan revoyait parfaitement toute la scène ; elle ne quitterait jamais sa mémoire, dans ses moindres détails. Le regard incompréhensif que lui avait lancé le guerrier, grimaçant sous la douleur... La résignation qu'il avait lu l'instant d'après sur le visage du vétéran...

C'était trop pour un seul homme, et Yan s'abandonna aux larmes, pour la première fois depuis le début de leur quête. Il s'adossa à une colonne et s'enfouit le visage dans les mains, refusant de contempler plus longtemps les corps qui jonchaient les marches de la forteresse.

L'une des prophéties d'Usul allait finalement se réaliser. Grigán allait mourir ; il était peut-être même déjà mort, tué par celui qui voulait tout faire pour lui sauver la vie. *L'avenir change une fois qu'il est révélé. On peut précipiter un événement en voulant l'éviter.* Les paroles de Celui qui Sait prenaient, alors plus que jamais, tout leur sens...

Et Léti, et les autres ? Le jeune homme ne leur donnait pas une chance sur cent de vaincre le sorcier. Comment l'auraient-ils pu ? Saat tirait parti de toute la puissance de Sombre, ce qui faisait de lui plus ou moins l'égal d'un dieu. Comment sa pauvre Léti pouvait-elle espérer l'emporter contre un dieu ?

Il fallait pourtant faire quelque chose ; il *devait* faire quelque chose. Ils n'avaient pas pris tous ces risques, surmonté toutes ces épreuves pour échouer ainsi... pour se faire décimer par leur ennemi, moins d'un décan après leurs retrouvailles.

Yan essuya son visage d'un geste rageur et contempla ce qui restait du camp du Haut Dyarque. Les batailles alentour semblaient calmées. Sur le flanc de la montagne, les Arques poursuivaient leurs travaux de défense, alors que les baraquements des esclaves finissaient de se consumer. Le jeune homme estima qu'il lui faudrait bien deux décimes pour regagner l'entrée du tunnel, rassembler un groupe suffisamment important et revenir jusqu'au palais. C'était beaucoup trop long !

Désespéré, il fit un nouveau tour d'horizon du campement, espérant y trouver quelques hommes susceptibles de venir à son aide.

Son regard s'arrêta sur le Mausolée de Sombre. La pyramide monumentale du démon, encore intacte, semblait défier les mortels d'oser seulement s'en approcher.

Yan serra les poings et recommença à courir, mais cette fois il n'était plus question de fuir.

Léti contempla la forme inanimée de Grigán, les traits figés de terreur de Lana, puis le visage arrogant et jubilatoire de Saat. Elle venait peut-être de voir Yan pour la dernière fois. Tout était de la faute du sorcier. La main crispée sur la poignée de sa rapière, elle marcha droit au renfort de Rey et de Bowbaq, qui peinaient à repousser les assauts redoublés de leur ennemi.

Tout ce qu'elle désirait alors, c'était passer son épée à travers le corps du Haut Dyarque. Même si ça ne servait à rien. Même s'il devait la tuer immédiatement après. La jeune femme préférait encore être la première à partir, plutôt que voir ses amis se faire occire les uns après les autres.

— Lana, non ! cria la voix de Corenn.

Léti se jeta de côté par réflexe, juste à temps pour éviter d'être transpercée par le glaive que la Maz avait ramassé. Ça n'allait pas recommencer ! Aurait-elle à combattre tous les siens, avant de pouvoir enfin affronter le sorcier ?

Lana tenait son arme d'une façon plutôt maladroite, mais sa main pouvait être aussi redoutable que celle de Yan, guidée par l'esprit de leur ennemi. Sur une impulsion, Léti lança une attaque soudaine ne visant qu'à désarmer la Maz. Le coup fut paré avec une précision déconcertante. Comment Saat pouvait-il à la fois mener son propre combat et contrôler le corps de Lana ! La puissance du sorcier était décourageante, et Léti se serait menti en prétendant garder encore un espoir...

Elle ferrailla avec ce qui lui restait d'énergie, refusant toutefois de se faire tuer par l'un de ses amis. Quelque part dans son dos, Bowbaq lâcha un cri déchirant. Un coup d'œil apprit à la jeune femme que le géant avait écopé d'une deuxième blessure, au bras, l'obligeant à lâcher son arme. Rey était maintenant seul à les défendre contre Saat, et l'acteur n'avait qu'une dague pour parer les coups d'une épée... Autant dire qu'il ne tiendrait pas plus d'une ou deux déciles.

Aucun des esclaves n'avait osé s'approcher du temple de Sombre, même quand leur victoire avait été certaine. Le dieu leur inspirait trop de crainte. Chacun savait que le démon se distrayait à chasser les hommes dans le labyrinthe qui était son repaire. Les cris d'agonie de certains d'entre eux s'entendaient parfois jusqu'à l'extérieur... Il fallait être fou, ou désespéré pour aller au-devant de Celui qui Vainc.

Yan contempla l'étrange escalier qui semblait être la seule entrée de la pyramide. Quelques marches creusées à même le sol, disparaissant dans des ténèbres probablement absolues. Aucune lumière ne devait pénétrer dans la demeure terrestre du dernier-né du Jal'karu. Toute la finition de la construction était grossière, comme l'étaient les galeries obscures et malodorantes du pays des démons.

Une lourde dalle reposait à côté de l'ouverture. Les chaînes qui y étaient enchâssées ne laissaient aucun doute quant à son utilité. Quiconque se faisait enfermer dans le Mausolée n'avait probablement aucune chance d'en ressortir... Yan prit une grande inspiration et descendit courageusement les premières marches.

Une odeur amère de poussière et de moisissure vint aussitôt agresser ses narines. Le jeune homme s'arrêta quelques instants, le temps pour lui de s'habituer à l'obscurité. Ses tempes battaient à tout rompre, mais il n'était pas réellement effrayé. Les images de Grigán frappé dans le dos et de Léti le suppliant de fuir ne cessaient de danser devant ses yeux. Il ne savait plus s'il venait chercher un espoir ou un châtiment. Peut-être les deux.

Il fit quelques pas encore, glissant peu à peu dans une ombre profonde. Des taches étranges maculaient le sol et les parois. Yan en avait vu suffisamment, ces derniers temps, pour reconnaître des traces de sang. La terrible réalité de ce qu'il allait faire s'imposa soudain à lui. Pour la troisième fois, il allait rencontrer un dieu.

Celui-ci n'avait pourtant rien à voir avec l'intrigant Usul ou l'affable Doyen éternel. Sombre était un monstre, le *Mog'lur* qui avait tué Séhane, l'âme noire qui avait condamné les héritiers, la bête qui attendait sa proie, tapie dans sa pyramide. Yan n'avait pas la moindre arme en main, et il ne voyait pas comment sa magie pourrait l'aider. Même la pierre de Dara lui faisait défaut. Le danger était le plus grand qu'il ait eu à affronter, et il n'avait jamais été aussi vulnérable.

Il avança plus loin, perdant bientôt tout repère visuel. Seules ses mains lui évitaient de se cogner dans les parois. Il franchit une dizaine de pas, tournant à gauche puis à droite, puis s'arrêta encore, craignant de s'égarer en s'enfonçant plus avant dans le labyrinthe.

L'obscurité était désormais totale. Comme si le monde n'existait pas, et que Yan était simplement un corps suspendu dans un vide ténébreux. Le Mausolée n'était que puanteur et silence, mais le jeune homme savait pourtant qu'il n'était pas seul.

— Sombre, appela-t-il, tressaillant au son de sa propre voix. Je suis Yan, d'Eza, et je voudrais vous parler. Laissez-moi vous voir.

— Tu vas mourir, susurrèrent des lèvres brûlantes, juste derrière sa nuque.

Léti sanglota de rage et de frustration quand le glaive de Lana vint s'abattre brutalement sur son genou. La jeune femme enchaîna quelques passes pour se mettre hors de portée et put alors constater que sa blessure n'était, heureusement, pas trop profonde. L'armure de cuir noir offerte par Grigán avait parfaitement rempli son rôle... mais le coup avait quand même été violent, et c'est en boitillant que Léti reprit les esquives acrobatiques qui la préservaient des attaques de la Maz.

Bowbaq avait dû s'adosser à un mur, souffrant trop de ses deux blessures pour prétendre lutter encore. Grigán n'était toujours pas réveillé et ne le serait peut-être jamais. Les yeux de Lana trahissaient son désespoir et ses regrets, mais son corps possédé continuait à lancer des attaques de plus en plus dangereuses, comme le sorcier s'habituait à le manœuvrer comme un pantin. Pour la Maz qui défendait depuis toujours les vertus de la Paix et de la non-violence, l'épreuve devait être plus traumatisante qu'il n'était imaginable...

Corenn passa soudain à l'action, abandonnant la forme inanimée du guerrier pour se lancer au secours de sa nièce. En trois pas lestes, elle se glissa derrière Lana et s'efforça de lui ceinturer les bras. Sa tentative était pourtant maladroite et la Maz se dégagea avec violence, repoussant la Mère sur les tapis. Léti n'eut que le temps d'entraver Lana à son tour pour l'empêcher d'adresser un coup fatal à la Kaulienne. Cette dernière se releva alors et arracha à grand-peine l'arme de la prêtresse, avant d'intimer à sa nièce un ordre aussi impérieux que spontané.

— Ne la lâche pas !

Surprise, Léti vit Corenn retourner auprès de Grigán et fouiller dans ses vêtements. Près du trône, derrière elle, Rey appela à l'aide d'une voix pressante... *Vite, ma tante, vite !*

Corenn revint en brandissant la pierre du guerrier, qu'elle glissa de force dans les mains de Lana. Saat poussa un étonnant cri de victoire. La Maz parut se calmer et Léti put la libérer pour retourner son regard sur le sorcier.

Le Haut Dyarque se tenait à côté du corps de Rey, un pied sur sa poitrine. Le sang de l'acteur jaillissait par une affreuse blessure qu'il avait à l'estomac. Lana poussa un cri horrifié et se rendit aussitôt auprès de lui, alors que Saat abandonnait la dépouille de sa dernière victime pour s'approcher de Léti.

— Eh bien, tu es la dernière à posséder une arme, remarqua le Haut Dyarque avec un sourire mauvais. Remets-moi ta pierre et je te promets une mort rapide !

La jeune femme contempla ses compagnons avec tristesse, puis leva sa rapière en un geste de défi. Elle aurait voulu embrasser Yan une dernière fois avant de quitter ce monde... mais mieux valait pour son promis être le plus loin possible de ce lieu de tragédie.

La voix douce-amère de Sombre glissait dans les galeries de son temple comme le vent dans un cimetière. Yan aurait juré l'avoir entendue derrière lui, mais sa main fouillant l'obscurité ne brassa que le vide angoissant du Mausolée. « Tu vas mourir... » répéta la gorge profonde, sans que le jeune homme puisse en déceler l'origine. Les mots semblaient sortir des parois elles-mêmes.

Yan s'enfonça un peu plus encore dans le labyrinthe. Il ne devait pas céder à la peur ; il ne devait pas rentrer dans le jeu du démon, et se laisser traquer comme une bête dans les ténèbres de son antre.

— Sombre, écoutez-moi, essaya le jeune homme. Je connais votre histoire ; je sais ce qui vous est arrivé au...

Un violent coup dans le dos le projeta soudain au sol, l'empêchant de terminer sa phrase. Yan tâta sa blessure en grimaçant. Saignait-il? Apparemment pas... Le démon lui avait simplement donné une poussée brutale, commençant à jouer avec lui comme un chat avec une souris.

Le jeune homme se redressa lentement, redoutant une nouvelle attaque qui pouvait venir de tout côté. Il s'aperçut alors que sa chute l'avait complètement désorienté. Par où était la sortie? En désespoir de cause, il choisit une direction au hasard et reprit sa progression en s'efforçant de garder une paroi dans son dos.

— Je sais ce qui vous est arrivé au Jal'karu, reprit-il après quelques instants de silence. Saat vous a modelé; il a perverti votre esprit. Vous pensez que vous lui devez votre existence, mais ce n'est pas vrai. Il...

Un coup soudain porté sur sa mâchoire lui fit se mordre la langue. Yan sentit parfaitement, cette fois, le déplacement d'air accompagnant les mouvements du monstre. L'image du *Mog'lur* décrit par Bowbaq et Grigán vint envahir son esprit et il réprima un frisson.

Il se tint coi un moment avant de caresser sa joue. Cette fois, il saignait. Le démon avait tracé plusieurs sillons douloureux sur son visage, manquant de peu de lui crever un œil. Yan se demanda s'il allait en garder les cicatrices, mais cela n'avait après tout que bien peu d'importance...

Il décida de changer d'attitude. Quittant la relative sécurité des parois, il progressa dès lors au milieu des couloirs, bras ouverts, dans la plus vulnérable des postures. Cela pourrait peut-être déstabiliser Sombre pendant quelques décilles, juste assez de temps pour que Yan remplisse ce qui était sûrement sa dernière mission...

— Saat n'est pas votre maître, annonça-t-il bientôt, les muscles crispés en attente de la prochaine attaque. Vous n'avez pas à lui obéir.

Il s'interrompit quelques instants, certain d'encaisser un nouveau coup venu de nulle part. Mais les ténèbres restèrent aussi calmes que la mer après la tempête... Yan commençait-il enfin à toucher le cœur du démon ? Il s'enhardit et poursuivit d'une voix un peu plus assurée.

— Saat n'a pas plus de respect pour vous que pour le reste du monde. Tout ce qui l'intéresse, c'est de continuer à puiser dans votre puissance. Et vous n'êtes pas obligé de l'accepter...

— Tu *mens*, grinça la voix haineuse et soufflante.

Cette fois, Yan devina le mouvement du monstre avant même de sentir l'attaque. Le coup l'atteignit en plein dans le ventre, lui coupant le souffle pendant une bonne décille. Le jeune homme entendit même les griffes de la créature racler contre la pierre, alors qu'elle s'éloignait furtivement de sa proie... Tout cela faisait partie d'une mise en scène bien rodée. Le démon se nourrissait de la peur de ses victimes, autant que de leur agonie...

Yan passa une main dans sa chemise déchirée. Il pouvait sentir le sang se répandre contre sa peau et dans les fibres de ses vêtements. À ce train-là, il ne faudrait pas longtemps pour qu'il n'ait plus la force de se déplacer...

Des taches lumineuses vinrent soudain papilloter devant ses yeux, et il songea avec effroi que le pire était peut-être déjà tout proche. Mais les taches s'agrandirent, se multiplièrent, donnant peu à peu aux parois rocheuses l'allure d'un tapis de braises rougeoyantes. Les ténèbres reculaient et Yan, une main crispée sur son ventre, attendait de découvrir le visage du démon qui les pourchassait depuis si longtemps.

Son cœur manqua de s'arrêter quand le monstre se laissa arroser de lumière. Le temps d'un battement de cil, Yan vit la plus terrible des apparences du Mog'lur, celle qui aimait à déchirer les corps, à entendre les cris de souffrance, et à combattre, combattre encore pour vaincre toujours... Il vit le dieu tel que Saat l'avait créé.

Le temps d'un battement de cil, et ce fut fini. Yan n'avait plus devant lui qu'un jeune homme aux cheveux noirs et aux yeux profonds, vêtu d'une tunique couleur nuit comme on pouvait en trouver à Kaul ou à Lorelia. Sombre aurait pu passer pour son propre frère, et Yan en fut si bouleversé qu'il faillit en oublier qui était réellement devant lui...

Faillit, seulement. Les souvenirs de leur quête envahirent son esprit en un désordre d'images et d'impressions, et la plus forte restait celle du Jal'karu. Dans la lumière souffrante du Mausolée, Yan se serait cru de retour au pays des démons... Et à quelques pas de lui se tenait le plus jeune, le plus démuni mais aussi le plus terrible des enfants des fosses.

— Je ne mens pas, affirma-t-il d'une voix qu'il voulait forte. Saat se sert de vous. Tout ce qu'il accomplit ne sert pas votre puissance, mais la *sienne*. Vous n'êtes qu'un pantin, ajouta le jeune homme en espérant ne pas avoir prononcé là ses derniers mots.

Les sourcils de Sombre se froncèrent jusqu'à se rejoindre. Yan voulait attendre le meilleur moment pour jouer sa dernière carte, et il se demandait si ce moment était arrivé... ou s'il avait au contraire déjà gâché toutes ses chances.

— Saat vous a tout pris, même la possibilité de devenir *autre chose*, reprit-il avec la gorge serrée. Vous n'êtes pas un vrai dieu : vous n'êtes qu'une image, une mauvaise copie de l'esprit d'un mortel. Saat *est* Celui qui Vainc. Vous n'êtes rien, et il est le seul responsable... Vous devriez le haïr, plutôt que l'aider !

— Il est mon ami ! s'écria soudain le démon, avec une émotion troublante.

Yan aurait juré avoir perçu un sanglot dans sa voix. Sombre avait alors un air si misérable... Le jeune homme se rappela le regard des enfants de Dara, et il crut un instant retrouver la même étincelle de naïveté dans les yeux du dieu adolescent. Il avait d'autant plus de regrets à se montrer cruel, mais le sort de Léti et des autres en dépendait... Tout allait se jouer dans les prochains instants, et Yan déglutit douloureusement avant de se jeter à l'eau.

— Saat n'est *pas* votre ami ! lança-t-il d'une voix terrible. Il veut être le père de l'Adversaire ! Il veut vous tuer et prendre votre place !

La lumière s'évanouit subitement et les ténèbres reprirent possession de leur royaume. Les galeries du Mausolée s'emplirent alors d'un cri si terrifiant qu'on ne l'entendait d'ordinaire que dans les fosses de Karu.

Yan se plaqua les mains sur les oreilles en espérant connaître une mort rapide. Puisqu'il avait échoué, puisque les héritiers étaient définitivement perdus... ce serait avec soulagement qu'il accueillerait le repos et l'oubli.

Lana s'était allongée sur le corps étendu de Rey, et les sanglots de la Maz résonnaient dans l'immense salle du trône du Haut Dyarque. Bowbaq, assis contre le mur, avait peine à rester conscient. Grigán était peut-être déjà mort; en tout cas Corenn avait cessé de comprimer sa plaie. La Mère était vide de tout espoir et se tenait simplement debout, comme une âme en peine, contemplant l'horrible gâchis qui marquait la fin des héritiers.

Léti fit le compte des blessures reçues par ses amis, et se jura d'en rendre une pour une à l'horrible liche qui était leur ennemi. Saat, le sorcier, le traître, le sacrilège. Celui qui taquinait pour l'instant sa rapière de la pointe de son épée, avec un sourire amusé qui donnait à son visage l'allure d'un lépreux attardé. Saat, que la mort avait oublié, mais que la jeune femme était prête à pourfendre autant de fois que nécessaire.

Saat, qui sortirait pourtant gagnant du duel, quel qu'en soit le déroulement...

La révolte de Léti était trop forte, aussi lança-t-elle la première attaque, bien que son maître d'armes lui ait toujours enseigné le contraire... Saat dévia son arme d'un moulinet et vint planter la sienne dans sa poitrine, avec un rictus méprisant. Léti se dégagea pour constater qu'il lui avait entaillé le sein. Un peu plus fort, ça aurait pu être le cœur...

Elle prit une grande inspiration et soupira pour essayer de reprendre son calme. *Esprit vif*, songea-t-elle en maudissant sa propre colère. Mais comment pourrait-elle encore se détendre ? On l'avait obligée à chasser Yan, et elle avait dû contempler ses amis, sa famille, se faire décimer par un être si vil qu'il trouvait du plaisir à leur détresse... Un homme qui était responsable de tous leurs malheurs, et qu'elle tenait à la merci de sa rapière sans pouvoir le tuer !

— J'ai assez perdu de temps comme ça, l'interpella le sorcier. Donne-moi ta pierre, et tu mourras la première.

Pour seule réponse, la jeune femme se fendit de tout son long, parvenant à surprendre Saat et à lui entailler la cuisse. Ce dernier reprit sa défense en haletant, comme le sang s'échappait à flots de sa blessure. Il se renfrogna en découvrant la profondeur de la plaie, puis partit d'un rire sordide, effrayant, qui faisait suinter un peu plus de sang à chaque respiration.

— Tant pis pour toi, clama-t-il enfin. Si tu tiens tellement à souffrir...

Le sorcier enchaîna alors plusieurs dangereux assauts, que Léti eut toutes les peines du monde à contenir. Elle fut blessée à la main, au flanc, et aurait pu connaître un sort bien pire si Corenn n'était soudain intervenue...

La Mère avait ramassé la *hati* de Reyan pour la planter dans le dos du Haut Dyarque. Elle ne fit aucun geste pour s'enfuir ensuite, restant les bras ballants devant le sorcier qui grimaçait en s'efforçant d'extirper l'arme.

— Ne touchez pas à ma nièce, déclara-t-elle simplement, elle-même résignée à son sort.

Saat leva son épée en un geste rageur et Léti n'eut que le temps de pousser Corenn pour s'interposer. Le sorcier haussa alors les épaules et s'éloigna de quelques pas, le temps pour lui d'arracher la lame züu qui entravait ses mouvements. La jeune femme fut parcourue d'un frisson, en avisant que la blessure qu'elle lui avait infligée à la cuisse était déjà guérie... La dague empoisonnée n'allait pas lui faire plus de mal qu'une simple piqûre !

— Je ne comprends pas votre acharnement, s'emporta le Haut Dyarque, quand il fut enfin débarrassé de la *hati*. Il n'y a que les bêtes sauvages pour s'accrocher ainsi à la vie !

— Vous avez eu tout le temps d'y penser au Jal'karu, rétorqua Léti, l'œil brillant. Vous devriez être mort depuis plus d'un siècle.

Le sorcier ricana doucement puis, avec un hurlement de haine, il se précipita à l'assaut de la jeune femme, réussissant à la bousculer et à la jeter à terre. Elle perdit son arme et roula plusieurs fois sur elle-même, échappant de peu aux coups répétés de Saat sur son passage. Elle put enfin se redresser et avisa la lame courbe de Grigán, qu'elle ramassa juste à temps pour éviter un assaut fatal.

Le sorcier ne lui laissa pas le temps de souffler. Il lança attaque sur attaque, obligeant Léti à tirer parti de tout l'enseignement du guerrier. La chose était encore plus difficile avec la lourde arme à laquelle elle n'était pas habituée. Elle fut rapidement forcée de reculer, et comprit dès lors que sa fin n'était plus qu'une question d'instants...

Elle vit soudain les bras de Grigán se dresser dans le dos de Saat, sans oser croire à ce miracle. Les membres bardés de cuir noir se refermèrent comme un étau sur le buste du Haut Dyarque, prenant ce dernier complètement par surprise !

— Coupe-lui la tête ! ordonna le vétéran d'une voix fébrile.

Le premier instant de confusion passé, Léti réagit spontanément. Elle fit décrire un demi-tour complet à son arme, amenant avec une terrible violence son tranchant sur le cou de leur ennemi.

La lame y traça un sillon rouge et jaillissant, qui éclaboussa les vêtements du sorcier comme ceux de ses adversaires. Grigán libéra son prisonnier et réclama sa lame courbe d'une main pressante.

— Je t'avais dit de lui couper la tête, reprocha-t-il avec inquiétude.

— Vous étiez trop près...

La jeune femme lui abandonna l'arme avec soulagement, tout en sachant que le sorcier allait se remettre de sa blessure d'un instant à l'autre. Le décapiter ne serait peut-être même pas suffisant...

Saat s'était déjà éloigné en direction de son trône, titubant et comprimant sa gorge meurtrie entre ses mains. Ses gargouillis étranglés étaient aussi écœurants que la rivière de sang qui coulait sur sa poitrine. Corenn et Lana le regardèrent passer sans oser s'en approcher ; la prêtresse n'osa pas même dire un mot quand Rey ouvrit enfin les paupières, pour contempler la scène sordide.

Le Haut Dyarque s'affala sur son trône, comme rattrapé par le poids de toutes ces années volées au Temps. Son sourire, le sourire narquois qui ne quittait pas son visage, était pourtant plus déroutant que jamais... Chaque instant passé semblait lui rendre un peu de vigueur, et il devint bientôt évident, quand il se redressa dans son fauteuil, qu'il allait récupérer toutes ses forces d'un moment à l'autre.

Grigán avança vers lui d'un pas mal assuré, avant de tomber à genoux et de s'écrouler à nouveau. Le guerrier s'était réveillé quelques décilles plus tôt et avait attendu le meilleur moment pour intervenir ; mais il avait perdu trop de sang et fourni un trop gros effort pour puiser encore dans ses ressources...

Impuissante, Léti voyait Saat se remettre d'une blessure à laquelle personne n'aurait survécu plus de quelques instants. Son sourire goguenard. Son regard triomphant. Elle fut submergée par une vague de colère aveugle et courut droit jusqu'à ce corps monstrueux, ne prenant que le temps de ramasser la propre arme du Haut Dyarque.

Le visage baigné de larmes, la gorge serrée, elle brandit l'épée maudite devant le cœur du sorcier et frappa avec une violence animale, avant de se laisser tomber à genoux et de s'abandonner complètement au désespoir. Tout cela ne servait à rien. Une fois la douleur passée, Saat retrouverait son expression cynique et victorieuse... Léti décida que c'en était assez, qu'elle ne lutterait plus, que c'était trop dur à supporter. Elle ne désirait plus que mourir et oublier.

Pourtant... alors que son regard revenait se poser tristement sur le Haut Dyarque... elle fut surprise d'y trouver un changement. Un véritable coup de théâtre.

Les traits du sorcier se peignaient d'une terreur absolue.

L'écho d'un cri inhumain et lointain s'infiltra soudain jusque dans le palais, faisant frissonner tous les acteurs de la scène.

— Sombre, murmura Lana dans un souffle. C'était le cri du démon.

Le sorcier sembla vouloir dire quelque chose, mais seul du sang coula de ses lèvres. L'enfant de Karu connaissait maintenant la vérité; il l'avait trouvée dans l'esprit du Haut Dyarque, derrière les barrières qu'il avait élevées pour dissimuler ses pensées. Saat voyait son protégé se détourner de lui et lui refuser sa force. Mentalement, il priait, suppliait, promettait amitié et loyauté éternelle, mais le démon restait sourd à ses appels. Saat agonisa seul, sa vie fuyant inéluctablement par ses blessures, avec des regrets pour uniques pensées.

Il avait été trop ambitieux. Il n'aurait pas dû vouloir être l'Adversaire.

Il aurait pu se contenter de son alliance avec un immortel...

Il aurait dû conserver au moins un ami.

Léti vit sa poitrine se soulever une dernière fois, et l'homme exhala son ultime soupir dans un bouillonnement de sang noir. La jeune femme contempla celui qui avait connu ses ancêtres, qui avait séjourné au Jal, et qu'elle venait de tuer de ses mains... sans avoir pu évoquer tout cela avec lui.

Un par un, les héritiers se redressèrent, se soutenant les uns les autres, pour se recueillir devant la dépouille de celui qui avait semé le chaos jusque dans le berceau des dieux. Ils étaient redevenus les seuls détenteurs du secret de Ji... et cette lourde responsabilité prenait, alors plus que jamais, tout son sens.

Léti fut la première à laisser ce passé derrière elle. Une simple vérification lui confirma que la porte n'était plus bloquée, toute la magie de Saat ayant disparu avec lui.

— Sortons d'ici, décida-t-elle, la voix cassée. Yan doit s'inquiéter pour nous.

Toute l'armée arque s'était rassemblée au pied du Mausolée de Sombre, après avoir entendu le cri du démon. Quand Yan était sorti du labyrinthe, blême et couvert de sang, quelques-uns des plus superstitieux voulurent l'emprisonner et l'interroger. Yan n'avait regagné sa liberté qu'après l'intervention de Berec et des loups noirs, qui l'avaient reconnu comme l'un des leurs.

Le jeune homme s'était aussitôt traîné en direction du palais de Saat, mais il n'eut pas besoin de franchir toute la distance pour rencontrer Léti. La jeune femme remuait tout le camp pour le retrouver. La vue des nombreuses blessures de sa promise lui déchira le cœur, mais cette émotion n'était rien à côté de l'immense soulagement de la retrouver vivante ; vivante et victorieuse. « Saat est mort », lui glissa-t-elle simplement à l'oreille. Ils tombèrent dans les bras l'un de l'autre, s'étreignant sans penser à s'embrasser, transportés par un amour que rien ni personne ne pourrait jamais altérer.

— Et les autres ? demanda Yan, d'une voix douce et tremblante.

— Ils ont tous un peu souffert, mais ça ira, promit Léti sur le même ton. Qu'est-ce qui t'est arrivé ? Cette blessure...

— Je t'expliquerai plus tard, si tu veux bien...

— Oh oui ! mon Yan, ça n'a plus d'importance maintenant. Tout est fini, bien fini...

— Oui... Peut-être, acquiesça le jeune homme en lançant un regard étrange sur le Mausolée.

Il ne se sentait pas encore la force de raconter son aventure. Cela viendrait plus tard, quand ils auraient pris un peu de repos, et que Yan aurait réfléchi plus longuement sur ses entretiens avec Sombre.

Léti quitta son épaule et l'entraîna doucement par la main, vers les arènes du Haut Dyarque où les héritiers s'étaient regroupés pour être soignés. Aucun ne voulait séjourner encore dans le palais de Saat. Grigán et Corenn parlaient déjà de le faire démanteler, sans savoir encore comment ils s'y prendraient.

Revoir tout le petit groupe, réuni et solidaire, réchauffa le cœur de Yan presque autant que ses retrouvailles avec Léti. Il savait en son for intérieur que jamais les héritiers n'arriveraient à se séparer bien longtemps. Ce qu'ils avaient vécu était trop fort, trop intense, et les liens d'amitié qu'ils avaient tressés au cours de leur quête étaient éternels.

— Voilà le plus chanceux de la bande, lança Rey dès qu'il l'aperçut. Tu sais que tu as loupé le meilleur ?

L'acteur reposait sur une couverture, torse nu, laissant Lana nettoyer l'affreuse entaille qu'il avait au ventre.

— Ça n'est pas l'impression que ça donne, répliqua Yan gentiment. Vous avez tous de ces têtes !

Bowbaq se tâta aussitôt le visage d'un air intrigué, faisant ainsi sourire Corenn. La Mère était elle-même en train d'achever le bandage de l'épaule de Grigán.

— Je te ferai payer ça, avertit le guerrier. Ensorcelé ou pas, tu n'aurais pas dû me frapper !

— Je... je suis désolé, commença le jeune homme...

— Laisse tomber, le coupa Grigán. Je plaisantais. Tu te fais vraiment avoir comme un bébé !

Tout le groupe se laissa aller à un petit rire, nécessaire pour chasser toute la tension qu'ils avaient accumulée depuis le début de la nuit. Seule Lana affichait une expression songeuse. Un certain mot prononcé par le guerrier avait exhumé quelque chose qu'elle tenait jusqu'alors enfoui au plus profond de son esprit.

— Reyan... annonça-t-elle soudain, des larmes dans la voix. Rey... j'attends un enfant !

L'acteur ouvrit de grands yeux surpris, puis après quelques instants il vint poser sa main sur le ventre de la prêtresse, en un geste d'infinie tendresse.

Yan mit son bras autour des épaules de Léti pendant que chacun félicitait les futurs parents, et que quelques explications étaient données.

Les héritiers pouvaient enfin refaire des projets d'avenir.

Deux générations plus tard, Amanón Derkel, Eryne de Kercyan, Cael d'Eza, Niss du clan de l'Oiseau et quelques autres partaient en quête de leurs ancêtres. Parmi eux était l'Adversaire.

Achevé d'imprimer par GGP Media GmbH, Pößneck
en Septembre 2006
pour le compte de France Loisirs,
Paris

N° d'éditeur: 46872
Dépôt légal: Juillet 2006
Imprimé en Allemagne